VERAKKO

LES CLECANIENS - TOME 3

Traduit de l'anglais (États-Unis) par Diane Garo

Édition originale parue sous le titre :

SAVING VERAKKO (The Clecanian Series ~ Book 3)

© 2020 Victoria Aveline. Tous droits réservés

© 2023 Diane Garo pour la traduction française et la présente édition

ISBN : 978-1-958397-13-8

Tous droits réservés. Toute reproduction intégrale ou partielle du présent ouvrage, faite par quelque procédé que ce soit, sans l'accord préalable de l'auteure est illicite et constitue une contrefaçon sanctionnée par les articles L.335-2 et suivants du Code de la propriété intellectuelle.

Ce livre est une œuvre de fiction. Les noms, les lieux, les personnages et les événements relatés sont le fruit de l'imagination de l'auteure ou sont utilisés à des fins de fiction. Toute ressemblance avec des faits réels, des lieux ou des personnes existantes ou ayant existé ne saurait être que pure coïncidence.

Couverture créée par Mayhem Cover Creations

VERAKKO

LES CLECANIENS - TOME 3
VICTORIA AVELINE

1

Non. *Nope. Nein. Niet. Pas moyen.* Trop, c'est trop. Lily vit avec effroi un extraterrestre massif hisser Alice sur son épaule et s'enfuir à une vitesse surhumaine, la laissant, elle et quatre autres femmes furieuses, hurler dans son dos.

Jusqu'à présent, la première impression laissée par ces extraterrestres n'était pas fameuse. Se faire arracher de son propre jardin par des créatures dégoûtantes, bulbeuses et violettes avait déjà été assez difficile, mais se réveiller dans une cellule et se retrouver ignorée par d'autres extraterrestres avait été exaspérant. Dans quel genre d'endroit arriéré les hommes se sentaient-ils autorisés à enfermer des femmes comme des rats de laboratoire ? Lily n'en savait rien, parce qu'ils avaient refusé de répondre à ses questions.

Heureusement, elle n'était restée dans sa cellule que quelques jours avant que la voix douce mais frénétique d'Alice ne résonne dans un haut-parleur au plafond et ne lui donne l'occasion de s'échapper. Lily et les quatre autres femmes qu'Alice avait libérées avaient réussi à se retrouver et à s'enfuir. Elles avaient presque atteint la sortie quand leurs ravisseurs leur avaient barré la route.

C'est alors que l'extraterrestre fou aux yeux noirs était apparu. L'homme à l'allure sauvage les avait aidées à affronter leurs ravisseurs et les avait conduites hors de la prison souterraine dans laquelle elles avaient été piégées. Elle devait le lui accorder. Mais ensuite, juste au moment où Lily commençait à lui faire confiance, il avait hissé Alice sur son épaule comme un vulgaire sac de pommes de terre et s'était enfui. *Le bâtard.*

Dès qu'Alice et l'homme eurent disparu, les femmes commencèrent à se disputer. Lily les écouta en silence, essayant de surmonter sa peur.

— Est-ce qu'on devrait aller la chercher ?

— Tu plaisantes ? Tu as vu comme il était rapide ?

— On devrait s'enfuir avant qu'il revienne.

— S'enfuir pour aller où ? Retourner dans le bunker de l'enfer ? Ou s'aventurer dans la forêt de la mort ?

Les oreilles de Lily se dressèrent au mot *forêt*. Elle scruta la ligne sombre des arbres à sa gauche et évalua rapidement les avantages et les inconvénients de s'enfuir dans la nature. L'air nocturne était humide et chaud. L'hypothermie improbable. Même si ça lui prenait plus de temps que prévu pour allumer un feu.

Elle ressemble à n'importe quelle autre forêt, se dit-elle. Bien sûr, les feuilles étaient un peu étranges et les couleurs n'étaient pas tout à fait les bonnes, et la dense canopée bloquait une quantité surprenante de la lumière vive projetée par les *deux* lunes. Mais c'était une forêt. Et s'il y avait une chose dont Lily était certaine, c'était qu'elle pouvait survivre dans les bois. Elle avait passé une grande partie de sa vie à le faire, après tout. Indépendamment de sa volonté.

Une grande femme aux cheveux brun foncé de la même couleur que ses yeux intelligents s'écria :

— On ferait mieux de s'enfuir !

Elle leva les bras au ciel et regarda les autres femmes comme si elles étaient folles, avant de reprendre :

— Vous suggérez qu'on reste ici et qu'on attende que ce type revienne ou pire, ces connards qui nous ont enfermés ?

Elles restèrent silencieuses pendant un moment, et elle fit un geste vers la trappe ouverte dans le sol.

— Ce n'est pas n'importe quel bunker. Cette chose a été faite pour emprisonner des gens et être cachée. Vous pensez vraiment qu'on a pu en sortir sans déclencher une alarme ? Les renforts sont probablement en route en ce moment même !

Les poils se dressèrent sur les bras de Lily, et elle jeta un coup d'œil autour d'elle, à la recherche d'une quelconque preuve de l'approche de la cavalerie. Elle était tout à fait d'accord avec cette femme.

Vanessa, une femme sarcastique aux cheveux noir corbeau et la seule qui avait pris le temps de se présenter pendant leur fuite, prit la parole.

— On est sur une planète *extraterrestre* ! Tu n'as aucune idée du genre de saloperie qui attend dans la nature de te manger. Tu ne tiendras pas un jour.

Elle pourrait si je l'accompagnais.

— Comment sais-tu que ces extraterrestres ne veulent pas te manger ? répondit la grande femme. Faites ce que vous voulez. Moi, je m'en vais.

— Je t'accompagne, dit calmement Lily, attirant tous les regards sur elle.

Vanessa haussa les sourcils et regarda Lily de haut en bas, étudiant ses ongles manucurés et sa petite stature.

— Toi ? Tu crois pouvoir survivre dans la nature ?

Lily fronça les sourcils. Elle avait l'habitude que les gens la sous-estiment. Ça ne la dérangeait plus. Tout ce qui comptait, c'était qu'*elle* sache de quoi elle était capable.

— Probablement. Ce ne sera pas une partie de plaisir, mais j'en sais assez pour survivre.

Elle jeta un coup d'œil dans les bois et parla à voix haute, plus pour elle-même que pour le groupe.

— Je ne dis pas que ce sera facile. Sans outils. Sans nourriture. Sans eau. Il va falloir utiliser des techniques primitives, et on ne saura même pas si les ressources qu'on dénichera seront comestibles avant d'y goûter.

Les yeux de la grande brune brillaient de détermination.

— Mais…

Comme si elles avaient échangé en pensée, toutes deux jetèrent un regard dans la direction où l'extraterrestre avait disparu avec Alice. Lily murmura ce qu'elles pensaient toutes.

— Mais… ça pourrait être préférable à l'alternative.

— Il est temps d'y aller. Toutes celles qui veulent se joindre à nous sont les bienvenues.

Lily hocha la tête, et elles se dirigèrent vers l'orée de la forêt.

— Attendez !

Une femme plus âgée se précipita vers l'un de leurs ravisseurs, attaché et inconscient, grâce à l'extraterrestre aux yeux noirs. Une petite femme qui était restée silencieuse tout au long de cette épreuve regarda avec de grands yeux terrifiés la doyenne fouiller dans ses poches, puis palper son corps. Rien.

La petite femme aux boucles d'un brun profond et aux larges yeux ambrés courut vers une arme métallique abandonnée. Elle se précipita vers Lily avec l'arme tendue comme si elle voulait qu'elle la prenne.

Lily regarda l'objet argenté, un croisement entre un aiguillon à bétail et un taser. Elle voulait le prendre. Vraiment. Elles pourraient l'utiliser pour se protéger des prédateurs, et si l'étincelle crépitante qu'elle avait vue auparavant fonctionnait encore, elle pourrait probablement l'utiliser pour allumer un feu. Pourtant, elle hésitait.

— J'aimerais vraiment, mais… et si d'autres hommes débarquent ? Vous n'aurez aucun moyen de vous défendre.

La femme aux yeux ambrés fronça les sourcils et se tapota l'oreille, puis chuchota :

— Ils m'ont fait mal aux oreilles. Je ne t'entends pas.

La bouche de Lily se resserra. Elle était blessée ? Des doutes sur la pertinence de se séparer du groupe la rongeaient, mais elle ne parvenait pas à réprimer son instinct de partir. Elles étaient tellement exposées en restant là et les gardes assommés risquaient d'être en colère quand ils reviendraient à eux.

— Viens avec nous, dit Lily à la femme en s'assurant d'exagérer ses mots.

Elle dut comprendre, car ses yeux se dirigèrent vers les arbres sombres et elle secoua la tête si vigoureusement que Lily supposa qu'elle aussi pensait qu'elles étaient folles de vouloir partir.

La femme aux cheveux blancs les rejoignit, et Vanessa et sa future compagne de voyage la regardèrent avec amertume. La petite femme aux cheveux bouclés, à peine plus grande que Lily elle-même, plaça l'arme dans les mains de Lily et lui fit un petit sourire terrifié que Lily supposa se vouloir rassurant.

— Elle a raison, dit la femme plus âgée. Vous devriez la prendre. Si d'autres hommes débarquent, une petite décharge ne les arrêtera pas. Vous en avez plus besoin que nous.

— Merci, chuchota Lily, regardant chacune des femmes avec un hochement de tête reconnaissant.

Elle se retourna, adressa un signe de tête à une Vanessa à l'air déterminé et trottina vers la forêt, où sa nouvelle camarade l'attendait déjà.

— Vous êtes folles ! leur lança Vanessa.

Lily rattrapa sa nouvelle amie brune, qui jetait des regards nerveux à la clairière, et elles se dirigèrent vers la lisière de la forêt. Toutes deux s'arrêtèrent brusquement à la limite des arbres, comme si l'obscurité sinistre des bois avait transformé leurs pieds en plomb.

Le cœur de Lily martelait sa poitrine. *Je peux le faire. Je peux nous garder en vie jusqu'à ce qu'on trouve un autre plan.* Elle expira lentement, s'efforça de faire le vide dans son esprit et se reprit. *Je peux le faire.*

La femme brune la regarda avec un sourire nerveux.

— Je ne me défile pas, mais je dois te dire que l'étendue de mes prouesses dans la nature se limite au camping-car.

Lily jeta un coup d'œil à la femme et vit une peur à peine masquée transparaître sur son visage. Elle supposa qu'elle avait la même expression.

— J'ai quelques compétences. De survie dans la nature. Mais ce que je sais n'aura peut-être pas d'importance ici. Je pense pouvoir nous garder en vie jusqu'à ce qu'on trouve une solution.

Elle minimisait sa connaissance du milieu sauvage. À vrai dire, elle aurait pu se rendre dans la plupart des jungles de la Terre avec une machette et un peu d'huile de coude, et vivre de la nature sans trop de problèmes. Les malheureuses randonnées annuelles qu'elle faisait avec ses parents lui avaient permis d'entretenir ses compétences, mais… c'était différent. Être trop arrogante risquait de causer leur perte si Lily découvrait qu'elle n'était pas la dure à cuire autosuffisante qu'elle pensait être.

— Ça me va.

La femme tendit la main.

— Je m'appelle Alejandra. Tu peux m'appeler Alex.

— Lily, répondit-elle en saisissant la main tendue.

Elle se retourna vers les bois et fixa l'obscurité. Ses membres l'exhortaient à avancer alors que son esprit la poussait à faire demi-tour. *Ça va être terrible.*

***

— Put…

Lily étouffa un juron alors qu'une nouvelle épine s'enfonçait dans les semelles fragiles de ses sandales. Elles étaient rouge vif, serrées et avaient de jolies lanières de cuir aux chevilles qui l'irritaient. Elle les regarda et décida de ne pas arracher les sangles. Bien que douloureuses, elles avaient le mérite d'empêcher ses chaussures de tomber. *Les pires chaussures possibles pour une évasion. Enfin, peut-être pas les pires,* pensa Lily en imaginant sa paire préférée de talons aiguilles à lanières bleu roi dans son placard.

Leur progression jusqu'ici avait rappelé à Lily pourquoi elle détestait la nature. Les trottoirs de la ville ne lui faisaient jamais mal aux pieds. Les jardinières soigneusement entretenues ne lui labouraient pas le visage et ne lui arrachaient pas les cheveux comme ces branches. Si elle était à Portland, elle n'aurait eu qu'à appeler un Uber pour aller où elle voulait. Elle essuya la sueur de son front avec sa manche. *Un Uber climatisé.*

Elles marchaient depuis des heures dans une forêt de plus en plus sombre, et Lily commençait à douter de plus en plus d'elle-même. Tout était si différent. Là où elle s'attendait à trouver un sous-bois épais, il n'y avait que de la mousse humide. Ça n'avait pas de sens. L'air était lourd et saturé, comme dans une jungle dense, mais le chemin était dégagé, à l'exception des arbres. Une odeur vive et astringente flottait dans l'air, soulignée par un arôme doux et mentholé si différent des parfums terreux de la plupart des forêts terrestres.

Quel genre de canopée cela pouvait-il bien être ? Lily leva les yeux vers les grandes feuilles rondes des arbres qui masquaient une bonne partie de la lumière. Elle avait marché dans des tas de forêts sur Terre, mais elle n'avait jamais vu un endroit comme celui-ci. Toutes les techniques de survie du monde seraient inutiles si elle ne voyait pas ce qu'elle faisait. *Est-ce que je vais faire le poids ?*

— On devrait peut-être s'arrêter pour la nuit ? haleta Alex derrière elle.

Lily posa sa main sur ses hanches et se retourna, respirant profondément.

— On risque d'être encore trop proches. Si de nouveaux extraterrestres arrivent et que les autres leur disent où on est parties, ils pourraient nous poursuivre.

Alex s'appuya contre un arbre et se serra les côtes.

— On marche depuis des heures !

— Oui, mais à la vitesse d'un escargot. Tu as vu à quelle vitesse ce gars courait.

Lily laissa échapper un soupir et examina une fois de plus leur environnement. Un bruissement provenant de la cime des arbres à sa droite attira son regard, mais elle ne pouvait pas distinguer grand-chose dans la faible lumière. Ses cheveux se hérissèrent sur sa nuque. Elles devraient bientôt trouver un abri.

— Mais tu as raison. On ne peut pas continuer à marcher comme ça. Encore un peu, et on s'arrête. Il va nous falloir rassembler des brindilles et du petit bois de toute façon.

— D'accord. D'accord. Donne-moi juste une minute pour reprendre mon souffle.

Alex se laissa tomber par terre et reposa sa tête contre un arbre.

— D'où viens-tu ?

C'était toujours une question difficile pour Lily. Son éducation avait été… intéressante, c'est le moins qu'on puisse dire. Elle n'était de nulle part.

— Je vis à Portland, dit-elle sans donner plus de détails.

— Cool. Je suis de Californie du Sud.

Lily fut soulagée de voir la respiration d'Alex devenir lentement plus régulière. Les jours à venir seraient cent fois plus difficiles si elle n'était pas en forme. Lily profita de la pause pour s'asseoir et reprendre son souffle. Elle regarda sur sa droite une plante grimpante étrange qui semblait effilochée à son extrémité.

— Tu penses qu'ils ont enlevé des femmes sur la côte ouest ou quelque chose comme ça ?

— Ça se pourrait, répondit Lily en ne lui prêtant qu'à moitié attention.

Elle se força à ne pas tendre la main pour inspecter la plante avant de l'avoir examinée à la lumière du jour. *Ce n'est peut-être pas une plante grimpante.* Elle grimaça.

— Qu'est-ce qu'ils nous veulent à ton avis ?

— Aucune idée.

En vérité, Lily n'avait pas vraiment eu le temps de penser à son enlèvement. Ses parents lui avaient toujours appris à se concentrer sur un seul problème à la fois en situation de survie. Dépenser de l'énergie mentale à s'inquiéter du passé, au lieu de se concentrer sur leur sécurité, était dangereux. Pour l'instant, peu importe comment et pourquoi elle avait été enlevée. Ce qui importait était de savoir comment tenir jusqu'au lendemain.

Dans la faible lumière, Lily vit Alex rouler les yeux, puis se tourner vers elle.

— Écoute, je comprends que tu ne sois pas très bavarde, mais j'ai *du mal* à encaisser. Tu réalises qu'on est sur une autre planète, pas vrai ? Et qu'on respire ? Sans être écrasées par une différence de force gravitationnelle ? C'est impossible de ne pas en parler ! Si je veux m'en sortir, j'ai besoin de quelqu'un à qui parler.

Lily adressa à Alex ce qu'elle espérait être un sourire compatissant.

— Désolée.

Elle capta le regard exaspéré de la femme et reprit :

— Désolée ! Je ne parle pas beaucoup, c'est tout. Je suis introvertie.

Ce n'était pas qu'elle n'aimait pas les gens. Au contraire. L'un de ses passe-temps favoris était de s'asseoir sur une couverture de pique-nique et de les observer. Elle aimait les étudier, mais pas participer aux conversations. C'était le seul inconvénient de son métier de coiffeuse, qu'elle adorait par ailleurs. Les gens s'attendaient à discuter pendant qu'ils passaient des heures à se faire coiffer.

Alex prit une profonde inspiration et observa Lily un moment de plus.

— Tout va bien. Je suis juste un peu dépassée.

Elle se leva et épousseta son jean.

— Très bien, Lily de Portland, et maintenant ?

— Maintenant, on couvre nos traces pour semer nos poursuivants.

***

— Et voilà, haleta Alex. Une nouvelle livraison de pierres pour vous, Madame.

Lily esquissa un sourire et arrêta de creuser alors qu'Alex s'avançait vers elle, les bras chargés de pierres. Elles avaient essayé d'identifier des roches à casser après avoir trouvé un petit ruisseau la veille et avoir monté leur camp, mais elles n'en avaient pas encore trouvé qui se fracturaient assez bien pour être utilisées comme lame. Alors que Lily était chargée de creuser un trou pour le feu de camp, Alex avait écopé du travail fastidieux.

Les pierres se déversèrent des bras d'Alex, et Lily se mordit la lèvre, reconnaissant quelques pierres granuleuses. Elle lui avait déjà expliqué que celles-là ne fonctionneraient pas. La pauvre aurait de nouveau ce regard frustré et défait si Lily lui faisait remarquer qu'elle avait transporté certaines de ces lourdes pierres sans raison.

Alex se donnait beaucoup de mal. Plus que ce que Lily attendait d'une personne étrangère aux exigences physiques de la vie primitive. En temps normal, Lily n'aurait jamais suggéré qu'une personne dépense des quantités massives d'énergie pour transporter des pierres, mais elle avait besoin de construire ce foyer, et creuser cette terre compacte était à peu près aussi difficile que transporter des pierres de toute façon.

Le petit feu qu'elle avait entretenu pour tenir les animaux à l'affût, éviter le froid de la nuit et faire bouillir l'eau du ruisseau était bien utile, mais elles devaient encore trouver un type de bois qui ne brûle pas si incroyablement vite. Ce nouveau type de foyer prolongerait la durée de vie de leur feu et réduirait la quantité de fumée s'élevant de leur camp. Ce qui permettrait de dissimuler leur emplacement aux yeux des extraterrestres qui auraient tenté de les suivre. Les premières étapes de l'installation d'un campement primitif étaient toujours difficiles, d'autant plus sans connaître les matériaux à leur disposition. Les grognements de son estomac l'incitaient à se dépêcher, sachant que la recherche de nourriture serait la prochaine étape. Les quelques petits poissons extraterrestres carbonisés qu'elles avaient réussi à attraper étaient pour le moins décevants.

— Quelque chose d'utilisable ? demanda Alex en la regardant trier la collection de pierres.

Lily ne répondit pas immédiatement. Alex s'assit donc et tria quelques pierres elle-même.

— Je pense que celles-là pourraient faire l'affaire, non ?

Lily haussa les sourcils, surprise, alors qu'elle examinait les pierres proposées. Elle sourit à Alex, émerveillée par la rapidité avec laquelle elle avait assimilé tout ce qu'elle lui avait appris. Elles s'étaient échappées du bunker deux jours plus tôt, et durant cette première nuit ensemble, Lily avait douté d'Alex. Elle avait tendance à beaucoup se plaindre, mais Lily avait vite appris que cela lui permettait juste d'aller mieux. C'était un moyen pour elle d'éliminer son énergie négative et de rester motivée. Alex relevait tous les défis que Lily lui lançait avec une détermination à prouver sa valeur qui rivalisait avec la sienne.

Alex vit la fierté de Lily.

— Alors ? J'ai trouvé ?

Lily hocha la tête.

— C'est bien possible. Voyons voir.

Elle leva son marteau et frappa la pierre lisse et lavande.

Un éclat tranchant comme un rasoir se détacha de la roche, et Alex brandit le poing en dansant autour du feu.

— Oui. Oui. Oui ! hurla-t-elle avant de s'effondrer à nouveau sur le sol.

Elle secoua la tête.

— J'en avais vraiment marre de trimballer des pierres jusqu'ici.

Lily eut une grimace d'excuse.

— Maintenant qu'on sait quel type de roche va marcher...

Son sourire s'effaça, et elle laissa échapper un gémissement.

— Transforme ça en couteau, et je retourne à la carrière.

Alex se mordit l'intérieur de la joue en respirant profondément, puis se releva.

Lily essaya de contenir son rire alors qu'Alex s'éloignait en grognant et en jurant.

***

— Tu n'es pas sérieuse !

Lily se tenait les côtes.

Alex riait si fort que des larmes coulaient sur son visage.

— Pourquoi je mentirais ? C'était terrible. J'étais dans ma chambre, et je pensais que Ray avait utilisé sa clé pour me surprendre, alors je me suis mise complètement nue, sans un seul vêtement, et j'ai mis une rose entre mes dents pour reproduire notre plaisanterie de la veille, et…

Elles rirent toutes deux de plus belle. La tête de Lily la lançait.

— Puis cette grosse chose violette et suintante avec des pointes sortant de sa tête est apparue. Et pendant une seconde, j'ai cru que c'était Ray déguisé en monstre de science-fiction.

Lily but une gorgée d'eau chaude dans le morceau de bois qu'elle avait creusé pour en faire un bol.

— Qu'est-ce que tu as fait ?

Elle tendit le bol à Alex.

— J'ai marqué un temps d'arrêt et je me suis demandé si j'aimais assez Ray pour gérer son fétichisme bizarre, bien sûr ! C'est là qu'il m'a pulvérisée. Dieu merci, cette chose a eu le bon sens de ramasser mes vêtements par terre après m'avoir mise K.O. Je pense qu'il avait déjà enlevé d'autres humaines et compris qu'on porte normalement des vêtements. Tu m'imagines courir nue dans cet endroit ? Lily éclata à nouveau de rire, se délectant de cette sensation agréable. Au cours de la semaine, elles n'avaient pas vraiment eu le cœur à ça. À l'aide de ses connaissances, ainsi que de quelques suppositions et d'une tonne de chance, elles avaient réussi à trouver un abri convenable, à entretenir un feu stable et à désinfecter suffisamment d'eau pour ne pas mourir de déshydratation avant un bon moment. Elles avaient également pris un gros risque en se mettant à manger les fruits rouges d'un arbre voisin. Lily s'y était opposée au début, mais après des jours de randonnée dans une forêt dense sans aucune nourriture et sans la moindre chance d'attraper un animal à l'aide d'un de ses pièges, elle avait admis que le jeu en valait la chandelle.

    Elle avait été soulagée et ravie lorsque les fruits s'étaient avérés non seulement propres à la consommation, mais leur avaient également donné un regain d'énergie, ce qui laissait entendre qu'ils étaient beaucoup plus riches en nutriments qu'elle ne l'avait supposé au départ. Elles devraient tout de même trouver d'autres sources de nourriture à un moment donné, mais au moins elles ne souffriraient pas de malnutrition d'ici là.

    Finalement, leur fou-rire se calma et elles restèrent assises dans un silence complice, le ventre rempli de ce fruit acidulé. L'alcôve dans laquelle elles avaient installé leur camp était chaude et confortable grâce au feu crépitant. Lily fixait les flammes vert brillant, tandis qu'Alex utilisait une petite pierre pour graver quelque chose sur une autre roche parfaitement ronde.

La dernière fois qu'elle s'était détendue dans son jardin à Portland, regardant fixement un feu, semblait remonter à une éternité. Et ce feu-là était normal et banal comparé aux flammes vertes vacillantes qu'elle avait pris l'habitude de voir sur cette nouvelle planète. *Ça doit être un produit chimique dans le bois qui fait ça.*

Après de nombreux essais peu concluants, elles avaient finalement trouvé un type de bois qui brûlait lentement. Elles n'avaient ainsi à entretenir le feu qu'au bout de plusieurs heures et non seulement de quelques minutes. Et en prime, ce feu vert avait une odeur étrange, fraîche et mentholée. Le moral de Lily et d'Alex s'était grandement amélioré après leur premier bain de fumée. Elles s'étaient couchées avec l'impression de sentir bon et d'être propres.

Il avait fallu apprendre, mais Lily commençait à réaliser que cette forêt était assez généreuse. Les lianes effilochées qu'elle avait remarquées lors de sa première nuit s'étaient avérées être des arbres. Au lieu de laisser tomber des graines, ces arbres semblaient avoir de jeunes pousses qui se développaient vers le bas, puis devenaient des racines et s'enfonçaient dans le sol lorsqu'elles étaient suffisamment basses. Lily s'était émerveillée des différents stades de croissance des arbres lors de leur première matinée de randonnée dans la forêt.

Elle vit à la lumière du jour qu'il existait de nombreux types de plantes étranges poussant sur le sol de la forêt, mais qu'elles avaient tendance à prospérer à la base des arbres. La plupart des plantes, en fait, semblaient se nourrir des arbres d'une manière ou d'une autre.

C'était logique, vu que ces derniers avaient le plus accès à la lumière du soleil. Des plantes grimpantes aux fleurs éclatantes, des feuilles duveteuses géantes et une quantité impressionnante de végétation engloutissaient les troncs d'arbres, comme si mère Nature avait créé ce paysage avec un petit coup dans le nez. Même les jeunes arbres, dont les racines n'avaient pas encore touché le sol, étaient entourés de petites plantes aériennes et de fleurs. Des insectes ailés au ventre duveteux bourdonnaient joyeusement autour des arbres à toute heure du jour et de la nuit. Lily appréciait ce son apaisant, tandis qu'Alex ne cessait de râler à cause du bruit, chassant en permanence les créatures, qu'elles soient près d'elle ou non.

Les grandes feuilles qui dominaient la canopée de la forêt étaient rondes et robustes, presque comme du cuir. Après avoir examiné quelques feuilles en décomposition, rapidement recouvertes par de la mousse vert vif sur le sol, Lily avait utilisé un mince arbrisseau comme corde et s'était faufilée jusqu'à la canopée tout en haut pour en recueillir davantage.

Elle rapprocha certaines feuilles et les inspecta, se demandant comment elle pourrait en recouvrir ses sandales.

— Je pense qu'il est temps qu'on parle de la suite, murmura Alex, la tirant de ses pensées.

Elle regarda Lily par-dessus les flammes crépitantes.

— On se cache ici depuis une semaine maintenant, et personne ne semble être à notre poursuite.

Elles avaient repoussé cette discussion jusqu'à présent, et Lily savait pourquoi. Elle avait évité d'y penser elle-même. Une fois qu'elles s'étaient aventurées assez loin dans la forêt pour se sentir en sécurité, et que l'adrénaline exacerbant ses instincts de fuite avait diminué, elle s'était aussi questionnée... *Et maintenant ?*

— Tu veux partir.

Lily prit une autre gorgée d'eau pour gagner du temps, avant de reprendre :

— Pour aller où ? Et comment savoir si on ne finira pas encore enfermées dans une cellule ?

— Peut-être qu'on peut trouver une petite ville avec des extraterrestres qui ne seraient pas des psychopathes.

Lily gloussa faiblement et releva la tête pour observer Alex. Elle était déjà mince quand elles étaient parties, une semaine plus tôt. À présent, les creux sous ses pommettes hautes semblaient plus sévères que dans son souvenir.

Alex n'avait pas menti quand elle avait dit qu'elle n'avait aucune expérience de la vie sauvage, mais elle était forte. Lily avait essayé de lui apprendre autant que possible comment survivre par ses propres moyens, au cas où elles seraient séparées. Après tout, la mort dans un tel endroit pouvait survenir à la moindre petite coupure qui s'infectait. Alex avait beau se plaindre, elle ne se déconcentrait jamais, pas même lorsque les sinistres petites bestioles qui lui piquaient les chevilles nues faisaient couler son sang, ou chaque nuit lorsqu'elles entendaient les bruits d'animaux invisibles à proximité.

— Ce n'est pas comme si je *voulais* passer le reste de mon existence comme ça. Mais au moins ici, je suis responsable de ma vie.

Elle croisa les bras, posant ses coudes sur ses genoux et son menton sur ses avant-bras.

— Je suis d'accord, mais…

La poitrine de Lily se gonfla d'émotion, comme un ballon attendant d'éclater.

Alex s'approcha d'elle et s'assit, inclinant sa tête et la posant sur l'épaule de Lily.

— Moi aussi, j'ai peur.

Elles restèrent assises ensemble pendant un long moment, sans parler, jusqu'à ce que Lily murmure finalement :

— On partira demain.

***

Le lendemain matin, Alex et elle rassemblèrent leurs affaires, groggy. Lily était restée éveillée toute la nuit à penser à l'avenir et à ce qui les attendait. À en juger par les cernes sous ses yeux, Alex avait fait de même.

Elles se mirent en route alors que le soleil commençait à éclairer entre les feuilles denses et marchaient depuis quelques heures lorsque Lily entendit le bruit d'un cours d'eau. Elle savait que, en observant les petits vairons dans le ruisseau, bien que d'apparence étrange, les poissons existaient sur cette planète. En entendant le fort bruit de l'eau, elle en déduisit que la rivière devait être assez grande pour abriter des poissons adultes. Elle devait juste tresser un panier à poisson, et avec un peu de chance, elles auraient enfin de vraies protéines.

— On doit continuer à descendre, déclara Lily en soulevant un sac qu'Alex avait tissé et qui contenait leurs provisions. Si on veut trouver une ville, suivre l'eau est probablement notre meilleure chance.

Elles continuèrent à descendre la colline en parlant. Même si elle ne connaissait Alex que depuis une semaine, elle ressentait une forte affinité avec cette femme qu'elle n'avait ressentie qu'avec quelques rares personnes dans sa vie. Elles parlaient de la Terre et de ce qu'elles auraient aimé pouvoir manger. Toutes deux conversaient avec légèreté et humour pour ne pas penser qu'elles risquaient à tout moment de tomber sur un extraterrestre.

Elles commencèrent à discuter de ce à quoi il pourrait ressembler, et Alex énuméra les extraterrestres fictifs des films qu'elle avait vus. Lily n'en connaissait aucun, et une voix diabolique au fond de son esprit lui disait qu'elle n'aurait probablement jamais la chance d'en voir désormais.

— Je n'arrive pas à croire que tu n'aies jamais vu *Alien* ! Je dois être dans le bon état d'esprit pour regarder de la science-fiction, mais honnêtement, s'il y a Sigourney Weaver… je suis partante, lança Alex par-dessus son épaule.

Une petite pointe d'agacement traversa à nouveau Lily. Il s'avéra qu'Alex était une cinéphile, et plus encore, qu'elle avait été critique de cinéma sur Terre. Lily, quant à elle, n'avait commencé à regarder des films que bien après son adolescence. Ce n'était pas surprenant, étant donné que les téléviseurs – et l'électricité, d'ailleurs – n'étaient pas couramment disponibles au milieu de la jungle.

— Non, Alex. Je n'ai pas vu *Alien*, *Les Évadés*, *Titanic* ou aucun des millions de films que tu as mentionnés jusqu'à présent, répondit-elle sur un ton sarcastique.

— D'accord. Très bien. Si on ne rentre jamais sur Terre, sache que je jouerai et réaliserai des remakes en live-action de tous ces films pour que tu puisses les vivre, promit Alex avec un sourire en coin.

Lily gloussa et glissa sur une partie de la colline avant de s'arrêter.

— J'ai hâte de voir tes performances.

Peu à peu, la « pente » se transforma en une descente boueuse et rocailleuse qui requérait toute leur concentration. Les muscles de Lily la brûlaient, et elle sentait la peau de ses talons peler et suinter à mesure que ses sandales une taille trop petite frottaient la zone encore et encore. *Mais elles étaient en solde et n'étaient plus disponibles dans ma pointure,* pensa-t-elle avec autodérision, s'en voulant d'avoir été assez impulsive pour penser qu'elles lui iraient une fois qu'elle les aurait faites.

À leur prochain arrêt, elle devrait fabriquer un pansement ou un bandage pour protéger ses talons. En attendant, elle devrait ignorer la douleur et se concentrer sur le bruit lointain de l'eau qui coulait. Les arbres s'étaient clairsemés et la lumière du soleil filtrée par les nuages illuminait leur chemin, mais la roche humide et moussue était encore glissante et traîtresse. Il suffisait d'un faux pas et elles risquaient de dégringoler tout en bas.

Bien qu'en bonne santé, Alex n'était manifestement pas habituée à évoluer sur ce type de terrain. Lily grimaça de sympathie lorsque la jambe de son infortunée amie glissa et qu'elle s'écorcha contre la roche une fois de plus.

— Je pense qu'on devrait s'arrêter un moment, lança-t-elle à Alex, qui s'était arrêtée, agrippée à une paroi rocheuse dans une position délicate.

— Mais la rivière semble si proche ! Non, je…

Alex perdit l'équilibre et glissa sur le reste du chemin jusqu'à une flaque de boue en dessous. Elle avait une égratignure sur la joue.

Des gouttes d'eau commencèrent à tomber, et Lily dut étouffer un rire. Dans cette position, Alex avait l'air si pitoyable, vautrée dans la boue et regardant le ciel en plissant les yeux.

— Ne bouge pas, dit Lily en souriant.

Elle descendit le long de la paroi rocheuse. Quand elle atteignit Alex, elle était de nouveau sur pied. Elle lui jeta un regard noir.

— Comment tu es descendue si facilement ? Tu ne portes même pas de vraies chaussures, et tu as le sac !

Lily haussa les épaules et sourit.

Alex essaya de faire partir la terre de sa chemise bleue délavée, mais ne réussit qu'à étaler la boue et à s'enduire les mains. Elle leva les paumes vers la pluie qui tombait. Les gouttelettes rebondirent sur l'argile épaisse.

— Putain de boue extraterrestre, jura-t-elle.

Elles continuèrent à avancer, leurs semelles devenant lourdes à cause de la boue collante qui s'accumulait sur leurs talons.

— La rivière doit être droit devant, dit Alex en suivant une parcelle de terrain relativement sèche qui contournait une imposante paroi rocheuse.

Lily la suivit, mais s'arrêta pour inspecter un chemin à la végétation piétinée. *Ça pourrait être une piste.* Son pouls s'accéléra sous l'effet de l'espoir et de l'anxiété. Une piste laissée par le gibier signifiait qu'il était possible d'attraper des animaux pour se nourrir, mais également qu'elles étaient en présence d'une faune extraterrestre. Lily inspecta le sol humide, à la recherche de traces. Elle en avait repéré la semaine précédente, mais n'avait pas eu la chance d'attraper quoi que ce soit.

Un cri transperça le silence et Lily eut la chair de poule. Elle se précipita vers la source du cri. Son cœur s'enfonça dans sa poitrine.

Alex était suspendue au-dessus d'une corniche, essayant de s'agripper à la boue. Sans aucune racine à laquelle s'accrocher, elle glissait rapidement. Lily se précipita et saisit les poignets d'Alex juste au moment où elle allait tomber. Elle s'accrocha des deux mains et tira, enfonçant ses coudes dans la boue épaisse. En serrant les dents, elle demanda :

— Qu'est-ce qu'il s'est passé ?

— Le sol a cédé sous mes pieds !

Alex agitait frénétiquement les pieds contre la paroi de terre devant elle, essayant de trouver un point d'appui, mais elle ne parvint qu'à tirer Lily dans la boue jusqu'à ce que sa tête pende par-dessus bord et qu'Alex se balance par les poignets. Des tremblements secouèrent le corps de Lily, et son esprit se vida un instant, comme s'il voulait battre en retraite.

Elle essaya de tirer Alex, mais le sol était trop glissant. La terre sous son buste s'affaissa. Elles allaient tomber. Le poids d'Alex entraînait lentement Lily vers le bord, et elle n'avait rien à quoi se tenir. Elle se força à se calmer et à évaluer la situation comme sa mère le lui avait appris.

Les yeux d'Alex étaient larges et paniqués.

— Ne me lâche pas !

Lily reporta son attention vers la rivière en contrebas et déglutit. *Des rapides.*

— Alex, regarde-moi.

Les yeux écarquillés d'Alex cherchaient autour d'elle quelque chose à quoi s'accrocher.

— Alex ! cria Lily, attirant son attention. J'ai besoin que tu écoutes attentivement.

Alex hocha la tête. Des larmes coulaient de ses yeux marron.

Lily essayait de parler d'une voix calme, mais elle tremblait tout de même.

— On va tomber dans la rivière. Il n'y a aucun moyen d'y échapper.

Alex lâcha un petit sanglot, mais continua à écouter.

— Quand on tombera dans l'eau, tu dois te mettre sur le dos et flotter. Assure-toi que tes pieds pointent vers l'aval. Tu comprends ? Si on est séparées, ne m'attends pas. Rappelle-toi ce que je t'ai appris et trouve une ville. Continue à descendre la rivière.

Le sol en dessous d'elles s'affaissa légèrement, et Lily cria :

— Ne tente pas de lutter contre le courant ou de nager ! Si tu coules, essaie de te mettre sur le dos jusqu'à ce que tu refasses surface ! Je ne te lâcherai pas ! Ne…

Avant qu'elle ait pu finir, le sol s'effondra et elles tombèrent.

Après avoir atterri dans l'eau, tout devint flou. Les rapides glacés les aspirèrent sous la surface, les secouant de tous côtés. Lily parvint à garder la main d'Alex plus longtemps qu'elle ne l'aurait cru, mais elles percutèrent un rocher et furent séparées. La disparition soudaine d'un poids sur son épaule lui indiqua qu'elle avait perdu son sac. Lily réprima l'envie de battre des jambes et fit la planche. Finalement, elle sentit de l'air sur son visage et prit une grande inspiration avant d'être aspirée à nouveau. Chaque fois qu'elle refaisait surface, elle essayait de pencher la tête et de chercher Alex.

Enfin, elle la repéra un peu plus loin en amont, flottant sur le dos. Lily poussa un cri de soulagement juste au moment où elle était aspirée de nouveau. Lorsqu'elle émergea, elle leva un peu la tête et repéra un grand arbre abattu qui s'avançait dans la rivière à huit cents mètres en aval, après une section relativement calme de la rivière.

Chaque fois que son visage sortait de l'eau, elle criait et désignait l'arbre, en espérant qu'Alex comprendrait. Une fois que le courant menaçant des rapides se calma, elle se retourna sur le ventre et traversa à la nage, orientant son corps vers l'arbre. En jetant un coup d'œil par-dessus son épaule, elle vit qu'Alex faisait de même. Elles pourraient peut-être s'en sortir, après tout.

Alors que l'arbre se rapprochait et que le courant reprenait de la vitesse, elle se prépara à l'impact. Ses pieds frappèrent l'obstacle en premier, envoyant des ondes de choc à travers ses chevilles et ses tibias. Au lieu d'être cueilli par le tronc, son corps fut entraîné en dessous. Elle agita les bras, cherchant à attraper des branches avant que le courant ne l'emporte, et s'agrippa à une liane. Elle remonta le long de cette dernière jusqu'à refaire surface, puis se retourna sur le ventre et se hissa à moitié hors de l'eau grâce à un enchevêtrement de branches encore accrochées au tronc.

Elle tourna la tête juste à temps pour voir Alex venir arriver vers elle.

— Attrape ce que tu peux ! cria-t-elle pour couvrir le bruit des rapides.

L'estomac de Lily se retourna quand elle réalisa qu'Alex n'avait pas nagé assez loin pour attraper l'arbre. Elle grimpa aussi vite qu'elle le put sur le tronc et s'approcha du bord qui s'avançait dans la rivière.

Alex parvint à s'accrocher à une branche qui pendait à l'extrémité de l'arbre, mais le courant l'entraînait vers le milieu de la rivière. Lily rampa le long du tronc aussi vite qu'elle le put. Les nœuds des branches cassées lui entaillaient l'intérieur des cuisses, mais elle le sentait à peine. Elle ne pensait à rien d'autre qu'au désespoir et à la terreur dans les yeux d'Alex. Quand Lily atteignit le bord du tronc, elle tendit son bras vers son amie aussi loin que possible. Alex donnait des coups de pied et se débattait contre le courant, essayant de se rapprocher, mais c'était inutile.

La branche craqua près de la base. Lily s'étira, se plaçant en porte-à-faux au-dessus de l'eau vive, vers la branche. Mais elle était hors de portée. Elle vit le moment où Alex comprit. Son regard se durcit comme la première nuit à l'orée de la forêt. Juste avant que la branche ne se casse, elle roula sur le dos.

— Non !

Le cri de Lily couvrit le mugissement de la rivière alors que les cheveux brun foncé d'Alex disparaissaient sous l'eau.

2

Une semaine plus tard

Le regard de Verakko parcourait la multitude d'écrans devant lui, incrédule. Il connaissait les Insurgés et leur projet d'enlever des humaines pour faire des expériences sur elles. Il avait même entendu des humaines raconter leur trahison, mais une petite partie de lui s'était accrochée à l'espoir déraisonnable qu'aucun membre de leur société soi-disant avancée ne s'abaisserait à mettre en cage des êtres sensibles d'une manière aussi vile.

Là, sous ses yeux, se trouvait la preuve irréfutable que son peuple n'était pas meilleur que les autres. Les vidéos de misérables femelles humaines et d'un mâle solitaire étaient diffusées sur ses écrans. Les flux provenaient de cinq complexes différents à travers Clecania.

— Putain, croassa Luka derrière lui.

Verakko fit une grimace de compassion par-dessus son épaule en regardant le mâle et vit que son visage avait pâli et que ses yeux fouillaient les écrans avec rage.

La colère qui brillait dans ses yeux était-elle pour lui ou pour sa partenaire, Alice ? Luka et Alice avaient été retenus prisonniers dans un complexe identique à ceux qui couvraient les écrans. Avec un petit groupe de femelles – dont deux étaient toujours portées disparues –, ils s'étaient échappés un peu plus de deux semaines auparavant.

Luka avait reçu des traitements horribles pendant qu'il était prisonnier. Il avait été battu et drogué. Mais en l'observant, Verakko eut l'impression que le mâle ne se souciait pas de ce qu'il avait vécu. Des marques d'accouplement bleu vif, les deuxièmes à apparaître chez un Clecanien en plusieurs siècles, couraient sur les poignets et les mains du grand mâle. Tandis que le regard de Luka alternait entre les écrans et la porte de la petite cabane dans laquelle ils se trouvaient, il passait distraitement ses doigts sur ses marques.

Verakko reporta son attention sur la tâche qu'il devait accomplir et tenta d'évacuer de son esprit les affres de la curiosité qui grignotaient ses sens. Il ne faudrait pas qu'il se mette à imaginer trouver un jour une partenaire à son tour.

Ses doigts agiles survolèrent le panneau de contrôle holographique à sa droite. *On y est presque.*

À son grand soulagement, il n'y avait que deux ou trois gardes pour chaque complexe. Au cours des dernières minutes, Verakko les avait piégés aussi silencieusement qu'il le pouvait. La plupart d'entre eux avaient été faciles à enfermer. Assis dans la salle de contrôle de leur complexe, ils n'avaient pas remarqué le bruit de la porte qui se verrouillait. Mais d'autres erraient dans les couloirs. Il les avait attirés dans des cellules vides en diffusant un bruit d'électricité statique. Quand les gardes avaient examiné l'équipement défectueux, il avait scellé la porte derrière eux. Il ne restait qu'un seul garde.

Verakko sentit ses crocs pulser de colère. Le dernier des gardes était actuellement dans une pièce avec une femelle. Elle était attachée à une chaise, face à la caméra, et il était assis sur un tabouret à côté d'elle. Pour l'heure, ils ne faisaient que parler, mais seule la Déesse savait ce que l'odieux mâle avait prévu.

L'idée que la reine avait imaginée pour libérer les humaines captives était pour le moins imparfaite. Ouvrir à distance les portes du complexe et lâcher des humaines dans la nature sans aucune idée de comment survivre semblait idiot à première vue. Mais les alternatives étaient pires. Les Insurgés, autrement connus sous le nom de PINE, ne savaient pas encore qu'ils avaient été découverts.

Si la reine et son armée mettaient d'importants moyens pour retrouver chaque complexe secret, les Insurgés pourraient en avoir vent et décider de se débarrasser des preuves – à savoir les humaines elles-mêmes – pour masquer leur traîtrise.

La stratégie qu'ils avaient adoptée pour libérer ces humaines avait été plus décourageante qu'autre chose, mais ils ne pouvaient pas les laisser enfermées plus longtemps. Verakko frissonnait à l'idée de ce qu'on avait pu leur faire. Son incapacité à identifier l'emplacement des complexes le faisait bouillir.

— Alice va bientôt pouvoir entrer, dit Verakko en déclenchant une alarme dans le couloir et en regardant le dernier des gardes partir enquêter.

Lorsqu'il se trouva à bonne distance dans un couloir désert, Verakko scella la seule sortie et inspecta son travail. Beaucoup de gardes frappaient aux portes de leurs cellules, et certains, ceux des salles de contrôle, n'avaient même pas remarqué qu'ils étaient piégés. Verakko ne sentait aucun mouvement derrière lui, alors il répéta :

— Tu dois aller chercher Alice. Maintenant.

Luka lui renvoya son froncement de sourcils. Il ne dit rien. Il était clair qu'il n'était pas ravi du rôle d'Alice dans tout ça, mais la femelle persuasive semblait avoir une emprise impressionnante sur ce mâle têtu.

Si j'avais une partenaire, je ne la laisserais jamais être aussi proche du danger. Jamais.

Voyant que Luka ne faisait toujours pas mine de partir, Verakko se demanda s'il ne devrait pas l'*influencer*. En temps normal, l'utilisation de ce don était mal vue, mais dans cette situation, ça ne pourrait pas faire de mal. Que l'esprit de Luka l'accepte était une autre question. La capacité de son peuple, les Swadaeth, à influencer les pensées des autres était unique et, comme la plupart des choses uniques, souvent redoutée par ceux qui ne comprenaient pas cette pratique.

Verakko balaya cette idée. Même si Luka était distrait et probablement stressé – conditions idéales pour réussir à l'*influencer* – ce serait… désagréable si Luka réalisait ce que Verakko essayait de faire.

— Je suis prêt. Appelle-la. Elle doit parler avec les femelles et leur expliquer comment s'échapper…

Ils tournèrent la tête vers la sortie en entendant des cris provenant de l'extérieur. Luka jeta un regard inquiet vers les écrans, puis vers la porte.

— Vas-y ! aboya Verakko, utilisant instinctivement son *influence*, mais Luka sortait déjà en trombe de la petite cabane.

L'effroi lui noua la gorge alors qu'il commençait à sécuriser l'accès au système de communication du premier complexe. *De combien de temps est-ce que je dispose ?* Les échos de coups de poing et de cris de douleur résonnaient à travers la porte, et Verakko se raidit. Il n'y avait pas le temps de parler à chaque humaine individuellement comme prévu.

Quelqu'un ou quelque chose fut projeté sur le côté du bâtiment dans un bruit sourd, au moment où Verakko se concentrait sur la tâche à accomplir.

À l'origine, ils avaient prévu qu'Alice parle aux humaines, jugeant la voix et les mots de Verakko trop étranges et donc indignes de confiance, sans compter qu'il n'y avait aucune garantie que toutes les humaines possèdent un traducteur implanté. S'il y avait un bon moment pour utiliser son don, c'était bien celui-là. Il relia rapidement les systèmes de communication et passa de précieuses minutes à s'assurer que seuls les haut-parleurs des cellules des humaines émettraient du son.

Un bruit de tonnerre à l'extérieur fut suivi d'un fort craquement.

— Ils ont des gants Yulo ! s'écria un mâle dehors.

Il ferma les yeux et inspira pour se concentrer.

— Bonjour, humaines. Je suis un ami.

Un éclair d'agacement le traversa alors que la quasi-totalité de la vingtaine de prisonnières tressaillait ou sursautait à ses paroles.

Il s'efforça d'adopter un ton calme, tandis qu'il les *influençait*.

— Écoutez-moi. Dans un instant, vos portes s'ouvriront. Vous devrez courir. Cherchez un escalier tournant et courez jusqu'au dernier étage, puis sortez par les portes d'entrée. Une fois dehors, éloignez-vous le plus possible de cet endroit. Essayez de trouver une ville et attirez autant que possible l'attention sur vous. Dites aux gens que vous souhaitez parler à la reine de Tremanta.

Un grondement sourd et angoissant secoua la maison. Ça ne pouvait vouloir dire qu'une chose : Alice devait être en danger. Il devait l'aider.

Rassemblant toutes ses compétences pour les *influencer*, il annonça :

— C'est ouvert. Partez, maintenant !

Il les regarda se lever et se diriger vers les portes de leurs cellules, désormais ouvertes, en retenant son souffle.

Verakko tourna les talons et se précipita vers la porte de la cabane, l'ouvrit d'un coup sec et montra les dents. Il sentit la douleur dans son palais alors que ses crocs se remplissaient de venin mortel. Jetant un dernier regard aux écrans, il s'enfonça silencieusement dans la nuit.

Il réussit à ne pas attirer l'attention alors qu'il évaluait la scène, se fondant dans les ombres du bâtiment. Ses paupières secondaires s'abaissèrent, masquant ses yeux brillants. Un mâle Strigi planait sous la dense canopée, se préparant à tirer en utilisant un gant Yulo incroyablement illégal. Les autres mâles Strigi ailés étaient aux prises avec Luka et Kadion.

Trois contre trois ? Allons. Verakko gloussa tout bas et se déplaça sans bruit jusqu'à arriver derrière l'un des mâles, qui pointait un gant sur la tête de Luka.

Les Strigi étaient réputés pour être difficiles à tuer en raison de leurs ailes mortelles et de leur capacité à voler pour se mettre hors de portée. Bien que leurs ailes soient leur plus grande force, elles constituaient aussi leur plus grande faiblesse. Leur envergure massive créait des angles morts lors des combats et l'impossibilité de les replier rendait leur dos particulièrement vulnérable.

Le mâle Strigi se raidit, sentant Verakko derrière lui un instant trop tard. D'une main, Verakko saisit le menton du mâle par-derrière, et de l'autre, il lui tordit le sommet du crâne jusqu'à entendre un craquement répugnant.

Luka jeta un coup d'œil par-dessus son épaule à Verakko et lui adressa un rapide signe de tête avant de se précipiter dans la forêt sombre vers l'endroit où Alice devait se tenir quelques minutes plus tôt.

Verakko gardait les yeux rivés sur les deux Strigi restants, qui tournoyaient au-dessus de lui. Il souleva le poids substantiel du mâle dont il venait de briser la nuque et les protégea, Kadion et lui, des faisceaux des gants Yulo.

— Ils ont réussi à sortir ? râla Kadion en essayant de retirer le gant Yulo de la main inerte du Strigi.

La frustration lui faisait mal aux crocs, et il grimaça.

— J'ai fait ce que je pouvais compte tenu des circonstances.

Un éclair de lumière verte traversa l'aile du mâle mort et frôla l'oreille de Verakko. L'odeur âcre de plumes brûlées, mêlée aux flaques de sang à leurs pieds, envahit ses narines.

— Quel est votre plan, général ?

Kadion finit d'enfiler le gant et adressa à Verakko un sourire qui fit ressortir ses fossettes.

— Mon plan est de tirer sur tout ce qui bouge.

Quelle élégance ! Verakko roula des yeux et se prépara à jeter le mâle ailé sur le côté.

— Rapprochez-les juste, et je ferai le reste.

En un instant, le sourire enfantin sur le visage de Kadion disparut et fut remplacé par l'indifférence dure et froide pour laquelle le mâle était connu au combat. Son changement abrupt de comportement poussa même Verakko à s'éloigner.

Kadion s'accroupit, et des ruisseaux de sang coulèrent sur son visage à cause d'une vilaine blessure à la tête.

— On cherche à neutraliser, pas à tuer, alors garde ces crocs pour toi, sauf en cas d'absolue nécessité.

— Compris.

Sur un signe de tête rapide de Kadion, Verakko utilisa sa force considérable pour lancer le cadavre du Strigi dans les airs, choquant suffisamment longtemps leurs assaillants pour que le gant Yulo puisse faire quelques dégâts.

Ces mâles étaient plus intelligents que les autres, cependant. Ils restaient dans les airs plutôt que de combattre au sol, comme feu leurs homologues. Verakko inspecta la zone, cherchant un moyen de les attaquer ou de les retarder. S'il pouvait donner aux femelles assez de temps pour s'échapper en empêchant l'un de ces Strigi d'atteindre le centre de contrôle à l'intérieur de la cabane, au moins cette nuit n'aurait pas été inutile.

Un sifflement furieux s'échappa de sa gorge. Il n'avait rien qui puisse servir d'arme et aucun moyen d'atteindre les assaillants aériens, à moins de grimper à un arbre et de sauter. Il y avait de nombreuses raisons pour lesquelles cette idée n'était pas recevable. Il aurait tout donné pour avoir une lance sur lui.

Les mâles s'éloignèrent soudain l'un de l'autre. Verakko garda son regard rivé sur le Strigi qui planait au-dessus de lui. Quand le mâle ouvrit le feu, il se réfugia dans l'ombre d'un bosquet voisin. Il sentit le faisceau d'un gant Yulo lui lacérer la hanche et étouffa un cri. Il rampa sur le sol sombre, fonçant son teint pour se camoufler comme il était conçu pour le faire.

Les tirs cessèrent, et il jeta un coup d'œil à la clairière. Malheureusement, un troisième mâle, qui se cachait dans les bois, se faufilait silencieusement derrière Kadion, une longue lame à la main. N'avait-il pas rejoint le combat avant parce qu'il n'avait pas de gant Yulo ?

Le mâle saisit le manche, et Verakko sentit la rage gronder en lui devant cette position déshonorante. Le venin persistant dans ses crocs ne demandait qu'à être libéré. Jetant un rapide coup d'œil au-dessus de lui, il vit que le Strigi avait foncé vers Kadion pour tenter de le distraire.

Verakko s'élança vers l'assaillant dans le dos de Kadion, tout en restant discret. Au moment où il arriva à quelques mètres, le grand Strigi se retourna et donna maladroitement un coup d'épée avant d'essayer de balayer les jambes de Verakko avec son aile.

Verakko esquiva et roula, puis se releva et coinça l'aile gauche du mâle entre son avant-bras et sa cage thoracique. Il utilisa son autre main pour saisir l'os épais mais creux qui allait de son épaule au sommet de son aile et le tira vers le bas, brisant l'os en deux.

Le mâle cria et balança sa lame sauvagement dans la direction de Verakko. Il bondit hors de portée et confronta le Strigi. Verakko cracha un rire entre ses dents.

— Tu ne peux plus t'envoler maintenant, hein ?

Le mâle Strigi était plus grand que la plupart de ses congénères et avait le regard furieux et légèrement vide d'un guerrier trop pressé. Quelqu'un qui se précipitait dans la bataille avec peu de considération pour l'honneur ou la loyauté, cherchant seulement à tuer et à prouver sa puissance. Son regard se porta sur le flanc de Verakko. Le sang coulait toujours de sa blessure à la hanche. S'ils ne gagnaient pas ce combat rapidement et s'il continuait à se dépenser comme ça, il savait qu'il succomberait à la perte de sang. Verakko étudia le mâle et laissa ses membres se détendre. Il déplaça son poids de gauche à droite dans un mouvement fluide, attirant le regard confus du mâle.

— Ton aile est cassée, mais tu peux encore t'en sortir si tu te précipites sur moi maintenant.

Verakko vit son *influence* opérer. Les yeux du mâle brillèrent et se rétrécirent. Le coin de sa bouche se releva en un sourire en coin, comme s'il venait d'avoir une idée géniale pour se débarrasser de Verakko.

Le pauvre idiot n'avait aucune idée de ce qui l'attendait. Verakko s'agrippa faiblement à sa blessure pour donner plus de poids à son *influence*, et comme il s'y attendait, le mâle poussa un hurlement puissant et se précipita vers lui. Alors qu'il n'était plus qu'à quelques centimètres de lui et que la confiance était gravée sur ses traits, Verakko esquiva, attrapant le bras armé du mâle au passage. Avant que le Strigi ait pu se redresser, Verakko avait enfoncé ses crocs dans la chair juste sous son coude et libéré quelques gouttes de venin.

Il se mit en retrait alors que le mâle massif frissonnait et tombait à genoux, les yeux écarquillés de terreur. Verakko s'accroupit devant lui, posa un doigt sur son torse et le regarda basculer, puis s'étaler sur le sol.

— Tu allais le poignarder dans le dos comme un lâche. Maintenant, tu vas mourir comme un lâche.

Le mâle émit un gargouillis et ses yeux se brouillèrent. Verakko serra la mâchoire. *Et merde.* Il méritait de mourir, mais contrairement à certains de ses semblables, Verakko ne se délectait pas de la souffrance de ses victimes.

Une larme coula de l'œil du mâle. Ses membres tremblaient comme s'il essayait de toutes ses forces de se relever. Verakko ne pouvait plus supporter cette vue.

Se penchant en avant, il chuchota :

— Dors maintenant. Et oublie ta douleur.

Immédiatement, la tension quitta le corps du mâle et ses paupières devinrent lourdes. La soif de sang que Verakko avait ressentie un instant plus tôt s'estompait à mesure que la vie s'éteignait dans les yeux du Strigi, et comme toujours, une pointe de remords monta en lui. Sa mère aurait eu honte si elle l'avait vu agir de la sorte.

Une voix retentissante résonna dans la clairière.

— Il nous en faut un vivant pour l'interroger.

Avant que Verakko n'ait pu reprendre son sang-froid et retourner dans la mêlée, il entendit un grésillement et un bruit sourd quand on le frappa à l'arrière de la tête, puis tout devint noir.

***

Des éclats de glace frappèrent le visage de Verakko, le réveillant. Sa tête le lançait furieusement, mais son corps était en apesanteur. Il regarda en dessous de lui et se figea. La peur inonda ses veines, dissolvant toute sa douleur et ne laissant que de la terreur à la place. L'un des Strigi le tenait par les bras et volait, ses ailes agitant l'air froid qui les entourait.

Être aussi haut était le pire cauchemar de Verakko. Son cœur s'emballa dans sa poitrine, et sa respiration devint superficielle.

Il devait trouver un moyen de descendre. Immédiatement.

Fermant les yeux, il s'efforça de se calmer, comme il le faisait toujours lorsqu'il était confronté à l'altitude. *Tu n'as pas peur de la hauteur, tu as peur de la chute et du sol. Tout ce que tu dois faire, c'est te rapprocher du sol.*

En dessous de lui se trouvait la forêt de Sauven. C'était obligé. Il n'avait pas pu rester inconscient pendant si longtemps.

Il leva les yeux vers le Strigi qui le tenait. Des coupures et des contusions récentes marquaient le visage du mâle, tordu en une grimace permanente. Comment pourrait-il l'*influencer* ? À quoi pouvait-il bien penser ? Un communicateur attaché à son biceps gauche attira l'attention de Verakko. Il jeta un coup d'œil à son propre biceps et constata l'absence de communicateur. *Et merde !*

Alors qu'ils traversaient un nuage bas particulièrement dense, des éclats de glace leur mordirent à nouveau la peau. Le mâle poussa un juron et Verakko eut sa réponse.

— Ce serait tellement plus pratique de voler plus bas. Loin de ces nuages.

Verakko avait parlé à voix basse, mais audible.

Sans jeter un regard à Verakko, le mâle balaya soudain le sol à la recherche d'un signe de vie.

Verakko usa à nouveau de son *influence*.

— Il n'y a que des arbres en bas. Personne pour voir si tu suis les ordres ou non.

Le mâle plongea, sortant des nuages et rejoignant un air plus chaud. Il descendit et plana à plusieurs centaines de mètres au-dessus de la forêt.

Encore trop haut.

— Tes ailes sont si douloureuses avec tout ce poids supplémentaire. Tu devrais peut-être trouver un endroit où te reposer un moment.

Le mâle plongea jusqu'à ce que la cime des arbres ne soit plus qu'à quelques mètres de lui, puis il plissa les yeux et secoua la tête. Son *influence* faiblissait. Verakko regarda à nouveau en bas, et ses entrailles se tordirent. Il pourrait survivre à une chute de cette hauteur, mais... la douleur. Des souvenirs d'os brisés et de membres tordus à des angles improbables l'assaillirent.

Encore un essai.

— Ta gorge est sèche. Il y a une rivière plus loin. Un endroit parfait où boire un coup.

Les yeux du mâle se concentrèrent sur la rivière en question, mais ils s'élargirent ensuite, et Verakko sut qu'il s'était complètement débarrassé de son *influence*.

Rassemblant toute la force qu'il lui restait, Verakko leva ses jambes et les enroula autour d'une des grandes ailes du mâle. Ils s'inclinèrent brusquement, tournoyant et plongeant vers les arbres denses en dessous. Le mâle battit des ailes, mais ne put se défaire de la prise serrée des jambes de Verakko qui le tenait également par les bras. En se dégageant d'un bras, Verakko s'efforça de dégager le communicateur, mais l'appareil glissa entre ses doigts et dégringola dans la rivière en contrebas. Verakko poussa un juron et s'agrippa aux avant-bras du mâle, mordant le moindre morceau de chair qui se présentait.

Il réussit à injecter les quelques gouttes de venin qui lui restaient alors que ses crocs égratignaient le haut du bras du mâle. Ça ne tuerait peut-être pas le Strigi, mais ça ferait des dégâts.

Le mâle regarda sa coupure suintante, horrifié. Comme Verakko l'avait craint et espéré, il le lâcha.

Pendant un instant, Verakko resta suspendu dans les airs. Puis il tomba. Il essaya de ne pas se crisper, sachant qu'être raide ne causerait que plus de dommages. Le ciel bleu marine disparut un instant avant que son épaule ne s'écrase contre une branche. Des étoiles dansaient devant ses yeux.

Il essaya de s'accrocher aux branches qui lui déchiraient la peau, mais chaque fois qu'il apercevait une branche ou un jeune arbre dans l'obscurité, il était trop tard. Les arbres continuèrent à meurtrir son corps jusqu'à ce qu'une branche particulièrement dense et basse atteigne sa tête dans un craquement. Sa vision vacilla. Il sentit un sol mou sous lui. Il ne tombait plus. Alors que le monde s'assombrissait à nouveau, il se rappela avoir été allongé dans un fossé dans une position similaire. Brisé et se demandant si on le retrouverait un jour.

3

Le jus rose du fruit dans lequel Lily avait mordu gicla sur sa chemise blanche abîmée, mais propre, et elle serra les dents. *Déjà ?* L'après-midi même, elle avait pris de précieuses heures pour laver et sécher ses vêtements. Pourquoi s'être donné cette peine ?

Depuis environ une semaine, Lily se promenait seule dans cette forêt extraterrestre, et elle était épuisée. La faim et la soif constantes, les piqûres d'insectes incessantes et l'inquiétude permanente étaient des choses qu'elle n'avait jamais appréciées sur Terre et qu'elle méprisait désormais. Pour couronner le tout, elle avait bien perdu cinq kilos alors qu'elle n'était déjà pas bien grosse.

Jetant le petit fruit dans son sac d'herbe tressée, Lily fixa les flammes vacillantes de son feu qui n'était plus dissimulé dans une fosse, et se perdit dans ses pensées. La petite clairière qu'elle avait trouvée deux jours plus tôt était l'un des endroits les plus confortables où elle avait campé depuis qu'elle s'était lancée à la recherche d'Alex. La parcelle de terre molle et couverte de mousse se trouvait à quelques pas de la rivière et était protégée par des arbres sur trois côtés. Elle regrettait d'avoir à partir, mais le lendemain, elle devrait à nouveau avancer le long de la rivière.

Quand Alex et elle avaient été séparées, elle s'était traînée sur la berge, puis avait couru aussi vite que possible le long de la rive. Elle avait couru jusqu'à ce que ses jambes l'abandonnent, mais n'avait pas trouvé la moindre trace d'elle. Elle n'avait même pas trouvé de provisions dans le sac qu'elle avait perdu dans la rivière. Puis une méchante tempête de pluie, cinq jours plus tôt, avait inondé toute la zone, obligeant Lily à se retirer sur un terrain plus élevé. Toute trace d'Alex, ou de ses provisions perdues avec son sac, avait dû être emportée encore plus loin dans la rivière.

Le gazouillis d'insectes qu'elle ne parvenait jamais à voir, même en cherchant bien, résonnait dans ses oreilles. Elle passa ses bras autour de sa taille et fronça les sourcils. Elle aurait tout donné pour qu'Alex soit là. Un petit sourire se dessina sur ses lèvres. Sa camarade d'aventure parlait suffisamment pour couvrir les bruits des insectes. Alex avait toujours été douée pour ça. Lily n'avait pas réalisé tout ce que son amie avait fait pour lui remonter le moral. Elle se demandait à présent si Alex parlait vraiment autant en temps normal ou si elle n'avait pas cessé de bavarder parce qu'elle avait senti que Lily avait besoin de légèreté pour chasser la pression qu'elle se mettait. Quoi qu'il en soit, la solitude était éprouvante pour Lily.

Pourquoi avait-elle dit à Alex de continuer ? Elle aurait dû lui intimer de ne pas bouger ! *Non*, se corrigea Lily. *Et si je ne m'en étais pas sortie ?* Ça aurait été égoïste de forcer Alex à attendre.

Alors qu'elle se rongeait les ongles, désormais dépourvus du vernis rose vif qu'elle avait appliqué quelques jours avant son enlèvement, elle passa en revue son plan. Les premiers jours toute seule, Lily n'avait pas été très maligne. Elle avait poussé son corps trop loin lors de la poursuite de son amie. Elle n'avait dormi que quelques heures de la nuit et mangé le peu de choses qu'elle trouvait sur son chemin. En y repensant, elle aurait déjà dû être morte. Empoisonnée par les aliments qu'elle avait mangés sans les tester au préalable.

Bien qu'elle n'ait pas succombé, elle était tombée bien malade. Lily ne savait pas si c'était la nourriture ou l'eau non purifiée, mais ses crampes d'estomac l'avaient arrêtée net. La tempête de pluie s'était avérée être une bénédiction déguisée, car elle l'avait obligée à s'abriter jusqu'à ce qu'elle passe et lui avait fourni de l'eau plus sûre à boire que celle de la rivière. Elle s'était réfugiée dans une crevasse sombre et vide entre des rochers en haut de la colline et avait surmonté le pire de sa maladie en priant pour qu'aucun animal sauvage ne profite de sa faiblesse.

Après deux jours de calvaire, elle avait retrouvé son bon sens et avait décidé qu'elle devait avancer plus intelligemment si elle voulait découvrir ce qui était arrivé à son amie.

Lily sentit sa poitrine se gonfler, menaçant d'éclater à la pensée d'Alex. Elle repoussa son inquiétude. *C'est une fille intelligente. Elle a atteint la rive et a commencé à marcher le long de la rivière comme prévu.* Lily continuait à mener la conversation à sens unique dans son esprit. C'était la seule activité qui l'empêchait de s'effondrer. *Je vais retrouver sa trace d'un jour à l'autre. C'est simplement plus difficile à cause de la pluie.*

Elle fit taire avec véhémence la voix au fond de son esprit qui se demandait s'il restait des traces à trouver.

Un claquement sonore provenant du feu attira son attention. Une distraction bienvenue. Elle s'approcha de sa pile pour ajouter du bois et poussa un juron. Elle l'avait laissé au bord de la rivière.

Après avoir passé la matinée à couper et à porter du bois pour se chauffer, Lily n'avait pas pu résister à l'eau cristalline. Elle avait été sale pendant assez longtemps. Elle méritait d'avoir quelques heures de frivolité où, au lieu de galérer, elle pourrait se laver, rincer ses vêtements et prendre le soleil sur un beau et gros rocher. C'était exactement ce qu'elle avait fait. Lily poussa un juron et regarda à nouveau sa chemise tachée. Elle s'était sentie propre et revigorée pendant deux heures, et à présent elle devait se traîner jusqu'à la rivière dans l'obscurité pour entretenir ce satané feu.

Elle grimaça en se levant. Ses muscles, raidis par le dur labeur de la matinée, gémirent en signe de protestation. Elle prit un bâton dans le feu et tint l'extrémité enflammée devant elle. Les arbres étaient plus fins à cet endroit, le long de la rivière, et les deux lunes, dont une seule était visible depuis son point d'observation, baignaient les environs d'une douce lumière. Lily se disait que le feu était nécessaire pour éloigner les animaux, mais en réalité, c'était plus pour son propre confort qu'autre chose.

Bien qu'elle n'ait été attaquée par aucun prédateur, elle entendait les animaux l'observer jour et nuit. Plus elle passait du temps dans cet endroit, plus elle était convaincue que les créatures qui la traquaient étaient intelligentes et attendaient qu'elle soit trop faible ou blessée pour agir.

Un bruissement retentit dans les arbres, et Lily se retourna, tenant sa torche bien haut. Elle s'accroupit, prête à courir ou se battre, selon la situation. Le bruissement s'intensifiait et elle scrutait la forêt sombre, essayant de distinguer des signes de mouvement. Mais elle ne voyait rien. Un craquement de branches la fit sursauter, et elle réalisa que le son ne venait pas de devant elle, mais d'en haut.

Qu'est-ce que c'est que ce bordel ?

Un grand fracas retentit au-dessus de sa tête. Elle s'écarta précipitamment, rampant à toute vitesse et se griffant les côtes comme son pantalon descendait sur ses hanches fines. Le poids de ce qui était tombé heurta le sol assez fort pour faire vibrer la terre sous ses pieds. Elle s'éloigna, en essayant de garder en vue la masse sombre et informe qui était tombée du ciel. Elle atteignit sa torche encore allumée et était sur le point de s'enfuir, quand un gémissement émana de la forme.

Lily se figea. Son pouls battait la chamade et sa respiration était laborieuse. On aurait dit une personne. Un homme. Elle ne savait pas quoi faire. L'adrénaline l'incitait à fuir, mais elle résista. D'un côté, elle n'avait vu personne depuis Alex et elle avait désespérément besoin d'aide. Mais de l'autre, elle n'avait aucun moyen de savoir si cette... chose... était un homme. Et même si c'était le cas, ne courait-elle pas un plus grand danger avec lui que toute seule ?

Est-ce que j'ai vraiment atteint un point où je ne m'en soucie plus ?

Lily fit taire cette pensée dès qu'elle lui vint. Elle ne se souciait peut-être plus de son bien-être, mais elle devait remonter les traces d'Alex, quelles qu'elles soient. Elle devait faire tout son possible pour retrouver son amie.

La forme en face d'elle restait immobile. *Oh, merde. Est-ce qu'il est mort ?* Elle s'empressa d'aller voir.

En s'approchant, elle ralentit et examina la créature. Levant sa torche, elle distingua un grand dos musclé, vêtu d'une chemise à manches longues et d'un pantalon noirs. Lily déglutit. C'était bien un homme. Le faible mouvement de son dos lui confirma qu'il respirait toujours.

Peut-être venait-il d'un village voisin et pouvait-il l'y conduire ? Elle regarda ses larges épaules. Mais comment était-il arrivé là ? Il n'avait pas d'ailes. L'un des hommes qui l'avaient retenue prisonnière dans le bunker en avait. Lily frissonna, un regain de prudence tempérant son excitation de voir quelqu'un.

Elle tâtonna le sol avec sa main et trouva une petite pierre. Elle la lança dans son dos et retint son souffle. Rien. Ensuite, elle s'approcha avec un long bâton et tenta de le faire réagir avec. Il resta immobile.

C'est ridicule. La seule personne qui pourrait avoir des réponses sur l'endroit où Alex avait pu aller était peut-être en train de mourir lentement parce qu'elle avait trop peur pour s'approcher. Lily prit une profonde inspiration, rassemblant son courage, et s'approcha de l'homme. Elle s'agenouilla à côté de sa silhouette massive et le fit rouler sur le dos. Il émit un nouveau gémissement de douleur, mais resta immobile. La douce lueur de la torche illuminait ses traits, et elle eut le souffle coupé. C'était un extraterrestre, indiscutablement, mais il ne ressemblait à aucun des autres qu'elle avait vus avant.

Sa peau était d'un bleu marine profond, mais prenait un vert plus clair à certains endroits où de petites coupures et éraflures apparaissaient. Ses oreilles étaient longues et pointues, avec de légères perforations comme s'il portait habituellement des boucles d'oreilles. Lily inclina la tête pour observer sa mâchoire carrée, son nez droit et ses pommettes hautes. Avait-elle déjà vu un visage aussi parfaitement sculpté ? Ses sourcils sombres étaient froncés et ses lèvres pleines tressaillaient. Elle avait envie de lisser son front.

Et son odeur… Ses vêtements sentaient l'air frais et la noisette, mais il y avait une odeur sous-jacente qu'elle n'arrivait pas à identifier. Plus elle s'efforçait de mettre le doigt dessus, plus elle lui échappait. C'était comme chasser le souvenir d'un rêve.

Elle secoua la tête. *Reprends-toi.*

Lily inspecta son corps, à la recherche de blessures. Voyant qu'il restait immobile, elle devint plus audacieuse dans sa recherche. Son épaule était démise, probablement le résultat de cette chute. Elle eut une grimace de compassion. Ça allait faire un mal de chien de la remettre en place. En s'aventurant plus bas, elle découvrit que le côté de sa chemise était humide. En le soulevant, elle vit une profonde entaille dans sa hanche. Du sang, rouge comme le sien, suintait d'une blessure vert pâle. Le flux était assez lent pour qu'il n'en meure pas de sitôt.

Lily resta accroupie. Elle devait prendre une décision. Soit le laisser là et partir dans la nuit, soit le ramener au camp et l'aider.

Et si c'était l'un de ces hommes qui aiment enfermer les femmes ? la mit en garde son esprit.

— Et s'il ne l'est pas ? répondit-elle dans un murmure.

Soudain, elle se souvint du commentaire d'Alex sur les extraterrestres qui les avaient mises en cage pour les manger, et son estomac se retourna.

Enfonçant sa torche dans la terre près de sa tête, elle rampa sur l'homme et souleva soigneusement sa lèvre supérieure. Ses canines étaient pointues. C'étaient plutôt des crocs. Tout son sang parut lui monter à la tête et ses oreilles bourdonnèrent. Peut-être qu'ils élevaient des humaines comme mets de choix pour les extraterrestres. Seuls les prédateurs avaient des dents comme ça.

Un grognement résonna dans sa poitrine. Le souffle court, elle se retrouva face à des yeux vert brillant. Des yeux alertes, furieux et concentrés sur elle. Avant qu'elle ne puisse s'enfuir, il saisit sa main, qui était encore au-dessus de sa bouche, et la retourna sur le dos. Il ramena son autre poignet au-dessus de sa tête, la dominant.

Ses crocs acérés étaient dénudés et brillaient à la lumière du feu. Lily se cabra, essayant de le déséquilibrer, mais il était trop lourd et elle n'avait pas assez d'énergie pour se défendre comme elle savait le faire.

— Où suis-je ? demanda-t-il d'une voix rauque, ses yeux peinant à y voir clair.

— Lâche-moi, et je te le dirai, cria-t-elle, se tordant sous lui avec toute la force qui lui restait.

Une expression douloureuse s'afficha sur son visage, et il grimaça. Il la relâcha et souleva son torse. Ses hanches étaient toujours coincées sous ses cuisses massives, mais ses mains étaient désormais libres. Elle s'étira vers l'endroit où elle avait laissé sa torche. Alors qu'elle balayait le sol à l'aveuglette, elle gardait les yeux fixés sur l'extraterrestre au-dessus d'elle. Il massa son épaule disloquée, puis ses traits se durcirent. Son regard résolument sinistre revint sur elle, la clouant sur place.

Elle l'observa avec horreur et stupéfaction tordre d'un mouvement rapide le poignet de son bras blessé. Elle entendit le craquement sonore d'un os glissant dans une cavité, et frissonna. Non pas à cause de la façon dégoûtante dont il avait remis son articulation, mais parce que ses yeux étaient rivés sur elle pendant tout ce temps et qu'il avait à peine bronché.

Son corps sembla s'aligner avec son esprit, et elle redoubla d'efforts pour se rapprocher de la torche. Il se jeta sur elle, les crocs dehors, et elle cria juste au moment où elle sentait le bois sous sa paume. Ses dents frôlèrent sa clavicule, mais il se retint de la mordre. Elle tira la torche à elle, tandis qu'il reniflait ses cheveux. Puis il leva la tête à quelques centimètres seulement au-dessus de la sienne et l'observa. Il ouvrit la bouche, sur le point de dire quelque chose, mais elle n'attendit pas. Elle abattit la lourde torche sur son crâne dans un bruit retentissant.

Il s'effondra sur elle. Lily se mit à haleter, essayant de respirer alors qu'elle était écrasée sous son poids. Elle se tortilla pour s'extraire de dessous lui, puis respira profondément.

Il était à nouveau inerte, et à la lumière de sa torche, elle aperçut une large blessure béante à l'arrière de sa tête. Elle eut une grimace de compassion. L'entaille était bien trop grande pour avoir été causée par sa faible attaque. Ça avait dû arriver pendant sa chute. Lily poussa un nouveau juron, sa peur laissant place à la colère et à l'exaspération. Elle jeta un regard vers les arbres. *D'où viens-tu ?*

Lily regarda l'homme, puis son camp. Elle ne regrettait pas de l'avoir assommé, bien qu'une certaine agitation dans son ventre ne soutienne le contraire. Il l'avait plaquée au sol, après tout. Et il était clair qu'il n'était pas en pleine possession de ses esprits. Oui, l'assommer était la bonne chose à faire. Mais la culpabilité la tenaillait encore alors qu'elle fixait sa blessure à la tête. Ce n'était pas elle qui l'avait provoquée, mais elle l'avait certainement aggravée.

Qu'était-elle censée faire à présent ? Et si un charognard passait par là et qu'il ne se réveillait pas ? Non, elle ne pouvait pas le laisser, même si sa raison l'exhortait à le faire avec insistance. Il aurait pu facilement la blesser, mais il ne l'avait pas fait. Peut-être que si elle l'aidait, il lui rendrait la pareille. Il lui dirait peut-être où se trouvait la ville la plus proche. Il avait parlé anglais.

Le cœur de Lily s'accéléra à nouveau et ses yeux s'élargirent. Comment était-ce possible ? Les extraterrestres du bunker parlaient aussi anglais. Les connaissait-il ?

Elle ne pouvait pas lui parler d'Alex avant d'être sûre de pouvoir lui faire confiance. Elle avait besoin de réponses.

Une idée lui vint. *Je pourrais l'attacher. M'assurer qu'il ne meure pas et lui poser des questions quand il reviendra à lui.* Lily jeta un coup d'œil en direction de son campement, où toutes les cordes qu'elle avait rassemblées attendaient. Elle ne pourrait jamais le traîner aussi loin. Il pesait une tonne. Elle devrait apporter les cordes.

Lily inspecta la zone. Une grande branche d'arbre pendait au-dessus de sa tête. Ce n'était pas l'endroit le plus sûr pour faire un feu, mais ça devrait faire l'affaire.

Elle prit un moment pour reprendre son souffle, puis se leva. En inspectant son corps, elle vit qu'elle était sale, maculée de sang et de terre. Elle étira le tissu et poussa un soupir agacé. *Il ne manquait plus que ça !*

***

La tête de Verakko le lançait. Ce n'était pas la douleur sourde habituelle qu'il ressentait quand il s'occupait des gens. Plutôt comme un couteau qu'on enfoncerait à la base de son crâne. Il avait du mal à penser, mais il sentait qu'il était assis. Une giclée de venin jaillit de ses crocs lorsqu'il perçut une corde serrée liant ses mains et… une écharpe autour de son bras droit.

Il ouvrit les yeux et aperçut un feu. Il cligna des yeux, essayant d'y voir plus clair, et serra les dents devant la douleur qui lui transperçait le crâne.

— Tu devrais rester tranquille.

Verakko se figea au son d'une voix douce. Une voix féminine. Balayant la zone, son regard se posa sur la forme floue d'une personne assise de l'autre côté du feu. Lentement, le monde autour de lui devint plus clair.

— Qui es-tu ? grogna-t-il en essayant de dégager ses mains.

La corde était solide et les nœuds faits avec expertise, mais celui qui les avait faits avait sous-estimé sa force. Il pouvait s'échapper s'il le voulait.

Verakko se souvenait d'être tombé à travers les arbres et de s'être écrasé. Et il y avait eu autre chose. Un événement. Son cœur s'accéléra lorsque les yeux de la femelle se clarifièrent. Elle était là, à le toucher et à l'examiner. Mais ensuite, elle avait touché ses crocs, et il avait su qu'il devait l'arrêter avant qu'elle ne se blesse accidentellement. S'il lui restait ne serait-ce qu'une goutte de venin, sa gentille sauveuse serait morte en quelques minutes.

Il l'avait retournée, dans l'intention de la maintenir en place pendant qu'il lui expliquait, mais son odeur l'avait distrait, et… Verakko fronça les sourcils, la colère et l'embarras le traversant. Puis elle l'avait frappé à la tête et l'avait attaché.

Sa vision s'éclaircit et le martèlement dans sa tête diminua. Il fixa la petite femelle accroupie avec un gros morceau de bois à la main, comme si elle était prête à se battre. Elle avait des cheveux châtain foncé qui encadraient son visage ovale et brillaient d'un éclat doré près des pointes. Cette répartition des couleurs était étrange, mais pas inesthétique. Il imaginait que ses yeux étaient marron, mais il était difficile d'en être sûr avec le feu vert qui s'y reflétait.

— D'où viens-tu ? demanda-t-elle.

Le Strigi, se rappela-t-il en sursaut. Ses yeux se tournèrent vers les arbres au-dessus. Le mâle reviendrait-il le chercher ? Verakko se détendit quelque peu. *Pas de sitôt.* Même si la petite quantité de venin qu'il avait pu injecter au mâle ne l'avait pas tué, elle le mettrait certainement hors service pendant quelques jours. Mais il aurait tout de même pu atterrir à proximité pour récupérer. Il vaudrait mieux que cette mystérieuse femelle et lui s'en aillent le plus tôt possible. À moins qu'elle ne soit, elle aussi, une Insurgée. Elle l'avait attaché, après tout.

— Hé, l'extraterrestre ! Réponds-moi.

Verakko ressentit un moment d'agacement avant de comprendre le sens de ses mots. *Extraterrestre ?* Il se raidit. Se redressant, il parcourut de nouveau la femelle du regard. Ses yeux revinrent sur les siens.

— Tu es une humaine.

Une petite langue rose passa sur sa lèvre inférieure, le distrayant, et elle déglutit, mais ne dit rien.

Cela signifiait-il que leur plan avait fonctionné ? Il observa ses vêtements usés et son équipement artisanal.

— Je suis resté inconscient pendant combien de temps ?

— Tu vas d'abord répondre à mes questions, dit-elle en lui lançant un regard noir.

Verakko inclina la tête vers la petite humaine, et sa bouche se retroussa malgré lui. Elle était courageuse, c'était le moins qu'on puisse dire.

— J'ai été lâché là par un pishot de Strigi. Ça répond à ta question ?

Elle fronça les sourcils.

— Comment ça se fait qu'on se comprenne ?

— On t'a implanté un traducteur, apparemment.

En se calmant, il voulut l'*influencer*.

— Il serait logique de me dire d'où tu viens. Quel mal y aurait-il à ça ?

Ses iris se dilatèrent et elle répondit rapidement :

— Je viens de…

Elle marqua une pause et cligna des yeux. Au bout d'un moment, elle secoua la tête comme pour clarifier ses pensées.

— Qu'est-ce que c'était ?

Verakko resta bouche bée.

Elle plissa les yeux devant son expression surprise.

— Tu as essayé de me faire quelque chose ?

Jamais de sa vie on n'avait balayé son *influence* aussi facilement. Il était considéré comme l'un des plus puissants de son espèce, et bien que son *influence* ne tienne souvent pas longtemps, il fallait généralement plus d'efforts pour s'en défaire. Il se déplaça sur son siège, son orgueil blessé par la petite Terrienne, et décida que sa faiblesse était manifestement la cause du dysfonctionnement de son don.

— Que dirais-tu de me détacher ? Ensuite, on pourra parler, proposa-t-il.

Se libérer de ces cordes serait facile, mais il soupçonnait que la seule raison pour laquelle cette humaine était assise si près de lui en ce moment était qu'elle supposait qu'il était neutralisé. S'il révélait sa force, elle s'enfuirait probablement ou l'attaquerait, et il n'était pas d'humeur à soumettre son corps malmené à un autre effort physique pour l'heure.

Elle sourit, dévoilant de petites dents blanches, et son sexe eut un mouvement d'intérêt non désiré.

— Aucune chance. Comment tu sais ce que sont les humaines ?

— Un verre d'eau, alors ? Est-ce que je peux avoir au moins ça ?

En réalité, il n'avait pas vraiment besoin d'eau. Son peuple vivait dans le désert sec de Dakuun. Leurs corps étaient adaptés pour survivre avec des ressources minimales. Ce dont il *avait* besoin en revanche, c'était de la voir de plus près. L'envie de sauter par-dessus le feu, juste pour voir la couleur de ses yeux, était aussi vive qu'une entité qui chercherait à s'extraire de lui à coups de griffes.

Elle le fixait durement, et il pouvait presque la voir soupeser sa demande. Son regard s'arrêta sur un bol en bois primitif rempli d'eau, et elle mordilla sa lèvre inférieure rose. Son sang s'échauffa et son sexe tressaillit de nouveau. Récemment, il avait été témoin d'une pratique assez étrange de la part d'humaines et de leurs partenaires, et il ne pouvait chasser cette image de son esprit depuis. C'était étrange ; leurs bouches étaient plaquées l'une contre l'autre comme s'ils essayaient de respirer l'air de l'autre. Alors, pourquoi ne pouvait-il pas arrêter d'imaginer prendre cette lèvre entre ses dents ?

Que la Déesse me vienne en aide. Qu'est-ce qui lui prenait ? Il regarda ses poignets en retenant sa respiration, puis expira. *Aucune marque.*

— Réponds d'abord à une de mes questions, puis je te donnerai un verre d'eau, dit-elle finalement.

Il leva le menton, reflétant sa propre posture obstinée.

— Mes yeux ont-ils changé ? Les iris et les blancs sont-ils devenus complètement noirs ou éventuellement jaunes ?

Elle pinça les lèvres.

Verakko étouffa un gémissement. Comment faire pour qu'elle lui réponde ?

— C'est important. C'est… c'est révélateur de… ma santé. S'il te plaît.

Ses yeux s'agrandirent.

— Non. Ils n'ont pas changé.

— Promets-moi de me dire si ça arrive, et je répondrai à tes questions.

Elle l'observa un moment, puis fit un signe de tête ferme.

— Comment sais-tu ce que je suis ?

Son visage restait stoïque, mais il vit un bref éclair de peur dans ses yeux. Que lui avaient fait les Insurgés ?

Il prit une profonde inspiration pour apaiser le grognement qu'il sentait naître en lui avant de répondre.

— J'ai rencontré quelques-unes de tes semblables. Deux, pour être exact. J'étais avec l'une d'entre elles, Alice, il y a seulement quelques heures. On t'a libérée du complexe dans lequel tu étais détenue. Tu ne reconnais pas ma voix ?

— Alice ?

Elle se précipita vers lui, puis s'arrêta net.

— Tu connais Alice ?

— *Tu* connais Alice ?

Verakko chercha une explication. Il n'y avait aucun moyen pour cette femelle de connaître Alice à moins que… Il inspecta ses vêtements usés et ses outils artisanaux une fois de plus.

— Tu es l'une des femelles qui se sont enfuies dans la forêt il y a quelques semaines, n'est-ce pas ?

Elle ouvrit la bouche, puis la referma.

Le soulagement, l'inquiétude et l'agacement inondèrent Verakko et, ne pouvant se contenir, il lâcha :

— C'était une idée *stupide*. Comment vous avez pu vous enfuir comme ça ? Tu sais combien de personnes ont essayé de vous retrouver ? Les autres humaines se sont inquiétées.

Elle tourna vivement la tête et ses joues rougirent.

— Hé ! Ne me juge pas. Tu n'as aucune idée de ce que j'ai traversé et de ce que j'ai vécu depuis. J'apprécierais que tu gardes tes opinions pour toi, cracha-t-elle.

Elle s'éloigna avant que Verakko ait eu le temps de trouver quoi dire. Les humaines qui s'étaient échappées avec Alice deux semaines plus tôt s'étaient relativement bien adaptées à leur nouvelle vie à Tremanta. Toutes sauf les deux femelles impulsives qui avaient décidé de s'enfoncer dans la nature et qui demeuraient introuvables, jusqu'à présent. Comme beaucoup, il avait supposé qu'elles avaient péri.

L'anxiété se mêla au soulagement une fois de plus. Il avait été tellement satisfait de voir que ses tentatives pour libérer les humaines du reste des complexes avaient été un succès. Il réalisait maintenant qu'il ignorait toujours ce qui leur était arrivé. Il devait retourner à la civilisation, et vite. Si Kadion et les autres n'avaient pas survécu à l'attaque, quelqu'un devrait faire un rapport à la reine. Les dirigeants du monde entier devaient savoir que des humaines pouvaient errer à la recherche d'un refuge sûr.

Mais d'abord, il devait convaincre cette femelle têtue de rentrer avec lui.

En marmonnant, elle prit le bol d'eau et repêcha quelques pierres dans le liquide.

— Pourquoi il y a des cailloux dans ton eau ? demanda-t-il durement, sa frustration transparaissant dans ses paroles.

Comment cette petite femelle avait-elle réussi à survivre dans la forêt de Sauven aussi longtemps ?

— Encore une idée *stupide*, c'est ça ?

Elle releva lentement la tête et haussa un sourcil délicat.

— Tu connais un meilleur moyen de purifier l'eau sans casserole ? Je les ai chauffés dans le feu, puis je les ai mis dans l'eau bouillante. Si tu connais une technique plus simple, je suis tout ouïe.

Elle soutint son regard et attendit.

Verakko ferma la bouche. Il ne connaissait pas d'autre moyen de procéder sans outils, et il détestait le sourire suffisant qui se répandit sur son visage devant son silence.

Elle s'agenouilla devant lui, et une partie de son agacement s'estompa. Marron. Ses yeux étaient en effet marron. Et magnifiques. Son parfum aussi lui plaisait. Il était masqué par la fumée, la saleté et le sang, mais il pouvait distinguer son odeur sucrée sous la crasse.

Elle leva le bol vers sa bouche et attendit. Comme il continuait à la fixer, elle s'éclaircit la gorge.

— Tu veux de l'eau ou pas ?

Il but quelques gorgées d'eau chaude, ne voulant pas lui prendre tout le précieux liquide qu'elle avait passé si longtemps à désinfecter. Il se lécha les lèvres et fut heureux de voir que ses yeux suivaient le mouvement de sa langue.

Son regard s'attarda sur lui un moment de plus, puis elle se leva brusquement et mit de la distance entre eux.

Il se renfrogna.

— Tu ne comptes pas me détacher ? demanda-t-il en agitant les mains.

— Non, répondit-elle simplement en rajoutant du bois dans le feu.

Elle s'éloigna du camp, et Verakko dut combattre l'instinct de briser ses maigres liens et de la ramener vers la sécurité du feu. Il n'avait pas passé beaucoup de temps en forêt, mais il savait que le feu était synonyme de sécurité, quel que soit l'environnement.

— Où vas-tu ?

— Au lit.

Elle s'accrocha à une branche pendante et commença à grimper.

— Tu dors toujours dans les arbres ? se plaignit-il en inclinant son cou pour la garder en vue, les muscles tendus.

Et si elle tombe ?

Elle se balança sur la branche d'un arbre proche, aussi agile qu'un teuy, et s'y installa, au-dessus du feu. Savait-elle que sa position en hauteur était le dernier endroit où il la suivrait ? Il le ferait s'il le fallait, bien entendu, mais avec sa récente chute du ciel, il espérait rester fermement planté au sol pour les prochaines années.

— Je pourrais venir te chercher là-haut aussi facilement que si tu étais ici, bluffa-t-il.

— Pas avec ton épaule dans cet état et ta plaie, répliqua-t-elle. Oh, et je crois que les mots que tu cherchais étaient *Merci*.

Sa poitrine se gonfla. Le croyait-elle vraiment si faible qu'il ne pouvait pas grimper quelques mètres après une blessure ? Il essaya de faire pivoter son buste et sentit le tissu qui entourait ses hanches. Il réalisa alors que les manches de sa chemise avaient été déchirées et utilisées pour fabriquer un bandage de fortune et une écharpe. La démangeaison d'une croûte en formation grattait contre le tissu. Ses blessures étaient presque guéries. Elle ne devait pas savoir que son espèce pouvait guérir aussi rapidement. Devait-il lui jeter cette information au visage ou la laisser dormir en pensant qu'il était un mâle affaibli et inoffensif ?

Il se renfrogna. Pour cette nuit, il la laisserait dormir, mais sa fierté ne lui permettrait pas d'être considéré comme invalide plus longtemps. Il s'allongea autant que ses liens le lui permettaient et jeta un coup d'œil à l'endroit où elle était allongée.

Elle le regardait.

— Quel est ton nom, humaine ? Je m'appelle Verakko.

Elle se détourna, et Verakko supposa qu'elle avait décidé de ne pas répondre. Mais il entendit alors :

— Moi, c'est Lily.

Verakko sourit malgré son humeur sombre.

— Dors bien, Lily.

4

Lily ouvrit les yeux, et la colère et l'embarras de la nuit précédente revinrent. Cet extraterrestre, Verakko, avait dit qu'elle s'était montrée stupide. Il avait sous-entendu qu'elle avait été imprudente. Comment osait-il ? Elle l'avait mis en sécurité, avait pansé ses plaies et s'était assurée qu'il ne meure pas. Et comment l'avait-il remerciée ? En se comportant comme un salaud imbu de lui-même.

Et maintenant, Lily ? Qu'est-ce qu'on fait maintenant ?

Elle ne pouvait pas se résoudre à le quitter, même si cette idée la démangeait. Il ne savait même pas comment obtenir de l'eau potable par lui-même. Il pourrait être utile pour identifier les plantes comestibles, mais quid des plantes comestibles pour les *humains* ?

Était-ce stupide de sa part d'être si inquiète à propos de cet extraterrestre ? Probablement. Il avait dit qu'il connaissait Alice, mais pourquoi devrait-elle le croire ? Pour ce qu'elle en savait, il aurait pu faire partie du groupe qui avait capturé Alice et lui avait arraché des informations par la torture. Lily essayait de s'accrocher à l'image du méchant, mais en vain. Il ne semblait pas être ce genre de type.

Elle gémit intérieurement. Non, elle ne pouvait pas le laisser, mais elle ne pouvait pas non plus le libérer, ce qui signifiait qu'elle devrait traîner un homme imposant et ligoté à travers la forêt. L'émotion lui noua la gorge. Finirait-elle par retrouver un jour Alex en se déplaçant à ce rythme ? *Je dois au moins essayer.*

Elle étira ses bras devant elle et grimaça. Sur le moment, dormir dans l'arbre, loin de cet homme exaspérant, avait semblé être une excellente idée. Tout au long de la nuit, elle s'était sentie de moins en moins convaincue par sa décision. Bien que la branche soit douce, recouverte de mousse et de petites fleurs, il s'agissait toujours d'une branche, à une dizaine de mètres du sol. Elle n'avait pas vraiment fermé l'œil, craignant de se retourner dans son sommeil, de rompre la corde qui l'attachait à la branche et de tomber dans le feu. Il faisait également froid à cette hauteur, et les petits insectes qui vivaient dans les arbres l'avaient piquée toute la nuit, redoublant d'efforts lorsque le feu s'était éteint.

Elle avait hésité à descendre, alimenter le feu et dormir dans la chaleur des flammes, mais sa fierté ne le lui avait pas permis. Il l'avait déjà traitée comme une enfant. Elle n'avait pas l'intention de lui faire voir à quel point elle s'était plantée.

Elle leva la tête et regarda vers là où il dormait, mais... il n'était plus là. Elle se redressa, manquant de perdre l'équilibre, et scruta le sol à la recherche d'un signe de lui. Il était introuvable. Était-il parti ? Avait-il été dévoré ? Était-il sur le chemin du retour avec des renforts en ce moment même ?

Lily se détacha, se dirigea jusqu'à sa corde de fortune et glissa jusqu'au sol de la forêt. Faisant le tour du camp, elle fourra ses maigres affaires dans son sac tissé.

— Tu vas quelque part ? demanda une voix profonde et soyeuse derrière elle.

Elle se retourna, prête à courir.

Lily dut contenir son choc. Il se tenait à quelques mètres de là et la regardait, mais il avait l'air différent. Sa peau n'était plus bleu foncé, mais présentait une combinaison plaisante de turquoise et de vert d'eau. Il pouvait donc changer de couleur ? Son écharpe avait également disparu, mais son épaule semblait parfaitement fonctionnelle.

Ses yeux couleur péridot la détaillèrent de haut en bas, et elle sentit sa peau s'embraser dans leur sillage. Elle réprimanda silencieusement son corps pour sa traîtrise. La veille au soir, alors qu'elle était furieuse, il avait suscité à peu près la même réaction chez elle. Devant sa voix grave, douce et veloutée, des images de chambres sombres s'étaient manifestées dans son esprit chaque fois qu'il avait parlé. Elle n'avait pu se débarrasser de la chair de poule qu'elle ressentait en l'entendant que lorsqu'il avait commencé à critiquer ses choix.

— Comment tu t'es libéré ? demanda-t-elle, essayant de se concentrer sur son aversion pour l'homme arrogant et non sur la façon dont le soleil soulignait les mèches bleu clair de ses cheveux.

Était-ce une coloration ou était-ce naturel ?

— Sans grande difficulté.

Il fit un signe de tête vers ses liens brisés.

Il se dirigea vers les restes du feu, et ses entrailles la brûlèrent de frustration. *C'était une corde solide, bon sang !* Et elle avait bien serré les nœuds. Maudit soit son bon cœur. Si elle l'avait attaché comme elle le voulait, il ne se serait peut-être pas libéré aussi facilement. Mais elle s'était sentie mal de manipuler son épaule blessée de cette façon.

En s'asseyant, il sortit un fruit rouge vif de sa poche et le lui lança. Elle l'attrapa au vol. Il plissa les yeux.

— On devrait manger et commencer à remonter la rivière.

— Qu… Je… bégaya Lily.

Ce type était d'une impertinence !

— Pour qui tu te prends ? Je ne vais pas remonter la rivière. Je dois la descendre, au contraire.

Il fronça les sourcils, ses lèvres pleines se transformant en une moue dévastatrice. Il parla lentement comme si elle était idiote, faisant monter sa colère.

— Mon peuple se trouve en amont de la rivière. C'est par là qu'on va.

Lily baissa le menton.

— Je ne vais nulle part avec toi. J'ai besoin de descendre la rivière, donc je vais descendre la rivière. Toi, tu fais ce que tu veux.

— Pourquoi ? demanda-t-il en coupant un fruit avec… un couteau.

Son regard se fixa sur la petite lame d'argent. *Il a un couteau.*

Lily regarda l'outil avec convoitise. Elle s'était contentée de cailloux pointus depuis tant de temps. Un couteau lui aurait rendu la vie tellement plus facile.

Il agita la lame devant son visage, récupérant son attention.

— Pourquoi as-tu besoin de descendre la rivière ?

— Ce ne sont pas tes affaires.

Elle lui lança un regard furieux, ne lui faisant pas encore assez confiance pour lui révéler qu'Alex était peut-être encore en vie.

Ne semblant guère intimidé par son regard létal, il l'observa en prenant une autre bouchée de fruit du bout de sa lame. Bon sang, elle avait toujours aimé quand les hommes faisaient ça.

— D'accord. Je viens avec toi.

— Quoi ? Pourquoi ?

Lily essaya de conserver un ton agacé, mais une petite part d'elle se réjouissait à cette idée. Elle avait été seule pendant si longtemps, et ça n'avait pas été facile. Et il avait un couteau.

— Parce que tu es sous ma responsabilité maintenant.

Il désigna la forêt d'un air supérieur qui commençait sérieusement à l'agacer.

— Je dois m'assurer que tu ne prennes plus de décisions irréfléchies et que tu ne te fasses pas tuer.

Une chaleur renfrognée envahit ses membres.

— Je me suis très bien débrouillée jusqu'à présent, merci beaucoup.

Il renifla.

— Ah oui ? Eh bien, j'avais l'impression que vous étiez deux à l'origine. Si tu t'en sors si bien, alors où est ton amie ?

L'air s'échappa de sa poitrine et elle fit un pas en arrière, comme si quelqu'un lui avait donné un coup de poing dans le ventre.

— Va. Te. Faire. Voir, dit-elle en chassant la soudaine oppression dans sa gorge.

Récupérant son sac par terre, elle se retourna et s'éloigna. *Qu'il aille se faire voir. Il n'a aucune idée de ce dont il parle.* Sa poitrine se gonfla à nouveau et une larme roula sur sa joue. Il avait tort. Ce qui était arrivé à Alex n'était pas sa faute.

Un bruit de pas retentit derrière elle. Elle refusa de lui faire face et de lui donner la satisfaction de voir ses larmes.

— Hé, tu as oublié ton… ça.

Elle se retourna, et son cœur s'enfonça dans sa poitrine. Son foret à archet. Elle avait oublié le seul outil qu'elle avait pour faire du feu. L'outil qu'elle avait passé des jours à perfectionner.

Lily avait envie de crier. Elle devait à tout prix maîtriser ses émotions. Ses parents seraient tellement déçus s'ils la voyaient. Laisser un homme la faire tourner en bourrique. Si elle n'était pas en pleine possession de ses moyens, elle était en danger de mort. Elle ne pouvait pas laisser cet extraterrestre la faire douter d'elle-même.

Elle voulut attraper le foret, mais il le brandit en l'air, hors de portée. Il fronça les sourcils et scruta son visage, voyant probablement la trace de ses larmes.

Elle sentit ses joues s'embraser et regarda le sol, gênée.

— Je peux récupérer mon foret, s'il te plaît ? demanda-t-elle d'un ton mordant.

Il fit un pas en avant, mais elle refusa de reculer. Toute sa vie, elle s'était assurée d'être une femme autonome. Elle pouvait survivre dans la nature aussi bien qu'en ville. Elle savait se défendre, mais la situation n'était pas équilibrée. Elle avait étudié le jiu-jitsu brésilien et l'aïkido, mais quelque chose lui disait que si Verakko voulait lui faire du mal, elle n'aurait aucun moyen de l'arrêter. Pas dans son état actuel de malnutrition, en tout cas.

— Je viens avec toi, que tu le veuilles ou non. Tu dois t'y faire. Je ne te laisserai pas seule ici. Ce ne serait pas un comportement honorable.

Il lui tendit le foret et elle le mit dans son sac.

Elle ferma les yeux et inspira pour se calmer, essayant d'évacuer toute son émotion et d'évaluer la situation.

Il s'était libéré. Il aurait probablement pu se libérer la veille probablement, mais il ne l'avait pas fait. Une lueur d'espoir fleurit dans sa poitrine. Si ce qu'il avait dit était vrai, ça signifiait qu'il y avait de bons extraterrestres sur cette planète. Qui ne cherchaient pas à enlever des femmes. Et il était l'un d'entre eux. Il avait prétendu être honorable, et jusqu'à présent, il n'avait rien fait de trop inquiétant, à part prouver qu'il était un con. Peu importe qu'elle ne l'aime pas, la question était de savoir si elle pouvait se servir de lui pour retrouver Alex et être en sécurité. Pouvait-elle lui faire confiance ?

Elle croisa son regard déterminé, puis regarda son corps, essayant de rester professionnelle, mais sans succès. Les biceps qu'elle avait découverts la nuit précédente après avoir découpé ses manches étaient bien définis et semblaient encore plus saillants à la lumière du jour. Il était fort. Très fort. Cette force serait utile pour ramasser du bois et transporter des matériaux supplémentaires. Avoir quelqu'un d'autre pour alimenter le feu la nuit serait également utile. Et Dieu savait que le foret à archet commençait sérieusement à lui taper sur le système. Elle épuisait presque toutes ses réserves d'énergie pour allumer un feu chaque nuit.

— Tu sais chasser ?

— Mieux que toi, certainement.

Lily laissa l'insulte glisser sur son bouclier émotionnel décidément bien glissant. Elle ne le laisserait plus l'atteindre. Au lieu de ça, elle le regarda, montrant clairement qu'elle attendait qu'il élabore.

Un muscle se contracta dans sa mâchoire.

— Je n'ai pas beaucoup chassé dans la forêt, mais je pourrais essayer.

— Tu es capable d'identifier les plantes comestibles ? insista-t-elle.

Il fronça les sourcils et croisa les bras sur son large torse.

— Plus facilement que toi.

Elle sourit.

— Donc, tu ne sais ni chasser ni cueillir des plantes comestibles, tu ignores comment purifier de l'eau et tu n'as pas la moindre idée de ce qu'est un foret à archet. Ce que je comprends, c'est que je vais maintenant devoir subvenir non seulement à mes besoins, mais aussi à ceux d'un homme d'un mètre quatre-vingt-dix et de cent dix kilos.

Ses yeux parurent briller plus fort, et elle aperçut une veine saillante dans son cou. Bien. Il avait besoin qu'on le rabaisse un peu. Elle croisa les bras, imitant sa position.

— On va faire un marché. Tu réponds à toutes mes questions, et je te laisse m'accompagner. Je m'assurerai même que tu ne meures ni de faim ni de froid. Ça te va ?

La fureur brilla dans ses yeux, et elle dut lutter contre son instinct qui lui dictait de s'enfuir.

Il tendit la main et saisit ses avant-bras croisés, les liant ensemble. Lily essaya de se défaire de son emprise, mais c'était inutile. Sa seule paume massive était une menotte inamovible. Qu'est-ce qui lui avait pris de se moquer de lui ? Avait-elle perdu la tête ?

En la rapprochant d'un coup sec, il grogna :

— Fais attention à toi, femelle. Si je le voulais, je pourrais te hisser sur mon épaule et t'emmener n'importe où. Ne me cherche pas.

Lily entreprit de fouiller sa mémoire à la recherche de toutes les techniques qu'elle avait apprises en cours d'autodéfense, mais son maudit parfum continuait de la distraire. *Je peux lui donner un coup de genou dans les parties… Du feu de bois ? Était-ce ça, l'odeur ? Mais si je lui donne un coup de genou, il pourrait bien s'écraser sur moi et… Non, du cèdre ! Du bois de cèdre ? Concentre-toi !*

Son regard s'égara sur sa bouche, et le vert vif de ses yeux s'assombrit. La main qui retenait ses poignets se serra, la faisant avancer légèrement.

L'odeur enivrante de la fumée de bois de cèdre s'intensifia, et elle eut le souffle coupé. Elle se sentait presque étourdie. Lily avait toujours aimé cette odeur.

Un souvenir de la nuit précédente traversa son esprit.

— Tu me fais encore quelque chose à la tête ? murmura-t-elle, les yeux fixés sur sa bouche.

— Non, dit-il simplement en croisant son regard. Peut-être que tu ne veux pas que je parte autant que tu le prétends.

La chaleur envahit son intimité, et elle rougit d'embarras. Elle vit ses yeux s'élargir, presque comme s'il en était conscient.

Il la relâcha et s'éloigna. Lily dut s'empêcher de se rapprocher de lui.

L'indignation l'envahit soudain. Il avait manifestement une sorte de don extraterrestre de contrôle mental qui lui faisait perdre la raison.

— Ne t'approche pas de moi. Et garde cette odeur bizarre pour toi.

Un lent sourire de prédateur se répandit sur son visage.

— Je te l'ai dit, je ne fais rien. Tu dois juste aimer mon odeur.

Son visage s'embrasa. Zéro contrôle de ses émotions.

— C'est ça, dans tes rêves.

***

Des rêves, il en avait. Le parfum soudain de son excitation le prit par surprise et il sentit un afflux de sang dans son sexe. Mais il y avait quelque chose de plus chez cette humaine. Quelque chose qui faisait que ses mains brûlaient de la rapprocher de lui. Ça n'avait pas d'importance qu'ils n'aient fait que se disputer. Tout en elle faisait appel à ses instincts les plus bas. Était-ce comme ça avec toutes les humaines ?

Il repensa à Alice. Elle était séduisante, c'était certain, mais il n'avait jamais ressenti une soif aussi inextinguible que celle qu'il ressentait pour cette femelle. Il aurait même pu penser qu'elle était sa partenaire. Mais le fait que ses yeux n'aient pas changé et que ses mains soient toujours dépourvues de marques invalidait cette pensée.

Il le saurait forcément si elle était à lui. Une petite partie de son cœur se serra à l'idée qu'elle puisse l'être, mais il l'ignora. Il devait se marier dans moins de trois semaines. Sa fiancée, que sa mère avait choisie seulement un mois plus tôt, était un bon parti. Mais si cette humaine était sa partenaire, il aurait une raison valable de rompre les fiançailles.

Lily se retourna et marcha le long de la rivière, étouffant un juron. Son traducteur ne put en déchiffrer qu'une partie, insérant les approximations les plus proches des mots inconnus. Quelque chose à propos d'une créature qui buvait du sang humain pour survivre. Verakko grimaça et la suivit le long de la berge. Il essaya de garder les yeux rivés sur son visage et de ne pas dévier vers son cul parfait, qu'il devinait sous son pantalon fin.

— Dis-moi comment tu connais Alice, dit-elle en jetant un regard suspicieux par-dessus son épaule.

Il ne pouvait pas lui reprocher de ne pas encore lui faire confiance.

— Il y a quelques semaines, elle et trois autres femelles ont été sauvées d'un complexe des Insurgés et amenées à Tremanta, la ville dans laquelle je vis actuellement.

Pas pour longtemps. Une fois marié, il devrait retourner dans sa ville natale. Troquer son poste de technologue en chef de la reine de Tremanta contre un poste ennuyeux à Mithrandir, ville beaucoup moins avant-gardiste. Ils étaient tellement réfractaires au progrès, là-bas. C'était l'une des raisons pour lesquelles il avait cherché à partir à la base.

Avec un claquement de langue, il continua :

— Deux autres femelles se sont échappées et auraient dû être secourues, mais elles ont choisi de s'enfoncer dans les bois et n'ont malheureusement pas laissé de traces permettant à nos équipes de les retrouver.

Lily haussa un sourcil suffisant.

— Tu penses que c'était accidentel ? Laisse-moi rire.

Ainsi donc, cette femelle savait aussi couvrir ses traces. Intéressant.

— Il y a d'autres humaines ici ? Combien de complexes y a-t-il ? Qui sont les Insurgés ?

Verakko prit une profonde inspiration, puis lui raconta tout ce qu'il savait sur les humaines secourues et les Insurgés. Il passa sous silence certains détails qu'il n'avait pas le droit de divulguer, comme la grossesse de l'humaine Jade.

Il avait aussi décidé de ne pas lui expliquer le concept d'accouplement ou les marques d'accouplement. Elle avait écarquillé les yeux et s'était montrée inquiète lorsqu'il lui avait expliqué que le rapport actuel entre les mâles et les femelles était de vingt pour un, et il craignait qu'expliquer l'importance de la recherche d'un partenaire par un Clecanien ne l'effraie. La femelle devant lui semblait farouchement indépendante. Si elle savait à quel point les mâles la poursuivraient sans relâche pour tenter de faire apparaître les marques d'accouplement, elle ne voudrait peut-être plus jamais quitter la forêt.

Avant d'expliquer l'importance des humaines pour leur espèce qui se mourait lentement, il devait apaiser son inquiétude. Lui faire comprendre que tous les Clecaniens n'étaient pas mauvais. Il se demandait comment les mâles de la Terre auraient géré une population de femelles clairsemée. À en juger aux regards nerveux qu'elle jetait continuellement dans sa direction, probablement pas bien. Gagner sa confiance serait une bataille difficile.

Même s'il voulait toujours retourner à Tremanta et faire son rapport à la reine dès que possible, l'urgence ne semblait pas aussi désespérée à la lumière du jour. Quand il avait été emporté dans les airs, Kadion n'avait plus qu'à abattre *un* Strigi. Verakko était certain que le général aurait pu s'en sortir, même sans gant Yulo. Il était donc peu probable que Verakko soit le seul survivant.

Sa mission actuelle était de mettre cette humaine en sécurité. Cela n'avait absolument rien à voir avec ses grands yeux bruns étincelants ou sa répartie acide qui allumaient un feu étrange dans son ventre qu'il refusait de reconnaître comme autre chose que de la colère.

Alors que le soleil se frayait un chemin dans le ciel et que la journée devenait chaude et humide, ils poursuivirent leur chemin le long de la rivière. Elle demeura silencieuse la plupart du temps, assimilant ce qu'il lui avait dit, puis le surprenant avec des questions perspicaces. Toutes les autres humaines avaient posé des questions sur le retour sur Terre et avaient proféré un flot de paroles lorsqu'elles avaient appris qu'il était illégal pour les Clecaniens d'interagir avec leur planète de classe 4. Mais pas Lily. Elle avait eu l'air… pensive, comme si elle ne le croyait pas vraiment, ou peut-être qu'elle ne l'acceptait pas. Elle ne s'était pas attardée sur ce point, mais avait posé des questions réfléchies sur la façon dont la loi avait été créée. Il n'avait pas vraiment su répondre.

— On est de la même espèce ? demanda-t-elle en regardant ses crocs et ses oreilles pointues.

— Oui. Et nous sommes aussi très anciens. Je suppose que les humains descendent des premiers Clecaniens, avant que nos ancêtres ne commencent à expérimenter les manipulations génétiques.

Il passa une main dans ses cheveux, s'émerveillant de la singularité de Lily.

— Ils voulaient devenir des êtres augmentés, c'est ça ? Je déconseillerai de jouer avec mère Nature, mais ce n'est que mon humble avis.

— Je ne me souviens pas des détails, mais je crois qu'ils ont isolé des traits d'autres créatures vivant dans des environnements similaires sur notre vieille planète. Mon peuple est ainsi devenu plus adapté aux climats chauds et secs, tandis que d'autres ont été modifiés pour pouvoir vivre dans des falaises ou sur des îles au large. Même si les scientifiques de l'époque ont fait des progrès miraculeux, ils ont aussi provoqué l'extinction de nombreuses espèces indigènes sur Clecania dans cette course au progrès. Les manipulations génétiques étaient interdites avant même qu'on ne quitte notre planète. Beaucoup pensent que les expérimentations faites il y a longtemps sont en partie la cause de notre infertilité, alors peut-être que tu as raison sur le côté « ne pas jouer avec mère Nature ».

— Alors, le type ailé du bunker souterrain et toi, vous êtes vraiment de la même espèce ?

— Ce type ailé, toi et moi, on est *tous* de la même espèce.

Lily y réfléchit pendant un long moment, ses sourcils bruns froncés sous l'effet de la concentration.

Au fur et à mesure qu'ils marchaient et qu'elle posait davantage de questions, il se sentait de plus en plus ignare.

— Qui fait les lois ? Combien de planètes y a-t-il dans l'Alliance ? Combien de représentants de chaque espèce y a-t-il ? Qu'est-ce qui constitue chaque classe ?

N'ayant jamais été très intéressé par la politique, il répondait du mieux qu'il pouvait.

Malgré lui, Verakko aimait voir les rouages de son esprit tourner. Elle se mordillait la lèvre inférieure et fronçait les sourcils d'une manière si intrigante. Quand la suspicion ou l'agacement quittaient son visage, il voyait ses yeux intelligents s'écarquiller alors qu'elle traitait les informations qu'elle recevait. Il lui raconta la bataille à la cabane et leur plan pour libérer les humaines, insistant sur son rôle dans le sauvetage pour tenter de remporter son approbation et redorer son blason. Mais elle resta silencieuse, ce qui eut pour effet de l'agacer.

— Qu'est-il arrivé à ce malade qui a emporté Alice ? Il n'était visiblement pas bien, vu ses yeux noirs.

— Noirs… ?

Verakko se souvint soudain de son mensonge et réalisa ce que Lily avait dû voir. Les yeux de Luka étaient devenus noirs, car il avait reconnu Alice comme sa partenaire.

— Oui, il était assez mal en point quand on l'a trouvé. *Ce n'est pas un mensonge. Il n'était pas bien à ce moment-là, après tout*, se dit Verakko, se sentant un brin coupable.

— Il a été puni pour ça ?

— Plutôt récompensé. Ils sont accouplés, maintenant.

Verakko rit et sauta par-dessus un gros rocher, atterrissant gracieusement à ses côtés. Elle ne sembla pas impressionnée.

Elle leva un sourcil en signe de confusion.

— Tu veux dire, comme mariés ?

Ils arrivèrent dans un coin rocailleux de la rivière, et elle garda la tête baissée et se concentra pour ne pas glisser sur les rochers. Bien qu'impressionné par ses pas sûrs et calculés, il dut lutter contre l'envie de lui offrir son bras. Il ne la connaissait pas depuis longtemps, mais il était certain qu'elle n'apprécierait pas ce geste.

— Mariés pour la vie, je suppose, dit-il en prenant soin de ne pas donner trop de détails sur le lien d'accouplement.

Elle parut satisfaite de sa réponse, et il se souvenait que les humaines voyaient le mariage différemment des Clecaniens, mais il ne se souvenait pas exactement pourquoi. Il s'était concentré sur la recherche d'un moyen de libérer les prisonnières des Insurgés au cours des derniers mois et n'avait pas jugé nécessaire de perdre son temps à s'intéresser aux coutumes humaines sans lien avec son travail. Alors qu'il regardait Lily sauter d'une pierre à l'autre, un petit sourire se dessinant sur ses lèvres, il regretta soudain de ne pas l'avoir fait.

— Je suppose qu'il n'allait pas la manger alors.

Elle rit.

Ce son fit naître une agréable décharge électrique entre ses omoplates, mais Verakko s'arrêta net et inclina la tête.

— La manger ?

Lily emprunta un chemin lisse, bordé de mousse, et glissa sur un gros rocher. Il se précipita pour la rattraper.

— Oui, certaines d'entre nous ont suggéré que c'était peut-être pour ça que vous nous aviez enlevées. Comme si on était un mets délicat ou quelque chose comme ça.

Elle regardait sa bouche en coin. Était-ce pour ça qu'elle avait observé ses crocs la nuit précédente ?

Il se renfrogna.

— Nous ne sommes pas des barbares. Nous ne mangeons pas d'êtres doués de raison.

— Oh. Mes excuses. Ton espèce n'a rien contre le fait d'enlever des humaines sans défense et de les enfermer pour Dieu sait quelle raison, mais elle ne tolère pas de dévorer des êtres doués de raison.

Elle se retourna vers lui et sortit de son sac un objet long et arrondi, de la même longueur que son avant-bras.

Verakko serra les poings.

— Ce ne sont pas mes semblables. C'était un groupe de traîtres qui ont enfreint la loi.

Lily pinça les lèvres et roula des yeux. Elle tira sur un bouchon rond au sommet de l'objet, et il réalisa qu'elle avait fabriqué un récipient d'eau transportable. Il était partagé entre louer son ingéniosité et l'étrangler pour ses soupçons constants. Comment en savait-elle autant sur la survie dans un endroit comme celui-ci ? Même si elle avait été une experte chez elle, Clecania était-elle vraiment si proche de sa planète que ses compétences restaient valables dans cet environnement ? Ou était-elle si débrouillarde qu'elle s'était adaptée ?

Elle prit une longue inspiration, puis lui tendit la gourde de fortune.

— Un peu d'eau ?

Il lui jeta un regard noir. N'avait-elle pas écouté un traître mot de ce qu'il avait dit sur son rôle dans la mission de sauvetage ?

— Tu dois comprendre que je ne n'ai rien à voir avec le crétin qui t'a enlevée.

Comme il ne faisait toujours pas mine de prendre l'eau, elle soupira et remit la gourde dans son sac.

— Écoute. Tu n'es pas humain, et je commence à peine à te connaître. Pour ce que j'en sais, tu pourrais mentir sur toute la ligne. Je ne dis pas que c'est le cas, mais je ne vais pas croire aveuglément un homme que je connais depuis une journée. Jusqu'à présent, tu m'as malmenée, forcée à te combattre, insultée, tu m'as jeté une sorte de sort et tu as essayé d'utiliser tes pouvoirs mentaux sur moi. Je te fais assez confiance pour ne pas me manger, au moins. Est-ce que ça te rassure ?

Elle se détourna, et Verakko eut l'impression que son corps tout entier virait à l'indigo.

Pendant les heures suivantes, il la talonna. Elle semblait s'en moquer. Elle n'essaya même pas de lui poser d'autres questions. La petite tishti avait le chic pour le faire bouillir.

Une fois que sa colère eut laissé la place à l'indignation, il se concentra sur le commentaire de la jeune femme concernant son odeur, et son esprit s'égara vers des idées sournoises. Il n'avait pas menti quand il avait dit qu'il n'avait rien fait, mais il avait omis de mentionner la capacité de son parfum à changer, comme sa peau.

C'était une réaction de prédateur qu'il ne pouvait pas contrôler même s'il l'avait voulu. L'odeur que son corps dégageait était un arôme attirant et adaptatif. Alors qu'une personne pouvait sentir une confiserie de sa ville natale ou un autre parfum qui la détendait, un animal sentirait une fleur ou une plante particulièrement appétissante. Parfois, lors de la chasse ou en cas d'émotions fortes, l'odeur devenait plus forte. Cette adaptation servait à l'époque à attirer les proies. Le seul moyen de le contrôler était de maîtriser ses émotions, ce qu'il semblait incapable de faire en sa présence.

L'image d'elle, docile et les paupières lourdes quand il l'avait approchée lui revint à l'esprit. Peut-être pourrait-il enfin mettre à profit cette capacité.

Ils progressaient lentement. Même si elle se déplaçait à un rythme raisonnable, compte tenu de son petit gabarit et de sa frêle carrure, il savait qu'ils pourraient avancer beaucoup plus rapidement si elle le laissait la porter.

Lorsque le soleil commença à descendre, elle se retourna vers lui. La douce lumière orangée de l'astre du jour se reflétait dans ses yeux, révélant des taches d'or dans leurs profondeurs brunes. Détournant le regard pour ne pas être attiré par sa beauté, il jeta un coup d'œil à son corps et dut étouffer un gémissement.

Comme de nombreuses races de Clecaniens, le peuple de Verakko ne perdait pas beaucoup d'eau par la transpiration, mais il voyait que c'était différent chez les humaines. Le tissu humide de sa chemise blanche épousait ses courbes juste assez pour que Verakko puisse distinguer le renflement de ses seins et un étrange revêtement. Un léger soupçon de tissu noir moulé sur ses petits seins attira son regard.

Le sang afflua dans sa queue et ses paumes le démangeaient de déchirer le tissu humide et d'inspecter plus en détail ce qui recouvrait sa poitrine.

— Je pense qu'on devrait avancer dans la forêt. Essayer de trouver de la nourriture en chemin et chercher un endroit où camper.

Heureusement, il parvint à se concentrer sur ses mots.

— Déjà ? dit-il d'un ton mordant qui le surprit lui-même.

Le sourire affable qu'elle avait plaqué sur son visage, dans ce qu'il supposait être une tentative d'être cordiale, disparut. Elle mit ses poings sur ses hanches d'un air agacé.

— Si on attend trop longtemps, on devra chercher des provisions et faire du feu dans l'obscurité. Si tu veux te rendre utile, tu peux utiliser tes muscles pour ramasser du bois en chemin.

Il se redressa, une pointe de plaisir masculin le traversant en voyant qu'elle reconnaissait sa force. La colère et la frustration qu'il avait ressenties toute la journée semblèrent fondre devant son compliment, et Verakko se demanda un instant si elle ne pouvait pas l'*influencer*, elle aussi.

Le regard affamé que Verakko lui lança était presque aussi ravageur que son odeur enivrante. C'était troublant de voir à quelle vitesse elle passait de l'agacement à la curiosité avec lui.

Lily récupéra une fine branche par terre et la brandit.

— C'est le genre de bois qu'on cherche.

Il hocha la tête, scrutant le sol. Elle s'éloigna de la rivière et s'enfonça dans la forêt, sachant qu'il la suivrait, même si elle ne comprenait toujours pas pourquoi. Il lui avait expliqué que les femmes étaient une denrée rare sur cette planète, mais il semblait que les humaines en particulier avaient encore plus de valeur. Sinon, pourquoi consentir à un périple en pleine nature d'une durée inconnue, avec une femme qui, de toute évidence, ne l'appréciait pas ? Il ne lui disait probablement pas tout. Elle le sentait.

Il brodait autour d'un sujet qu'il évitait, mais elle n'en savait pas assez pour déterminer quelles questions poser. Sa simple présence l'empêchait également de se concentrer. Elle avait senti son regard sur elle toute la journée, et elle n'arrivait pas à le déchiffrer.

Lily avait l'impression qu'il n'arrivait pas à décider s'il devait lui tordre le cou ou lui arracher ses vêtements. Plus inquiétant encore, elle n'arrivait pas à décider quel sort elle préférait.

Un fort craquement retentit derrière elle, et elle se retourna, découvrant Verakko en train de briser en deux une solide branche sur sa cuisse épaisse. Il la regarda comme s'il savait que la démonstration d'une force déraisonnable ferait exploser la partie primitive de son cerveau de femme.

— Tu t'es décidée à me dire pourquoi on descend la rivière ? demanda-t-il en haussant les sourcils.

Que répondre ? Ce n'était pas qu'elle ne voulait pas lui dire la vérité. Elle ne pensait simplement pas pouvoir parler d'Alex sans s'effondrer. Lily n'était pas prête à dévoiler cette faiblesse à un parfait inconnu, et avec ses nerfs déjà à fleur de peau, il y avait de fortes chances qu'elle le fasse. Elle fit le tour de la zone, essayant de se concentrer sur la recherche de nourriture, et répondit :

— La fille avec qui j'étais, Alex, on a été séparées. On est tombées dans la rivière, et j'ai pu rejoindre la rive avant elle.

Elle jeta un coup d'œil à Verakko, se préparant à un ricanement, et fut surprise de constater qu'il n'avait pas l'air satisfait, mais plutôt pensif.

— Il y a combien de temps que vous avez été séparées ? demanda-t-il en abattant une nouvelle branche épaisse sur sa cuisse.

Un mélange d'irritation et d'admiration la traversa brièvement. Il lui aurait fallu des jours et des tonnes d'énergie précieuse pour briser autant de bois pour se chauffer.

— Il y a un peu plus d'une semaine.

Il s'arrêta alors qu'il était en train de casser une autre branche et la fixa avec des yeux écarquillés.

— Tu vis dans les bois toute seule depuis une semaine ? Pourquoi tu n'as pas fait demi-tour ?

Lily étudia le visage de Verakko. Son ton était plus curieux qu'accusateur. Ses poils, qui semblaient prêts à se dresser à tout moment, restèrent sages.

— On avait prévu de suivre la rivière jusqu'à atteindre une ville. Alex est intelligente et pleine de ressources. Je lui ai dit de s'en tenir à ce plan.

Elle prit une poignée de sphères en forme de noix qu'elle avait ramassées, mais qu'elle avait trop peur de manger et marmonna :

— Je ne pouvais pas la laisser.

Verakko glissa le gros fagot de bois sous son bras et fixa pensivement les profondeurs de la forêt qui s'assombrissait.

Ce moment de silence se prolongea jusqu'à ce que Lily ait l'impression qu'elle allait éclater.

— Quoi ? Aucun commentaire sur la stupidité et l'impulsivité de mon choix ? grogna-t-elle.

Il y avait une part de vérité dans ce qu'il avait dit auparavant, et c'était ce qui la contrariait le plus. Elle avait découvert qu'elle se souciait de ce qu'il pensait de ses décisions.

— Non. Je comprends maintenant. Ça me donne de l'espoir, en fait, pour les humaines libérées. Si elles ressentent une fraction de ta loyauté et sont aussi courageuses que toi, elles pourraient bien avoir une chance de s'en sortir.

Les genoux de Lily tremblèrent et ses yeux se remplirent de larmes devant cette remarque inattendue et sincère. Ce n'était pas exactement un compliment, plutôt un constat, mais pour Lily, c'était encore mieux. Un nœud sembla se défaire au fond de son estomac. Elle murmura un rapide *Merci* et s'éloigna dans la forêt.

Il émit un petit grognement et la suivit.

— Cependant, je n'ai vu qu'un seul mâle humain, donc à moins que toutes les femelles aient tes compétences de survie, elles risquent de ne pas s'en sortir.

L'irritation de Lily revint soudain. Elle se mordit la langue, essayant de se convaincre que son commentaire n'avait pas pour but de rabaisser le sexe féminin dans son ensemble. Sa retenue ne dura qu'un court instant avant qu'elle ne se retourne vers lui.

— Et pourquoi la quantité d'hommes dicterait-elle la facilité avec laquelle les femmes peuvent survivre ? J'ai tenu pendant des semaines sans l'aide d'un homme.

La surprise s'inscrivit sur le visage de Verakko pendant un moment avant qu'il ne plisse les yeux.

— Tu es une énigme, petite femelle. Je supposais simplement que les mâles de ton espèce avaient appris à se battre à l'école comme nous et seraient donc utiles en pareilles circonstances.

— Les gars d'ici apprennent à se battre à l'école ?

Il haussa les épaules et lui passa devant.

— Ça dépend où. Moi, j'ai appris à l'école, mais ce n'est pas obligatoire dans toutes les villes.

Lily fouilla dans sa mémoire. Elle n'avait jamais fréquenté une vraie école, mais elle était certaine que le combat ne faisait pas partie de la plupart des programmes scolaires.

— Quel type d'école apprend le combat ?

— L'école des maris.

Il examinait la zone, sans vraiment lui prêter attention, et fit un geste vers une parcelle de terre dégagée.

— Cet endroit fera l'affaire ?

— Non, sauf si tu veux être empalé par ce faiseur de veuves, dit-elle rapidement en désignant une branche morte près du sommet de l'arbre qui pendait de façon précaire au-dessus de la clairière. L'école des maris. Je n'ai jamais entendu ça. On y apprend quoi d'autre ?

Verakko leva les yeux vers la branche, comme s'il voulait qu'elle tombe. Puis, ses mots semblant monter à son cerveau, il fronça les sourcils et se tourna vers elle.

— Ce doit être une étrange traduction. Il se peut qu'il n'y ait pas d'équivalent direct dans ta langue. Dans ce cas, le traducteur utilise parfois une approximation ou un usage désuet. On apprend à gérer une épouse et un foyer à l'école des maris.

Lily le vit s'enfoncer dans la forêt et tressaillit. *Gérer* une épouse ? Il n'était pas étonnant que ce type ait une piètre opinion des femmes. On inculquait la misogynie aux garçons dès leur plus jeune âge.

Elle se traîna derrière lui. *Garde-le pour toi. Ce n'est pas ta planète ni ta culture. Tu n'as pas assez d'informations pour en juger. Et de quel droit, de toute façon ?*

— Et ici ?

Lily inspecta la zone, la mâchoire serrée. À quelques mètres de là, elle repéra des flaques d'eau stagnante.

— Si les moustiques n'existent pas sur cette planète, alors oui.

Sa réponse fut plus brusque que prévu.

Il fronça les sourcils en la regardant.

— Tu as quelque chose à me dire ?

Avant qu'elle ne puisse les arrêter, les mots jaillirent de ses lèvres.

— *Gérer* une épouse ? Que pensent les femmes du fait d'être *gérées* comme un compte bancaire ? Qu'est-ce qu'ils enseignent, d'ailleurs, dans cette matière ? Comment calmer l'hystérie inévitable d'une épouse ou comment la guider pour vous préparer un repas parfait ?

À son grand désarroi, un large sourire se répandit sur le visage de Verakko, qui aboya un rire, puis secoua la tête d'un air incrédule.

— Tu n'as pas idée d'à quel point tu es à côté de la plaque.

Il reprit sa recherche d'un emplacement pour le camp, mais ajouta par-dessus son épaule :

— Et pour information, de toutes les femelles que j'ai rencontrées, tu es de loin la plus susceptible de céder à l'hystérie.

Lily prit une petite noix brune dans son sac et la lança dans son dos large.

En se raidissant, il regarda la noix par terre. Il se baissa sans faire tomber le bois et ramassa le petit orbe. Soutenant son regard furieux, il fit craquer l'enveloppe sèche avec ses molaires, puis glissa la noix jaune vif dans sa bouche.

— Tu viens d'illustrer mon point de vue.

De la vapeur devait sûrement lui sortir des oreilles. Croisant les bras, elle ferma les yeux. *Inspire. Expire. Inspire. Expire.* Lily essaya de se concentrer sur son père et sur toutes les façons dont il lui avait appris à maîtriser ses émotions, chose à laquelle elle n'avait jamais vraiment excellé. Quand elle rouvrit les yeux, elle vit Verakko qui attendait impatiemment.

— Tu peux m'aider à trouver l'endroit où dresser notre camp, puisque tu sembles avoir un problème avec tous ceux que je choisis ?

Elle afficha un sourire suffisant.

— C'est parce que tu fais de très mauvais choix.

La veine de son cou pulsa à nouveau, et elle en retira une certaine satisfaction.

Elle passa devant lui, ignorant l'odeur alléchante du cèdre, et força son esprit à se concentrer sur la tâche à accomplir. Après quelques minutes de silence, elle repéra une clairière au milieu d'un groupe de gros rochers et, sans dire un mot, commença à installer le camp.

Verakko laissa tomber les rondins à proximité. Lily sentait ses yeux sur elle, mais ne voulait pas perdre son calme en lui prêtant attention. Ce qu'il avait dit était vrai d'une certaine façon. Elle n'avait jamais été aussi proche de l'hystérie que depuis qu'elle était dans ces bois. Pas même quand elle s'était réveillée dans une cellule.

Les épreuves du mois écoulé semblaient enfin la rattraper, et cet homme ne faisait qu'accentuer toutes les émotions qu'elle avait réprimées. Dans une situation comme celle-ci, c'était dangereux. Lily se distrayait en se demandant ce qu'Alex penserait de Verakko. Elle sourit en imaginant tous les films auxquels elle comparerait le bel homme bleu turquoise.

Son sourire s'effaça. Verakko aimerait probablement Alex plus qu'elle. Il pourrait prendre soin d'elle, elle l'y autoriserait. Ça avait toujours été un problème pour Lily, dans ses relations. Elle était trop indépendante pour mettre les hommes à l'aise. Pourquoi voulaient-ils toujours qu'elle ait besoin d'eux ? L'inverse n'était-il pas préférable ?

Lily soupira et récupéra son foret à archet et un nid de petit bois dans son sac.

— Qu'est-ce que je peux faire ? demanda-t-il derrière elle.

Elle jeta un coup d'œil par-dessus son épaule et manqua de glousser. Son regard de frustration masculine était presque suffisant pour compenser ses commentaires précédents. S'il était vraiment misogyne, cette épreuve devait être tout aussi frustrante pour lui. Lily savait exactement ce que ça faisait de laisser sa fierté prendre le dessus – ses piqûres de la nuit précédente le prouvaient. *Ça doit le rendre dingue de devoir compter sur une femme.*

Ou peut-être qu'elle avait tout faux. Il lui avait tapé sur les nerfs à un point tel qu'elle n'avait pas pris la peine d'apprendre quoi que ce soit sur lui. Lily laissa échapper un soupir de défaite.

— Tu peux me parler de l'école des maris pendant que j'allume un feu.

— Si tu m'expliques comment faire, je peux m'en charger.

Il avait l'air si… sérieux.

— Regarde-moi faire, d'accord ? Je te laisserai essayer demain.

Il s'assit, semblant frustré, mais résigné.

— Alors, qu'est-ce que tu apprends à l'école ?

L'arc en bois frottait sur ses callosités récentes lorsqu'elle commença à utiliser le foret à archet.

— On apprend à cuisiner, à s'occuper des enfants, à maîtriser les questions de santé, à assurer sur le plan sexuel, à veiller au bien-être de son épouse, à se défendre soi et sa famille, à gérer les finances… ce genre de choses. Toutes les choses qu'une épouse peut rechercher chez un mari. J'ai appris davantage de choses sur le combat en servant dans notre infanterie pendant quelques années après mes études, mais on nous enseigne les bases à l'école. Mon programme n'était pas aussi rigoureux que celui de l'école des maris de ma ville actuelle, Tremanta, mais j'ai appris suffisamment de choses.

La main de Lily s'était figée, sa tâche oubliée devant les mots *cuisiner* et *s'occuper des enfants*.

Verakko sourit.

— Je te l'ai dit, tu étais loin du compte.

— Pourquoi la scolarité à Tremanta est-elle plus difficile ?

Il la regarda en clignant des yeux.

— Tu ne poses jamais les questions auxquelles je m'attends.

Il secoua la tête.

— Eh bien, à Tremanta, les mâles sont censés utiliser leurs notes à l'école pour attirer une épouse, alors qu'à Mithrandir, c'est la matriarche de la famille qui organise nos mariages. Nos notes sont quand même prises en compte, mais si une femelle dirigeante négocie bien, les mâles avec des notes médiocres peuvent tout de même trouver une épouse.

— Les notes des femelles sont aussi prises en compte ?

Verakko hocha la tête.

— Oui, mais elles pèsent moins dans les négociations de mariage et plus dans leur choix de profession.

Lily se remit à la tâche, s'assurant de ne pas croiser son regard.

— Et tu es marié ?

Qu'est-ce que ça peut me faire ?

Du coin de l'œil, elle vit Verakko s'agiter.

— Pas encore. Ma mère choisira pour moi le moment venu.

— Tu as eu des notes médiocres ?

— La majorité de mes notes étaient excellentes, rétorqua-t-il.

Elle vit ses épaules voûtées et ses lèvres pincées.

— Je ne voulais pas te vexer. Je voulais seulement dire…

Il ne mérite pas de compliment.

— Ça n'aurait pas de sens que tu ne sois pas marié autrement.

— Parce que je suis attirant ?

Elle détourna le regard, mais il entendit le sourire dans sa voix.

— Pour un extraterrestre, éluda-t-elle. Mais ton attitude te fait baisser de quelques crans sur l'échelle du sexy.

Il soupira.

— Oui, mes notes reflètent la même chose. Toutes mes notes sont élevées ou acceptables, sauf en communication.

— Je suis contente que ce ne soit pas que moi, gloussa Lily. J'espère que ta mère et toi êtes proches.

Un petit serpentin de fumée s'élevait à la base du mince fuseau de bois qu'elle faisait tourner avec l'arc. *J'y suis presque.*

— Proche dans quel sens ?

Lily jeta un coup d'œil à Verakko. Au cours des dernières heures, elle avait remarqué que son teint s'assombrissait pour redevenir bleu marine. Peut-être que ce changement se produisait toutes les nuits ? Il semblait confus.

— Tu sais, proche. Votre relation. J'espère que vous parlez beaucoup et qu'elle sait quel genre de femmes tu aimes.

Voyant qu'il avait toujours les sourcils froncés, elle soupira :

— Pour qu'elle choisisse quelqu'un qui te corresponde.

Il la regarda en clignant des yeux, le coin de sa bouche se soulevant en une expression comique de confusion.

— Ma mère choisira quelqu'un en fonction de ce qu'elle pense être important dans un couple. Ce sera la personne qui, selon elle, produira une progéniture idéale. Les sentiments d'un mâle sur la question sont pris en considération, mais ils ne sont pas primordiaux. Ma mère est... puissante. Elle voudra que mon épouse soit une femelle forte pour que nos enfants le soient aussi.

Elle sentit une vague de culpabilité l'envahir. Elle avait mal jugé Verakko. Il pouvait être grossier, insistant et têtu, mais il n'était pas misogyne.

— Et alors, quoi ? Tu es censé passer toute ta vie avec une femme que ta mère a choisie, et tu n'as pas ton mot à dire ?

Ses yeux verts brillants restaient fixés sur ses gestes.

— Non. Nos mariages ne durent pas si longtemps que ça. Un contrat typique dure de quelques mois à quelques années, en fonction de ce que les femelles ont négocié.

Lily reposa le foret à archet et transféra doucement le charbon ardent qu'elle avait créé dans son nid de petit bois, puis souffla doucement, alimentant la braise en oxygène. Très vite, une flamme apparut. Récupérant du bois dans son sac et les bûches que Verakko avait ramassées, elle fit le feu.

Quand elle eut terminé et que les flammes se mirent à grésiller joyeusement, elle s'assit et réfléchit.

— Je dois dire que, d'un point de vue d'extraterrestre n'ayant pas vraiment le droit de commenter les coutumes d'une autre culture, ça me semble... déplaisant.

Il laissa échapper un rire grave, et elle eut la chair de poule.

— Je suppose que pour une humaine, ça peut sembler être le cas.

— Et l'accouplement ? Tu as dit qu'Alice était accouplée. Ça veut dire qu'elle n'est avec ce type que pour quelques mois ?

Les lèvres de Verakko s'amincirent et il la fixa comme s'il essayait de prendre une décision.

— Non, l'accouplement est éternel. C'est différent du mariage. Le mariage est un contrat. L'accouplement est ce que l'on considère comme un coup de foudre. Quelque chose d'incassable. Ils seront ensemble pour toujours.

— Pour toujours ? demanda Lily, sentant le malaise la gagner. Et si elle veut le quitter un jour ?

— Ce n'est pas comme ça que l'accouplement fonctionne. Notre peuple le considère comme sacré. Le mariage est plus un devoir.

— Sans vouloir t'offenser, aucune des deux perspectives ne me semble très attirante. C'est soit un arrangement commercial, soit promettre sa vie à quelqu'un sans aucun filet de sécurité. Je suis surprise qu'Alice ait accepté. Je ne la connais pas bien, mais… aucune possibilité de divorcer ? Brrr.

Verakko fixa les flammes et reposa ses coudes sur ses genoux.

Et mince, je l'ai encore offensé ? Je dois arrêter de faire ça. Garde tes opinions pour toi, Lily !

— Ça doit vouloir dire que tu es un bon cuisinier, dit-elle d'un ton enjoué, pour essayer de détendre l'atmosphère.

Elle fouilla dans son sac, en sortit les deux derniers fruits rouges et lui en jeta un.

— Tu penses pouvoir en faire quelque chose ?

— Hélas, mes compétences se limitent à une vraie cuisine avec des appareils et des assaisonnements.

— Hmm.

Lily contourna le feu et s'assit, dos contre une large pierre violette.

— Je peux te poser une question sérieuse sans que tu m'arraches la tête ? dit-elle en grignotant le fruit acidulé qu'elle avait autrefois aimé, mais qu'elle avait fini par détester.

— Drôle de choix de mots pour l'extraterrestre qui, selon toi, mangerait de la chair humaine.

Une étincelle d'humour brilla dans ses yeux, et elle réprima un sourire.

— Si tu as été élevé dans ce que je suppose être une société dirigée par des femmes et formée à rendre une femme heureuse, alors pourquoi as-tu été si autoritaire avec moi ?

La lueur dans son regard disparut. Il ouvrit la bouche pour parler, puis la referma. Finalement, il dit :

— Tu n'es pas mon épouse.

Lily prit une gorgée d'eau, choisissant de ne pas s'attarder sur la déception que cette déclaration lui faisait ressentir. Au lieu de ça, elle lui tendit la gourde et fronça les sourcils quand il la refusa.

— Tu dois manger et boire. J'ai fait de mon mieux pour nettoyer ta blessure pendant que tu étais inconscient, mais ton corps a besoin de calories et d'eau pour combattre l'infection.

— Tu oublies une chose. Je ne suis pas humain. Je n'en ai pas besoin autant que toi.

— D'accord, mais tu vas bientôt devoir boire.

Une vague d'épuisement la frappa, la dissuadant d'argumenter.

— On rassemblera plus de provisions demain.

Étouffant un bâillement, elle poursuivit :

— Il ne me reste plus qu'une gourde pleine d'eau, et ce sont les deux derniers morceaux de fruits. Il ne reste que ces noix, et je ne sais toujours pas si je peux les manger.

— On appelle ça du guren, c'est sans danger. Tu peux en manger.

Verakko rassembla le tas de bois et le rapprocha.

— Dors. Tu n'as quasiment pas fermé l'œil la nuit dernière. Je vais surveiller le feu. Demain, je chasserai et je nous trouverai de la vraie nourriture.

Elle plissa les yeux pour exprimer son mécontentement, mais s'allongea quand même sur le sol.

— Comment tu sais si j'ai dormi ou non ?

— Tu penses vraiment que j'ai pu me reposer en te voyant vaciller sur une branche comme ça ? J'ai passé la nuit à m'assurer d'être prêt au cas où tu tomberais.

La brève flambée d'agacement de Lily devant sa méfiance à l'égard de son jugement fut rapidement étouffée. L'image d'un Verakko exaspéré, faisant les cent pas sous son arbre et se tordant les mains, fit monter la chaleur dans sa poitrine et la fit descendre jusqu'à ses orteils.

— On ne se faufile pas et on ne me fait pas de câlins pendant que je dors, ordonna-t-elle, ignorant la partie d'elle-même qui aurait aimé l'utiliser comme couverture pour la nuit.

Il s'installa sur un gros rocher.

— Les mâles et les femelles ne se câlinent pas souvent sur cette planète.

Elle s'efforça de garder les yeux ouverts. Était-ce bien futé d'être vulnérable devant cet étranger ? Et pourquoi avait-elle tant de mal à rester éveillée ? Toutes les autres nuits, elle était épuisée à cette heure, mais toujours alerte. Les oreilles de Lily se dressèrent soudain, mais la forêt était étrangement calme.

Elle entendait encore le doux bourdonnement des insectes duveteux, mais les grattements et les reniflements des animaux qui fouinaient autour de son camp chaque nuit avaient disparu.

Lily observa Verakko et se demanda s'il avait quelque chose à voir avec ça. Les créatures de la forêt étaient-elles conscientes qu'une menace l'avait rejointe ? Gardaient-elles leurs distances avec *lui* ? Des papillons s'élevèrent dans son estomac, et elle se mordilla la lèvre. Pourquoi cette possibilité la faisait-elle se sentir en sécurité et non terrifiée ? Si elle avait eu un peu de bon sens, elle aurait eu peur de ce que les autres animaux craignaient.

— Je peux te faire confiance, n'est-ce pas ? murmura-t-elle, ses paupières devenant trop lourdes pour lutter plus longtemps.

— Tu pourrais me confier ta vie.

***

Verakko vit la respiration de Lily devenir profonde et régulière. Elle s'était endormie presque immédiatement. À la lueur verte du feu, il distinguait les cernes sous ses yeux. Ses vêtements étaient tachés et ensanglantés. C'était son sang à lui.

En soulevant sa chemise, il examina à nouveau sa blessure. Seule une croûte violette demeurait. Verakko n'y avait pas prêté attention. Il avait guéri de bien pire. Mais le fait de savoir qu'elle avait utilisé sa précieuse eau pour nettoyer sa blessure, dans le but de le garder en vie, lui contractait la poitrine. Il n'avait pas l'habitude qu'on s'occupe de lui de cette façon.

Verakko chassa ce sentiment. Attrapant une longue branche qu'il avait trouvée, il commença à tailler une pointe de lance avec son couteau. Son regard revenait toujours sur Lily.

Sa peau était sale et égratignée. Ses vêtements bien trop lâches indiquaient qu'elle avait perdu du poids. Quand bien même, elle était belle… et terrifiante. Si elle était aussi charmante à ses yeux en cet instant, il ne pouvait qu'imaginer combien elle le serait lorsqu'elle mangerait autre chose que des wanget.

Le poids qu'elle prendrait remplumerait-il ses hanches et ses fesses délectables ? Ses lèvres pâles et gercées deviendraient-elles roses ou rouges ?

Il entendit un craquement et baissa les yeux sur un tas de copeaux sous une pointe de lance cassée.

Il laissa échapper un long soupir. Il n'avait aucune raison de fantasmer sur cette femelle. Il ne pouvait pas l'avoir. Il était promis à une autre, et Lily n'était pas sa partenaire.

Quand elle lui avait demandé pourquoi il ne l'avait pas dorlotée comme il l'aurait fait avec n'importe quelle autre femelle, il avait menti. En vérité, il n'avait jamais été aussi vulnérable avec une femelle. Peut-être était-ce le fait qu'elle ne connaissait pas leur culture, ou peut-être était-ce le fait que Lily donnait autant qu'elle recevait, un trait qu'il n'avait jamais rencontré chez les femelles émotionnellement distantes de Mithrandir.

Il se concentra sur la taille d'une pointe de lance. Si l'école des maris lui avait appris quelque chose, c'était l'instinct de s'occuper d'une femelle. De s'assurer qu'elle soit satisfaite. Bien qu'il ait toujours considéré ça comme fatigant et ennuyeux, l'instinct de subvenir aux besoins de Lily dans tous les domaines n'était pas une corvée. C'était davantage une envie. Une envie irrépressible de la rendre heureuse par ses seules actions.

C'était peut-être pour ça que sa capacité à prendre soin d'elle le rendait si grincheux. Elle n'avait peut-être pas besoin de lui pour grand-chose, mais il savait que s'il posait un gros morceau de viande appétissant devant elle, elle lui sourirait et le remercierait. Elle pourrait même l'embrasser.

À cette pensée, sa queue se mit au garde-à-vous.

Il avait vu quelques femelles humaines s'embrasser sur la joue pour se saluer. Le baiser sur la bouche était-il uniquement réservé aux couples ? Ou pourrait-il expérimenter cet acte de manière platonique, sans déshonorer sa fiancée ?

Verakko serra la mâchoire. Il avait aussi menti à ce sujet. Quand Lily lui avait demandé s'il était marié, il aurait dû lui avouer que dans quelques semaines, il le serait, mais il n'en avait rien dit.

La pointe de la lance commençait à prendre forme alors qu'il la taillait, irrité. Ce n'était pas comme s'il connaissait sa future épouse. Il savait qui était Ziritha, bien sûr, mais il ne lui avait jamais parlé. D'après ce qu'il avait compris, elle préférait ne pas interagir avec ses maris en dehors de ses cycles d'ovulation. La rumeur disait qu'elle avait un faible pour un mâle qui n'était pas éligible pour le mariage, mais Verakko n'avait aucun moyen de savoir si c'était vrai.

Ziritha était proche de sa mère, cependant, et il savait qu'elle voulait qu'elle prenne sa place à Mithrandir un jour. Négocier un contrat pour son fils avec une femelle qu'elle considérait comme une reine était logique.

Il n'y avait pas besoin de le dire à Lily. Pourquoi s'en inquiéter ? Ce n'était pas comme si elle se souciait de savoir s'il était sans attaches. S'en préoccupait-elle ?

L'odeur de son excitation lui revint à l'esprit. Elle était attirée par lui. C'était une perspective dangereuse.

Le matin venu, Verakko était prêt à sauter sur n'importe quel animal avec son petit couteau. Perdre une nuit de sommeil était une chose. Être laissé pour mort, battu et ensanglanté dans la jungle en était une autre. Mais Verakko avait appris quelque chose d'insidieux la nuit précédente.

Lily faisait des bruits dans son sommeil.

Certains étaient des halètements effrayés qui lui donnaient envie de se précipiter vers elle et de la serrer contre lui. D'autres étaient de petits gémissements qui faisaient frémir ses seins et réagir ses crocs. Le pire, c'était qu'à plusieurs reprises, en pleine nuit, elle avait gémi, et qu'une infime trace d'excitation avait persisté dans son parfum.

Les bruits avaient été doux et éphémères, mais les exhalaisons et le parfum féminins avaient fait durcir sa hampe et son esprit avait vagabondé vers des endroits sombres. Il avait essayé de se concentrer sur leur situation à la place.

Ils devraient couvrir plus de terrain ce jour-là. Verakko ne savait pas exactement quelle quantité de venin il avait administrée au mâle Strigi qui l'avait laissé tomber, mais s'il avait écopé d'une simple égratignure, il devait être presque guéri à présent. Le mâle reviendrait-il le chercher ? Les Strigi étaient connus pour leur détermination, et si le capturer pour l'interroger était le but, alors le Strigi se remettrait en chasse dès qu'il le pourrait. C'était du moins une possibilité qu'il devait prendre au sérieux. Pas seulement pour son bien, mais pour celui de Lily.

Verakko estimait qu'il leur restait encore un jour de marche à découvert avant que la menace ne les oblige à se cacher dans la forêt, pour ne pas être visibles depuis le ciel.

Il ne savait pas comment Lily réagirait à sa suggestion de passer par la forêt plutôt que de longer la rivière. Jusqu'à présent, il l'avait laissé prendre les devants, voyageant comme elle le souhaitait, mais si sa sécurité était menacée, il devrait insister, et l'inévitable dispute qui en découlerait ne l'enthousiasmait guère.

Combien de temps encore comptait-elle rester dans la forêt ? Son amie n'était plus là. Verakko sentait qu'elle pensait la même chose, mais n'était pas prête à l'admettre. Il s'inquiétait de ce qui se passerait quand elle l'accepterait enfin. Elle était si forte. Mais aussi attentionnée. À un degré qu'il avait du mal à appréhender. La façon dont ses yeux s'étaient remplis de larmes la veille au matin... La douleur sur son visage avait bien failli le terrasser.

Il espérait que lorsqu'elle renoncerait à la chercher, elle le laisserait être là pour elle. La tenir dans ses bras pendant qu'elle pleurerait et lui chuchoter des mots rassurants dans ses magnifiques cheveux bruns emmêlés.

Verakko chassa ses pensées, et sa tête se redressa soudain. Que lui arrivait-il ? Il détestait quand les gens pleuraient. Quelques semaines plus tôt, il avait essayé de calmer Alice, qui était au bord des larmes. Mais s'il l'avait fait, c'était parce qu'il était littéralement piégé sous l'eau dans une salle de réunion, sans aucun endroit où s'échapper. Il jeta un coup d'œil à ses mains pour la centième fois ce matin-là et laissa échapper un sifflement irrité en constatant qu'elles ne présentaient pas de marques.

D'après les histoires qu'il avait entendues, la plupart des partenaires de sa lignée familiale s'étaient reconnus assez rapidement à leur rencontre. Même ses grandes tantes, célèbres pour n'avoir obtenu leurs marques qu'au bout d'un an, s'étaient reconnues comme partenaires potentielles au premier regard.

Mais à en croire Lily, ses yeux n'avaient pas changé.

Était-ce parce qu'elle était humaine ? Peut-être que s'il la faisait sortir de la forêt et qu'ils étaient tous les deux en sécurité, leurs âmes se détendraient et se reconnaîtraient l'une l'autre. C'était un pari risqué, mais l'étrange mélange de sentiments qu'il éprouvait pour elle après si peu de temps méritait d'être exploré.

Il ne savait peut-être pas exactement où il était, mais il connaissait cette rivière et savait qu'elle menait à deux villes. Ils devraient se rendre dans l'une d'entre elles. À ce stade, elles étaient toutes deux plus proches de Tremanta, et de loin. La perspective de visiter l'une ou l'autre des villes lui pesait. Rester là et laisser Lily souffrir n'était pas une option, cependant. Il devrait bientôt décider vers quelle ville se diriger.

Elle commença à s'agiter et, tel un mâle impatient sortant de l'école des maris, il se lissa nerveusement ses cheveux. Réalisant ce qu'il avait fait, il s'empressa de les ébouriffer à nouveau. Il fit craquer son cou et rouler ses épaules. Au moins, il pourrait éliminer une partie de son agitation pendant leur marche. Pour l'heure, son humeur était plus que déplorable.

Pourquoi la Déesse l'avait-elle placé sur la route de cette persécutrice ? Si seulement il l'avait reconnue, la situation aurait été bien différente. Il aurait été enthousiaste, essayant de la courtiser à tout bout de champ. Au lieu de ça, il devait la regarder tendre ses bras au-dessus de sa tête dans la lumière du matin et faire comme si la peau exposée sous son haut ne lui mettait pas l'eau à la bouche.

Elle se frotta les yeux et le dévisagea. Les taches d'or dans ses iris étaient brillantes et les poches sombres en dessous avaient disparu.

— Oh. Merci d'avoir monté la garde. Je n'avais pas fait une nuit complète depuis… je ne me souviens pas quand.

Elle l'observa.

— Mais tu aurais dû me réveiller pour qu'on puisse se relayer. Tu as une sale tête.

— Pourquoi est-ce que je me soucierais de l'apparence que j'ai à tes yeux ? rétorqua-t-il, alors qu'il s'en souciait beaucoup.

Elle leva les mains en signe de reddition.

— Je vois. Tu n'es pas du matin. C'est noté.

Elle roula des yeux et fouilla dans son sac en marmonnant :

— Apparemment, même les extraterrestres ont besoin de café.

— Tu es prête à partir ?

Elle lui lança un regard exaspéré.

— Je viens de me réveiller. Tu veux bien y aller doucement ? J'aimerais me brosser les dents et faire un tour dans les bois. Ensuite, on pourra y aller.

Elle sortit de son sac une petite brindille effilochée et un bol en bois, puis balaya le camp du regard.

— Tu peux me passer cette pierre ? demanda-t-elle en désignant une petite pierre près de son genou.

Lily écarta les cendres du feu avec un bâton et prit un morceau de charbon de bois. Verakko la regardait avec fascination.

Elle broya le charbon en une fine poudre, y mélangea quelques gouttes d'eau jusqu'à ce qu'une pâte se forme, et utilisa cette substance avec sa brindille pour se laver les dents. *Et merde.* Pourquoi fallait-il qu'elle soit aussi impressionnante ?

— Quoi ? dit-elle la bouche pleine de charbon de bois noir.

Elle l'avait surpris en train de la fixer.

— Je peux aller chercher ce dont tu as besoin dans les bois pendant que tu finis.

Il n'avait pas son expérience de survie dans la nature, mais il pouvait suivre ses ordres. Se rendre utile en allant chercher ses affaires et en la soulageant de ce poids. Il avait voulu porter son sac la veille, mais une part de lui attendait qu'elle lui demande son aide. Il avait trouvé ça à la fois vexant et attachant quand il avait réalisé qu'elle ne le ferait jamais. D'autant plus que le sac vert tissé était plus large qu'elle et semblait assez lourd.

Elle haussa un sourcil et se rinça la bouche à l'eau.

— C'est bon. Je m'en charge.

La chaleur lui monta au cou.

— J'insiste.

Elle se leva et épousseta ses vêtements.

— C'est bon. J'en ai seulement pour une minute.

La frustration, mêlée à sa longue nuit d'insomnie, le poussa à se lever.

— Lily, je dois t'aider d'une manière ou d'une autre. Reste ici, et je vais aller chercher ce dont tu as besoin.

Il fit un pas vers elle. Elle recula, les yeux écarquillés. Elle avait dormi tranquillement à un mètre de lui toute la nuit, et il venait de détruire toute cette confiance en un instant.

— Pourquoi faut-il que tu sois si… si… difficile ?

Son regard inquiet se transforma instantanément. Elle pinça les lèvres et plissa les yeux. Puis elle mit ses poings sur ses hanches.

— Très bien, tu veux vraiment m'aider ?

— Oui !

— Alors, laisse-moi faire pipi en paix !

Sans un mot de plus, elle partit précipitamment.

Formidable. Vraiment.

***

Juste au moment où elle croyait le comprendre, il avait fallu qu'il recommence à être insistant. Elle avait utilisé une partie de son eau pour faire un brin de toilette, et avait ensuite repris le chemin du camp, en prenant son temps.

C'est logique qu'il soit grincheux, se dit-elle. Il n'avait pas dormi de la nuit, après tout. Était-il resté éveillé parce qu'il était clair qu'elle avait plus besoin d'une bonne nuit de sommeil que lui ? Ou l'avait-il fait par sens erroné du devoir masculin consistant à nier ses propres besoins pour la protéger dans son sommeil ?

Dans tous les cas, elle devrait le forcer à dormir à son tour ce soir-là. Si telle était son humeur après deux nuits sans sommeil, elle n'osait imaginer ce que ce serait dans quelques jours.

Quand elle atteignit le camp, elle se figea sur place.

— Qu'est-ce que tu fais ? C'est à moi !

Verakko se lavait les dents comme elle, avec *sa* brosse à dents. Il haussa les épaules et tendit la main vers le récipient d'eau qu'elle avait pris avec elle. Voyant qu'elle ne lui tendait pas la gourde, mais lui jetait un regard noir, il s'approcha d'elle et lui arracha la gourde des mains.

Lily était furieuse. Une brosse à dents ne se partageait pas. Il lui avait fallu d'innombrables essais pour trouver un arbre aux branches assez fibreuses pour créer une brosse et assez douces pour ne pas lui déchirer les gencives. À présent, elle devait tout recommencer.

Elle rassembla rapidement ses affaires – *leurs* affaires apparemment – et plaça le sac sur son épaule. Elle n'avait pas fait deux pas que le poids avait disparu.

— Hé !

Elle se retourna, et eut le souffle coupé. Il n'était qu'à quelques centimètres d'elle. Ses yeux s'arrêtèrent d'abord sur son large torse, puis remontèrent et croisèrent son regard. Il sourit.

Puis il passa une main sur sa joue et dans ses cheveux. Elle dut s'empêcher d'approfondir le contact.

— Tu m'as demandé de mettre mes muscles à profit.

Elle sentit un tiraillement, et sa main réapparut, pinçant une feuille jaune vif.

— Tu te souviens ?

Elle s'éclaircit la gorge.

— D'accord. Je dois me trouver une nouvelle brosse à dents de toute façon. Le sac me ralentirait.

En passant devant lui, elle inspira, le menton levé.

Ils émergèrent sur la rive du fleuve, et Lily fronça les sourcils. Ce n'était que le matin, mais l'air était déjà épais et chaud, les derniers rayons du soleil matinal bloqués par une couche de nuages gris. *Journée morose, compagnon morose, humeur morose.*

— On devra s'arrêter plus tôt aujourd'hui. On aura besoin de temps pour faire bouillir plus d'eau, trouver de la nourriture et te trouver quelques récipients à toi, dit Lily, s'arrêtant au bord d'une colline particulièrement dangereuse.

La descente abrupte était couverte de roches glissantes sur cinq mètres de dénivelé. Lily remua les orteils et grimaça. Les semelles de ses sandales initialement rouge vif étaient usées. Grâce aux sangles de cheville, elle avait réussi à ne pas perdre les chaussures en descendant les rapides, mais les boucles en métal bon marché avaient craqué quatre jours plus tôt. Même si ses pieds étaient rapidement devenus calleux et ne lui faisaient plus aussi mal lors de ses marches quotidiennes, les rochers restaient quand même douloureux.

Avant même qu'elle ait entendu Verakko bouger, il était à côté d'elle.

— Je pourrais te porter aujourd'hui. On avancerait plus rapidement et on aurait plus de temps pour chasser et trouver de la nourriture.

Me porter ?

— Je sais que tu es fort, mais franchement... C'est du délire. Tu ne peux pas...

Elle poussa un hoquet de surprise lorsque Verakko la souleva, passant un bras sous ses genoux et l'autre autour de sa taille. Elle passa ses bras autour de son cou par instinct.

— Pose-moi tout de suite !

Lily regarda le col escarpé et rocheux.

Elle le regarda et vit qu'il souriait.

— Accroche-toi bien.

Avant qu'elle n'ait pu exprimer son refus, il sauta.

Elle hurla et enfonça sa tête contre son torse. *Je vais mourir comme ça. À cause d'un homme stupide qui prend des risques stupides. Pour essayer de se faire mousser. C'est fini. Plus de soda. Plus de soupe à l'oignon. Plus de...*

Un souffle chaud près de son oreille la ramena au présent.

— Lily, tu es en sécurité.

La façon dont il prononça son nom avec cette voix veloutée, comme s'il le savourait, lui fit naître des papillons dans l'estomac. Elle était toujours accrochée à son cou, son visage enfoui contre la chaleur de son épaule. Elle sentit à nouveau son parfum et se détendit malgré elle.

Avec prudence, elle jeta un coup d'œil autour d'elle et ses lèvres s'entrouvrirent. Son saut leur avait permis de franchir l'éperon rocheux. Elle se concentra sur lui.

— Comment tu as fait ça ?

Ses yeux étaient d'un vert émeraude plus profond, et d'aussi près, elle réalisa qu'ils étaient presque translucides, comme l'intérieur d'une pierre précieuse. Hypnotisant. Lily savait qu'elle aurait dû le lâcher, mais il était si chaud et ferme, et il sentait si bon. Elle était habituée aux mauvaises odeurs des séjours prolongés en camping ; c'était l'une des raisons pour lesquelles elle tenait tant à son assortiment de bougies parfumées. C'était agréable d'être enlacée par sa propre bougie parfumée. Elle se demanda soudain le nombre d'ébats qu'elle devrait avoir avec ce géant pour que son odeur déteigne sur elle.

Il fixait sa bouche avec avidité. Allait-il l'embrasser ? Puis son regard descendit plus bas et se posa sur son cou. Il passa une langue pointue sur son croc.

Sérieusement ?

— Pose-moi.

Elle gigota. Il était hors de question qu'elle laisse un extraterrestre super sexy lui ronger la carotide. Une surprenante décharge électrique lui picota le clitoris lorsqu'elle imagina ses crocs effleurant sa peau sensible. Il la remit sur pieds, mais le bras autour de sa taille resta en place.

— C'est plus facile comme ça. Ça t'aurait pris une éternité pour descendre.

Lily serra les poings et le regarda fixement. C'était vrai. Elle ne pouvait pas bouger aussi vite que lui, et elle détestait se sentir inférieure. Elle détestait avoir l'impression de retenir quelqu'un ou de le ralentir.

— Personne ne t'empêche d'avancer. Je peux prendre soin de moi. Je ne voudrais pas te retenir.

Elle crut lire de la douleur sur son visage.

— La seule raison de ma présence ici, c'est toi. Pourquoi te laisser derrière maintenant ?

Rah ! Elle ne voulait pas qu'il ait pitié d'elle.

— Parce que je ne veux pas de toi ici !

Le mensonge lui tordit les tripes.

Il se renfrogna, restant silencieux, et son odeur s'intensifia.

Lily ferma les paupières avant de les ouvrir en grand.

— Arrête ça ! Quelle que soit cette odeur, ça suffit.

Lily essaya de s'éloigner, mais il l'attira plus près.

— Je te l'ai dit, je ne le fais pas exprès. Tu sens ce que ton cerveau veut que tu sentes. C'est comme ça. Et mon parfum devrait être plaisant pour toi, pas exaspérant.

Un sourire malicieux s'afficha sur son visage. Il enroula son autre bras autour de sa taille et la serra contre lui. Son rythme cardiaque s'accéléra.

— Tu es sûre que ce n'est pas juste parce que tu me trouves sexy ?

Elle bafouilla.

— N-non, pas du tout !

Mais c'était faux.

Il fronça à nouveau les sourcils, et un grognement grave et strident lui échappa. Ça ressemblait presque à un sifflement rauque. Bien qu'elle n'ait jamais entendu un tel son auparavant, l'intention était claire. Elle avait été prévenue.

— Regarde, petite femelle. Je ne peux pas le contrôler, alors arrête de te plaindre.

Il lui agrippa la nuque, l'attirant vers lui jusqu'à ce que sa bouche soit à un souffle de son oreille.

— Tu ne m'entends pas me plaindre chaque fois que le parfum de l'excitation inonde ton intimité.

Lily resta bouche bée, tandis que son sexe devenait humide. Son souffle chaud sur son oreille, associé à la poigne ferme sur sa nuque et à l'énorme bosse qui se pressait contre son ventre, brouillait ses pensées. Alors, entendre ces mots provocateurs prononcés par une voix si sexy ? Si elle n'avait pas été aussi choquée par l'idée qu'il puisse sentir son excitation, elle aurait pu lui sauter dessus sur-le-champ.

Il resserra sa prise pendant une seconde avant de s'éloigner, mettant de l'espace entre eux.

Il poussa un soupir frustré.

— Oui, cette odeur. Tu crois qu'elle ne me rend pas fou ?

Lily se sentait faible. Elle avait été à deux doigts de faire fi de toute prudence et de se pendre à son cou.

— Mais je ne te reproche pas constamment ton odeur. Je sais que tu n'y peux rien. C'est une réaction physique naturelle.

Il lui passa devant avant de conclure :

— Alors, arrête de me harceler à propos de la mienne.

Les joues de Lily s'embrasèrent. Tout cela était-il un stratagème pour la séduire et faire valoir ses arguments ? *Quel culot !*

Elle lui courut après.

— Je n'ai pas vu d'hommes depuis un mois. À ce stade, un vieux Davy Crockett boiteux susciterait la même réaction. Ne t'enflamme pas trop.

Mensonge. Mensonge. Mensonge.

Verakko lui lança un regard mortel, puis s'éloigna à une vitesse qu'elle ne pouvait égaler sans trottiner. Lily laissa échapper un soupir refoulé et lui emboîta le pas.

Oublie-le. Plus vite tu trouveras Alex, plus vite tu pourras sortir d'ici et te débarrasser de ce caméléon géant.

Le souvenir d'Alex apaisa quelque peu sa colère. La crainte contenue qu'elle avait ressentie pendant des jours avant l'arrivée de Verakko la remplaça. Il valait peut-être mieux penser à Verakko et à sa colère. Peut-être qu'alors, la culpabilité et l'inquiétude ne la tenailleraient pas de l'intérieur, exigeant d'être prises en compte.

Lily continua, prenant son temps pour scruter les environs à la recherche d'un quelconque signe d'Alex. Était-il réaliste de penser qu'elle aurait pu dériver jusque-là ? La rivière connaissait quelques moments de calme assez longs pour qu'une personne puisse au moins nager jusqu'à la rive. Pourquoi n'avait-elle pas encore trouvé de traces de sa présence ? Avaient-elles vraiment été effacées, comme elle essayait de s'en convaincre ?

Lily déglutit et les larmes lui montèrent aux yeux. Elle était soulagée que Verakko lui tourne le dos.

Il y avait une autre explication possible au sort d'Alex, mais elle ne pensait pas pouvoir la digérer pour l'heure. *Si elle a heurté un rocher ou un rondin et qu'elle a été entraînée sous l'eau...* La nausée la gagna et Lily s'efforça de ne pas y penser. *Alex est en vie. Elle était fatiguée, alors elle a continué à dériver, et la tempête a emporté tout signe d'elle.* C'était forcément ça.

Respire. Inspire. Expire. Inspire. Expire.

— Tu as déjà besoin d'une pause ? Tu veux de l'eau ? lança Verakko devant elle d'un ton irrité.

Une étincelle d'indignation jaillit, et elle la laissa s'embraser.

— Non, je vais bien !

Il croisa les bras sur son torse et l'inspecta de la tête aux pieds. Tant et si bien qu'elle frissonna.

— On marche seulement depuis une heure. Tu es *déjà* fatiguée ?

— J'ai dit que ça allait. J'avais juste un caillou dans la chaussure.

Verakko se retourna, grommelant quelque chose sous cape, probablement contre elle.

Ils reprirent leur marche silencieuse, lui devant et elle derrière. Il ralentit à quelques reprises, lui laissant l'occasion de le rattraper, mais elle s'assurait de ralentir le rythme à chaque fois. Le message était clair : elle voulait marcher seule.

Lily repensa à ce qu'il avait dit plus tôt à propos de son odeur. Ne pouvait-il vraiment pas la contrôler ? Il l'avait comparée à l'odeur qu'elle dégageait quand elle était excitée. Si c'était le cas, cela signifiait-il qu'elle sentait aussi son excitation à lui ? Comment était-ce possible ? Elle ne savait même pas que c'était une chose que les gens *pouvaient* sentir. Mais il n'était pas exactement comme les gens qu'elle avait rencontrés avant.

Il avait dit que *son* cerveau choisissait l'odeur qu'il dégageait. Était-ce vrai ? Son esprit se remémora un souvenir auquel elle avait souvent pensé au fil des ans. Elle sut alors pourquoi son subconscient avait choisi l'odeur du bois de cèdre.

Elle avait quinze ou seize ans à l'époque, et faisait du camping en Turquie. Ses parents avaient décidé de faire le Carian Trail et, comme toujours, ils l'avaient emmenée avec eux. Contrairement à bon nombre de leurs voyages, celui-ci avait fait office de vacances pour Lily. Ils avaient emprunté un chemin bien dessiné, dormi dans une tente et préparé à manger. Ils avaient même apporté un briquet cette fois. Un vrai, pas une pierre à feu ou un foret à archet, mais un briquet facile à utiliser en un geste.

Avec le recul, elle soupçonnait qu'ils avaient cédé à cause de ses pleurnicheries incessantes. Lorsqu'on vous a traînée autour du monde, poussée à pratiquer des techniques de survie primitives, à chasser pour manger et à devoir trouver de quoi boire, un simple sachet de fruits secs est un luxe. Il y avait une autre raison pour laquelle ce voyage avait été si spécial pour Lily. Il y avait des gens.

Un grand et bel adolescent en particulier.

Sa famille et la sienne allaient dans la même direction et avaient décidé de randonner ensemble. La famille était originaire de Nouvelle-Zélande, et ils avaient été fascinés par les descriptions de leur vie dans la nature. À son grand embarras, ses parents avaient forcé Lily à faire une démonstration de taille de silex et à indiquer toutes les plantes comestibles qu'elle voyait pendant qu'ils marchaient, affirmant que l'éducation qu'elle avait reçue auprès d'eux était bien meilleure que celle qu'elle aurait pu recevoir dans des écoles traditionnelles.

Quand elle avait vidé et découpé un poisson sans broncher, le garçon lui avait jeté un regard perplexe. Comme si elle avait eu deux têtes. Avec le recul, elle comprenait qu'elle n'avait pas été une adolescente normale.

Elle était tellement absorbée par le passé qu'elle ne fit pas attention et rentra dans Verakko, qui la fixait avec une expression étrange. Tout comme le garçon à l'époque.

La panique l'envahit, et elle leva les yeux pour voir que le soleil brillait haut dans le ciel, transperçant les nuages sombres environnants. Depuis combien de temps marchaient-ils ?

— On doit faire demi-tour ! cria-t-elle, se dirigeant déjà dans la direction opposée, au bord des larmes. J'avais la tête ailleurs, et je n'ai pas fait attention aux éventuelles traces d'Alex. J'ai pu passer à côté.

Verakko enroula une large paume autour de son bras et la fit pivoter.

— Calme-toi. J'ai fait attention. Il n'y avait aucun signe d'elle.

Lily entendait le sang qui battait dans ses tempes, mais il y avait autre chose. La voix de Verakko résonna à nouveau dans sa tête, essayant de trouver un endroit où se loger. Au lieu de repousser ses mots comme avant, elle écouta et, malgré elle, se calma.

— Vraiment ?

— Vraiment.

Il passa ses paumes le long de ses bras et lui fit un sourire en coin.

— Je veux la trouver autant que toi.

Comment avait-elle pu être si négligente ?

Elle regarda Verakko, et les dernières traces de sa panique disparurent. Il avait fait quelque chose pour la calmer avec sa voix. Elle en était sûre, même si elle ne savait pas comment il s'y était pris. Mais il avait l'air sincère, et malgré leurs constantes chamailleries, elle lui faisait confiance pour ne pas mentir sur quelque chose d'aussi important qu'une disparition.

— Tiens, bois un peu d'eau.

Il lui tendit la gourde.

— Toi d'abord.

Une pointe d'anxiété subsistait dans son ton, et elle ajouta :

— Je veux dire, tu as besoin de boire aussi. Tu n'as rien bu depuis presque deux jours.

Verakko prit une longue inspiration et passa une main dans ses cheveux, pourtant impeccables.

— Combien de temps un humain peut-il survivre sans eau ?

Lily haussa les épaules.

— Environ trois jours, mais ça dépend d'une myriade d'autres choses.

Les yeux de Verakko s'agrandirent et l'inquiétude creusa son front.

— Par la Déesse… trois jours ? Tu n'as que deux gourdes. Pourquoi tu n'as pas…

Il s'arrêta devant le regard que lui lança Lily et lui tendit la gourde en haussant les sourcils.

— Je peux tenir deux semaines.

Deux semaines entières sans eau ?

— Comment ?

Il secoua la gourde à son intention en voyant qu'elle ne semblait pas vouloir la prendre.

— Je ne suis pas médecin. Tu connais les signes d'un manque d'eau ?

— Oui, répondit-elle instantanément, ce qui lui valut un froncement de sourcils.

Ses parents avaient mis un point d'honneur à lui apprendre le fonctionnement exact de son corps. Si elle était sur le point de mourir, elle saurait précisément quels organes étaient défaillants et pourquoi. *Quelle chance !* Jusqu'à présent, ses deux gourdes de la taille d'une butternut avaient suffi à lui éviter les signes avant-coureurs de déshydratation.

— Eh bien, je ne sais pas. Nous n'avons pas autant de glandes sudoripares que les autres races clecaniennes. Ou que les humains.

Il regarda son front humide et le bas de sa poitrine, où elle était sûre qu'il y avait une belle ligne de sueur.

— Ça a beaucoup à voir avec ça, je pense. Nos reins sont aussi différents. Et notre peau aide à réguler la température.

Lily prit une longue gorgée d'eau. Elle s'était retenue pour qu'ils en aient assez tous les deux, mais à présent, elle osait enfin étancher sa soif.

— Au moins, tu connais *quelques* trucs. On ne vous apprend rien sur votre propre corps à l'école des maris ?

Verakko lui jeta un regard noir.

— Je peux t'assurer qu'on était tous trop intéressés par l'apprentissage des tenants et aboutissants de l'anatomie féminine pour perdre du temps à étudier nos reins.

Il parcourut à nouveau son corps du regard et elle réprima un frisson.

— On est probablement très différentes. Je veux dire, les femmes humaines et vos femmes.

Il soutint son regard.

— Comme je l'ai déjà expliqué, nous sommes de la même espèce. Vous êtes assez semblables. Je parie que je saurais m'y retrouver.

Des papillons s'agitèrent dans son estomac, et son cœur se mit à battre la chamade.

Verakko fronça les sourcils, pensif, alors qu'il la regardait. Il secoua un peu la tête et replaça la gourde dans son sac.

Lily brûlait de savoir ce qu'il s'était demandé à l'instant, mais elle se tut.

Verakko regarda le ciel, et à son grand étonnement, une seconde paupière sombre et translucide glissa sur ses yeux verts. Sans réfléchir, elle attrapa son visage et le ramena vers le sien.

— Tu as des paupières supplémentaires ! Trop fort. Tu n'as pas idée du nombre de fois où j'ai rêvé d'avoir ça. Quand tu pars pour trois semaines dans l'arrière-pays australien et que tu perds tes lunettes de soleil le premier jour – crois-moi, le fait de loucher constamment nuit à la santé mentale, sans parler des rides que j'ai dû accumuler. C'est comme si tu avais des lunettes de soleil intégrées ! Ça aurait été bien pratique, ne serait-ce que pour les mouches. Mon Dieu, elles sont terribles là-bas. Tu n'imagi...

Une vibration basse, plus mélodique que le grognement qu'il lui avait adressé auparavant, résonna dans sa poitrine, et elle sursauta.

— Oh, mon dieu, je suis tellement désolée. J'ai agi impulsivement. Je n'aurais pas dû t'attraper comme ça. Qu'est-ce que c'était que ce son ?

— Ce n'était rien.

Verakko se redressa et s'éclaircit la gorge.

Lily fixa l'endroit de sa poitrine d'où provenait le son, puis son visage. Elle retint un large sourire.

Verakko, l'extraterrestre amer, fier et fort, semblait… froissé.

— Comme je le disais…

Ses pommettes prirent un bleu céruléen plus profond. Il jeta un nouveau coup d'œil autour de lui.

— Qu'est-ce que je disais ?

Lily se mordit la lèvre pour ne pas sourire.

— Tu veux dire, avant de te mettre à rougir ?

Son rougissement s'accentua.

— Je ne rougis pas, dit-il, puis il s'éloigna précipitamment.

Quelque chose dans les arbres attira son attention, et il s'arrêta à nouveau. Il fit un geste triomphant vers la lisière de la forêt.

— Ah ! J'allais demander quand tu avais l'intention de t'arrêter. Il y a un arbre à guren ici.

— On peut s'arrêter.

Sans la regarder, il hocha la tête et se dirigea vers l'arbre. Lily étudia sa grande taille, tandis qu'il cueillait les noix sur des branches si hautes qu'elle n'aurait pu les atteindre en sautant, et sourit à nouveau.

Quel était ce son ? Et comment faire en sorte qu'il le reproduise ?

7

—Quelle femelle déroutante. Quelle idée de m'attraper le visage, souffla Verakko, alors qu'il transportait la dernière charge de bois jusqu'au petit camp qu'ils avaient dressé.

Lily était assise sous un bel arbre tentaculaire qui ployait sous de délicates fleurs jaunes. Les petites fleurs flottaient autour d'elle, tandis qu'elle s'employait à ouvrir des noix en les fracassant contre une roche lisse. Elle ressemblait à une sorte de déesse de la forêt qui aurait pris vie. Verakko se renfrogna. Il ne pouvait pas l'avoir. Ni même essayer.

Il laissa tomber le tas de bois, et elle sursauta en l'entendant craquer. Pendant un moment, elle le regarda d'un air perplexe, puis se remit à la tâche.

Verakko s'installa avec un second long bâton et commença à tailler une nouvelle pointe de lance. Celle qu'il avait entamée la veille n'avait pas survécu au premier gémissement nocturne de Lily. Il serait prêt quand il entendrait à nouveau ce son, ce soir-là.

— Tu sais ce que sont ces fleurs ? demanda-t-elle en examinant l'une des petites fleurs jaunes.

Il gratta un gros morceau de bois de sa lance et grinça des dents, frustré.

— Non.

— Hmm. Dommage. Ce serait bien si on pouvait en faire un médicament ou un thé.

Elle se remit à casser des noix.

Le besoin d'expliquer pourquoi ses connaissances étaient si lacunaires bouillonnait en lui.

— Elles ne poussent pas dans le désert d'où je viens.

— Parle-moi de ta ville natale, demanda-t-elle sans quitter sa tâche des yeux.

— Mithrandir ? Qu'est-ce que tu veux savoir ?

— Tout.

— Eh bien, commença-t-il en s'adossant à l'écorce douce d'un arbre, c'est une ville dans le désert. Assez grande. Entourée de sable noir à perte de vue. La vieille ville est située dans le Puits, une énorme fosse creusée par mes ancêtres il y a des siècles. Mais la plupart des gens ont déménagé dans la nouvelle ville, et la vieille ville est utilisée principalement pour les loisirs. Il y a des magasins, des restaurants et des spas.

— Des spas ? l'interrompit Lily en levant soudain la tête. Pourquoi était-elle si excitée ?

— Que sont les spas là d'où tu viens ?

— Les gens y vont pour des soins de beauté. Coiffure, massages, soins du visage. Des choses comme ça. C'est le genre de spas que vous avez ?

Il eut un petit signe de tête.

— Je ne pensais pas que tu étais du genre à fréquenter de tels établissements.

— Ce n'est pas parce que je ne me plains pas d'être sale et dégoûtante que j'aime être comme ça.

Sa poitrine se gonfla légèrement, et ses yeux se reportèrent sur le tas toujours plus petit de noix encore fermées.

— Je te ferai savoir que j'étais coiffeuse dans ma vie d'avant. Je travaillais dans un spa, et j'adorais ça.

— Tu pourrais y retravailler ici.

Lily marqua une pause et devint pensive.

— J'aimerais bien. Je me demande combien de temps il faudrait pour refaire une école d'esthétique. Les produits ne doivent pas être les mêmes. Ni les cheveux, d'ailleurs.

Elle observa les cheveux de Verakko, et il réprima l'envie de les lisser.

— Comment ils ajoutent ces mèches dans vos cheveux ?

— Je n'ai pas coloré mes cheveux. Je ne me les fais couper qu'à l'occasion.

Son commentaire sembla l'irriter, et elle se remit à casser les dernières noix.

— Est-ce que les coiffeurs sont bien payés dans ta ville ?

Mithrandir était-elle toujours *sa* ville ? Il aimait sa ville et ses habitants, mais à la façon d'un étranger. Il s'était beaucoup mieux adapté à Tremanta, où la technologie et l'innovation étaient vénérées, plutôt que le luxe et la tradition. Verakko supposait qu'il devrait y renoncer désormais. S'il réussissait à avoir un enfant avec Ziritha, il devrait rester à Mithrandir indéfiniment.

— Oui. Mon peuple se rend régulièrement dans les spas et les bassins. C'est une pratique chère à notre cœur.

Lily ouvrit sa dernière guren avec un sourire rêveur.

— Qu'est-ce qu'il y a ?

Ses yeux se fixèrent sur les siens.

— Oh, rien. Je rêvais juste à des soins. Un massage, un traitement du cuir chevelu à l'huile chaude, une manucure.

Elle fronça les sourcils en regardant ses petits ongles un peu sales.

— J'ai obtenu des notes très élevées en massage.

La voix de Verakko était un peu plus rauque que prévu, un petit sifflement ponctuant ses mots.

Verakko eut du mal à le croire, mais pendant un moment, Lily sembla réfléchir sérieusement à son offre. Ses doigts tressaillirent d'impatience.

Elle secoua la tête.

— Non, c'est bon. Je vais attendre.

Verakko faillit briser en deux sa lance nouvellement taillée.

***

— Prêt à apprendre à faire un feu ?

À la grande surprise de Lily, Verakko ne discuta pas et ne montra aucune hésitation. Au lieu de ça, il s'assit tranquillement et l'écouta pendant qu'elle lui montrait comment utiliser le foret à archet et lui expliquait ce qu'il fallait faire après avoir réussi à obtenir une braise dans le petit bois.

— C'est compris ?

— Je pense que oui, répondit-il, les sourcils froncés en signe de concentration.

Au moins, ça ne le dérangeait pas d'être instruit par une femme, pensa-t-elle, son estime pour lui augmentant un peu. Lily se leva.

— Tant mieux. Je vais remplir nos gourdes pour qu'on puisse purifier l'eau avant qu'il fasse trop sombre.

Elle omit de mentionner qu'elle allait aussi prendre un bain. Il valait mieux qu'il ne le sache pas.

Il se leva brusquement, et elle dut faire un pas en arrière. Il regarda la clairière, puis le ciel à peine visible à travers les grandes feuilles. Son inquiétude était perceptible dans ses yeux.

— Peut-être que je devrais t'accompagner.

Posant une main sur son bras, elle essaya de ne pas paraître trop empressée en disant :

— Non, c'est bon. Quelqu'un doit allumer un feu, et je veux que tu apprennes à le faire.

Le muscle sous sa paume se contracta, et ses yeux se dirigèrent vers l'endroit où elle le touchait. Sa peau était chaude et lisse. Elle prit soudain conscience de son impressionnante corpulence. Elle dormirait tellement mieux lovée contre son torse chaud une fois qu'il aurait utilisé ses mains fortes pour évacuer son stress par un massage. Lily avait été à deux doigts d'accepter le massage avant d'hésiter devant son ton.

Elle retira sa main vivement et continua maladroitement :

— Très bien, donc… euh… tu restes juste ici et tu allumes un feu. Je reviens vite.

Lily récupéra son récipient d'eau et son bol, évitant son regard intense qui s'était assombri à son contact.

— À tout à l'heure, lança-t-elle en se précipitant vers la rivière.

Lorsqu'elle se fut suffisamment éloignée et que l'odeur du cèdre, si agréable et frustrante, ne plana plus dans l'air, elle s'accorda un moment pour respirer. C'était ironique. Elle avait été tellement seule pendant si longtemps, et à présent, tout ce qu'elle voulait c'était être seule pour pouvoir rassembler ses pensées en paix.

En regardant le ciel, elle estima qu'il lui restait une heure environ avant de devoir rentrer. Elle accéléra le rythme et s'autorisa à réfléchir à ce qu'elle avait appris. Tant de choses.

Cette planète n'était pas du tout comme elle l'avait imaginé. Son cœur s'enfonça dans sa poitrine. À en croire Verakko, elle devrait s'y habituer. Elle ne serait jamais autorisée à retourner sur Terre. Lily secoua la tête, chassant cette idée. Les lois pouvaient changer et être enfreintes.

Trouver un moyen de retourner sur Terre était un combat qu'elle pouvait gagner, elle en était convaincue, mais ce serait pour un autre jour. D'ailleurs, quelle était l'urgence ? Ce n'était pas comme si quelqu'un l'attendait sur Terre.

En raison de son éducation, Lily avait la bougeotte et n'avait jamais pu s'en défaire. D'aussi loin qu'elle se souvienne, sa famille avait toujours voyagé. Devenue adulte, elle avait encore du mal à rester vivre au même endroit plusieurs années.

Quelques amis avec lesquels elle n'était pas restée en contact et ses parents, qui voyageaient dans le monde entier, étaient les seules personnes à avoir remarqué son absence. Ils penseraient probablement qu'elle avait encore déménagé.

Ses parents s'en remettraient, elle n'en doutait pas. Sa poitrine se gonfla. Cette pensée était plus douloureuse que tout le reste. Bien sûr, elle leur manquerait et ils se demanderaient ce qui s'était passé, mais avec le temps, elle avait appris que sa mère et son père ne ressentaient ou n'exprimaient pas leurs émotions de la même façon que la plupart des gens. Ils se considéraient davantage comme des guides et des enseignants que des parents. À seize ans, quand elle avait demandé à être émancipée, ils avaient été ravis. Heureux qu'elle se sente assez confiante grâce à leurs enseignements pour avancer seule dans la vie. Bien qu'elle ne l'ait jamais avoué, elle avait été dévastée par la facilité avec laquelle ils avaient accepté.

La rivière apparut, et Lily laissa échapper un soupir. Elle devait le reconnaître. Sans leur interminable entraînement au camping et à la survie, elle n'aurait peut-être pas réussi à s'en sortir. Elle aurait probablement dû les remercier.

La rivière s'incurvait à cet endroit, créant une large plage de sable avec des eaux calmes et peu profondes d'un côté et une falaise abrupte de l'autre côté, où l'eau se précipitait. Lorsqu'elle atteignit la rive sablonneuse, elle s'arrêta et prit une seconde pour admirer la scène paisible.

Le soleil se couchait derrière les grands arbres au loin, transformant la surface de l'eau en or. Une brise fraîche soufflait, transportant le parfum vivifiant de la forêt. Lily ferma les yeux et inspira. Elle se pencha, défit les lanières à ses chevilles et retira ses sandales. Le sable mouillé entre ses orteils était granuleux, mais un peu plus velouté que sur Terre.

Lily pataugea dans l'eau sans réfléchir. À mi-chemin, elle se figea et jeta un coup d'œil à sa chemise mouillée. Toutes les fois précédentes où elle s'était baignée, elle s'était assurée de laver ses vêtements aussi bien que son corps. Elle plongeait dans l'eau, puis retirait ses vêtements, les frottant du mieux qu'elle pouvait. Elle les mettait à sécher pendant qu'elle se nettoyait.

Enfiler des vêtements mouillés n'était pas des plus confortable, mais avec l'air chaud de la plupart des nuits et le tissu fin, ils séchaient rapidement. Mais, perturbée par ce mâle déroutant, elle avait oublié de prendre en compte son nouveau compagnon de voyage.

Était-il vraiment sage de rentrer au camp avec un t-shirt blanc et mouillé ? À en croire ses regards enflammés à son contact, non. Elle ôta ses vêtements et nettoya le sang et la crasse.

Le lavage complet qu'elle avait effectué quelques jours plus tôt avait permis de nettoyer ses vêtements sans trop d'effort. En regardant autour d'elle, elle trouva quelques rochers secs près d'une zone peu profonde de la rivière et s'en approcha, s'accroupissant maladroitement pour garder ses épaules sous la surface de l'eau.

Une fois ses vêtements étendus, elle se réfugia dans la rivière et commença à se détendre. Il lui faudrait une éternité pour allumer un feu, et de toute façon, ses vêtements devraient être partiellement secs d'ici là. L'eau était chaude et douce, et légèrement aérée par les rapides en amont. Alors que le soleil descendait sous la ligne des arbres, elle profita du coucher de soleil. L'une des lunes était déjà visible dans le ciel bleu vif.

Elle pensa à Verakko et sourit en s'approchant de la rive pour récupérer du sable. Apprendre à utiliser un foret à archet n'était pas chose facile. Il lui avait fallu des années de pratique pour le maîtriser. Verakko serait probablement bredouille et fou de rage à son retour, tout comme elle l'avait été la première fois qu'elle avait essayé d'en utiliser un toute seule.

Lily passa le sable sur son corps comme un exfoliant, essayant de se nettoyer du mieux possible sans savon. Elle n'avait pas encore eu la chance d'attraper un animal, mais si elle y parvenait, l'une des premières choses qu'elle ferait serait de faire fondre sa graisse et de fabriquer du savon. Elle fronça les sourcils, sachant que ce n'était qu'une chimère. Même si elle réussissait à mettre la main sur de la graisse, cela prendrait des lustres pour la transformer en savon. Du temps qu'elle n'avait pas.

Un bruit derrière elle la fit plonger dans l'eau et se retourner.

Comment ? Est-ce que… ? Là, sur la rive, l'air ravi, se tenait Verakko. Et pour rendre le tout encore plus agaçant, il tenait une torche.

Il avait fait du feu.

— Tu as dit que tu ne faisais que récupérer de l'eau, dit-il, se dirigeant vers ses vêtements en train de sécher et glissant un doigt sous sa culotte noire.

Un large sourire se répandit sur son visage alors qu'il la brandissait en l'air.

— Pose-la, râla-t-elle.

Il bascula en arrière sur ses talons, laissant tomber sa culotte et soulevant son soutien-gorge en maille noir assorti.

— Je n'ai jamais vu de sous-vêtements comme ça.

Ses joues s'embrasèrent.

— Eh bien, voilà, tu as découvert quelque chose. Tu veux bien t'en aller pour que je puisse finir de me laver en paix ?

Verakko enfonça la torche dans le sable et se leva.

— Tu n'es pas la seule qui aime être propre.

Elle eut la chair de poule lorsque Verakko fit passer sa chemise par-dessus sa tête, puis se baissa pour enlever ses bottes. Lily dut s'empêcher de le fixer. Au lieu de ça, elle se retourna et s'enfonça plus profondément dans l'eau. *Tout va bien. C'est une grande rivière. On a tous les deux besoin de se laver, après tout. Je suis égoïste. Il est toujours blessé au flanc.*

Elle se reprocha de ne pas avoir examiné sa blessure plus tôt. Si elle devait soigner son infection… elle ne retrouverait jamais Alex. Sans parler du fait que ça mettrait sa vie en danger, et cette idée la glaçait bien au-delà de la simple décence humaine. Malgré leurs chamailleries, elle commençait à apprécier Verakko de plus en plus.

Un bruit d'éclaboussure la fit se retourner. Les ondulations près de la rive lui indiquèrent où il était entré, mais il était invisible. Confuse, elle balaya la zone du regard pendant un moment avant d'étouffer un juron et de couvrir ses seins et son sexe avec ses mains. Elle inspecta la surface de l'eau. Où était-il passé ? Et voyait-il bien sous l'eau ?

— Qu'est-ce que tu cherches ?

Elle poussa un cri et faillit bondir hors de l'eau en entendant la voix derrière elle. Son cœur battait encore dans ses oreilles quand elle se retourna et trouva Verakko debout à moitié hors de l'eau et riant à gorge déployée.

Ce bruit était contagieux. Elle se mordit la lèvre pour étouffer le rictus qui menaçait de saper sa colère.

— Ce n'était pas drôle.

Il laissa encore échapper ce son étrange. Presque comme un ronronnement, mais plus aigu.

— Pour moi, si.

Soudain, le torse nu de Verakko attira son attention. Des ruisseaux d'eau s'écoulaient sur ses imposants pectoraux et son ventre ciselé et s'accumulaient dans le tissu du bandage qui entourait ses hanches. Sa peau était lisse et plus foncée qu'elle ne l'était quand elle était partie.

— Tu changes de couleur. Tu peux le faire sur commande ?

— Si nécessaire.

Il plongea dans l'eau, mouillant ses cheveux. Levant ses mains vers ses oreilles pointues, il commença à masser son cuir chevelu, les muscles de ses gros biceps se gonflant.

Lily se mordit l'intérieur de la joue et essaya de garder les yeux rivés sur son visage. Son petit sourire en coin lui indiqua qu'il avait remarqué sa fascination pour son corps.

Ses joues s'échauffant à nouveau, elle tâcha de se distraire en levant les bras et en passant ses ongles sur son cuir chevelu. Alors que son regard se promenait sur ses épaules et ses bras de la même manière que le sien, elle fut reconnaissante de s'être portée volontaire pour servir de cobaye à une collègue qui voulait s'entraîner à l'épilation au laser. Lors de ses voyages annuels dans la nature avec sa famille, l'absence de poils sur le corps l'avait toujours fait se sentir un peu plus humaine et un peu moins yéti. Bonus imprévu de ses mois de séances d'épilation… elle se sentait plus à l'aise à l'idée de se baigner à côté du spécimen apparemment parfait qu'était Verakko.

— Je ne peux pas prendre toutes les couleurs. Seulement celles que tu as déjà vues. Mais si j'avais besoin de me fondre dans un arrière-plan plus sombre lors d'une nuit claire ou pendant la journée, je pourrais faire varier ma peau. Sinon, ça se fait naturellement au cours de la journée.

Lily tenta d'incliner sa tête en arrière dans l'eau sans que sa poitrine n'arrive trop près de la surface. Sa tentative maladroite fit glousser Verakko à nouveau.

— Je peux t'aider si tu veux.

Avec une grimace, elle lui lança un regard qui voulait dire « Aucune chance ».

Il haussa les épaules et commença à frotter sa peau. Les muscles de son torse se contractaient lorsqu'il passait ses mains dessus. Pour combattre son envie soudaine et malvenue de lui proposer de lui laver le dos, Lily plongea tout son corps sous l'eau et secoua ses cheveux. Après un moment d'hésitation, elle ouvrit les yeux et tenta de lui jeter un coup d'œil furtif. *Après tout, ce n'est que justice.*

À sa grande déception, l'eau était trop sombre pour distinguer quoi que ce soit. Quand elle refit surface, elle croisa le regard de Verakko, à quelques centimètres d'elle. Il était plié en deux, frottant la partie inférieure de son corps. Son souffle se bloqua dans sa poitrine devant ses yeux verts et brillants.

— Tu t'es bien rincé l'œil ? demanda-t-il.

***

Cette femelle allait le rendre fou. Quand elle s'était enfuie, il avait frénétiquement essayé de se souvenir de ses instructions et de faire un feu pour pouvoir aller la chercher au plus vite et s'assurer qu'elle allait bien. Il était évident qu'elle ne pensait pas qu'il y parviendrait. C'était logique. Le foret à archet était difficile à manier, et il était fasciné par la facilité avec laquelle elle le manipulait.

Lorsqu'il avait finalement réussi à utiliser l'étrange mais efficace outil, il s'était précipité vers la rivière pour se vanter de la simplicité de la tâche et forcer cette jolie rougeur à lui monter aux joues, et il l'avait trouvée en train de se baigner dans la rivière.

Il avait failli trébucher à la vue de son dos nu et luisant et de ses cheveux mouillés. Elle avait laissé ses vêtements étendus plus loin, comme pour le narguer. Pour la première fois depuis très longtemps, il s'était senti étourdi, taquin même. Il ne se souvenait pas avoir ressenti ça avec une femelle.

Mais désormais, les regards enflammés qu'elle lui lançait étaient suffisants pour anéantir toute résolution. Il s'était abstenu de regarder son corps nu sous l'eau, même si ses deuxièmes paupières lui auraient facilité la tâche. La façon dont elle avait rougi à son accusation lui indiqua qu'elle n'avait pas été aussi courtoise.

— Je n'ai pas regardé ! rétorqua-t-elle en déplaçant la masse sombre de ses cheveux sur son épaule, dévoilant son cou.

Ses crocs réagirent en même temps que sa queue. Il n'avait jamais ressenti l'envie de marquer si profondément auparavant. Mordre une femelle était un acte intime et était traditionnellement réservé aux partenaires – et désormais aux époux.

— Laisse-moi voir ta blessure, dit-elle en faisant un signe de tête vers ses côtes.

Il sourit et défit le nœud serré sur sa hanche.

Quand il dévoila ses côtes, elle eut un hoquet de surprise et s'empressa d'aller voir de plus près. Elle tendit la main et il se prépara à sa réaction. *Ne l'attrape pas si elle te touche. Tu es censé te marier bientôt.*

Ses doigts s'arrêtèrent à un centimètre de son flanc lisse et intact, et il poussa un faible juron.

— Désolée.

Elle recula, prenant sa déception pour de la colère.

— Comment est-ce possible ? Tu avais un trou dans la hanche. Le projectile a traversé et la plaie avait l'air plutôt propre, mais il est impossible qu'elle soit déjà guérie.

— Mon peuple guérit rapidement.

— Qu'est-ce que tu veux dire par « ton peuple » ? C'est l'une de ces modifications génétiques dont tu m'as parlé ? demanda-t-elle en inclinant la tête.

Ce geste allongea plus encore le côté exposé de son cou. Il réprima un gémissement.

— Je te le dirai quand on reprendra le chemin du camp.

— *On ?* demanda-t-elle. Tu rentres d'abord, et je te rejoindrai.

Il laissa échapper un grognement et, sans le vouloir, instilla son *influence* dans ses mots.

— Je ne regarderai pas, Lily. Tu peux me faire confiance.

Immédiatement, elle mit ses mains sur ses oreilles. Ce qui eut pour effet d'agiter ses seins qui sortirent de l'eau. Verakko serra la mâchoire et se retourna pour battre en retraite.

— Arrête de faire ça ! lui lança-t-elle.

— Je ne peux pas toujours m'en empêcher ! aboya-t-il.

Il atteignit ses vêtements et enfila son pantalon. Le tissu humide et frais frotta contre sa queue, mais aida à refroidir ses ardeurs. Il se retourna et fronça les sourcils. Lily lui tournait le dos.

— Je suis habillé, annonça-t-il.

— Va-t'en. J'arrive.

Verakko leva les bras au ciel.

— Tu crois vraiment que je ne pourrais pas me cacher dans les arbres et te regarder si je le voulais ? Je vais rester ici avec le dos tourné.

— Si tu te retournes, je te jure que tu le regretteras.

Verakko lui tourna le dos et murmura :

— Je le regretterai de toute façon, mivassi.

Ses muscles se contractant en un instant, il se figea. *Mivassi ?* D'où cela venait-il ? De ce monde ou du précédent ? Il n'avait jamais utilisé ce terme affectueux avant. Avec personne.

— Allons-y.

Sa douce voix inonda ses sens. Depuis combien de temps était-il figé sur place ?

Avec la torche qui s'éteignait lentement à la main, elle se dirigea vers leur camp. Ses vêtements étaient aussi humides que les siens, et il remercia la Déesse de ne pas l'avoir vue de face. Le tissu blanc de sa chemise était presque transparent. Après avoir remis ses bottes, il s'élança derrière elle.

Quand ils arrivèrent au camp, Lily regarda le petit feu qu'il avait fait.

— Bon travail. Vraiment, je suis impressionnée. Il m'a fallu des jours pour faire un feu avec un foret à archet la première fois.

Le compliment était maigre, mais il rougit tout de même de fierté.

— Tu laissais entendre que ça allait être tellement…

Elle se retourna en haussant les sourcils, prête à l'attaquer pour sa remarque insolente, mais ses mots restèrent bloqués dans sa gorge. L'étrange bout de tissu noir qu'il avait vu près de la rivière était clairement visible à travers son haut humide. Il passa une main sur sa mâchoire.

Elle soupira.

— Oui, je sais. C'est bien ma chance d'avoir été enlevée avec cette chemise. Il n'y a rien que je puisse faire à ce sujet, alors tu vas devoir faire avec. Je ne vais pas rester sale et sèche juste parce que c'est gênant pour toi de me voir en soutien-gorge. Soyons adultes.

Verakko croisa son regard.

— Je vais aller chasser, lâcha-t-il.

— Quoi ? Maintenant ? Il va bientôt faire nuit.

Il lui adressa un sourire forcé, puis recula.

— C'est là que je chasse le mieux.

Il désigna son torse, devenu entièrement indigo.

— Le camouflage, tu te souviens ?

Et sans attendre qu'elle dise un mot, il partit.

Deux heures plus tard, Verakko n'était toujours pas rentré. Lily jeta un coup d'œil au ciel à travers les feuilles et se promit silencieusement que s'il n'était pas de retour au moment où la *lune bêta* – comme elle appelait la plus petite des deux – disparaîtrait, elle irait le chercher elle-même.

Lily remplit sa dernière gourde avec l'eau qu'elle avait passé des heures à purifier et se blottit près du feu. La matinée et l'après-midi avaient été chaudes, mais les nuages gris avaient amené du froid et elle s'attendait à voir une tempête.

Où es-tu, Alex ? Lily détestait y penser, mais il était peut-être temps d'abandonner sa recherche en solo. Elle devrait au moins en parler à Verakko.

La culpabilité l'envahit à nouveau. Elle ramena ses genoux contre sa poitrine et frissonna dans ses vêtements humides. La simple pensée d'abandonner Alex lui pesait comme du plomb. Comment pourrait-elle même l'envisager ? Et si Alex attendait, blessée, à une journée de marche de là, et que Verakko l'avait convaincue de faire demi-tour et de se diriger vers les personnes qu'il avait mentionnées auparavant ?

Des larmes roulèrent sur ses joues. Sa poitrine se gonfla. La pression demandait à être libérée par un sanglot, mais elle se retint. Des frissons agitaient son corps malgré la chaleur du feu. Peu importe son choix, ce serait la mauvaise décision.

Elle devrait écarter Verakko. De cette façon, l'un d'eux pourrait continuer pendant que l'autre irait chercher de l'aide. Lily repensa à sa semaine de solitude et se demanda si elle aurait le courage de recommencer. *Je suis lâche.*

Un bruissement résonna derrière elle, et elle essuya rapidement ses larmes. Elle garda les yeux rivés sur le feu et s'efforça de se calmer. *Inspire. Expire. Inspire. Expire.*

Verakko resta planté devant elle un moment, puis abaissa sa lance pour qu'elle voie ce qu'il y avait au bout. Elle faillit à nouveau fondre en larmes. De la viande.

Un énorme morceau de viande couleur rouille, déjà dépecé, était embroché sur sa lance. Elle se leva d'un bond et vit le sourire ravageur sur son visage. Son torse était bombé de fierté. Puis ses yeux vifs scrutèrent son visage, et son sourire s'effaça.

Elle essaya de détourner le regard et d'instiller dans ses mots une légèreté qu'elle ne ressentait pas.

— C'est incroyable. Merci ! Je...

Il appuya la lance contre un arbre voisin et prit son visage dans ses mains, la forçant à le regarder. Sa poitrine se contracta. Elle était à deux doigts de pleurer à nouveau.

Étouffant un sanglot, elle afficha un sourire.

— Je vais bien. Vraiment. C'est juste la fumée. J'étais assise trop près du feu.

Une autre larme roula. Il l'essuya avec son pouce.

Verakko fronça les sourcils comme si c'était lui qui souffrait.

— Je peux t'aider si tu m'y autorises.

Lily soupira et s'accrocha à ses poignets. Une partie d'elle voulait retirer ses mains. L'autre moitié avait envie d'accepter le confort que lui procuraient ses paumes chaudes sur sa joue.

— Comment ça ?

— Je peux t'*influencer*. Utiliser ma voix pour t'aider. Si tu acceptes, je peux te convaincre d'oublier cette culpabilité.

Elle se souvint de la façon dont il l'avait calmée avec ses mots plus tôt dans la journée. Ce serait tellement plus facile de ne plus s'en soucier. Lily secoua la tête autant qu'elle put entre ses grandes paumes et renifla.

— Ce n'est pas la solution. Ce serait mal.

Ses lèvres s'amincirent. Au moment où elle pensait qu'il allait dire quelque chose, il l'attira contre lui et l'entoura de ses bras, l'enveloppant de sa chaleur. Elle resta tendue un instant avant de s'abandonner à son étreinte. Le ronronnement grave qu'elle avait entendu ce matin-là vibrait à nouveau dans sa poitrine, mais il n'essaya pas de l'étouffer. Le grondement contre sa joue et le doux crépitement du feu l'apaisaient.

Ils restèrent là en silence pendant un moment avant que Lily ne s'éloigne finalement. Les bras de Verakko se resserrèrent autour d'elle, et pendant un moment, elle crut qu'il ne la laisserait pas partir. Mais il le fit.

— Qu'est-ce que tu as attrapé ? demanda-t-elle en forçant la voix.

Ses yeux la suivirent pendant qu'elle examinait la viande.

— Un hougap.

Affichant un sourire sur son visage, elle frappa dans ses mains.

— Alors, faisons honneur à ce hougap.

Ils construisirent rapidement une cuisinière rudimentaire en pierre au-dessus du feu et attendirent ensuite que leurs fines lamelles de viande dorent. L'estomac de Lily n'arrêtait pas de gargouiller.

— Ça sent bon, dit-elle, puis elle se sentit stupide.

Verakko hocha la tête. Sa façon de la regarder la réchauffait au plus profond d'elle-même malgré l'air froid de la nuit.

— J'ai déjà mangé du hougap. Surtout en voyage à Sauven.

— Sauven ?

— Une ville en aval de la rivière.

Il avait attiré son attention.

— Est-ce qu'elle est proche ? Tu penses qu'Alex a pu s'y rendre ?

Verakko retourna négligemment les morceaux de viande sur la pierre avant de répondre :

— Si on est là où je pense, la rivière va bientôt se diviser en deux. Un bras mène à Sauven, au fond de la forêt, et l'autre mène à une autre ville.

Des frissons remontèrent le long de sa colonne vertébrale. Deux villes. Deux options. *Et si je fais le mauvais choix ?*

— Je verrai bien quelle direction Alex aurait choisie quand on y sera.

Elle ramena ses genoux vers son menton et regarda à nouveau les morceaux de viande grésillants.

— Qui est Davy Crockett ?

Davy Crockett ? Lily cligna des yeux en voyant les lèvres pincées et la mâchoire serrée de Verakko. Puis elle comprit. Elle cacha un sourire en coin.

— Le roi des trappeurs. Pourquoi cette question ?

Un muscle se contracta dans sa mâchoire.

— Son nom t'est venu si facilement. Ça a éveillé ma curiosité.

Un coin de sa bouche se retroussa.

— C'est peut-être de lui que tu rêves la nuit ?

— Je te demande pardon ?

Lily *avait* fait des rêves bizarres ces derniers temps. Verakko était-il au courant ?

— Tu fais des bruits dans ton sommeil, et tu dégages des odeurs. Parfois de peur, d'autres fois…

Ses yeux brillèrent plus fort dans l'obscurité.

— … d'autres odeurs.

Son corps tout entier était rouge d'embarras.

— On passait une bonne soirée. Pourquoi tu dis des choses comme ça ? Tu aimes me mettre mal à l'aise ?

Verakko haussa les épaules et tripota les lamelles de viande, désormais rouge brique.

— Je préfère quand ton visage est rouge, pas pâle.

Des charbons ardents brillaient dans son ventre. Essayait-il de la distraire de son inquiétude ?

Elle déglutit.

— Davy Crockett est un vieux héros populaire. C'est le premier nom qui m'est venu à l'esprit. C'est tout.

— Un héros populaire ?

— Oui. Une personne qui a existé il y a longtemps, et dont la vie est devenue une sorte de légende. Généralement très exagéré. Davy Crockett était un pionnier. Je crois qu'on raconte qu'il a tué un ours quand il avait trois ans.

Devant le regard confus de Verakko, elle expliqua :

— Un énorme animal très peu susceptible d'être terrassé par un homme adulte, et encore moins par un enfant de trois ans.

Verakko émit un grognement, puis remplaça la viande cuite par de la viande crue et tendit une feuille à Lily. Elle prit l'assiette végétale et regarda l'arrangement en levant un sourcil. De fines tranches de wanget étaient disposées en éventail autour d'un tas de guren et de lamelles de viande joliment présentées. En se concentrant uniquement sur son assiette, elle aurait pu se croire dans un restaurant branché de Portland.

Lily porta un morceau de viande à ses lèvres et hésita.

— Il y a un problème ?

Elle croisa le regard de Verakko et nota la pointe d'agacement dans sa voix.

— Non. C'est juste que je n'ai pas mangé de viande depuis un moment. Je suis végétarienne. Enfin, j'aime la viande. J'ai chassé pendant la majeure partie de ma jeunesse, mais quand je chasse, je m'assure que l'animal a une bonne mort et je ne gaspille rien. On ne peut pas être sûr de ces choses en ville, alors j'ai opté pour un régime végétarien. Je me sens un peu mal que cet animal soit si gros. J'ai peur que la viande ne se détériore avant qu'on puisse tout manger, expliqua-t-elle.

Le muscle de la mâchoire de Verakko se contracta à nouveau, et Lily s'en voulut. Elle ne voulait pas qu'il pense qu'elle était ingrate.

— Il a eu une mort rapide. Il n'a ressenti aucune douleur.

Verakko posa sur sa propre feuille un tas de viande cuite, un peu plus crue qu'elle ne l'aurait souhaité.

— Et pour ce qui est de la quantité, je t'assure que je finirai tout ce que tu ne mangeras pas.

Lily regarda ses gros biceps exposés. Il devait manger une tonne pour entretenir ce physique.

Sans un mot de plus, elle mit le morceau de viande rouge vif dans sa bouche et ne put réprimer un gémissement. Sa texture était chaude et beurrée et sa saveur légèrement salée.

Mon Dieu, comme le steak m'a manqué.

Son estomac se contracta douloureusement, et d'un seul coup, la faim la rattrapa. Sans se soucier du fait qu'elle ressemblait probablement à un chien affamé, elle engloutit la viande, mâchant si rapidement que sa tête se mit à tourner à cause du manque d'air.

Lorsque son estomac fut rempli de la délicieuse viande, des fruits et des noix, dont le goût rappelait étonnamment le chocolat amer, Lily s'allongea sur les douces feuilles mortes et s'étira. Les protéines lui firent l'effet d'un électrochoc, dissipant son brouillard mental et lui redonnant le moral.

Elle ferma les yeux, écoutant les bourdonnements de la forêt. Les sons étaient si semblables et pourtant si différents de la playlist de bruits blancs qui l'endormait chaque nuit sur Terre. Le chœur des bourdonnements et des gazouillis de créatures inconnues, mélangé au doux bruissement des feuilles dans le vent, avait été sa berceuse pendant longtemps. Une fois devenue adulte, c'était le seul vestige de ses liens profonds avec la nature.

— Et tu t'inquiétais d'avoir trop de restes ? dit la voix satinée de Verakko de l'autre côté du feu. Il mangeait toujours, mâchant lentement, un air curieusement satisfait sur le visage.

Elle se demanda à quel point elle devait paraître peu séduisante, mais décida rapidement de ne pas s'en soucier. Il y avait peut-être du gras sur son menton et des taches sur sa chemise blanche, mais elle était repue et détendue pour la première fois depuis des semaines. Et c'était grâce à lui.

Le sentiment visqueux de culpabilité qui l'avait tracassée toute la journée revint à la charge.

— Verakko, je dois te dire quelque chose.

Il lui lança un regard curieux et hocha la tête.

— Ce que j'ai dit avant… quand j'ai dit que je ne voulais pas de toi ici… je suis désolée. Je ne le pensais pas. Je suis reconnaissante que tu sois là, et pas seulement parce que tu nous as apporté de la nourriture. C'était…

La voix de Lily se coinça dans sa gorge, et elle déglutit avant de continuer.

— C'était vraiment dur d'être seule.

Elle soutint son regard, espérant qu'il puisse voir sa sincérité.

— J'ai beaucoup de choses en tête, et je ne voulais pas me décharger sur toi.

Verakko soutint son regard sans rien dire pendant un moment.

— Je sais. Tu n'as pas besoin de t'excuser, répondit-il avec un sourire en coin. J'essayais de te chercher. Je n'aurais pas dû.

Le soulagement l'envahit et elle laissa échapper un petit rire en secouant la tête.

— Eh bien, tu as réussi. Quand tu m'as dit que tu pouvais sentir mon…

Le visage de Lily s'embrasa quand elle réalisa ce qu'elle disait. Pourquoi évoquer le fait qu'elle avait été excitée et qu'il l'avait senti ? *Ce n'est pas le moment, Lily !*

Le regard de Verakko s'assombrit, ses narines se dilatèrent. Sa langue, légèrement plus pointue qu'une langue humaine, courait sur sa lèvre inférieure pleine. Le cœur de Lily s'accéléra et elle regarda le camp, cherchant un moyen de changer de sujet.

— Jouons à un jeu, s'empressa-t-elle de dire en écartant les feuilles devant elle.

Avec un bâton, elle dessina un damier rudimentaire.

Verakko mit de la viande dans sa bouche et suivit avec scepticisme la progression du bâton.

— Quel jeu ?

Lily roula des yeux devant son ton suspicieux.

— Ce n'est pas comme si je te demandais de jouer à la roulette russe. C'est juste des dames. C'est un jeu de société auquel je jouais avec mon père quand on avait du temps libre.

Elle récupéra un tas de coquilles qu'elle avait jetées après avoir cassé les guren et demanda à Verakko de briser une brindille en douze petits morceaux.

Lily expliqua les règles du jeu à un Verakko au sérieux comique. Puis elle lança les hostilités. Il fixait le plateau dessiné à la main comme s'il s'agissait du jeu de stratégie le plus complexe qu'il ait jamais rencontré. Elle se mordit la lèvre pour ne pas rire. *On est compétitif à ce que je vois.*

— Ma mère détestait les dames, dit Lily, tandis que Verakko fixait le plateau. Elle disait que c'était le jeu d'échecs du pauvre.

Il tendit la main pour déplacer un bout de bois, mais se figea.

— Ce n'est pas comme si on pouvait trouver des pièces d'échecs dans la forêt, pas vrai ?

Verakko leva brièvement les yeux vers elle, l'irritation brillant dans ses yeux.

— Tu essaies de me distraire.

Lily pencha la tête et fit la moue.

— Non, je fais la conversation pendant que je perds un an de ma vie à attendre que tu déplaces un pion.

Le coin de la bouche de Verakko se releva, et il obtempéra.

— Tes parents te manquent ?

— D'une certaine manière, oui. Mais nous n'étions pas très proches.

Ils parlaient et jouaient tour à tour, de plus en plus à l'aise.

— Malgré ce que tu m'as dit, je garde l'espoir de les revoir un jour.

Verakko s'immobilisa en plaçant un morceau de bâton dans un carré peu judicieux et lui lança un regard quelque peu confus. Il fronça les sourcils et elle vit la pitié dans ses yeux.

Lily gloussa.

— Tu as l'air de penser que les choses ne changeront jamais. Mais tu as dit qu'une planète de classe 4 est étiquetée comme telle parce qu'elle ne s'est pas encore aventurée assez loin dans l'espace. Or… si on trouve suffisamment de femmes humaines sur ta planète, ça signifie qu'un bon nombre d'entre nous ont voyagé dans l'espace. Et même si ce n'est pas suffisant, qui sait…

Lily haussa les épaules.

— Je veux dire, si le fait que je sois assise sur cette planète et que je gagne – elle déplaça son pion, sautant deux dames de Verakko – aux dames contre un extraterrestre bleu de la même espèce n'est pas la preuve que tout est possible, je ne sais pas ce qu'il faut. Et si on est *bien* de la même espèce, alors on ne devrait pas techniquement être dans la même classe ?

Les sourcils froncés de Verakko s'adoucirent quelque peu, et un sourire pensif se dessina sur ses lèvres. Il la regardait fixement comme s'il admirait une peinture séduisante, dont il ne pouvait interpréter le sens.

Le visage de Lily s'échauffa, et elle détourna le regard.

Elle déplaça son bout de bois, forçant Verakko à le sauter et lui offrant un boulevard pour transformer son pion en dame.

— Et hop, je te dame le pion !

Verakko marmonna quelque chose et recouvrit sa pièce d'une autre.

— Et ta famille ? Tu les vois souvent maintenant que tu vis dans une autre ville ?

— Je voyais mon père souvent, mais il est mort il y a quelques années, et ma mère est très occupée.

Le cœur de Lily se serra devant la grimace qu'elle vit sur son visage.

— Je suis désolée. Comment est-il mort, si je peux me permettre ?

— Il l'a choisi, d'une certaine manière. La plupart des Clecaniens prennent un médicament connu sous le nom d'élixir. Il prolonge notre vie de nombreuses années au-delà d'une existence normale, mais certaines personnes choisissent de ne pas le prendre. Il voulait vivre de la façon dont il pensait que la Déesse l'avait prévu et laisser la nature suivre son cours.

Lily garda le silence, ne sachant trop quoi dire. Bien que son cœur souffre pour lui, Verakko semblait plus ou moins en paix avec ça.

— Couronne-moi ! s'exclama-t-il en souriant et en dévoilant ses dents blanches et ses crocs.

— Ça n'est pas l'expression consacrée, souligna Lily en posant un autre petit bâton à côté de son pion.

— Ça l'est, dans ma ville.

Il secoua la tête et la fixa à nouveau, son regard espiègle se posant sur ses lèvres.

Elle se concentra sur son prochain mouvement et essaya de calmer les papillons dans son ventre.

— On a une légende comme votre Crockett, dit-il soudain.

Lily leva les yeux et vit qu'il la fixait.

— Ah oui ?

Il hocha la tête.

— Daera. Quand les colons ont créé notre ville, elle a exploré le désert, prenant note des plantes et des animaux qu'elle trouvait. Il existe de nombreuses histoires à son sujet, mais à la fin de sa vie, on dit qu'elle a erré si loin qu'elle a trouvé les montagnes de cristal au bord du désert. La vue était si belle qu'elle a su qu'elle voulait s'y reposer pour toujours. Elle a supplié la déesse de protéger son corps pour qu'elle puisse voir éternellement les montagnes, puis elle s'est couverte d'un linceul et s'est couchée pour dormir. Lorsqu'un Swadaeth l'a enfin trouvée, il a dit que c'était comme si un millier d'éclairs s'étaient abattus, brûlant le sable et l'encastrant dans du verre. Elle était parfaitement conservée à jamais, face aux montagnes.

— Waouh, fit Lily en posant sa tête dans sa main. Tu y es déjà allé ?

— Comme pour vous, elle a bien existé, mais son histoire a été enjolivée. Mais je suis déjà allé là-bas. Plusieurs fois.

Verakko mâchait les derniers morceaux de viande pendant qu'ils jouaient à tour de rôle.

— C'est là-bas qu'on enterre nos morts. Bien sûr, ils ne sont pas enterrés dans du verre comme Daera, mais une fois par an, pendant la saison des orages, on se rend sur les tombes de nos morts et on utilise des tiges métalliques pour attirer la foudre. On dit que si l'âme de la personne est passée dans un autre monde, la foudre frappera et créera une pierre tombale en verre. Si ce n'est pas le cas, on réessaie l'année suivante. La tombe de mon père a été frappée l'année dernière.

— Il est passé dans un autre monde ?

Verakko sourit et haussa les épaules.

— Si on en croit la légende.

Son regard devint sérieux et il désigna le damier.

— J'ai l'impression que tu me laisses gagner, et je ne l'accepterai pas.

Le visage de Lily se fendit d'un sourire.

— Je t'assure que je te laisse seulement penser que tu vas gagner.

Elle déplaça son pion.

— Et quand je gagnerai, dit-elle en le regardant tomber dans son piège, j'aurai une question pour toi.

— Une autre question ?

Il eut un soupir sarcastique.

Lily utilisa sa dame pour sauter les pièces restantes de Verakko et réprima un sourire arrogant alors qu'il se renfrognait.

— Oui. Une autre question.

Verakko croisa les bras sur son torse et s'adossa à un arbre. Il mit quelques noix dans sa bouche et lui jeta un regard agacé, lui faisant un signe impatient pour lui indiquer qu'elle devait poser sa question.

— Qu'est-ce que cette *influence* dont tu parles ?

Les yeux de Verakko se mirent à briller, et sa mâchoire ralentit le rythme.

Est-ce qu'il essaie de trouver un mensonge ?

— C'est ce que je fais quand je m'immisce dans ta tête, répondit-il finalement après avoir avalé.

Lily leva les yeux au ciel.

— Je m'en doutais, mais comment ça marche ? Le contrôle mental est tellement… extraterrestre.

— Ce n'est pas du contrôle mental. C'est difficile à expliquer, mais je ne peux pas te faire penser ce que je veux. Je peux seulement te pousser à penser à quelque chose qui est déjà en toi.

— Ça n'a aucun sens.

Verakko laissa échapper un soupir exaspéré et leva les yeux au ciel, réfléchissant. Au bout d'un moment, il dit :

— Je ne peux pas, par exemple, te pousser à enlever tous tes vêtements tout de suite parce que ça ne t'a probablement pas traversé l'esprit. Si j'essayais de t'y forcer, ça sonnerait faux, et tu t'y opposerais. Mais si je te poussais à t'endormir, ça pourrait marcher, puisque tu es fatiguée et que tu as peut-être déjà pensé à dormir.

Lily se demandait si une petite partie d'elle n'avait pas envie d'enlever tous ses vêtements. Verakko était incroyablement sexy. Elle ne pouvait pas le nier. Et même s'il était un peu capricieux et irritant au plus haut point, il l'avait tenue dans ses bras quand elle avait pleuré et avait fait de son mieux pour prendre soin d'elle. Il lui avait préparé un délicieux repas, avait fait le plus gros du travail, allumé le feu et, plus important encore, il ne s'était pas plaint de ce qu'ils faisaient. Il n'avait pas essayé de la convaincre de revenir en arrière ou de renoncer à Alex. Il l'avait soutenue, comme s'il savait que c'était quelque chose qu'elle devait faire.

Lily se souvint de la sensation qu'elle avait eue lorsqu'elle avait laissé son *influence* l'atteindre plus tôt dans la journée, et la chaleur dégoulina depuis son cuir chevelu, la faisant frissonner et bouillir en même temps.

— Pourquoi tu n'essaierais pas maintenant ?

Elle dut s'empêcher de le lui susurrer.

Il la fixa, et ses yeux couleur péridot s'assombrirent quelque peu. Les veines de ses avant-bras musclés saillaient.

— Essayer quoi ?

Pendant un instant, elle envisagea de lui demander d'essayer de la déshabiller, mais elle revint à elle à temps.

— De m'*influencer*. Je suis curieuse d'expérimenter ça. Je veux savoir ce que ça fait pour savoir comment m'en débarrasser.

Ce n'était pas vraiment un mensonge.

— Ça ne fonctionne pas avec tout le monde. Plus tu es calme, plus c'est difficile. C'est plus facile lorsqu'une personne est émotive ou en détresse. Quand son esprit est distrait. Et plus une personne est concentrée, plus il est difficile de l'*influencer*.

— Je parie que tu pourrais y arriver.

— Eh bien ma petite anomalie, tu as réussi à repousser mon *influence* chaque fois que j'ai essayé.

Verakko renifla.

— Je pense que ça peut avoir un rapport avec le fait que tu es humaine.

Il lui adressa un regard en coin.

— Ou alors c'est peut-être ton entêtement.

Lily choisit d'ignorer sa pique.

— Tu as réussi à m'*influencer* plus tôt dans la journée.

— Je suis presque sûr que tu m'as laissé faire, et tu étais très contrariée à ce moment-là.

Verakko soutint son regard, la sincérité brillant dans ses yeux.

— Je pensais ce que j'ai dit. Parfois, je ne peux pas m'en empêcher. Ça sort tout seul.

Lily y réfléchit.

— Je te crois, dit-elle lentement.

Les épaules de Verakko se détendirent quelque peu.

— Mais je veux quand même essayer.

Lily avança à genoux et passa sur le damier avant de se placer devant lui.

— Donne tout ce que tu as.

9

Verakko était bouche bée. L'objet de toutes ses pensées depuis deux jours était à genoux devant lui, lui demandant de l'*influencer*. Par la Déesse, il aurait tellement voulu profiter de la situation.

— Qu'est-ce que tu veux que je fasse ?

Sa voix lui parut tremblotante. Ce n'était pas surprenant. Il tremblait. Et se sentait faible. Il n'avait pas confiance en lui pour effectuer cette tâche, mais n'était pas assez fort pour lui dire non.

Lily haussa les épaules, les yeux brillants et confiants. Si confiants.

— Dis quelque chose, et je verrai si je peux lutter.

Verakko déglutit. *Quelque chose ?* Il dut se censurer mentalement. *Elle pourra repousser n'importe quelle tentative, de toute façon.* Verakko se redressa.

— Très bien. Il fait assez froid ce soir. Tu as froid, dit-il en instillant une légère *influence* dans ses mots.

Lily fronça les sourcils et lui donna une petite tape sur le genou.

— Oh, arrête, tu n'as même pas essayé !

Verakko grogna et se rapprocha, imitant sa position et s'accroupissant.

— Bien, je vais faire de mon mieux, mais je ne veux pas entendre de plaintes à ce sujet demain. C'est toi qui me l'as demandé. C'est d'accord ?

Une étincelle de peur et quelque chose qui ressemblait incroyablement à de l'excitation brillèrent dans ses yeux. Comprendrait-il un jour cette femelle ?

— Marché conclu.

Elle tendit la main vers lui et l'y laissa comme si elle attendait quelque chose. Après un moment, elle la laissa tomber.

— Peu importe. D'accord, vas-y. Tu vas encore essayer de me refroidir ? Je n'ai pas eu froid du tout.

Verakko se raidit devant son ton de défi et réprima un rictus.

— Oh, je vais te refroidir. Attends de voir.

Il fit rouler ses épaules et craquer son cou de manière satisfaisante, puis se concentra sur les yeux bruns et chauds de Lily.

Ses lèvres pulpeuses se transformèrent en un sourire.

— Vas-y.

Verakko se sentait durcir, ses instincts lui hurlant de lui faire ressentir autre chose que du froid.

Il se balança lentement d'un côté à l'autre, pas beaucoup au début, juste assez pour que ses yeux suivent le mouvement. Il n'avait pas toujours le temps de le faire, mais ce mouvement renforçait souvent l'effet de son *influence*.

— Lily.

Il sourit quand ses pupilles réagirent. Elle n'était pas immunisée contre son don après tout.

— Il a fait chaud toute la journée. La nuit est étrangement froide.

Ses paupières tombèrent et son sourire faiblit. Il imagina toutes les choses qu'il voulait lui faire, laissant son parfum devenir plus fort pour renforcer l'effet de l'*influence*.

— Le feu n'est pas assez chaud ce soir. Le vent est glacial.

Il se pencha plus près et vit avec délectation ses narines se dilater. Son sourire se détendit et elle croisa les bras autour de sa taille.

— Il fait froid ce soir, murmura-t-elle, ses yeux suivant ses légers mouvements.

Verakko laissa échapper un petit rire. Il avait réussi.

— Oui, c'est vrai. Tout ton corps a froid.

Elle frissonna. Le regard de Verakko parcourut son corps, et son visage se décomposa. Au-dessus de ses bras croisés se trouvaient ses seins, ses tétons durs visibles sous son haut fin.

— Tout mon corps est froid, répéta-t-elle en frissonnant à nouveau.

Ses mains le démangeaient de la toucher. Il devait arrêter ça. Il était fiancé et elle était sous son *influence*. Il avait envie d'elle, par la Déesse comme il en avait envie, mais pas comme ça.

— Verakko, dit-elle doucement en se rapprochant de lui.

Ses muscles se contractèrent, le sang affluant vers sa queue. Maintenant qu'il y repensait, il ne se souvenait pas qu'elle ait jamais prononcé son nom à voix haute auparavant. Ce son dans sa bouche lui faisait des choses. Des choses qu'il devait ignorer.

Avant qu'il puisse retrouver l'usage de la parole ou s'enfuir, elle se blottit contre son torse. Les bras le long du corps, il regardait le ciel avec perplexité. *Pourquoi j'ai fait ça ?*

— Lily, réveille-toi.

Les mots lui échappèrent, mais il ne réussit pas à y mettre suffisamment d'*influence*, car ses bas instincts voulaient laisser cette scène se dérouler.

Elle se mit à genoux et entoura son cou de ses bras, pressant son corps contre le sien.

— Tu as chaud maintenant, s'étrangla-t-il. Mivassi.

Elle leva la tête, ses yeux bruns fixés sur lui, en le suppliant.

— Verakko, s'il te plaît, j'ai froid.

Toute sa résistance vola en éclats. En un instant, il l'entoura de ses bras, l'attirant plus fermement contre son corps. Il renforça son *influence*.

— Tu as chaud maintenant. Lily.

Elle soupira de soulagement, et son corps se fondit contre le sien. Il enfouit sa tête dans le creux de son cou et inspira profondément avant de marmonner à contrecœur :

— Réveille-toi.

Elle se raidit, mais il tint bon un moment de plus, mémorisant la sensation de son corps contre le sien. Il leva la tête, gardant ses bras autour de sa taille, et croisa ce qu'il pensait être un regard furieux. Ce qu'il vit à la place fit battre son cœur un peu plus vite.

Lily lui sourit.

— Waouh, c'était fou. J'avais l'impression que j'aurais pu lutter, mais ça me donnait la nausée.

Elle n'était pas en colère ? Il resta sur place, retenant son souffle, attendant qu'elle réalise qu'il la tenait. Ses mains, toujours posées sur ses épaules, tressaillirent, puis ses paumes glissèrent le long de ses bras.

— Tu es vraiment chaude, tu sais.

Lily approfondit le contact et ses yeux se posèrent sur sa bouche. Puis il la sentit. Son excitation.

Le désir l'inonda, faisant gonfler de plus belle sa queue déjà tendue. Elle le voulait. Lily n'était pas furieuse qu'il la touche ou qu'il utilise son *influence*. Si ses regards enflammés sur sa bouche étaient une indication, elle mourait d'envie de l'embrasser.

Verakko devait faire les choses correctement. Il avait besoin de temps pour réfléchir. S'il la goûtait, il en voudrait plus, et il ne pouvait pas. Il était sous contrat, pour l'amour de la Déesse. Et Lily n'était pas au courant.

En déplaçant ses mains pour attraper ses hanches, il la repoussa. À chaque centimètre d'elle qui s'éloignait, il avait l'impression d'avoir une nouvelle côte qui se brisait. Lily avait quelque chose de plus. S'il n'en était pas sûr avant, il l'était à présent. Elle était à lui, reconnaissance ou pas, marques ou pas, et il devait trouver un moyen de la garder.

Ses jolies joues se teintèrent de rose, et la confusion plissa les coins de ses yeux.

— Je t'avais dit que je pouvais le faire, dit Verakko, feignant une suffisance triomphante.

La douleur qui brillait dans ses yeux était comme un coup de poing dans le ventre et lui fit plus mal que les éclairs de déception et de colère qui suivaient.

Elle ne lui cria pas dessus et ne le bombarda pas de questions sur l'*influence*. D'une voix tendue, elle dit :

— Ouais. Tu as gagné.

Et elle retourna de son côté du feu.

Verakko s'assit, s'assurant que son genou plié cachait son érection massive.

— Tu veux mon t-shirt pour dormir ? Il va faire froid ce soir, et je n'en ai pas besoin.

— Non, ça va aller. Merci quand même.

Elle lui tourna le dos et s'allongea sur le côté près du feu.

— Dors un peu ce soir, d'accord ? Bonne nuit.

***

Je suis vraiment stupide. Lily se répéta ce refrain toute la nuit jusqu'à ce qu'elle s'endorme enfin. Dès que ses paupières se rouvrirent le lendemain matin, le mantra refit surface. Elle n'avait jamais été rejetée de manière aussi flagrante par un homme avant, et c'était douloureux. Et, pour rendre la situation cent fois plus inconfortable, elle devait passer tout son temps avec Verakko. Contrairement à la Terre, elle n'avait même pas la possibilité de se retirer chez elle pour panser ses plaies en privé.

Elle était allongée sur le côté, dos aux restes tièdes de leur feu, et écoutait Verakko qui s'agitait, nettoyant et rassemblant leurs affaires. *Ça va être tellement gênant.*

Fermant les yeux, elle inspira profondément et se redressa. Les bruits de mouvement derrière elle s'arrêtèrent, puis reprirent. Faisant preuve de fermeté, elle se retourna.

— Bonjour.

— Bonjour.

Lily jeta un bref regard à Verakko, mortifiée. Elle aurait voulu mourir. Son expression lui indiqua qu'il s'inquiétait de son humeur. Elle marmonna une excuse pour s'éclipser – l'appel de la nature – et disparut dans la forêt, le visage en feu.

Alors qu'elle s'éloignait de leur campement, elle sentit qu'elle avait les nerfs à vif. La moindre petite chose l'exaspérait dans cette matinée, du gazouillis joyeux des oiseaux à la brume scintillante du petit matin qui nimbait le sol de la forêt. Un caillou la fit trébucher, et elle regarda ses pieds. C'était le genre de mauvaise humeur persistante qui affectait ceux qui l'entouraient, qu'ils y soient ou non pour quelque chose. Il vaudrait mieux qu'elle ne soit pas trop proche de Verakko pendant leur marche. Une rafale de vent ébouriffant ses cheveux pourrait suffire à la faire craquer, et il ne méritait pas sa colère.

Lily termina ses ablutions matinales et retourna au camp, avec l'intention d'agir comme une adulte tout en s'autorisant à être d'humeur maussade.

Quand elle entra dans la clairière, elle se força à regarder Verakko. Il était debout, aussi beau que d'habitude, et lui tendait une feuille. Un monticule de dentifrice au charbon de bois qu'elle avait créé chaque matin formait un petit tas sur la feuille. La prévenance de ce geste lui donna envie d'expulser la feuille de sa main, mais elle le remercia aussi poliment qu'elle le put et la prit, ainsi que la gourde.

Lily se lava les mains, puis utilisa son doigt pour mélanger la poudre et en faire une pâte qu'elle frotta sur ses dents, ignorant l'agacement qui apparut lorsqu'elle se rappela pourquoi elle devait utiliser son doigt et non sa brosse à dents.

Verakko la regardait avec curiosité. Il n'avait même pas la décence de faire semblant que tout était normal. L'air semblait trop épais, alourdi par les non-dits et l'embarras.

Il est temps de se comporter en adultes. Lily se rinça la bouche et se força à regarder Verakko.

— Pourquoi on ne dirait pas ce qu'on a sur le cœur ?

Verakko haussa un sourcil sombre.

— Je suis désolé pour…

Lily le coupa en levant la main, avec un sourire gêné.

— Non, ne t'excuse pas. Tu n'as rien fait de mal. Je me sentais bien et rassasiée pour la première fois depuis des semaines et on passait un bon moment, et j'ai mal interprété la situation. C'est tout.

Elle croisa les bras autour de sa taille, puis les décroisa. Pourquoi était-elle si embarrassée à ce sujet ?

— J'ai fait un pas vers toi, et tu n'étais pas intéressé. C'est terminé. N'en parlons plus.

Son visage devait être cramoisi à ce stade.

— J'espère que tu ne t'offusqueras pas, mais je vais marcher seule aujourd'hui. J'ai besoin d'être en tête à tête avec moi-même.

Verakko demeura silencieux, un tendon de sa mâchoire travaillant furieusement. On aurait dit qu'il voulait dire quelque chose, mais qu'il n'arrivait pas à se décider.

Dis-moi que j'ai tort, allez. Explique-moi que tu m'as repoussée pour une autre raison.

Il resta silencieux. Lily commença à s'éloigner vers la rivière, mais une main ferme sur son bras l'arrêta.

— Lily, je...

Il laissa échapper un faible soupir.

— La nuit dernière...

Sa respiration semblait bloquée dans sa gorge. *Quoi ?* Les épaules de Verakko s'affaissèrent, et d'un ton résigné, il dit :

— Tu ne t'es pas fait d'idées. Je ne peux juste... pas.

— Tu ne peux pas ?

L'embarras de Lily se dissipa, remplacé par la curiosité. Il n'avait pas dit qu'il ne voulait pas ou qu'il ne le ferait pas ; il avait dit qu'il ne le *pouvait* pas.

Il fit un pas en arrière et passa sa langue sur un croc, le regard fuyant.

— Tu n'es pas un choix envisageable pour moi. Tu te souviens comment les relations fonctionnent chez mon peuple ? Comment fonctionnent les mariages ?

Bien sûr ! Lily se sentit stupide de ne pas y avoir pensé plus tôt. Sa culture était si différente. Même s'il n'était pas encore marié, ça ne voulait pas dire qu'il pouvait commencer quoi que ce soit avec elle. Il lui avait dit que sa mère devait établir un contrat de mariage. Son peuple n'avait-il pas le droit aux relations occasionnelles ? Ils n'avaient pas le droit de sortir avec des femmes ?

— Ta mère a probablement d'autres femmes en tête, hein ?

Les lèvres de Verakko s'amincirent, et il haussa les épaules pour lui indiquer qu'elle avait vu juste.

— Je ne veux pas me marier ni quoi que ce soit.

Elle aurait pensé que cette affirmation contribuerait à le rassurer, mais il ne semblait que plus mal à l'aise.

— Je voulais juste dire, une fois qu'on aura trouvé Alex et tout ça… ça pourrait être occasionnel. Ce qui se passe ici n'a pas besoin de signifier quelque chose dans le monde réel.

Pourquoi dire ça ? S'était-elle entichée de Verakko au point de croire qu'elle pouvait avoir une relation sans attaches avec lui ? Peu probable.

Un petit sourire triste se dessina au coin de sa bouche. Il leva la main comme pour la toucher, puis serra le poing et le laissa retomber le long de son corps.

— Ça signifierait quelque chose pour moi.

Le cœur de Lily tambourina dans sa poitrine et la chaleur s'empara de son ventre. Elle essaya d'analyser le peu qu'il lui avait dit et en arriva à une conclusion terrible. Sa mère allait arranger son mariage. Verakko avait dit qu'elle était puissante. Elle choisirait une femme qu'elle respectait et qu'elle estimerait digne de son fils. Pourquoi choisirait-elle Lily ? Une extraterrestre qui ne possédait pas une seule paire de vêtements propres. Était-elle même éligible à un contrat en tant qu'humaine ?

— Je vois, chuchota-t-elle.

Lily lissa distraitement sa chemise fine et tachée. Elle aurait voulu lui dire à quel point c'était horrible qu'il ne puisse pas choisir avec qui il serait, mais si elle avait appris quelque chose de ses voyages avec ses parents, c'était qu'on devait respecter la culture et les traditions d'autrui, même si on était en opposition avec.

Elle brûlait de poser davantage de questions, mais à quoi bon ? Elle n'était pas intéressée par le mariage de toute façon, et si c'était tout ce que Verakko recherchait, leur relation était condamnée dès le départ.

C'était probablement pour le mieux. Sa vie était devenue assez difficile comme ça. Rajouter un amour interdit au mélange semblait être une mauvaise idée.

Il est temps d'aller de l'avant, se dit-elle, et son cœur se serra à cette idée. C'était stupide – elle venait juste de rencontrer Verakko –, mais quelque chose en lui, en eux, lui faisait penser qu'ils auraient pu vivre une histoire spectaculaire. Savoir que rien ne pourrait jamais arriver lui donnait l'impression d'avoir perdu quelqu'un qu'elle n'avait jamais eu en réalité.

Elle regarda Verakko et vit une expression douloureuse qui devait refléter la sienne.

Son cœur se serra. *C'est ridicule ! Deux jours. Tu le connais depuis deux jours ! Reprends-toi.*

— Prête ? demanda-t-elle d'un ton empreint d'un enthousiasme feint.

Il hocha la tête, puis s'éclaircit la gorge.

— On doit s'aventurer dans les bois aujourd'hui.

— Non, on ne peut pas ! Pourquoi faire ça ? lâcha-t-elle.

La culpabilité la submergea quand elle réalisa qu'elle dépensait toute son énergie mentale à pleurer la mort d'une relation inexistante avec un homme avec lequel elle n'avait fait que se disputer, au lieu de chercher Alex.

— Le Strigi qui m'a fait tomber… J'ai réussi à le neutraliser, mais il pourrait être rétabli. Si c'est le cas, on doit absolument rester sous les arbres.

Lily secoua fermement la tête.

— On ne peut pas faire ça, Verakko. Je suis bien consciente des risques, mais on ne peut pas voir la rivière d'ici. Je refuse d'arrêter de chercher.

— Je refuse que tu sois en danger.

Verakko croisa les bras sur son torse et fit la moue.

Lily sourit presque devant cette position familière, un sentiment de normalité revenant dans leur relation. Elle l'imita.

— Je vais suivre cette rivière jusqu'à ce que je trouve mon amie ou une ville. Tu ne pourras pas m'en empêcher.

Il haussa un sourcil.

— Je *pourrais* le faire.

Lily plissa les yeux.

— Si j'étais toi, je n'essaierais pas.

Verakko l'observa en silence pendant un moment, tous ses muscles tendus.

Il avait l'avantage. Ils le savaient tous les deux. Elle pourrait peut-être lui faire du mal s'il essayait de l'emmener, mais dans le pire des cas, elle serait fatiguée bien avant lui, sans parler de son *influence*. Elle n'avait aucune chance de l'emporter dans un combat physique, alors elle joua la seule carte qui lui restait, en espérant que l'intérêt qu'elle avait vu dans ses yeux était authentique.

— Je ne te le pardonnerais jamais.

10

—Reste près des arbres ! On en a déjà parlé, aboya Verakko.

Lily fronça les sourcils et recula vers la ligne d'arbres. Cette femelle allait l'envoyer six pieds sous terre bien trop tôt à son goût. Il avait décidé qu'ils marcheraient encore le long de la rivière ce jour-là. Enfin, *décidé* n'était peut-être pas le bon mot. C'était plutôt qu'il avait abdiqué à l'idée qu'elle ne lui parle plus jamais.

Heureusement, il l'avait convaincue de rester à l'abri à l'orée de la forêt pendant qu'il marchait à découvert, à la recherche de traces d'Alex. Ces dernières heures, son attention était tellement partagée et ses émotions tellement chamboulées qu'un enfant Swadaeth aurait pu réussir à l'*influencer* sans problème.

Chercher Alex, faire attention aux Strigi, s'assurer que Lily est en sécurité, se disputer avec Lily quand elle n'en fait qu'à sa tête, penser à

Lily, réfléchir à comment se comporter avec Lily, se rappeler de chercher Alex. Et ainsi de suite.

Il aurait dû se taire ce matin-là, il aurait dû lui laisser croire qu'il ne s'intéressait pas à elle. Mais il ne pouvait pas supporter cette idée. Au lieu de ça, il avait omis des informations et lui avait servi une vérité partielle, préférable à un mensonge complet.

Il avait eu tellement d'occasions de la repousser. Il aurait pu lui dire qu'il était déjà sous contrat. Cela aurait mis fin à toutes les questions sur une éventuelle relation. Ou il aurait pu lui dire qu'il n'était pas intéressé. Ou qu'il voulait être avec elle après la fin de son mariage avec Ziritha. Mais l'attendrait-elle pendant un laps de temps inconnu ? S'il comprenait Lily aussi bien qu'il le pensait, elle aurait mis un terme à toute relation naissante qui aurait pu se former à ce moment-là. Mais il ne pouvait pas se résoudre à lui dire la vérité. Cela aurait signifié fermer définitivement la porte à la possibilité d'être avec elle, et il était trop égoïste pour ça. C'était trop tôt. Il n'avait pas encore passé en revue toutes les possibilités.

En s'accroupissant, il ramassa un objet bleu vif à moitié enfoui dans le sable du lit de la rivière.

Lily se précipita vers lui.

Balayant le ciel du regard, il cria :

— C'est seulement une pierre. Retourne à couvert.

Les épaules affaissées en signe de défaite, elle regagna la sécurité des arbres. Verakko jeta la pierre dans la rivière et continua le long de la rive. Lily était terriblement loyale. Comment cela pouvait-il se traduire dans une relation ? D'après ce qu'il savait déjà, les humains avaient tendance à préférer les relations monogames à long terme, mais il devait prendre ces connaissances avec des pincettes. D'une part, Jade et Alice, les deux humaines qu'il connaissait qui avaient ce genre de relations, étaient accouplées. D'autre part, il n'avait rencontré que deux humaines avant elle. Il ne pouvait pas en conclure qu'elles pensaient toutes la même chose. Lily elle-même lui avait dit qu'elle ne voulait pas se marier. Comment devait-il réagir ? Le mariage était tout ce qu'il avait à offrir, et il ne pouvait même pas le faire pour l'heure.

Son esprit tournait sans cesse autour du même problème, aboutissant toujours à la même conclusion décourageante. Il ne pouvait pas l'avoir. Du moins pas avant un long moment.

Il avait signé un contrat de mariage. S'il se rétractait, il serait puni. Envoyé travailler sur une barge spatiale clecanienne transportant des marchandises. La durée de sa mission serait déterminée par la femelle éconduite et les autorités locales.

Ziritha serait-elle sévère ? C'était une femelle raisonnable, mais elle était aussi une personnalité publique, et cela risquerait d'affecter l'image que les Mithrandiriens avaient d'elle si elle était offensée par un mâle et qu'elle était ensuite trop laxiste dans sa condamnation. Il serait probablement écarté pour des années.

En dehors de sa mission spatiale, le vrai problème venait des lois de la ville concernant la rupture d'un contrat de mariage. S'il rompait son contrat sans raison, il ne pourrait plus jamais se marier. La reine tremantienne s'était montrée compréhensive avec les humaines, les dispensant de la cérémonie de mariage à moins qu'elles ne le souhaitent, mais il n'était pas sûr que son peuple soit du même avis. Et il ne pouvait se marier qu'avec une citoyenne de sa ville. S'il conduisait Lily ailleurs qu'à Mithrandir, elle serait complètement hors de portée.

Mais l'emmener chez lui n'était-il pas trop risqué ? Lily ne voulait pas se marier, or ils avaient le droit de la forcer à le faire. La question était de savoir s'ils le feraient. Et si c'était le cas, serait-il capable de supporter de la voir avec un autre mâle ? La douleur dans ses crocs lui indiquait que non.

Peut-être pourrait-il convaincre sa cité de lui laisser le temps de s'acclimater à la planète avant de négocier un mariage ? Ainsi, il en aurait fini avec son contrat au moment où elle choisirait quelqu'un, et elle pourrait opter pour lui.

Il jeta un coup d'œil dans sa direction. Son regard était fixé sur la rivière et les terres environnantes, et ses yeux étaient tellement plissés qu'il parvenait à peine à distinguer le blanc ou l'iris. Il ne serait pas surpris d'apprendre qu'elle s'attendait à ce qu'on lui rende sa loyauté inébranlable dans une relation. Il serra la mâchoire et scruta à nouveau le ciel bleu clair. *Elle n'attendra pas.*

Il y avait une autre possibilité, mais elle était hors de son contrôle. S'il la reconnaissait comme sa partenaire, tout le reste s'arrangerait. Même un changement de regard indiquant la reconnaissance d'une partenaire *potentielle* était suffisant pour être libéré d'un contrat de mariage sans faire face aux conséquences. Il soupira, essayant d'étouffer l'espoir qui se glissait dans sa poitrine. Avoir une partenaire ? Ne plus jamais avoir à contracter de mariages temporaires ? C'était un fantasme hors de portée des Clecaniens depuis des siècles avant que les humaines n'apparaissent et ne bouleversent leur monde.

Il jeta un nouveau coup d'œil vers elle, et son cœur se serra, comme à chaque fois qu'il la regardait. Il devait en apprendre davantage sur sa vie et sur la façon de courtiser les humaines en général, puis partir de là.

Les yeux de Lily s'écarquillèrent un instant avant qu'elle ne s'éloigne en courant de la forêt. Verakko regarda le ciel et s'élança après elle.

— Lily, ça suffit ! J'ai dit qu'on devait avancer dans la forêt. C'était mon dernier avertissement…

Elle s'arrêta au bord de la rivière et enleva ses chaussures. Elle allait passer sa chemise par-dessus sa tête, mais il l'atteignit juste à temps, l'arrêtant net. Des soupçons de peau dénudée suffisaient. La voir en sous-vêtements à la lumière du jour pourrait causer sa perte.

— Lâche-moi, dit-elle en se débattant.

Ses yeux étaient rivés sur un point situé de l'autre côté de la rivière. Verakko suivit son regard et, à sa grande surprise, vit ce qui ressemblait indubitablement à un petit morceau de tissu déchiré, flottant au vent comme un drapeau.

Il *l'influença* sans réfléchir.

— Laisse-moi traverser.

Le courant semblait plus calme à cet endroit, car la terre s'était aplanie, mais il ne voulait pas prendre de risques.

Elle le regarda en clignant des yeux, sans être affectée, mais hocha la tête.

— Dépêche-toi.

Se déshabillant complètement, il tendit ses vêtements à Lily et sourit en voyant sa tête tournée et ses bras croisés. Il tira sur ses mains, attirant son attention, et déposa les vêtements dans ses bras. Son regard impassible restait rivé sur son visage.

— Ça ne me dérange pas que tu regardes.

Il sourit.

Elle se mordit la lèvre pour s'en empêcher.

— Dépêche-toi, s'il te plaît.

Il laissa échapper un grognement, puis se mit à patauger dans l'eau. Lorsqu'il atteignit l'autre côté, il examina le petit drapeau planté dans la crevasse d'un arbre, stupéfait.

— Qu'est-ce que c'est ? lança Lily depuis l'autre côté de la rivière, d'une voix où perçait l'espoir.

Il n'avait rien fait pour le provoquer, mais être porteur d'une si bonne nouvelle faisait de lui le mal le plus heureux du monde.

— Quelqu'un l'a fabriqué, et il y a quelque chose d'écrit.

Lily tomba à genoux, des larmes de soulagement jaillissant de ses yeux. Son sourire était plus large que jamais, et elle laissa échapper un sanglot, puis un autre. Il attrapa le drapeau et le rondin plat avec l'écriture étrangère gravée, également coincé dans l'arbre, et pataugea jusqu'à elle.

L'eau qui arrivait à hauteur de poitrine l'empêchait de progresser assez rapidement à son goût. Lorsqu'il atteignit enfin la berge, il se laissa tomber à côté d'elle, sans se soucier de son état vestimentaire, et l'attira dans ses bras. Elle posa ses vêtements sur ses genoux, puis s'approcha de la bûche et lut les symboles gravés en silence.

— Qu'est-ce que ça dit ?

— C'est écrit : « En vie. Me suis cogné la tête. Ça craint. Alex. »

Elle sourit devant l'écriture, relisant le texte encore et encore.

Rayonnante, elle essuya ses larmes, puis passa ses bras autour de son cou. Par la Déesse, comme c'était agréable. Son ronronnement recommença dans sa poitrine. Et comme la nuit précédente, il le laissa gronder en lui. Lily ne sembla pas s'en préoccuper comme il l'avait craint.

En s'écartant de lui, elle dit :

— On devrait traverser, non ? Longer la forêt de ce côté.

En un instant, il se souvint de la menace du Strigi. Tendu, il hocha la tête.

— Tiens mes vêtements. Je vais te faire traverser sur mes épaules.

Elle se leva d'un bond, récupérant ses habits au passage.

— Prête.

Verakko mit plus de temps à bouger, surpris par le peu de résistance qu'elle opposa à l'idée d'être portée. Elle récupéra le sac tissé par terre et attendit. Il s'agenouilla devant elle pour qu'elle puisse se percher sur ses épaules, mais elle s'arrêta.

— Tu es sûr ? C'est tellement bête que tu me portes alors que je suis parfaitement capable de nager.

Il redressa le cou pour lui adresser un sourire.

— Dans ce cas, enlève tous tes vêtements et nage avec moi.

Elle réprima un petit sourire et passa ses jambes sur ses épaules sans dire un mot de plus. Il se leva en contractant chaque muscle, non pas parce que la porter était difficile, mais pour s'empêcher de penser trop fort à ses cuisses souples qui rebondissaient contre ses oreilles. Il traversa la rivière, en avançant un peu plus lentement que nécessaire. Lorsque l'ombre d'un grand oiseau passa dans le ciel, il accéléra le rythme à contrecœur. Plutôt que de la laisser descendre sur le rivage, il se dirigea vers l'orée de la forêt, profitant de chaque moment supplémentaire.

Quand il s'agenouilla et qu'elle descendit, elle lui tendit ses vêtements et ses bottes.

— Merci.

Elle se hissa sur ses orteils et déposa un baiser sur sa joue.

Ses seules pensées étaient la douce sensation de ses lèvres contre sa peau. Incapable de s'arrêter, il s'agrippa doucement à son cou, la maintenant en place. Lily se calma.

Et maintenant ? Verakko était perdu. Son instinct de la garder près de lui se heurtait à la conscience qu'il ne pouvait pas être son mâle en ce moment. Pas de la façon dont elle le méritait. *Laisse-la partir, espèce de pishot.*

Ce ne fut pas chose aisée, mais progressivement, il retira sa main. Elle se baissa jusqu'à toucher le sol et le regarda à travers des cils sombres. Ses lèvres se tordirent en un sourire complice. Posant ses mains sur ses épaules, elle s'étira vers son autre joue et y déposa un doux baiser.

Les paupières de Verakko se fermèrent et son ronronnement, si étranger à ses oreilles, vibra en lui. Il sentit le murmure d'un sourire sur ses lèvres. Puis elle s'éloigna à nouveau, le laissant hébété.

— On devrait continuer, dit-elle doucement.

Ils se regardèrent pendant un moment dans un échange tacite. Elle recommença à descendre la rivière, et Verakko s'habilla rapidement.

Je vais trouver un moyen de nous offrir une chance, mivassi. Je te le promets.

***

Lily ne pouvait pas effacer le sourire de son visage. C'était comme si on avait enlevé un poids immense de ses épaules. Alex avait survécu, et ils étaient en route pour la retrouver. Soudain, tous ses problèmes semblaient surmontables.

Elle observait Verakko qui marchait le long de la rivière, aussi alerte et réfléchi qu'il l'avait été toute la matinée. Elle avait eu le temps de réfléchir à leur situation pendant la longue marche et avait décidé de deux choses. D'abord, elle voulait apprendre à connaître le vrai Verakko. Au début, il avait pris cet air de supériorité irritante, mais Lily devinait à présent que ce n'était qu'une couche superficielle. Sous la carapace, il était attentionné, prévenant et honorable.

Il avait aussi un côté insouciant et dragueur qui s'était manifesté à plusieurs reprises. Comme elle, il semblait révéler davantage de lui-même à mesure qu'il se sentait plus à l'aise. Ce qui l'avait conduite à la deuxième réflexion – une réflexion beaucoup plus complexe et difficile, c'était le moins qu'on puisse dire. Malgré ses affirmations ce matin-là, Lily voulait arranger les choses avec Verakko. Si elle devait devenir une membre établie de sa société pour pouvoir être considérée par sa mère, alors elle le ferait.

Sur Terre, quand elle avait voulu s'émanciper de ses parents, elle l'avait fait. Quand elle avait voulu obtenir un diplôme sans jamais avoir mis les pieds dans une salle de classe, elle l'avait fait. Lily atteignait toujours ses objectifs, même s'ils semblaient impossibles. Et sur cette nouvelle planète, elle avait de nouveaux objectifs. Aider Alex. Faire sa vie. Et essayer d'avoir une relation avec un extraterrestre.

Trouver ce mot d'Alex lui avait redonné confiance, motivation et une petite dose de bonheur. Le moment fugace de vulnérabilité de Verakko avait prouvé à Lily qu'il était une créature comme les autres. Il voulait de l'amour et du confort, et même si elle ne pouvait le lui offrir que pour un court instant, elle le ferait.

Il n'y avait aucun doute quant à sa préoccupation principale. Alex, bien sûr. Elle voulait toujours s'assurer qu'elles étaient toutes les deux en sécurité. Mais, en attendant, elle apprendrait autant qu'elle le pourrait.

Sur Terre, il n'y avait pas grand-chose qu'elle regrettait dans la nature. Mais la nuit, ses sons lui manquaient. Quand les déchets et la pollution de la ville étaient trop pour elle, les paysages paisibles lui manquaient. Mais surtout, ce qui lui avait manqué, c'était l'honnêteté. Quelque chose dans le fait d'être seule avec un autre être humain dans la nature faisait tomber tous les masques que les gens portaient. On ne pouvait pas dépenser d'énergie à être malhonnête.

Lily se cacha sous une branche basse et s'émerveilla à nouveau devant le paysage. Ils n'avaient cessé de descendre ces derniers jours jusqu'à ce que l'élévation se stabilise enfin. La forêt était plus dense par là. Les buissons et les jeunes arbres se disputaient les ressources, rendant presque impossible la progression dans les broussailles.

Le paysage en constante évolution avait un sens pour elle. Ce qui n'en avait pas, en revanche, c'était la température. Les altitudes plus élevées étaient toujours synonymes de températures plus faibles, alors pourquoi faisait-il plus glacial à mesure qu'ils descendaient la rivière ? Il devait y avoir une sorte de vague de froid.

Une rafale souffla, comme pour appuyer ses pensées, et elle frissonna. À quelle distance étaient-ils de la fourche que Verakko avait mentionnée ?

— Regarde là-bas, sur la droite ! lança-t-il en tendant le doigt au loin.

Lily plissa les yeux et vit ce qui semblait être un autre drapeau de fortune sur la rive opposée. Avait-elle décidé que l'autre côté était préférable pour une raison quelconque ?

Sérieusement, Alex. Tu ne me laisses pas de répit. Elle réprima un sourire coupable. *Mais être à nouveau portée par un Verakko nu ne serait pas si terrible.* Elle gloussa comme une écolière, se rappelant ses regards furtifs vers le torse glorieux de Verakko quand il l'avait portée.

Elle examina le paysage devant elle et fit signe à Verakko de venir.

— Je vote pour qu'on traverse par là.

Elle désigna une portion de rivière plus proche de l'endroit où flottait le drapeau en feuilles d'Alex.

— Je vais grimper à cet arbre. Pour voir si je repère d'autres drapeaux ou peut-être la fourche de la rivière.

Lily désigna un grand arbre vert olive à quelques mètres de là.

Verakko regarda l'arbre en question. Elle aurait juré que son visage avait pris une nuance plus claire de bleu.

— Ce n'est pas nécessaire. Je suis sûr que la fourche n'est pas très loin.

— Ça ne prendra que quelques minutes et ça me permettra d'avoir l'esprit tranquille. Et si elle a encore changé d'avis, et qu'on s'apprête à traverser pour rien ?

Lily inclina la tête et l'observa.

— Tu t'inquiètes que je grimpe à l'arbre ? Il a l'air solide.

Son regard se détourna et il s'avança.

— Je pense simplement qu'on ne devrait pas prendre de risques inutiles. Tu pourrais tomber.

Lily réfléchit un moment avant de le suivre.

— Est-ce que tu as… le vertige ?

La crispation instantanée de ses épaules lui indiqua qu'elle devait avoir raison. En même temps, il était tombé du ciel seulement quelques jours plus tôt. Étant donné les circonstances, c'était logique d'avoir peur.

— Je ne crains pas la hauteur, grogna-t-il. Je préfère juste rester au sol.

Elle lui prit la main et la serra. Elle vit la tension au coin de ses yeux s'atténuer quelque peu, et ses iris verts se concentrèrent sur leur lien.

— Il n'y a pas de quoi avoir honte. Je ne suis pas très à l'aise dans les espaces exigus.

Sur un ton plus doux, il expliqua :

— La hauteur n'est pas le problème. Je me méfie de la douleur qui suit la chute.

Quelque chose dans son ton indiqua à Lily qu'il parlait en connaissance de cause, et que le traumatisme était plus vieux que sa récente chute. Son pouce effleura le dos de sa main avant qu'il ne la relâche et continue à avancer.

— On dirait que tu sais de quoi tu parles, insista-t-elle, d'un ton qui se voulait décontracté.

— En effet, répondit-il simplement.

Lily leva les yeux au ciel et le suivit. *La subtilité ne fonctionne pas.*

— Tu ne veux pas m'en parler ? Je te promets que je ne grimperai pas à l'arbre si tu me racontes.

Il lui jeta un regard perplexe par-dessus son épaule.

— Qu'est-ce que ça peut te faire ?

Elle haussa les épaules.

— Je n'ai pas le droit de vouloir en savoir plus sur toi ? On marche depuis des jours, et je ne sais rien de ta vie privée.

Il passa le bout de sa langue sur un croc, réfléchissant.

— D'accord. Quand j'étais petit, j'ai fait une mauvaise chute.

Voyant qu'il ne semblait pas vouloir poursuivre, Lily soupira, agacée :

— Et ?

— Tu es sûre de vouloir entendre ça ?

Il la regarda avec curiosité et ajusta le sac tissé sur son épaule.

— Ce n'est pas une histoire très agréable.

— Tant que tu es d'accord pour en parler, je veux l'entendre.

Le coin de sa bouche se contracta comme s'il avait presque souri.

— Quand j'étais jeune, j'aimais construire des choses. Bricoler de l'électronique. Mon père n'aimait pas que j'utilise mes inventions à la maison, alors j'allais dans les tours vides de la nouvelle ville.

Lily écoutait attentivement et regardait Verakko parler tout en scrutant le rivage et le ciel.

— Ils avaient commencé à construire les tours pour apporter plus de durabilité et de logements aux habitants de ma ville, mais les Swadaeth ne sont pas très ouverts au changement.

Il renifla comme si c'était un euphémisme.

— La plupart des citoyens ont fini par y emménager, mais au début, beaucoup de bâtiments étaient déserts. C'était l'endroit parfait pour être seul. Je disais à mon père que je partais dans le désert, mais en réalité je contournais les systèmes de sécurité et j'allais travailler dans l'une des tours. Un jour, je testais un nouveau gadget volant. Il avait un compartiment caché en dessous avec un scan d'empreintes digitales programmable.

Lily sourit, imaginant un petit Verakko calme et stoïque parmi une pile de ressorts et de rouages.

— Qu'est-ce que tu essayais de cacher ?

Un large sourire illumina ses traits. Lily réprima le soupir qui faillit lui échapper à cette vue.

— Des friandises de la cuisine.

Lily éclata de rire.

— Tu as construit une machine volante de toutes pièces pour voler des bonbons ?

Il haussa les épaules.

— On refusait de m'en donner. Et j'aime les sucreries.

Lily secoua la tête. *Les priorités d'un enfant sont les mêmes partout.*

Les berges s'étaient rétrécies et surélevées, à tel point que l'espace entre la forêt et l'eau était juste assez large pour une personne. Verakko lui fit signe de passer devant, et elle s'exécuta, s'accrochant aux branches et aux plantes grimpantes le long du chemin pour garder l'équilibre. La petite parcelle de terre herbeuse glissante s'élevait à quelques mètres au-dessus de l'eau. Ce n'était pas particulièrement dangereux, mais elle était déjà tombée dans une rivière une fois ce mois-ci, et ça lui avait suffi.

De la chaleur se répandit dans son ventre à la vue de la grande main de Verakko, tendue et prête à la rattraper si elle glissait.

— Je comptais transporter un bonbon du dernier étage au sol pour son vol d'essai, mais quelque chose a mal tourné et l'engin a cessé de répondre quelques étages plus haut, poursuivit-il derrière elle. Quand je l'ai trouvé, il planait juste devant une fenêtre du troisième étage. Je l'ai attrapé et j'ai glissé.

Lily pivota.

— Tu es tombé de trois étages ?

La main de Verakko se posa sur sa taille, la maintenant en place. Quand il fut certain qu'elle ne risquait pas de tomber, il la relâcha et grimaça.

— Je me suis cassé quinze os, la plupart dans mes jambes. Le pire, c'est que personne ne savait où j'étais parti, et je ne pouvais pas bouger. Il leur a fallu des heures pour me retrouver.

— C'est horrible !

— Maintenant, chaque fois que je suis confronté à la hauteur, je me souviens de cette douleur.

Verakko laissa échapper un petit rire, soulageant un peu Lily de sa compassion.

— Mon père a dit que ça a fini par être une bénédiction déguisée parce que je ne me suis plus jamais faufilé dans ces bâtiments.

Le chemin s'élargit à nouveau, et un virage apparut.

— Dommage que tu n'aies jamais pu piquer ces bonbons, dit-elle en frappant son coude contre le sien.

Il lui lança un sourire dévoilant des dents blanches et régulières et une série de crocs étrangement séduisants.

— En réalité, la version 2 du Super Bandit a été mon gadget de prédilection pour le vol de bonbons pendant ma jeunesse. Enfin, jusqu'à ce que mon père s'en aperçoive et fasse disparaître toutes les friandises de la maison.

En un instant, le corps de Verakko se tendit et ses oreilles pointues tressaillirent. Sa main s'élança, s'enroulant fermement autour de son biceps et il la serra contre lui un instant avant qu'un gémissement strident et perçant comme des ongles sur un tableau noir ne résonne derrière elle. Le sol se mit à vibrer comme si quelque chose courait vers eux, quelque chose de grand.

Sans un mot, Verakko la souleva dans ses bras et sauta. Son souffle s'arrêta dans un cri alors qu'ils étaient en apesanteur. Ils heurtèrent l'eau glacée, et tout l'air fut chassé de ses poumons. Une fois qu'ils refirent surface, Verakko relâcha sa prise, mais ne le lâcha pas.

Elle écarta les cheveux de son visage et bafouilla :

— C'était quoi ?

Les yeux de Verakko étaient toujours fixés sur la rive d'où ils venaient. Plutôt que de la lâcher, il la dirigea lentement jusqu'à ce qu'elle fasse également face à la berge, puis la serra contre son torse et nagea en arrière vers la rive opposée.

Le cœur de Lily s'arrêta. Une créature… non, un prédateur rôdait sur la rive opposée, à l'endroit exact où ils s'étaient trouvés. Des plaques noires chatoyantes protégeaient un corps épais à quatre pattes, aussi grand qu'un cheval. Sa tête massive et son visage écrasé étaient larges et présentaient une bouche béante, parfaitement ronde, remplie de rangées de dents semblables à des aiguilles. Autour de son cou, une collerette de chair jaune était déployée de manière belliqueuse. Trois grands yeux noirs s'incurvaient au-dessus de sa bouche caverneuse.

Les muscles des jambes de Lily se tendirent. Elle était prête à sprinter, donner des coups de pied ou nager. Elle serrait si fort les avant-bras de Verakko, bloqués autour de sa taille, que ses articulations étaient blanches.

— On doit être plus près de Sauven que je ne le pensais. C'est un sefa, gronda Verakko à son oreille. Il ne traversera pas l'eau.

La créature élargit encore plus sa bouche et poussa un nouveau cri, qui fit dresser les cheveux de Lily sur la tête. La sensation soudaine du sol sous ses pieds la fit sursauter. Verakko la relâcha et mit ses mains sur ses oreilles.

Elle ne pouvait pas détacher ses yeux de la créature hurlante. Malgré les mains robustes de Verakko, le bruit la traversa, faisant gronder ses entrailles. Il émanait de sa gueule noire béante. Leur envoyait-il une sorte d'onde sonore pulsée ?

Verakko laissa échapper un son tonitruant, dominant les aigus du sefa. Le volume et la profondeur du cliquetis guttural étaient presque aussi terrifiants que le cri du sefa. Elle n'avait jamais rien entendu de tel auparavant. Ça lui rappelait un peu le mugissement inquiétant des alligators territoriaux, sauf que celui-ci était beaucoup plus fort et plus âpre. Même si elle se sentait en sécurité avec Verakko, les percussions assourdissantes lui donnaient envie de se recroqueviller sur elle-même.

Le sefa parut ressentir la même chose. Les morceaux de peau entourant son visage, qu'elle avait pris pour des rides profondes, se refermèrent sur ses dents et sa large bouche, l'ouverture se rétrécissant jusqu'à ressembler à une simple ligne couleur charbon. La collerette de peau jaune vif du sefa se replia et se rabattit dans son dos. Il cligna de deux de ses yeux d'obsidienne, tandis que le troisième restait braqué dans leur direction.

Verakko poussa un nouveau rugissement terrifiant. Le sefa s'accroupit et disparut dans la forêt dense.

Elle sentit de la chaleur s'accumuler dans son entrejambe. C'était une réaction complètement inappropriée et non désirée, mais elle ne pouvait pas s'en empêcher. Cette créature avait manifestement jugé que Verakko était le prédateur suprême, et le fait qu'il soit derrière elle, qu'il lui couvre les oreilles tout en effrayant un monstre pour qu'il batte en retraite lui faisait quelque chose qu'elle ne pouvait réprimer.

Elle le sentait toujours derrière elle, et l'odeur du cèdre flottait dans l'air. Lily lui fit face. Les muscles de ses bras et de ses épaules étaient contractés, et un tendon tressaillait à nouveau dans sa mâchoire. Son regard brillant, à présent teinté d'émeraude, parcourait avec avidité son corps. Ses vêtements trempés collaient à sa silhouette, ne faisant rien pour préserver le peu de pudeur qu'elle pouvait avoir. Lily frissonna.

Son regard s'attarda sur son cou avant de revenir à ses yeux, l'air chaud entre eux crépitant dans le silence.

— Tu as froid.

Son ton était grave et ferme, presque comme s'il voulait les convaincre tous les deux de ce fait, même s'ils savaient qu'elle avait frissonné pour une tout autre raison.

Lily déglutit. Le regard de Verakko revint sur son cou, et une version plus douce de son rugissement le traversa.

— On devrait dresser le camp au plus tôt pour que tes vêtements sèchent avant la nuit.

Ils marchèrent sans dire un mot. Quand ils atteignirent le petit drapeau, elle trouva un autre message gravé laissé par Alex.

— « Ce côté semblait plus praticable », lut-elle.

Elle fronça les sourcils.

— Tu crois qu'un de ces trucs, les sefa, auraient pu lui mettre la main dessus ?

Verakko secoua la tête.

— Pas si elle était ici.

Ses secondes paupières s'abaissèrent, et il scruta le ciel tout en lui faisant signe de continuer à avancer.

— Ils vivent au fond de la forêt de Sauven et détestent l'eau. Ils ne traverseraient jamais la rivière. Je suis surpris qu'on en ait vu un aussi loin, d'ailleurs. Il a dû éprouver des difficultés à trouver de la nourriture.

— Alors, on est protégés ici ?

Il la regarda du coin de l'œil.

— D'eux, au moins.

11

— Alors, comme ça, tu aimes aussi les sucreries ?

Verakko se retourna et ferma les yeux, mortifié. *Une heure à réfléchir à la meilleure chose à demander pour en savoir plus sur sa vie, et c'est tout ce qui sort de ta bouche ?* Il empila le bois qu'il avait ramassé dans un coin et se tourna vers elle.

Lily lui adressa un petit sourire curieux, mais répondit :

— Oui. J'ai un faible pour les sucreries.

— Un faible pour les sucreries, répéta Verakko. L'expression lui plaisait.

Elle éparpillait des tas de grandes feuilles sur le sol. La respiration de Verakko s'intensifia, et il prit conscience du tissu rugueux et humide contre son sexe. Ils savaient tous les deux ce qui allait suivre. Ils devraient enlever leurs vêtements pour les faire sécher et l'air serait trop frais pour elle sans vêtements. Elle préparait un lit. Un lit assez large pour eux deux.

Plus il passait de temps avec Lily, plus il comprenait à quel point il serait difficile de se séparer d'elle lorsqu'ils atteindraient enfin une ville. Il avait dû faire preuve d'une détermination insoupçonnée pour la laisser partir après l'attaque du sefa. Le simple fait de penser à la façon dont elle avait failli être blessée lui donnait des sueurs froides.

Il pensait qu'empêcher toute relation physique entre eux lui éviterait de trop s'attacher à Lily, mais il réalisait que le simple fait de la côtoyer suffisait à l'attirer comme jamais. Quand elle pleurait, il avait l'impression qu'on lui plantait un pic dans les poumons. Quand elle était heureuse, il devait s'empêcher de sourire.

Les yeux de Lily se brouillèrent, et un sourire étira ses lèvres.

— Je n'avais jamais le droit de manger des sucreries non plus.

Elle leva les yeux au ciel.

— Du commerce, je veux dire. Si je trouvais quelque chose de sucré dans la forêt, j'y avais le droit.

Elle continua à disposer de grandes feuilles lisses pour créer un matelas.

— Mais chaque fois que ma tante Cindy se joignait à un de nos voyages, elle me donnait des bonbons en cachette. Je me souviens encore de la première fois où j'ai goûté un *peanut butter cup*.

Lily lui sourit.

— Je pense que c'est le jour où j'ai décidé que je voulais m'émanciper. Ce petit bonbon m'a poussée à me demander à côté de quoi d'autre je passais.

Ses yeux s'agrandirent en signe d'exaspération.

— Il s'est avéré que j'avais raté beaucoup de choses.

Il aurait dû travailler, faire le feu ou chercher de l'eau, mais il demeura immobile. Rien ne pouvait rivaliser avec sa compagnie. L'écouter parler ou la regarder se déplacer.

— T'émanciper ? L'usage du mot ne lui était pas familier.

Lorsqu'elle eut terminé de préparer le lit, elle voulut prendre le foret à archet. Mais il la coiffa au poteau. Elle pinça les lèvres.

— Tu as fait le feu ces deux derniers jours. C'est mon tour.

Verakko ignora son commentaire et se mit à s'occuper du feu.

— « S'*émanciper* » est traduit par « se libérer ». Tu t'es libérée ?

Elle faillit dire quelque chose, mais laissa tomber.

— D'une certaine manière. Là d'où je viens, les parents sont légalement responsables de leurs enfants jusqu'à ce qu'ils aient dix-huit ans. Si un enfant demande son émancipation avant cet âge, ça signifie qu'il devient responsable de lui-même.

— Tes parents te maltraitaient ?

— Pas du tout ! Mais je ne voulais plus vivre le type de vie qu'ils menaient.

Lily haussa les épaules.

— Ils voulaient vivre dans la forêt. Fabriquer leurs propres outils et être connectés à la nature. Je voulais être entourée de gens, de technologie et de nourriture industrielle. Je voulais porter des vêtements peu pratiques et dormir dans un vrai lit que je n'avais pas à porter sur mon dos pendant la journée.

— Que d'exigences.

Il sourit.

Elle sourit en retour.

— Tu ne le vois peut-être pas en me regardant maintenant, mais j'aime le luxe de la civilisation. En fait, je suis devenue un peu snob.

— J'en doute.

Verakko ne l'avait jamais entendue se lamenter, hormis ses plaintes à son sujet les premiers jours.

Lily entassa du bois sur le petit feu qu'il avait allumé.

— Crois-moi. Dès qu'on aura trouvé Alex et que j'aurai de l'argent à dépenser, j'aurai besoin que tu m'emmènes dans un spa, puis dans un lit.

Ses joues rougirent et elle se mordilla la lèvre inférieure.

— Je veux dire, me montrer où je peux trouver un lit.

Il savait exactement vers quel lit il aimerait la diriger.

— Je serais ravi de te payer un séjour au spa. C'est le moins que je puisse faire.

— Eh bien, j'aimerais refuser, étant la femme indépendante que je prétends être, mais vu que je suis dans une situation où je n'ai rien d'autre que les vêtements que j'ai sur le dos et ma personnalité, qui suis-je pour refuser un peu d'aide d'un ami ?

Son sourire faiblit et son regard devint inquiet.

— Verakko, qu'est-ce qui va m'arriver ? Est-ce qu'il y a des refuges pour sans-abri ou un endroit où je pourrai habiter le temps de me retourner ?

La courbure anxieuse de ses sourcils lui mettait les nerfs à vif. Il aurait voulu lui expliquer qu'il subviendrait à tous ses besoins et que jamais de sa vie elle ne se retrouverait à lutter pour survivre, mais il ne pouvait pas lui promettre quoi que ce soit pour l'heure.

— Tu n'as pas à t'inquiéter pour ça. Dans la plupart des villes de cette planète, les citoyens bénéficient gratuitement d'un logement, de nourriture, de vêtements et de soins médicaux. Si tu te maries...

Verakko détourna le regard, cachant sa mine renfrognée et le grognement qui montait dans sa gorge, avant de reprendre :

— ... ton mari s'assurera que tu aies tout ce que tu veux, aussi longtemps que tu resteras avec lui.

Lily demeura silencieuse, perdue dans ses pensées.

— Tu penses que tu voudras te marier, un jour ?

Entendait-elle l'intérêt pathétiquement dissimulé dans sa voix ?

— Sur Terre, non. Mon dernier petit ami m'a demandée en mariage, mais j'ai refusé. Mais tu as dit que c'était différent ici, non ? Ça ne dure que quelques mois. Quel est l'intérêt ? Ça équivaut juste à sortir avec quelqu'un pour moi.

Un mélange ardent de rage jalouse et d'approbation amère envahit Verakko en apprenant qu'elle avait éconduit son mâle. Il s'assura garder un ton neutre lorsqu'il répondit :

— Le but principal du mariage est souvent la grossesse. Comme je l'ai dit, notre peuple est en voie d'extinction. Les femelles contractent des mariages de courte durée pour décider si elles veulent avoir un enfant avec leur mari, et ensuite elles peuvent soit prolonger le mariage à partir de là et essayer de tomber enceintes, soit épouser quelqu'un d'autre.

— Que se passe-t-il si une femme se marie, mais décide de ne pas avoir d'enfants ?

— S'il est clair qu'elle essaie activement de ne pas tomber enceinte, on supposera qu'elle n'a pas jugé le mâle digne. Il ne se passera rien de précis, mais le mâle aura plus de mal à négocier son prochain contrat.

Les lèvres de Lily s'amincirent.

— Eh bien, alors pas de mariage pour moi, du moins pas pour le moment. Je ne suis même pas sûre de vouloir avoir des enfants.

— C'est pour ça que tu as dit non à ton *petit ami* ? demanda Verakko, butant sur l'expression étrange désignant le mâle qu'elle avait fréquenté.

Il ne comptait pas reproduire les mêmes erreurs.

— Non. Sur Terre, le mariage est différent. C'est censé durer toute la vie et, idéalement, deux personnes se marient parce qu'elles s'aiment et veulent rester ensemble pour toujours. Nathan était sympa, mais je ne ressentais pas ça pour lui.

— « Ça » ?

Lily leva les mains vers le feu.

— Tu sais. Ce truc. Cette étincelle. Le sentiment que tu ne peux pas passer une minute de plus éloigné de l'autre.

Haussant les épaules, elle poursuivit :

— Je ne suis pas sûre de croire au mariage à long terme, de toute façon. Cinquante pour cent d'entre eux se terminent par un divorce.

Lily fronça les sourcils de dégoût.

— Tu sais combien de mes clients mariés m'ont draguée au salon ? C'était comme s'ils ne se souciaient même plus de la personne avec laquelle ils étaient mariés. De vrais trous du cul. Et je ne parle même pas de tous ces types que j'ai fréquentés qui avaient des petites amies qu'ils ont oublié de mentionner.

Et merde. Considérerait-elle Ziritha comme ma petite amie ? Il ne comprenait pas toutes les expressions qu'elle avait utilisées, mais l'idée était claire. Il n'était pas techniquement marié, mais dans sa culture, c'était tout comme, et il pensait que c'était aussi la façon dont Lily voyait les choses.

Devrais-je lui parler de Ziritha maintenant ? Non, décida Verakko. *Je n'épouserai pas Ziritha. Je vais trouver une faille dans le contrat et faire en sorte que Lily accepte de rester avec moi. Il n'y a rien à révéler.*

Lily continua, sans se rendre compte de l'agitation intérieure de Verakko :

— Mes parents sont restés mariés, mais c'étaient plus des compagnons qu'autre chose. Des amis qui travaillaient bien ensemble. S'il y a eu une étincelle entre eux à un moment, elle s'était déjà éteinte quand j'étais petite. Je ne veux pas finir comme ça.

Verakko se passa une main dans les cheveux. L'envie de lancer quelque chose le démangeait. Lily ne voulait pas d'un mariage avec un Clecanien ou un Terrien, et elle ne voulait peut-être même pas d'enfants. Il ne s'était jamais réjoui de l'idée d'avoir des enfants, mais il n'y avait pas non plus beaucoup pensé. Un enfant serait une bénédiction, et c'était son devoir de faire tout ce qu'il pouvait pour en avoir un. La question de savoir s'il voulait vraiment un enfant n'était jamais entrée en ligne de compte. Verakko réfléchit pendant un moment. Lorsque l'image de Lily berçant une petite fille aux yeux bruns surgit dans son esprit et que le désir se répandit dans sa poitrine comme un liquide chaud, il réprima un juron.

Elle haussa un sourcil et le regarda.

— Tu aimerais te marier ?

Comme pour la question des enfants, personne ne lui avait jamais posé cette question auparavant. Le voulait-il ? C'était un honneur d'être choisi pour le mariage. Une chose à laquelle tous les mâles aspiraient. Il n'avait jamais envisagé d'alternative. S'il était certain d'une chose, il savait qu'il ne voulait pas d'un mariage temporaire. Il voulait une partenaire – Lily – pour la vie. Mais cette conversation n'avait fait que compliquer la situation. S'il lui disait la vérité et admettait qu'il voulait être avec elle, il risquait de l'effrayer.

— Ça dépend de mon épouse, répondit-il enfin.

— Et c'est à ta mère de décider ? Tu ne peux pas te choisir toi-même ?

Dis-lui la vérité.

— Je serai obligé d'épouser la personne choisie par ma mère, confirma-t-il à la place.

— Et c'est pour ça que tu ne peux pas.

Verakko s'immobilisa, réalisant à quoi elle faisait référence. Par la Déesse, sa mivassi était déroutante.

— Si tu ne crois pas aux mariages de quelque sorte que ce soit, alors pourquoi t'en soucier ?

Lily gloussa.

— C'est comme ça que ça se passe ici ? Le mariage ou rien ?

Elle soupira.

— Je ne dis pas que le mariage n'est pas à l'ordre du jour – un mariage de type terrestre, bien sûr, s'empressa-t-elle de préciser. Je pense juste qu'il faudrait que ce soit une relation assez époustouflante pour que je l'envisage. C'est pour ça que j'aime sortir avec des hommes. Tu dis que tu ne peux pas fréquenter de femmes, toi ?

Il fallut un moment à Verakko pour réaliser qu'il avait la bouche ouverte. Il avait appris certaines choses sur les relations amoureuses auprès de l'humaine Alice et savait qu'il adorerait sortir avec Lily et la convaincre de rester avec lui pour toujours. Mais ça prendrait du temps, or il n'en disposait pas pour l'heure. Que pouvait-il dire ?

Il se contenta de hocher la tête.

Lily regardait le feu, les sourcils froncés. Verakko avait envie de crier. Elle lui avait posé le même genre de questions qu'il mourait d'envie de lui poser. Était-ce pour les mêmes raisons ? Essayait-elle de comprendre comment être avec lui ?

Verakko ignorait comment se comporter avec elle. Il ne pouvait pas dormir avec elle. Ce serait une rupture de contrat qui lui vaudrait d'être écarté de sa planète, mais il ne pouvait pas non plus la repousser. S'il parvenait à trouver un moyen de rompre son contrat, il fallait qu'elle l'apprécie. Il devait faire en sorte qu'elle continue à s'intéresser à lui sans franchir aucune des lignes qu'il voulait désespérément franchir.

Lily frissonna à nouveau, et il laissa échapper un juron. Le soleil s'était presque couché, et la nuit allait encore fraîchir. Il ne pouvait pas attendre plus longtemps.

— On doit faire sécher nos vêtements.

Son regard s'embrasa, et il eut envie de fuir.

— Je suis d'accord.

Ils avaient mangé quelques noix et des fruits en installant leur camp et avaient tous deux convenu que Verakko devrait attendre le lendemain pour chasser. Il n'y avait plus rien à faire. Pas d'autres distractions.

En silence, il se leva et se déshabilla, accrochant ses vêtements à une branche proche. Détournant le regard, il l'entendait faire de même.

Ne regarde pas. Ne regarde pas. Ne regarde pas.

Il s'allongea sur le côté sur le lit de feuilles, laissant une place assez grande pour que Lily s'allonge devant lui. Elle serait bien au chaud, nichée entre la chaleur intense de son corps et le feu. Du coin de l'œil, il vit ses pieds délicats se diriger vers lui, et il ferma les paupières.

Son odeur le frappa en premier. Elle s'était lavée dans la rivière, mais sentait légèrement le feu de bois. Puis ses cheveux lui chatouillèrent le bras alors qu'elle s'installait en face de lui. Verakko garda les yeux bien fermés et essaya de ne pas penser à son corps nu si proche du sien. Elle posa sa tête sur son avant-bras tendu, lui faisant face et brisant les derniers morceaux de son contrôle. Après tout, quel mal y aurait-il à regarder ? Il ne la verrait que de dos.

Dès qu'il ouvrit les yeux, il le regretta. Elle était recroquevillée et son bras nu avait la chair de poule. Elle n'était qu'à un souffle de distance. Sa main se leva d'elle-même et s'arrêta au-dessus de son épaule, sans la toucher, mais assez près pour sentir la faible chaleur de sa peau. Avec un soupir de défaite, il laissa sa main se promener sur sa cage thoracique et sa taille étroite, puis remonter. Ses hanches étaient fines, mais la structure osseuse en dessous laissait présager qu'elles seraient plantureuses une fois qu'elle aurait repris le poids qu'elle avait perdu ces dernières semaines. Elles avaient la forme parfaite pour la maintenir en place pendant qu'il s'enfoncerait en elle. Ses doigts fléchirent et sa queue durcit.

Puis il la sentit. Son excitation. Il ne pouvait pas résister, il n'était pas assez fort pour ça. Dans un murmure rauque, il utilisa son *influence*.

— Roule sur le dos.

***

L'ordre résonna dans son esprit, s'insinuant au premier plan de ses pensées, mais elle s'en débarrassa. Elle sentait la chaleur de sa paume qui glissait sur ses courbes, follement proche. Elle respirait à pleins poumons. Elle serra les jambes l'une contre l'autre, essayant de cacher l'odeur de son excitation.

Verakko avait dit qu'il ne pouvait pas être avec elle, même s'il le voulait. Être nus ensemble devait être une torture pour lui. Elle glissa ses cheveux sous sa tête et le regarda par-dessus son épaule.

— Pourquoi ? demanda-t-elle, haletante.

Il pencha la tête vers son épaule à présent dénudée. Un grognement sourd et strident émana de quelque part au fond de lui.

— Parce que je veux te voir.

Elle sentit son intimité se contracter et étouffa un gémissement.

— C'est autorisé ?

Il s'appuya sur son coude, et son regard brûlant la transperça.

— Regarder est autorisé.

Lily se mordit la lèvre, relâchant une expiration tremblante par le nez. En gardant ses bras autour de sa poitrine et ses jambes serrées l'une contre l'autre, elle roula sur le dos. Ce mouvement la rapprocha encore plus de Verakko, le côté gauche de son corps frôlant l'avant du sien.

Elle sentit un impressionnant renflement contre sa cuisse, et laissa échapper un petit hoquet de stupeur. Verakko réprima un gémissement à ce contact.

Lily posa sa tête sur l'avant-bras de Verakko et l'observa. Ses yeux émeraude brillant parcouraient son corps avec avidité. Les creux et les vallées de son torse scintillaient à la lumière verte du feu, et sa poitrine se soulevait et s'abaissait rapidement. Lorsque son regard s'arrêta en haut de ses cuisses, il lécha un croc acéré. Elle sentait son sexe tendu palpiter contre son flanc.

Tout son corps s'embrasa. Savoir qu'elle provoquait cette réaction chez un homme comme Verakko lui donnait un sentiment de puissance. Lily voulait qu'il voie tout d'elle. Elle baissa les bras, dévoilant ses seins.

Verakko grogna. La paume de sa main, large et chaude, se dirigea vers sa poitrine, mais ne la toucha pas. Elle mourait d'envie de se cambrer pour créer ce contact. La chaleur qui se dégageait de sa paume lorsqu'il la faisait passer à quelques centimètres de sa peau laissait une traînée brûlante dans son sillage. Sa respiration devint erratique. Ses seins frémissaient à chaque expiration tremblante.

— Tu es si belle, Lily, dit-il d'une voix rauque.

Il baissa la tête et souffla de l'air chaud sur son téton. Elle durcit instantanément, et il sourit, puis commença à exciter l'autre téton.

— Tu ne peux pas me toucher du tout ?

Une nouvelle vague d'odeur de cèdre la frappa, et elle sentit qu'elle allait éclater. Son sexe palpitait, exigeant d'être soulagé.

— Pas de la façon dont je le veux. Il y aurait des conséquences.

Il fit passer ses articulations au-dessus de son ventre tremblant, puis plus bas.

— Ouvre, ordonna-t-il, sa main à quelques centimètres au-dessus de son intimité.

Cet homme va me tuer.

Elle écarta ses genoux pliés de quelques centimètres.

— Plus, grogna-t-il.

Lily écarta les cuisses, reposant sa jambe contre la hanche de Verakko.

Il inspira profondément, et un ronronnement retentit quand il expira.

— Par la Déesse, Lily. Ton parfum est suffisant pour pousser n'importe quel homme à bout.

Il plaqua sa paume au-dessus de son pubis, accumulant toujours plus de chaleur liquide dans son entrejambe.

— Personne n'aurait à le savoir, insista-t-elle.

Elle avait dépassé le stade de l'embarras. *Je le supplie pratiquement !*

Il lui toucha la joue et la regarda fixement.

— Si je te touchais, je ne pourrais jamais m'arrêter. Je ne prendrai pas le risque de te perdre pour quelques minutes de plaisir.

Il lécha un croc et fixa son cou.

— Peu importe à quel point je le veux.

Le cœur de Lily manqua un battement. *Fais chier !*

— Ça marche dans les deux sens ?

— Qu'est-ce qui marche dans les deux sens ?

Il se pencha et souffla un air brûlant sur son oreille et son cou.

Son esprit prit un moment pour revenir au présent.

— Je peux… je peux te toucher ?

Verakko se figea, sa respiration devenant laborieuse. Elle prit son silence pour un oui et fit glisser sa main entre eux, enroulant ses doigts autour de son sexe tendu.

Il se mit à trembler et poussa un juron qu'elle ne put comprendre. Sa queue était imposante et chaude dans sa paume. Sa peau soyeuse était délicate, mais son sexe était terriblement dur et imposant. Elle commença les va-et-vient, mais il lui attrapa la main.

Son regard était furieux, les muscles de son cou tendus par la colère, mais elle ne sentait pas qu'elle était visée. Au bout d'un instant, il retira sa main de son sexe et secoua silencieusement la tête.

Lily lui jeta un regard noir, avant de faire glisser ses doigts sur son propre bas ventre. Son attention se porta immédiatement sur le mouvement de sa main qui descendait, et il haussa ses sourcils comme s'il souffrait.

Quand elle glissa son index et son majeur entre ses lèvres lisses, il poussa un gémissement misérable.

— Montre-moi ce que tu aimes.

Lily glissa deux doigts en elle, puis les retira et commença à caresser son clitoris. Ses hanches tressaillirent à ce contact.

Verakko plissa les yeux.

— Laisse-moi voir.

Elle inclina ses hanches vers le regard sombre et intense de Verakko, et appliqua plus de pression sur les petits cercles qu'elle dessinait autour de son clitoris. Il laissa échapper un grognement appréciateur.

Lily vit alors, le souffle coupé, sa main descendre et saisir sa queue. Elle gémit bruyamment et son intimité se contracta à nouveau. *Ce n'est pas suffisant !* Elle se sentait vide, creuse. Elle avait besoin qu'il soit en elle.

Elle fit glisser un doigt de son autre main en elle pour apaiser la douleur. Les muscles du biceps de Verakko saillaient, tandis qu'il faisait courir sa main de haut en bas sur sa queue tendue dans des mouvements lents et fluides. Elle ne pouvait pas détacher les yeux de son sexe. Elle n'avait jamais fait une chose pareille avec un autre homme, et encore moins devant un homme.

— Lily, regarde-moi.

Elle croisa le regard sérieux de Verakko. Les mouvements rapides de ses doigts devinrent plus frénétiques. Elle gémit et les yeux de Verakko se fixèrent sur sa bouche.

— Laisse-moi t'*influencer*, gronda-t-il.

Il leva légèrement l'avant-bras, de sorte que la tête de Lily repose dans le creux de son coude. Il souleva davantage le bras, plaquant sa tête contre son biceps et la forçant à rester concentrée sur son visage.

Elle perdit le rythme et le regarda, confuse.

Il passa une langue pointue sur ses lèvres.

— S'il te plaît, fais-moi confiance. Laisse-toi faire.

Elle hocha la tête, se préparant à accepter son *influence*. La chaleur inonda son intimité à nouveau, se demandant ce qu'il pourrait bien lui faire.

Des mots profonds, doux et veloutés résonnèrent dans son esprit.

— Imagine que ma queue te remplit, atteignant tous les endroits en toi que tu ne peux pas atteindre toute seule.

Soudain, Lily eut l'impression que ses doigts étaient plus grands, la sensation d'être remplie plus intense. Elle se cambra et ferma les yeux.

— Regarde-moi. Tu veux que je te voie jouir.

Lily rouvrit les yeux. Verakko était à quelques centimètres au-dessus d'elle, la regardant droit dans les yeux. Elle laissait à présent échapper de faibles gémissements et des soupirs. Un courant électrique passait entre son clitoris et les parois internes de son intimité à chaque passage de ses doigts. Elle sentait sa main s'agiter plus vite derrière sa cuisse, le simple frôlement de ses articulations suffisant à la faire frissonner de partout.

Les hanches de Lily commencèrent à bouger de façon erratique.

— Je veux que tu jouisses fort, mivassi.

L'*influence* résonna dans son esprit une fraction de seconde avant qu'elle n'implose. Son regard, toujours fixé sur celui de Verakko, devint larmoyant. Soudain, il rugit et son corps se raidit. Puis, sans prévenir, il plaqua ses lèvres contre les siennes.

Elle gémit contre sa bouche, frissonnant lors des derniers instants de son orgasme. Pendant un moment, il resta immobile, les lèvres sur les siennes.

Craignant qu'il ne reprenne ses esprits et ne s'éloigne, elle lui fit ouvrir la bouche avec sa langue. Quand il obtempéra, elle approfondit le baiser, caressant sa langue avec la sienne jusqu'à ce qu'il réponde progressivement. Verakko prit sa lèvre inférieure dans sa bouche. Elle sentit l'infime frôlement de ses crocs et poussa un soupir extatique, fermant les yeux. Ce son sembla l'encourager. Un ronronnement résonna dans sa poitrine, voyageant jusqu'à sa langue. Il inclina la tête, prenant les commandes du baiser.

Sa langue pointue et forte effleura la sienne, faisant à nouveau monter la chaleur dans son ventre. Elle passa sa langue le long de l'un de ses crocs, s'étonnant qu'ils lui fassent peur et l'excitent en même temps.

Verakko s'éloigna, respirant difficilement, et la regarda dans les yeux.

— Attention. Tu pourrais te couper.

— C'est déjà arrivé avant ? souffla Lily, incapable de réfréner un sourire. Tu as déjà accidentellement mordu quelqu'un en l'embrassant ?

Il leva la main, écartant ses cheveux de son front humide.

— Je n'ai jamais embrassé quelqu'un comme ça avant, répondit-il dans un souffle.

Lily s'immobilisa et pressa sa joue contre son biceps. Ses muscles tressaillirent à son contact.

— Jamais ? Tu n'as pas appris à embrasser dans cette école ?

— Sur cette planète, on ne s'embrasse pas vraiment sur la bouche.

Verakko sourit, puis tira une feuille entre eux, la forçant à se coucher sur le côté une fois de plus. Elle sentit la chaleur lui monter aux joues. Il se nettoyait, réalisa-t-elle.

Il passa un bras autour de sa taille par-derrière et la serra contre son torse. Elle s'étira, se blottit contre lui et faillit fondre. Sa chaleur l'enveloppait, et le ronronnement étrange qui grondait encore dans sa poitrine l'apaisait encore plus. L'odeur de la fumée de cèdre les imprégnait.

Verakko écarta les cheveux de Lily de son cou et respira profondément. Elle sentit légèrement ses crocs sur la chair sensible.

— Est-ce que tu as déjà... Non, rien.

— Est-ce que j'ai déjà quoi ? ronronna-t-il en la serrant plus fermement à la taille.

Lily se mordit la lèvre. Voulait-elle vraiment le savoir ?

— Est-ce que vous mordez parfois les gens ?

Elle sentit un gloussement le traverser.

— Tu as toujours peur que je te mange ?

Elle caressa son avant-bras posé sur sa taille. *Pas de poils ? Bizarre.* La vibration contre son dos s'intensifia. Il devait aimer ça.

— Tu n'arrêtes pas de regarder mon cou et de te lécher les babines. Qu'est-ce que je suis censée penser d'autre ?

Il grogna, et son souffle chaud vint chatouiller la peau sous son oreille. Ses bras se couvrirent de chair de poule et elle se blottit plus profondément dans la chaleur de sa poitrine.

— Ça nous arrive de mordre. Pendant les mariages. Ou avec des partenaires.

Elle sursauta quand il fit claquer ses dents devant son oreille et ajouta d'une voix rauque :

— On le fait aussi à nos ennemis.

Lily frissonna.

— Ça fait mal ?

Verakko s'installa derrière elle et laissa échapper une expiration satisfaite.

— Seulement pour les ennemis.

Ne pose pas la question. Ne pose pas la question. Ne pose pas la question.

— Verakko ?

— Hmm ? murmura-t-il dans ses cheveux.

— Tu me touches et… et on s'est embrassé. N'est-ce pas enfreindre les règles ?

Elle le sentit se raidir et se maudit d'avoir gâché ce moment.

Il laissa échapper un soupir vaincu et se détendit à nouveau contre elle.

— C'est vrai, mais je n'ai pas pu m'en empêcher. J'ai envie de t'embrasser depuis que je t'ai vue. Et pour le reste ? Eh bien…

Il fit lentement onduler ses reins contre ses fesses. Elle poussa un petit cri en sentant la demi-érection coincée entre leurs corps.

— C'est une question de survie. Pas moyen de l'éviter.

— Oh vraiment ? gloussa-t-elle en se cambrant, ce qui lui arracha un gémissement. Je pense que nos vêtements doivent être secs maintenant.

Son bras autour de sa taille se resserra.

— Certainement pas.

Lily gloussa et regarda les flammes crépitantes. Un vieux souvenir lui revint en mémoire, et elle sourit.

— Quand j'étais plus jeune, commença-t-elle en lui caressant le bras, ma famille a fait un trek en Turquie. J'ai rencontré un garçon sur notre chemin. Ça a été mon premier baiser.

L'autre bras de Verakko, croisé devant ses épaules, l'attira encore plus contre son torse.

— Pourquoi tu me dis ça ?

Sa voix était presque un grognement.

Lily s'embrasa à l'idée qu'il puisse être jaloux.

— Dans cette partie de la Turquie, une grande partie du bois utilisé pour les feux de camp est du cèdre. La seule et unique fois où on s'est embrassés, j'ai eu l'impression que chaque partie de mon corps était nouée. Je n'arrivais pas à reprendre mon souffle ou à ralentir les battements de mon cœur. Mon estomac était creux et plein en même temps. C'était merveilleux. Je ne m'étais jamais sentie aussi vivante, nerveuse ou excitée.

Les muscles de Verakko se contractèrent sous ses mains. Si elle écoutait attentivement, elle aurait probablement pu entendre ses molaires se broyer, mais il demeura silencieux.

— Et la seule chose dont je me souvienne de cette nuit-là, poursuivit-elle, à part le baiser lui-même – qui était d'ailleurs terrible – c'est l'odeur de cèdre brûlé. Chaque fois que je sens ce parfum, je me souviens instantanément de ce que j'ai ressenti cette nuit-là. Ça me rend heureuse et nerveuse de la meilleure façon qui soit.

Lily tourna le haut de son corps pour pouvoir regarder Verakko. Ses lèvres étaient serrées et sa mâchoire contractée.

Elle tenta sa chance et se pencha. À son grand plaisir, il ne bougea pas. Elle déposa un doux baiser sur ses lèvres fermes.

— C'est ce que tu sens pour moi. Le cèdre.

Les yeux de Verakko s'écarquillèrent un instant, ses iris verts s'assombrissant jusqu'à paraître presque noires. Le coin de sa bouche se souleva lentement, la tension dans son corps disparaissant. Il l'embrassa à nouveau et un ronronnement soudain vibra sur ses lèvres, la chatouillant.

La chaleur lui monta aux joues devant l'intimité du moment. Elle roula sur le côté, avec un sourire en coin. Elle n'avait jamais parlé à personne de cette nuit-là ni de la façon dont elle avait recherché ce sentiment chaque jour depuis.

— Je pensais juste que tu devais le savoir.

— Merci de me l'avoir dit, mivassi.

Lily fronça les sourcils lorsque le mot résonna à nouveau dans son traducteur. Il l'avait déjà utilisé plus tôt, mais elle avait été distraite, c'était le moins qu'on puisse dire. C'était l'un des mots qui n'avait pas de traduction directe, ce qui signifiait que la voix qui résonnait dans son oreille bégayait son approximation la plus proche, en décalage avec le locuteur.

Mivassi. Mon alternative.

12

*A*lternative ? *Alternative. Putain d'alternative !* Le mot tournait en boucle dans l'esprit de Lily comme un disque rayé. Qu'est-ce que ça pouvait bien vouloir dire ?

Elle avait tenté d'apaiser la douleur et la colère qu'elle avait ressenties lorsque la signification du surnom de Verakko s'était incrustée dans son esprit. Après être restée éveillée pendant des heures, amère et confuse, elle s'était finalement endormie, mais un mauvais rêve après l'autre l'avait réveillée.

Ça avait commencé avec un cauchemar où Verakko épousait quelqu'un d'autre sous ses yeux. Puis vint un rêve où elle était à genoux, suppliant une femme sans visage, statufiée, de lui accorder un contrat de mariage. La femme avait gloussé devant Lily pendant ce qui semblait être des heures avant que Verakko ne la rejoigne, la pointant du doigt et riant de sa demande ridicule.

Dans son dernier rêve, elle avait vu un extraterrestre violet à la tête hérissée s'asseoir dans son fauteuil et lui demander sa coupe et sa couleur habituelles. Elle était restée figée, regardant ses pointes noires scintillantes et se demandant quoi faire, jusqu'à ce qu'il éternue, projetant ses pics dans son visage.

Elle s'était réveillée, nue, seule et se sentant vulnérable de bien trop de façons.

Verakko était revenu peu après avec un bâton qu'elle pourrait transformer en nouvelle brosse à dents. Tout ce qu'elle voyait quand elle le regardait, c'était une image de lui épousant une autre femme.

En se brossant les dents, elle s'était demandé si le traducteur n'était pas défectueux. Alors qu'ils s'étaient frayé un chemin à travers la forêt dense en s'accrochant au bord de la rivière pendant des heures, elle avait décidé qu'*alternative* devait être une expression étrange pour quelqu'un qui n'était pas de sa ville.

Puis, alors que les premières gouttes de pluie avaient commencé à tomber sur leurs têtes, elle s'était nerveusement demandé si ça ne voulait pas dire ce qu'elle pensait. Il ne l'épouserait jamais. Elle était donc une alternative. Une alternative à sa femme. Un deuxième choix. Peut-être même une maîtresse.

Son estomac était noué et semblait vide. Une urgence tremblante de faire taire son attachement émotionnel la rongeait à chaque fois qu'elle croisait le regard stupéfiant de Verakko.

Ce n'était pas vraiment sa faute. Elle lui avait fait comprendre qu'elle ne voulait pas d'un mariage typique. Mais elle avait bien l'intention de demander à Verakko s'ils pouvaient se mettre d'accord pour faire semblant. Ils pourraient sortir ensemble sans se marier, mais feraient seulement semblant d'essayer d'avoir un enfant pour qu'il ne soit pas méprisé si ça ne marchait pas. Après avoir entendu ce surnom, cependant, elle s'était à nouveau demandé si le mariage était une option. Combien d'efforts devrait-elle faire pour obtenir la considération de sa mère ? Serait-elle toujours considérée comme une alternative parce qu'elle n'était pas un bon parti ou peut-être parce qu'elle était humaine ?

Verakko avait remarqué son changement d'humeur et, après quelques tentatives de conversation hasardeuses plus tôt dans la journée, avait cessé d'essayer de lui parler. Ses yeux s'étaient illuminés ce matin-là lorsqu'il lui avait présenté sa nouvelle brosse à dents, mais chaque fois qu'elle avait évité le contact visuel ou qu'elle lui avait adressé un sourire forcé ou une réponse monosyllabique, la flamme avait baissé d'intensité. Quand le sentier s'était transformé en un fouillis de végétation et que marcher côte à côte était devenu impossible, Verakko avait pris la tête de l'expédition.

Lily grimaça quand un autre petit insecte vert la piqua à la cheville. Le sol glissant et boueux faisait sortir les créatures en masse. Elle passa ses bras autour de son corps pour se réchauffer et mordilla sa lèvre en fixant le dos de Verakko. Sa chemise noire était trempée et collait à ses larges épaules, tandis qu'il sciait les lianes et les jeunes arbres suspendus avec son petit couteau, déchirant parfois la flore dense à mains nues.

Alternative. Son cœur se serra.

Même la découverte d'un autre drapeau fragile et d'un message gravé par Alex n'avait pas réussi à lui remonter le moral.

« Je déteste la nature », voilà tout ce qu'il disait. Lily était d'accord.

Verakko s'arrêta brusquement et poussa un juron, secouant sa main comme s'il s'était blessé. Lily essaya d'apercevoir ce qui s'était passé, mais il reprit son chemin aussi vite qu'il s'était arrêté. Quelques gouttes de sang sur des feuilles mortes étaient la seule preuve qu'il s'était fait mal.

Un sentiment de culpabilité l'envahit. Il se donnait tant de mal pour essayer de lui dégager un chemin, et tout ce qu'elle faisait, c'était broyer du noir alors que tout était sa faute à la base. Il lui avait dit qu'il ne pouvait pas être avec elle. Il lui avait expliqué comment les relations fonctionnaient dans sa ville. C'était elle qui avait insisté pour en avoir plus, pas lui.

Ça lui faisait peur de se sentir si proche de lui. Elle ne le connaissait que depuis quelques jours, après tout. Elle aurait pu comprendre sa déception à l'idée qu'ils ne pourraient jamais sortir ensemble. Mais cette tristesse déchirante qui lui donnait envie de l'attacher à un arbre et de ne jamais retourner à la civilisation ? C'était une réaction à laquelle elle ne s'attendait pas.

— Attends, lança-t-elle pour couvrir le bruit de la pluie qui s'intensifiait lentement.

Verakko se retourna vers elle, avec ses secondes paupières pour protéger ses yeux de la pluie. Ses cheveux tombaient sur le côté, et de petites gouttelettes d'eau s'écoulaient des pointes de ses oreilles vers ses lobes, puis vers ses biceps lisses.

Elle pinça les lèvres. *De quel droit es-tu aussi beau ? Ce n'est pas un shooting photo.*

— Tu t'es fait mal ?

— Ce n'est rien, dit-il mécaniquement en serrant le poing de sa main gauche.

Lily laissa échapper un soupir défait et s'avança vers lui, ses chaussures trempées couinant et s'écrasant dans la boue. Elle lui attrapa la main et lui adressa un regard sévère jusqu'à ce qu'il détende ses doigts, puis grimaça. Une profonde entaille traversait le centre de sa paume vert vif, laissant échapper du sang sombre.

— On devrait s'arrêter et trouver un abri jusqu'à ce que la pluie se calme.

— Ça va guérir rapidement. Ne t'inquiète pas.

Verakko l'observa, ses yeux verts luisant faiblement à travers ses secondes paupières. Il avait l'air aussi frustré qu'elle, sauf qu'elle pouvait aussi lire sur son visage du désir et quelque chose qui ressemblait étrangement à de la tristesse.

Lily n'avait jamais laissé le mot *impossible* l'arrêter. C'était juste un mot. Rien n'était impossible. Mais si cette fois, c'était le cas ? Et si elle donnait son cœur à un homme qui ne pourrait jamais être avec elle ?

Un fort coup de tonnerre au-dessus de sa tête la fit sursauter et poser sa main sur sa poitrine.

Les lèvres de Verakko se retroussèrent comme pour réprimer un sourire.

Les coins de sa bouche se contractèrent.

— Ce n'était pas drôle.

Il transforma ses traits en un assentiment sérieux qui confinait au comique.

Lily lâcha un petit rire et soupira. Elle regarda Verakko dans les yeux et réprima l'envie de se dresser sur ses orteils et de déposer un baiser sur ses lèvres souriantes.

Mon alternative.

Le sourire de Verakko faiblit et ses sourcils sombres se rapprochèrent. Le silence entre eux devint lourd.

— Je pense qu'on devrait continuer si tu en es capable.

Verakko enleva sa chemise et l'enfila sur sa tête avant qu'elle ne puisse protester. Le tissu était trempé, tout comme ses propres vêtements, mais la chaleur de son corps imprégnait encore la chemise humide.

La poitrine de Lily se réchauffa malgré la pluie glacée.

— Je suis sûr que cette rivière mène à ma ville natale. Je demanderai à ma mère d'envoyer un groupe de ses soldats à la recherche d'Alex, si elle n'y est pas déjà.

Il lui adressa un faible sourire.

— Je ne sais pas pour toi, mais moi, j'en ai assez de vivre dehors.

— Les soldats de ta mère ? demanda Lily, déconcertée. Pourquoi ta mère aurait-elle des soldats ?

Verakko lécha un de ses crocs et son regard devint fuyant.

— C'est la reine de ma ville.

Lily cligna des yeux. *La reine ?*

— Tu es un… un prince ?

Un pli se forma sur son front, et il scruta son visage. Était-elle aussi pâle qu'elle le pensait ?

— Je suppose.

— Tu seras roi un jour ?

Verakko fronça les sourcils en signe de confusion.

— Non. Le peuple choisira son successeur avec la contribution de ma mère. Comme je suis son fils, je suis exclu de toute considération.

Alternative, chuchota une voix dans son oreille, lui retournant l'estomac. Pas étonnant qu'il lui ait dit que ça ne marcherait jamais ! Sa respiration se bloqua dans sa poitrine, et elle se détourna de lui, puis se retourna. Ce serait tout ce qu'ils pourraient jamais avoir. Des moments volés dans une forêt, loin des regards indiscrets. Planète extraterrestre ou pas, une reine était une reine. Lily sentit tout espoir la quitter. Elle n'avait jamais eu la moindre chance.

Je lui ai demandé s'il voulait sortir avec moi. Un rire hystérique lui échappa à cette idée, lui attirant un regard perplexe de Verakko.

— On devrait couvrir autant de terrain que possible. Le Strigi ne volera pas avec une tempête comme celle-ci.

Ses lèvres s'amincirent un instant, puis il dit :

— Je peux te porter.

— Non, lâcha Lily en faisant un pas en arrière.

La peau autour de ses yeux se tendit et un muscle se contracta dans sa mâchoire.

Son cœur cognait contre sa poitrine en signe de protestation. Il souffrait, elle le voyait dans ses yeux. Sa confusion et sa tristesse. La culpabilité l'envahit. C'était elle qui l'avait poussé à agir, avec son optimisme. Elle pensait qu'elle pourrait convaincre sa mère et que tout irait bien. À cause d'elle, un homme d'une planète pauvre en femmes s'intéressait à une femme qu'il ne pourrait jamais avoir.

— Que s'est-il passé, Lily ?

Sa voix était forte, énergique même. Il n'eut pas besoin de préciser sa question. Ils savaient tous les deux à quoi il faisait référence.

— La nuit dernière, le surnom que tu m'as donné, commença-t-elle, sachant qu'elle devait l'entendre de sa bouche pour pouvoir vraiment passer à autre chose. Ça a été traduit par *alternative*. Est-ce que ça signifie une alternative à ta femme ?

Quand ses épaules se contractèrent et que les muscles de sa mâchoire travaillèrent, les espoirs de Lily s'envolèrent. Il hocha la tête.

— Techniquement, oui. Mais ça signifie plus que ça pour moi. Ça signifie que je ne ressentirai jamais pour quelqu'un d'autre ce que je ressens pour toi.

— Je crois...

Elle déglutit.

— Je crois que tu avais raison. On devrait garder nos distances.

— Pourquoi ? demanda-t-il comme s'il savait que c'était la bonne chose à faire, mais qu'il avait besoin d'en être convaincu lui-même.

— Parce que...

Elle regarda autour d'elle d'un air hagard.

— Il semble que ce petit nom soit plus spécial qu'il n'y paraît, mais ça reste un terme pour quelqu'un qui n'est pas ta femme, et je ne veux pas de ce type de relation. Te voir avec quelqu'un d'autre, même si c'est juste un arrangement temporaire... ça me blesserait. Ce serait mieux pour nous deux si on arrêtait ça maintenant.

Avait-elle déjà dépassé le point de non-retour ? Lily en était malade. Elle inspira et expira profondément, puis le dépassa et murmura :

— Je suis désolée.

***

Verakko suivait Lily, se sentant plus infâme que la boue sous les semelles fragiles de la femelle.

Il était allé trop loin la nuit précédente. Elle lui avait fait confiance, l'avait laissé entrer dans son esprit, avait dormi dans ses bras. Elle lui avait chuchoté des mots doux, et pendant tout ce temps, il s'était demandé comment se sortir de son écheveau de mensonges.

Alternative. Son traducteur avait pris un moment pour choisir le mot, annonçant *mivassi*, puis *alternative*, indiquant que ce n'était pas une traduction directe. Mais c'était assez proche. *Mivassi* était un mot qui faisait référence à une alternative revendiquée à l'épouse choisie pendant le contrat. On l'utilisait uniquement dans les cas les plus rares où une personne reconnaissait son partenaire alors qu'elle était mariée à quelqu'un d'autre.

Fermant les paupières, il baissa la tête. Ses yeux tristes avaient clairement montré qu'elle pensait qu'il se référait à elle comme à une femelle secondaire par rapport à son épouse. Aurait-il dû clarifier les choses ? Quel intérêt ?

Il ne pouvait pas la revendiquer comme sa mivassi. Il n'avait aucune preuve. Si ses yeux avaient changé ou si ses marques étaient apparues, il aurait pu la réclamer et son contrat aurait été annulé, mais sans aucune preuve qu'elle était sienne, la réclamation serait rejetée et il devrait honorer son contrat avec Ziritha. Lui expliquer ce petit nom risquait de lui donner de faux espoirs.

De plus, en lui précisant la véritable signification de mivassi, il risquait de l'effrayer. Réclamer quelqu'un comme sa mivassi revenait à annoncer que vous aviez involontairement trouvé votre partenaire. On s'attendrait à ce que Lily reste avec lui pour toujours. Connaissant les ramifications physiques et mentales d'être séparé de sa partenaire, sa mère s'assurerait sans doute qu'elle reste avec lui. Par la force si nécessaire. Verakko était presque sûr à cent pour cent que Lily n'était pas prête pour ce genre d'engagement.

De toute façon, il n'aurait pas dû utiliser ce surnom. C'était accidentel, ça lui était venu naturellement. Probablement parce qu'il avait grandi en l'entendant utilisé comme un terme d'affection. Il devrait faire attention à ne pas l'utiliser à nouveau. La vérité déprimante était qu'en fin de compte, il ne l'avait pas reconnue et n'avait pas le droit de l'appeler mivassi.

Un autre éclair illumina le ciel gris. Verakko regarda la pluie battante. Quand il se concentra à nouveau sur le chemin, il constata que Lily avait disparu.

Il s'élança, une panique insensée comprimant ses poumons. Il venait de tourner à un virage quand il s'arrêta. Elle se tenait sur le bord de la rivière, regardant au loin.

Ils avaient atteint la fourche.

Les épaules de Lily se raidirent à son approche. Il avait envie de l'attraper et de la serrer contre lui, mais il se retenait. Peut-être qu'elle avait raison et que c'était mieux s'il gardait ses distances. À sa connaissance, il n'avait aucun moyen d'échapper à son contrat. Il devait soit la laisser partir, soit tout lui expliquer et lui demander si elle était prête à l'attendre.

Soudain, elle lui fit face. Il ignorait si les stries sur son visage avaient été causées par des gouttes de pluie ou des larmes, mais ses paupières gonflées lui donnèrent un indice déchirant.

— On devrait aller par là, non ?

Elle renifla en désignant la plus petite branche de la rivière la plus proche d'eux. Elle descendait vers des montagnes noires escarpées.

Il se rapprocha.

— Lily…

— Je sais, ça craint, dit-elle en levant la main. Peut-être qu'on pourra en reparler et voir si on peut trouver une solution, mais pour l'instant, je veux juste choisir une direction et sortir de cette tempête.

Verakko la détailla. Elle était trempée jusqu'aux os, maculée de boue et frissonnait. Sa peau habituellement bronzée était pâle et le dessus de ses pieds était parsemé de piques rouge vif.

Le cœur de Verakko s'enfonça davantage dans sa poitrine. Elle était malheureuse, et il ne l'avait même pas remarqué. Trop absorbé par ses propres pensées et peurs.

— Si on va par là, je peux nous faire passer par un raccourci dans les montagnes. On pourrait arriver à ma ville dans quelques jours et obtenir de l'aide.

Lily fit un signe de tête résolu et s'avança. Ses pitoyables chaussures tombaient de ses talons à chaque pas, s'enfonçant dans la boue.

— S'il te plaît, Lily, laisse-moi te porter, dit Verakko, imprégnant accidentellement ses mots de son *influence*.

Elle secoua légèrement la tête, puis soupira et le regarda de travers. Elle ouvrit la bouche, puis la referma. Lorsqu'elle reprit la parole, un éclair lumineux, suivi d'un coup de tonnerre retentissant, noya ses mots. Elle regarda le ciel, puis se retourna vers lui.

— Verakko, pour l'instant, je ne veux pas que tu sois gentil avec moi. Ça me rend dingue.

Il sentit la frustration le gagner. Il resta les bras ballants.

— Que veux-tu que je fasse, Lily ? Je ne supporte pas de te voir comme ça.

Ses épaules s'affaissèrent, et elle le fixa un moment de plus avant de marmonner :

— Très bien.

Il n'attendit pas qu'elle change d'avis ; au contraire, il la souleva si vite que ses chaussures usées restèrent coincées dans la boue. Il plia les genoux, attendant qu'elle les récupère, puis courut jusqu'en bas de la colline, glissant et sautant le long de la rive de manière experte.

Une petite part de lui, vaniteuse et désespérée, souhaitait l'impressionner. Mais quand il regarda son visage, il n'y vit qu'une expression de douleur résignée.

***

Lily était accrochée au cou de Verakko, essayant de respirer par la bouche pour ne pas être troublée par son parfum de plus en plus fumé. Après quelques bonds remarquables, il atterrit près de la base de la montagne et s'arrêta en glissant doucement. Il la déposa sur le sol souple.

— Je ne me souviens pas exactement où est l'entrée. Tu peux attendre ici pendant que je cherche ?

— Je peux utiliser le couteau pour laisser un message à Alex ?

Elle évita le contact visuel, mais voyant qu'il ne répondait pas, elle leva les yeux vers lui, serrant les dents à la vue de l'eau de pluie qui ruisselait sur son torse nu.

— Au cas où elle reviendrait par ici pour une raison quelconque.

Ses yeux vifs restaient rivés sur les siens, puis après un long moment de silence, il tendit le couteau. Avec un dernier regard impénétrable, il se dirigea vers la montagne, ses yeux brillants parcourant la base rocheuse incrustée de vignes. La pluie s'était un peu calmée, mais Lily était plus tourmentée que jamais.

Elle se dirigea vers un rondin lisse à quelques mètres de la rivière et entreprit de graver un mot pour Alex.

Son cerveau tournait en boucle. *Il doit y avoir une solution. Il n'y a pas de solution. Mais il y a sûrement une solution.* C'était inutile ! Comment envisager d'être un bouche-trou ? Cette femme qui courait après un homme était-elle vraiment celle qu'elle voulait être ? Elle ne s'était jamais sentie aussi hors de contrôle ou dépendante d'une autre personne. Pas même de ses parents.

Ils avaient toujours veillé à ce qu'elle fasse sa part. En repensant à ces derniers jours, Lily réalisa qu'elle était devenue dépendante de Verakko. Elle faisait bouillir l'eau, il allumait le feu et ramassait le bois. Un terrain accidenté ? Pas de problème, il la portait. Un peu froid ? Elle s'attendait à ce qu'il lui communique sa chaleur. Auparavant, si elle avait eu froid lors d'une randonnée, elle aurait érigé un monticule de feuilles et de branches et se serait enfouie dans ce fatras isolé jusqu'au matin.

Était-ce ainsi que ça se passerait avec un vrai partenaire ? Avec lui ? Aurait-elle toujours ce sentiment de sécurité et de stabilité ? C'était quelque chose qu'elle désirait vraiment. Elle le voulait plus qu'elle ne l'avait jamais imaginé. Ce maudit ballon d'émotion enfla à nouveau dans sa poitrine, poussant contre ses côtes avec colère.

Les larmes lui montèrent aux yeux, tandis qu'elle contemplait le mot étrange qu'elle avait gravé sur l'écorce lisse.

Recherche renforts. Ne bouge pas. P.S. Problème de garçon.

Elle eut un rire dépourvu d'humour et se demanda si ce mot ne risquait pas de paraître insensible à une Alex affamée et frigorifiée si elle tombait dessus. Plantant un mince bâton dans une feuille, elle érigea un drapeau et recula.

— Je pense que je ne suis plus très loin, cria Verakko pour couvrir le bruit de la pluie.

Elle lui fit signe de continuer, pas certaine que sa voix soit suffisamment forte pour l'heure. Au lieu de cela, elle glissa le couteau dans sa poche, regarda ses orteils nus et les plia et déplia dans le sable mou et humide. Une tache de vernis rose sur son petit doigt de pied attira son attention.

Moins d'un mois plus tôt, elle était assise dans le fauteuil de sa collègue Maisy. Quand Maisy lui avait demandé quelle couleur elle voulait, Lily avait répondu qu'elle se sentait féminine et aventureuse ce jour-là.

— Rose vif, s'il te plaît, chuchota-t-elle tristement en se remémorant la conversation.

Elle avait l'impression qu'elle remontait à une éternité. Elle repensa à cette semaine, faisant défiler les jours dans sa tête. Elle se souvint qu'elle avait commencé à ressentir la démangeaison qu'elle éprouvait toujours quand elle restait trop longtemps au même endroit.

Lily jeta un coup d'œil par-dessus son épaule, le menton baissé et les épaules affaissées comme une enfant qui bouderait sous la pluie, et regarda Verakko frapper sur la pierre, son oreille pointue tendue. Tout ce travail. Toute cette douleur. Peut-être que c'était mieux de rester loin de lui. Si Verakko parvenait à convaincre sa mère de les laisser être ensemble, combien de temps faudrait-il avant qu'elle ne ressente à nouveau cette démangeaison ?

Elle prit une inspiration tremblante et se pencha pour rincer ses chaussures boueuses dans la rivière. Elle regarda le ciel, reconnaissante que les éclairs semblent s'atténuer.

Un faible cri de triomphe s'éleva au loin. Elle aperçut Verakko qui souriait près d'une sinistre ouverture noire dans la paroi rocheuse. Elle fut prise de sueurs froides. Elle n'avait pas menti en lui avouant qu'elle n'aimait pas les espaces exigus.

— C'est loin d'ici ? demanda Lily, regardant le tunnel sombre en grimaçant.

Il haussa les épaules, l'air agacé. Lily traîna les pieds, mal à l'aise, puis réessaya.

— Comment...

Le regard de Verakko se tourna vers le ciel, et un rugissement assourdissant s'échappa de sa gorge. Il se précipita vers elle au moment où une rafale de vent la frappait dans le dos. Un cri s'éleva dans sa gorge, mais deux bras puissants se refermèrent sur sa poitrine, chassant l'air de ses poumons.

Des ailes massives se mirent à battre de chaque côté d'elle, la soulevant dans les airs. Verakko rugit à nouveau en traversant les rives sablonneuses de la rivière.

Le sol défilait sous elle, et elle hurla. Son esprit réalisa finalement ce qu'il se passait. On la transportait dans les airs.

Hors de question. Elle ne se ferait pas enlever par un autre trou du cul d'extraterrestre.

Lily tendit une jambe et l'enroula autour de la cuisse de l'homme, accrochant son pied derrière son genou pour rester stable. Elle aligna son autre jambe entre celles de la créature et balança son talon vers le haut de toutes ses forces.

Dans un hurlement de douleur, il plongea vers le sol. Elle le frappa encore et encore, parvenant à le toucher à plusieurs reprises avec son talon. Il lui agrippa le poignet et lâcha le reste de son corps, la tenant en l'air par un bras et se serrant l'entrejambe de l'autre main.

Son épaule criait en signe de protestation. Le Strigi descendit plus bas dans les arbres et la lâcha à quelques mètres du sol.

— Viens par ici, femelle, grogna-t-il, les dents serrées.

Lily rampa sur le ventre, mais une main puissante agrippa l'ourlet de la chemise que Verakko lui avait donnée et la tira en arrière. Elle roula pour être face au ciel et sortit les jambes, donnant des coups de pied dans tous les appendices qu'elle pouvait atteindre tout en fouillant dans sa poche pour trouver le couteau.

Une aile mortellement aiguisée était posée sur son cou.

— Arrête, ou je te tranche la gorge, siffla le mâle ailé, serrant toujours son entrejambe d'une main.

Elle se figea lorsque le métal froid rencontra le bout de ses doigts.

Il se pencha en avant et montra les dents.

— Tu vas venir avec moi gentiment, ou je vais utiliser cette aile pour te couper un doigt.

Il lui adressa un sourire tordu.

— Je n'ai pas besoin que tu sois entière, après tout.

Lily essaya de cacher sa peur. Un mugissement familier retentit, faisant s'envoler les oiseaux dans les arbres. Son cœur fit un bond.

— Reste à terre pendant que je m'occupe de cette racaille de Swadaeth.

La pression sur son cou augmenta, les bords tranchants entaillant sa chair. Elle resta immobile, mais leva les yeux et vit Verakko faire irruption dans la clairière, puis se figer.

Les yeux de Verakko passèrent d'elle à sa gorge et au mâle ailé. Un noir d'encre prit possession de ses yeux, englobant les blancs et les iris. Il avait dit que les yeux noirs révélaient quelque chose sur sa santé. Elle inspecta frénétiquement son corps, mais ne vit aucune blessure.

L'homme ailé éclata de rire et cracha, se redressant.

— Oh, non. Ne me dis pas que tu penses qu'elle est à toi. Ça va être amusant.

Lily observa l'homme. Des entailles vertes marquaient son bras gauche, et il le tenait maladroitement. Des cernes se dessinaient sous ses yeux et sa peau était jaune. Il n'était pas au meilleur de sa forme. *Il reste quand même plus fort que moi.*

Elle étendit ses doigts dans sa poche et saisit la poignée du couteau. Le connard au-dessus d'elle souriait à Verakko, ignorant complètement la menace sous son aile.

— Pas encore de marques, à ce que je vois.

— Tu veux la libérer.

Verakko se servait de son *influence*.

La pointe acérée de l'aile s'enfonça dans son cou et elle poussa un cri.

— Essaie encore et elle est morte.

Le Strigi aboya un rire.

— Ça ne marchera pas sur moi de toute façon. Toutes mes pensées tournent autour du fait de causer de la douleur. Le genre de douleur que je ressens depuis trois jours.

— Lily, ça va aller, lança Verakko.

— Tu as tué deux des miens ! grogna l'extraterrestre ailé. Je devrais la déchirer en lambeaux devant toi juste pour voir ta tête.

Sa bouche se déforma en un rictus dégoûté.

— Mais je ne le ferai pas. Mes ordres étaient seulement de t'amener ici.

Il jeta quelque chose vers Verakko.

— Vaporise-toi, et je jure que je ne lui ferai pas de mal.

Lily inclina sa tête pour pouvoir voir Verakko. Il tenait un petit cylindre d'argent dans sa main. Ses yeux, furieux et sauvages, ne cessaient d'alterner entre elle et le Strigi, mais ils avaient repris leur teinte verte normale.

Il souleva le cylindre de quelques centimètres, et elle reconnut soudain l'objet argenté. C'était la dernière chose qu'elle avait vue avant de s'évanouir sur Terre. L'extraterrestre violet qui avait fait irruption dans son jardin sans prévenir l'avait aspergée avec un de ces trucs.

Ses sourcils se rapprochèrent.

— Tu promets de la laisser ?

Il va se sacrifier ? Pour moi ? La terreur, l'inquiétude et la colère la frappèrent en même temps. *Qu'est-ce qu'il fait, bordel ?* Elle essaya de l'appeler, de lui dire de lâcher le cylindre, mais la pression sur sa gorge était trop forte. Il n'y avait aucune chance qu'elle le laisse se rendre. Pas s'il y avait un moyen de l'en empêcher.

***

Un filet de sang glissait le long du cou pâle de Lily, se déversant par terre. Un râle sauvage lui déchira la poitrine. Ce mâle ne mourrait peut-être pas aujourd'hui, mais il mourrait bientôt. Et douloureusement. Si seulement Verakko pouvait se concentrer suffisamment pour utiliser son *influence*. Son regard se dirigea vers Lily, étalée sur le sol sous l'aile meurtrière du mâle. La peur parcourut ses veines comme de la glace, brouillant ses pensées.

Le Strigi accentua la pression sur le cou de Lily et cria :
— Choisis !

Tout l'air sembla s'envoler des poumons de Verakko au premier cri de Lily. Il leva le spray vers son visage.

Un éclair argenté près de Lily fendit l'air et disparut dans l'aile du Strigi. Il recula en rugissant de douleur, tandis qu'elle s'éloignait en rampant, toussant et respirant laborieusement. Verakko serra le spray et eut un sourire dément. Il bondit, franchissant les quelques mètres qui le séparaient du mâle qui bafouillait.

Les yeux du Strigi s'agrandirent. Il tenta de s'envoler. Mais Verakko bondit à nouveau, attrapant ses jambes et le faisant tomber avec tant de force que le visage du mâle s'écrasa sur le sol jonché de feuilles. Bondissant sur le dos du Strigi, Verakko enroula ses bras autour de la base des ailes du mâle, les liant ensemble, puis tira sauvagement vers le bas.

Le Strigi hurla et se débattit sous lui.

— Tu penses que tu peux blesser ma femelle ? Faire couler son sang ?

Il fit tourner ses bras, tordant les os de ses ailes autrefois puissantes.

— La douleur est insupportable. Tu veux t'évanouir, mais tu ne peux pas, l'*influença* Verakko, une soif de sang vicieuse grondant en lui.

Le mâle hurla à nouveau, lâchant un sanglot guttural. Il entendit son nom au loin. Quelqu'un criait. Lui demandait d'arrêter. Il accentua la torsion. *Ma Lily. Ma mivassi. Ma partenaire. Aucune pitié.*

Puis elle s'agenouilla devant eux.

— Recule ! rugit-il, alors que le Strigi tendait les bras vers elle sauvagement.

— Je t'en supplie ! cria le mâle.

L'odeur aigre de la peur lui frappa les narines, et sa prise se resserra.

Elle prit son visage entre ses mains. Un fort bourdonnement retentit dans ses oreilles, mais il se concentra sur elle. Ses yeux ruisselaient de larmes et elle murmura :

— *Stop.*

Il resta d'abord confus, mais peu à peu, reprit ses esprits.

— Regarde ailleurs, grogna-t-il.

Elle écarquilla les yeux avant de se retourner et de s'éloigner en trébuchant. *Loin de moi.*

Sans hésiter, il libéra les ailes du mâle. D'un geste rapide, il brisa le cou du Strigi et courut derrière Lily.

Ses pieds nus glissèrent sur les feuilles mouillées. Il s'arrêta devant elle et tendit la main pour la serrer contre lui, ses yeux parcourant chaque centimètre de son corps à la recherche de traces de blessures.

Elle roula pour lui faire face, ses yeux rencontrant les siens alors qu'elle s'éloignait précipitamment. L'odeur piquante de la peur s'intensifia.

Est-ce qu'elle a peur de moi ? La respiration de Verakko s'arrêta. Il tendit la main vers elle, puis s'arrêta, remarquant le couteau toujours serré entre ses doigts.

Sa main tremblait sur le manche, ses yeux étaient écarquillés, ses pupilles dilatées. *Elle doit être en état de choc.*

D'un geste rapide, il lui saisit le poignet, la faisant crier. Il serra jusqu'à ce qu'elle lâche son arme, puis l'attira dans ses bras. Son corps resta raide pendant un moment avant qu'elle ne frissonne finalement et jette ses bras autour de son cou.

— Lily, c'est bon. C'est moi. Tu es en sécurité, l'*influença-t-il*.

Elle hocha la tête contre son épaule, enfonçant ses ongles dans son dos.

Son cœur battait toujours la chamade, en accord avec le martèlement de son cœur contre sa poitrine. Pour la première fois de sa vie, il ne regrettait pas la douleur qu'il avait causée.

Il se pencha pour lui murmurer à l'oreille :

— Je vais t'emmener en lieu sûr. D'accord ?

Sans attendre sa réponse, il rangea le couteau dans sa poche, la serra contre son torse et s'élança vers le tunnel. Il ne cessait de regarder le ciel en courant, même si, logiquement, aucun autre Strigi ne pouvait savoir où ils étaient. Il se baissa pour ramasser ses chaussures mouillées et le sac jeté sur la rive, ralentissant à peine le rythme.

Il scruta à nouveau le ciel et essaya de se convaincre que la menace était passée.

Malgré tout, les confins sombres du tunnel menant à Mithrandir étaient l'endroit le plus sûr que Verakko connaissait, dans le cas improbable où un autre Strigi se cacherait dans les parages. Aucun individu ailé ne préférerait un tunnel sombre au ciel dégagé.

Lily tremblait dans ses bras, s'accrochant désespérément à lui. Quand il retrouva le clavier d'entrée caché, il versa un peu de venin sur son pouce et le pressa sur le scanner dissimulé. La porte s'ouvrit dans un petit bruit et il se glissa à l'intérieur.

14

Le tunnel swadaeth, construit pour transporter des marchandises précieuses de Mithrandir à la ville forestière de Sauven, était faiblement éclairé. En partie parce qu'il aurait été coûteux et difficile d'éclairer le passage sinueux rarement utilisé dans les entrailles de la montagne, mais surtout parce que seul un Swadaeth pouvait accéder aux tunnels en utilisant une goutte de son venin – et les Swadaeth n'avaient pas besoin de lumière.

Cela ne faisait que quelques minutes qu'il marchait avec Lily serrée dans ses bras, mais il était préoccupé par le fait que l'odeur amère de sa peur n'avait pas diminué.

— Ne t'inquiète pas, je peux voir. Je te tiens.

Le corps de Lily se raidit.

— Laisse-moi descendre.

À contrecœur, il obtempéra.

Une fois que ses pieds touchèrent le sol, elle laissa échapper un petit cri.

— Brr, c'est froid. Où sont mes chaussures ?

Elle tâtonna dans l'obscurité, ses mains se posant sur son torse nu. Elle fléchit les doigts avant de les retirer. Saisissant son poignet, il lui mit les chaussures en main, puis la maintint en place pendant qu'elle les enfilait. Sa peau était aussi froide que de la glace.

— Il y a des pièces avec des sources d'eau chaude le long du chemin. J'en ai visité une il y a longtemps, lorsque j'ai rejoint le convoi de ma mère à Sauven.

Lily restait silencieuse, mais il voyait ses yeux aveugles et larges s'agiter en tous sens. Elle tremblait à nouveau. Il voulut l'entourer de ses bras, mais elle le repoussa en secouant la tête.

— Allons dans un endroit où on pourra passer la nuit.

Ils passèrent l'heure suivante à marcher en silence. Il traîna Lily derrière lui, sa main dans la sienne. Ses entrailles se serrèrent à ce contact, sachant qu'elle ne l'autorisait que parce qu'elle ne pouvait pas voir par elle-même.

Quelque chose avait fait tilt en lui pendant l'attaque. Lily était à lui. Il n'avait aucun doute là-dessus. Mais ce n'était pas parce qu'il en était certain qu'elle le voudrait, et même si elle le voulait, il ne pouvait pas garantir qu'ils pourraient être ensemble, du moins pas pour le moment. Il devait la convaincre de l'attendre. Il ne voyait pas d'autre solution.

Une faible lueur bleue éclairait le chemin devant eux, et il la fit passer devant lui.

— Tu vois cette lumière ? La source est là.

Elle retira sa main de la sienne et s'éloigna. Avait-il laissé passer sa chance ? Son instinct le poussait à courir après elle, à la prendre dans ses bras et à la tenir jusqu'à ce qu'elle se laisse aller contre lui comme elle l'avait déjà fait. Mais les choses étaient différentes à présent. Elle était calme et introspective et, à en juger par son odeur, elle avait peur.

En temps normal, une foule d'émotions passait sur son visage lorsqu'il la regardait, mais à présent, ses yeux semblaient presque vides, dépourvus de tout sentiment.

Verakko passa ses doigts dans ses cheveux et la suivit. Par la Déesse, il n'avait jamais eu autant envie de connaître les pensées les plus intimes d'une personne qu'à cet instant.

Elle atteignit l'entrée scellée de la source et fixa la mousse qui poussait le long du plafond. Elle brillait d'un bleu électrique chaud et se trouvait dans le tunnel à chaque endroit humide, chaud et sombre.

Verakko activa le clavier d'entrée avec une nouvelle goutte de venin et poussa la porte. Un souffle d'air épais et vaporeux jaillit, et Lily lâcha un petit soupir de plaisir. Elle se précipita à l'intérieur et fixa le grand bassin d'eau fumante.

Il aurait dû attendre dehors, lui laisser le temps de reprendre ses esprits, mais il ne le pouvait pas. Il la suivit à l'intérieur et ferma la porte, attiré par elle comme un aimant.

L'idée de la laisser hors de sa vue alors qu'elle avait failli lui être enlevée pour de bon était impensable.

Verakko balaya du regard la pièce vaguement familière. La mousse lumineuse poussait dans les fissures et les coins des murs de pierre et dans les hauts plafonds en dôme. Sa lumière pulsait comme des veines scintillantes et nimbait d'une douce lueur bleue la pièce brumeuse. Il se pencha pour défaire ses bottes, puis les ôta d'un coup de pied, résolu à passer la nuit au chaud.

Lily se tourna vers lui et inspecta son torse nu. Verakko se crispa. Il n'avait jamais été aussi mal à l'aise devant le regard d'une femelle qu'à cet instant. Elle serrait la mâchoire. Elle le regarda d'un air impassible et déglutit.

— Tu…

Elle cligna des yeux et déglutit à nouveau.

— Tu as du sang sur toi, murmura-t-elle.

Verakko baissa la tête et découvrit des stries, presque noires dans la faible lumière, sur ses avant-bras et son torse. Était-ce pour ça qu'elle agissait si étrangement ? Parce qu'il avait tué ce Strigi sans âme ?

Il se précipita vers le bord du bassin et se rinça, tout en gardant les yeux rivés sur Lily. Elle ne se retourna pas pour le regarder. Elle resta figée sur place comme une statue. Puis elle baissa les yeux sur son haut – celui de Verakko, à l'origine – et, comme si elle s'éveillait d'un mauvais rêve, elle commença à se débattre, essayant de retirer le tissu humide qui lui collait à la peau.

Verakko s'approcha d'elle en un instant et l'aida à passer ses deux hauts par-dessus sa tête, essayant de détourner son regard de la fine bande de tissu transparent qui recouvrait ses seins. Il jeta les chemises pendant qu'elle s'aspergeait d'eau le cou et la poitrine, se débarrassant du sang invisible.

— Tu es toujours blessé ? demanda-t-elle par-dessus son épaule.

— Blessé ?

Il inspecta son corps, se demandant s'il avait été blessé sans s'en rendre compte. *Pas de blessures,* conclut-il. S'inquiétait-elle pour lui ?

— Non. Je me sens bien.

Elle acquiesça, apaisée, mais une colère à peine contenue marquait toujours ses traits.

Il tendit la main vers elle quand elle se leva, mais elle la repoussa, puis le regarda dans les yeux.

Son cœur s'accéléra, et une petite pointe de colère la traversa. Était-elle vraiment énervée contre lui pour avoir tué ce mâle ? Un grognement gronda dans sa poitrine avant qu'il ne puisse le contenir.

— Je n'avais pas le choix, Lily, dit-il avec un calme glacial.

Son visage se transforma en incrédulité outrée.

— Pas le choix ?

Elle fit un pas vers lui. Il recula.

— Pas le choix ? répéta-t-elle en faisant un pas de plus.

— Je devais le tuer. Il t'aurait fait du mal.

Verakko recula encore d'un pas.

— Je me fiche de ça !

Les mains de Lily s'élancèrent, ses petits poings s'écrasant sur son torse dans un bruit sourd.

— Tu allais me quitter ! s'emporta-t-elle.

Verakko recula à nouveau, confus.

— Je ne te quitterais jamais, la rassura-t-il, cherchant à comprendre ce dont elle parlait.

Son regard s'enflamma, enragé, et elle frappa encore son torse. Le poussant contre la porte.

— Tu allais le laisser te prendre !

Des larmes coulaient de ses yeux furieux et le parfum de sa peur s'intensifia.

Le cœur de Verakko s'emballa dans sa poitrine. *Cette peur est pour moi ?*

Elle lui donna un grand coup sur l'épaule.

— Arrête, Lily, la prévint-il.

— Il t'aurait tué !

Elle lui administra un nouveau coup.

— Ou pire !

Il lui lança un autre avertissement, puis lorsqu'elle commença à lui frapper le torse à plusieurs reprises, il lui saisit les poignets et la fit tourner sur elle-même, la plaquant contre la porte en métal lisse et lui tenant les mains au-dessus de la tête.

— Ça suffit ! Calme-toi ! hurla-t-il en essayant de l'*influencer*, mais sans succès.

Lily arrêta de se débattre et le regarda, le visage marqué par la colère. Elle respirait par à-coups, sa poitrine se soulevant et s'abaissant en même temps que la sienne.

— Tu allais le laisser t'emmener.

Sa voix se brisa.

Il inspira profondément et se pencha pour que son regard soit au niveau du sien.

— Tu sais que je serais revenu.

— Tes yeux étaient noirs. Je ne sais pas comment, mais tu as été blessé. Et tu allais le laisser t'emmener. Et si tu n'avais pas pu te libérer ?

— J'aurais trouvé un… un moyen de… bégaya Verakko, alors que ses paroles lui montaient au cerveau.

Mes yeux ? Le monde autour de lui se figea, le martèlement tonitruant dans sa poitrine s'arrêta comme si même son cœur craignait d'avoir mal entendu.

Je l'ai reconnue ? Elle est à moi.

Il la regarda, la gorge sèche.

Les sourcils de Lily se rapprochèrent. Puis, sans prévenir, elle se pencha vers lui autant qu'elle le pouvait avec ses mains toujours au-dessus d'elle et l'embrassa.

Toute pensée disparut. Sa partenaire était dans ses bras, en sécurité, et elle l'embrassait. Il lui relâcha les poignets et passa ses mains sur son corps glissant comme si c'était sa dernière chance de le faire. Elle ôta le morceau de tissu de sa poitrine, puis ses mains descendirent jusqu'au pantalon de Verakko. Il palpa ses seins brutalement alors qu'elle tâtonnait les fermetures de son pantalon. Il gémit au contact de sa langue contre la sienne et sentit son antivenin se frayer un chemin glacé à travers son palais, emplissant ses crocs.

Il glissa ses mains sous le tissu lâche de son pantalon humide et fin, et ils glissèrent par terre. Puis il lui agrippa les fesses, l'attirant à lui. *Pas assez proche.*

Lily glissa une paume fraîche sur sa queue chaude et tendue, et gémit doucement dans sa bouche. Il relâcha ses lèvres avec un gémissement et descendit le long de son cou, mordillant et léchant sa peau sensible, tandis qu'elle faisait courir sa main le long de son sexe et manquait de lui arracher le cuir chevelu de l'autre.

L'odeur de son excitation flottait dans l'air, le rendant fou. Il glissa ses mains sous ses cuisses, puis lui agrippa les fesses, la soulevant et l'écrasant entre son torse et la porte froide. En la soulevant plus haut, il s'occupa de son mamelon sombre avec sa langue jusqu'à ce qu'il durcisse.

Lily se cambra et gémit doucement en enfonçant ses ongles dans son épaule de la manière la plus délicieuse qui soit. Il l'abaissa à nouveau et toucha sa bouche avec la sienne, s'émerveillant des sensations que ce nouvel acte créait. Le baiser était plus intime que tout ce qu'il avait jamais fait, et il n'imaginait pas partager ça avec quelqu'un d'autre.

Elle murmura son nom entre deux baisers humides et enroula ses jambes autour de sa taille, faisant onduler ses hanches et ses lèvres lisses contre lui. S'ancrant avec un bras autour de son cou, elle fit glisser l'autre entre leurs corps serrés et saisit sa queue.

Lily tenta de l'écarter avec ses hanches, essayant de mettre un peu d'espace entre eux, mais il ne bougea pas. Il recula la tête et la regarda dans les yeux. Utilisant le poids de son corps pour la maintenir en place, il plaça ses paumes de chaque côté de son visage.

Ses joues, son front et le haut de son nez étaient rouges. Ses lèvres gonflées par ses baisers laissaient échapper des soupirs tremblants. Elle fit à nouveau onduler ses hanches contre lui. Chaque fois que son clitoris glissait contre son gland, elle laissait échapper un petit gémissement.

Il était de plus en plus difficile pour lui de se retenir.

— Tu es sûre ? fit-il d'une voix rauque en fixant intensément ses yeux mouchetés d'or. Si on commence, je ne vais pas pouvoir me retenir.

Il laissa ses yeux dériver vers son cou pour qu'elle sache ce qu'il voulait dire.

— Je te prendrai tout entière ce soir.

Elle fronça les sourcils et se mordilla la lèvre.

Il attendit, le souffle court, sa réponse. Finalement, elle hocha la tête.

— Oui ? grogna-t-il, sa queue palpitant.

— Oui, dit-elle dans un souffle.

Sa main serpenta à nouveau entre eux. Il recula les hanches, mais garda les yeux rivés sur les siens. Une de ses mains enserrait fermement la base de son crâne, tandis que son pouce était posé sous son oreille, maintenant sa tête en place. L'autre glissa sous ses fesses, la remontant le long de son corps.

Lorsque son gland fut aligné avec l'entrée de son intimité, il appuya légèrement. Lily haleta et remonta lentement le long de son corps avant de s'arrêter pour lui agripper l'épaule.

Verakko s'enfonça à peine en elle, ressentant une décharge d'électricité. Ils émirent tous deux un faible gémissement. Il posa son torse contre ses seins et s'enfonça un peu plus. Il sentit son ventre trembler et resta immobile, la laissant se faire à sa taille.

Lily lâcha un gémissement frustré et se servit de la prise de ses jambes sur ses hanches pour enfouir sa queue plus profondément en elle. Il aspira l'air entre ses dents et son grognement résonna dans sa gorge.

Il se retira, puis s'enfonça à nouveau en elle. Fort. Lily poussa un cri aigu, ses yeux s'agrandirent. Il observa son visage à la recherche de signes de douleur ou de plaisir, ou les deux, et quand il ne vit que du plaisir, il s'enfonça en elle encore et encore. Chaque fois qu'il glissait au plus profond d'elle, elle émettait de petits miaulements de plaisir.

Son corps était lisse et chaud autour de sa queue, la serrant fermement. Il prit sa bouche avec la sienne, déplaçant sa main pour attraper son cul. Elle détacha ses lèvres des siennes et se rapprocha de lui, passant ses bras derrière son cou, une main s'emmêlant dans ses cheveux. Des cris lui échappaient à chaque expiration.

Ils dégoulinaient de sueur, et les mains de Verakko glissaient sur la peau lisse de Lily. Il s'arrêta, passant un bras sous chaque genou, et appuya ses paumes contre le mur. Forçant ses jambes à s'écarter encore plus. Il la pénétra à nouveau.

Dans cette position, la zone dure et plate de son bassin, juste au-dessus de sa queue, effleurait le petit bouton de chair avec lequel elle avait joué pour atteindre l'orgasme la nuit précédente. Il s'enfonça en elle et frotta ses hanches contre la zone pour voir l'effet que ça lui ferait.

Lily gémit et acquiesça sans mot dire, frissonnant et se déhanchant en même temps que lui. Il la pénétrait à un rythme régulier, s'assurant de frotter la petite zone à chaque coup de reins. Ses yeux se fermèrent, son corps se raidit, jusqu'à ce qu'elle crie :

— Verakko ! Ne t'arrête pas.

Elle lui mordit l'épaule, puis son intimité fut prise de spasmes et elle jouit, gémissant dans son cou.

Il se retira et la remit debout.

— Tu peux continuer ? demanda-t-il d'une voix rauque, espérant que la rumeur selon laquelle les femelles humaines n'avaient pas besoin de pause entre les orgasmes était vraie.

Ses yeux hébétés devinrent confus, mais elle hocha la tête. Sans perdre un instant, il la retourna et la plaqua face contre la porte. Elle haletait encore, se remettant de son orgasme, lorsqu'il glissa son bras devant ses hanches et tapota de nouveau son clitoris. Elle cria et se cambra. Il plia les genoux et guida lentement sa queue dans son intimité glissante par-derrière, ses muscles tremblant sous l'effort de ne pas la saisir trop fermement. Le martèlement dans ses crocs était à la limite du supportable.

Lily laissa échapper un faible gémissement et se plaqua contre la porte. Il lui imposa un rythme régulier, enchaînant les va-et-vient tout en continuant à s'occuper du petit bouton de chair qui lui donnait du plaisir.

Verakko écarta les cheveux de son épaule et gronda à son oreille :

— Lily, je vais te mordre.

Il fut tout juste capable de prononcer ces mots.

Lily sursauta et jeta un coup d'œil par-dessus son épaule pour le regarder, les yeux ivres de plaisir.

— J'ai besoin de t'*influencer* d'abord.

Une fraction de seconde s'écoula, et il eut peur qu'elle refuse, mais elle soupira son assentiment dans un gémissement.

Verakko laissa échapper un ronronnement, sachant qu'il allait marquer sa partenaire pour la première fois.

Le souffle de Lily s'arrêta, et elle griffa la porte comme si elle ne savait pas quoi faire de ses mains.

— Ouvre-toi à moi.

La percussion de son ronronnement résonnait dans sa voix, tandis qu'il *l'influençait*, à bout de souffle.

— Mes crocs s'enfonçant dans ton cou seront aussi bons que ma queue s'enfonçant dans ta chatte.

Verakko eut envie de rugir de fierté quand Lily écarta vivement ses cheveux. Il lécha ses crocs avec avidité et accéléra les coups de reins. Il se servit de la main qui tenait son sexe pour la pousser à se hisser sur ses orteils, puis glissa l'autre bras sous son épaule, entre ses seins, et accrocha ses doigts à l'épaule opposée, la plaquant contre son torse.

— Je vais bientôt jouir, cria Lily, se balançant contre sa main au rythme de ses coups de reins.

Dans un rugissement, Verakko planta ses crocs dans son cou, et elle cria.

Il l'écrasa contre le mur avec des mouvements de hanches brutaux et erratiques. L'antivenin de ses crocs coula en elle, et ses yeux roulèrent dans leurs orbites devant cette sensation de libération. Il respirait profondément, en tremblant, par les narines, le sang dans ses veines bouillonnant de plus belle. Il l'avait enfin reconnue, et maintenant il la marquait.

Son corps se raidit une fois de plus, et elle murmura doucement :

— Oui, oui, oui.

Elle étouffa un cri aigu, et les parois de son intimité se serrèrent à nouveau autour de lui, déclenchant son propre orgasme. Il relâcha son cou et se mordit l'intérieur de la joue pour ne pas hurler et lui faire mal aux oreilles. S'enfonçant en elle aussi loin qu'il le pouvait et la serrant fermement, il gémit alors que sa queue projetait des jets de semence en elle.

Ils restèrent debout, collés l'un à l'autre, respirant fort, jusqu'à ce qu'il remarque que ses jambes tremblaient. Il la souleva et jeta leurs pantalons tout en embrassant doucement les marques de morsure sur son cou. Avec précaution, il entra à reculons dans l'eau chaude et continua jusqu'à ce que leurs corps encore liés aient de l'eau jusqu'aux épaules.

— Oh, mon Dieu, gémit Lily, reposant sa tête contre son épaule et passant ses paumes sur ses bras, toujours fixés à sa taille. C'était incroyable.

Son ronronnement le traversa et sa poitrine se gonfla de fierté. Il lécha et embrassa les perforations de son cou qui guérissaient lentement, s'émerveillant de leur apparence.

— Je t'ai fait mal ?

Il ne le pensait pas, mais il devait en être sûr.

Lily gloussa.

— De la meilleure des façons. Je me doutais que tu serais un peu rude.

Il glissa doucement hors de son corps et mordilla son lobe d'oreille.

— Je serai tout ce que tu veux.

***

Les mots tournaient en boucle dans l'esprit de Lily, et elle voulait les croire. Vraiment. Mais comment pourraient-ils être vrais ? Elle se tortilla pour qu'il la libère. Verakko gronda sa désapprobation, mais pressa doucement un baiser humide sur son oreille qui la fit frissonner, et ouvrit les bras.

Elle le regarda. Il avait l'air si heureux et détendu. Ses yeux verts la regardaient avec un tel contentement. Un sourire transforma ses traits, tandis que son regard se posait sur la partie de son cou qu'il avait mordue.

Lily repensa à la nuit précédente et se rappela qu'il avait mentionné que les morsures étaient réservées aux partenaires et aux épouses. S'il l'avait mordue, ça devait vouloir dire qu'il espérait qu'elle devienne une de ces choses. Ou bien elle se faisait encore des idées ?

Quand ils s'étaient rencontrés, il lui avait expliqué que les partenaires étaient un couple marié pour la vie. C'était le type de relation dans laquelle Alice se retrouvait. Se voyait-elle rester avec Verakko pour la vie ? Elle n'en savait rien.

Si cet après-midi lui avait appris quelque chose, c'était que le perdre l'avait effrayée plus que tout ce qu'elle avait jamais vécu. L'idée de ne pas le voir, de ne pas se disputer avec lui, de ne pas rire avec lui lui pesait encore.

Lily sourit, tandis que Verakko pataugeait jusqu'au bord du bassin, son corps turquoise dévastateur souligné par la lumière bleu néon de la mousse bioluminescente. Si une telle émotion n'était pas suffisante pour donner une chance à un engagement à vie, elle ne savait pas ce qu'il lui fallait. Pourtant, s'ils pouvaient commencer par quelque chose de moins définitif, elle se sentirait plus à l'aise.

Il fouilla dans un grand coffre posé sur le sol près du bassin et en sortit une petite bouteille, avec un sourire éclatant.

— Du savon, dit-il en levant un sourcil sombre vers elle.

Lily poussa un petit cri et se jeta sur lui, sans se soucier de l'air désespéré qu'elle devait avoir.

— Qu'est-ce que tu me donnes en échange ?

Il rit en maintenant le flacon hors de portée.

Elle fit un pas en arrière, les mains sur les hanches, et essaya de paraître ennuyée. Sa mine renfrognée ne tint pas. L'expression de plaisir enfantin sur son visage était suffisante pour briser la détermination de n'importe quelle femme.

Elle lui adressa un sourire espiègle et redressa les épaules, faisant ressortir ses seins. Le regard de Verakko devint attentif. Elle s'approcha de lui dans l'eau, se délectant de la façon affamée dont il l'observait.

— Eh bien, peut-être que si on est vraiment propres partout, ronronna-t-elle en faisant glisser sa main lentement le long de son torse dur comme la pierre, puis sous l'eau et sur son ventre ferme, je pourrais t'embrasser à d'autres endroits.

Il sursauta quand elle saisit sa queue encore dure, montrant clairement son intention.

Ses yeux s'agrandirent, incrédules.

— Tu ferais ça ?

Lily passa ses bras autour de son cou, pressant ses seins contre son torse et souriant.

— Je pense que tu sous-estimes largement à quel point j'aime être propre.

Il baissa le flacon et elle le saisit. Puis il inclina la tête avec un rire profond et déposa un doux baiser sur ses lèvres.

Lily laissa échapper un gémissement particulièrement fort et s'abandonna au contact de son extraterrestre.

15

C'*est le grand jour. Je dois tout lui dire.* Verakko se frotta le menton et regarda Lily, qui dormait profondément, allongée sur son torse.

Il grinça des dents. La brume de joie sans précédent qui l'avait envahi la veille s'était dissipée au fil de la nuit. Lorsqu'elle s'était endormie dans ses bras, il avait observé ses mains, frustré de n'y voir aucune marque.

Mais ça n'avait pas d'importance. Ses yeux avaient changé, ce qui signifiait qu'il l'avait reconnue comme une partenaire potentielle. *Potentielle.* Il réprima un petit rire, sachant de tout son être que ce n'était qu'une question de temps avant que ses marques têtues n'apparaissent.

Son contrat de mariage avec Ziritha ne le dérangeait plus, à présent qu'il pouvait s'en sortir facilement en revendiquant Lily comme sa mivassi. Non, l'inquiétude qui s'était lentement infiltrée dans son esprit pendant la nuit concernait l'acceptation par Lily de ce lien.

Comment prendrait-elle la nouvelle qu'elle était irrémédiablement sienne ? Qu'aucun d'eux ne serait jamais avec quelqu'un d'autre ? Que plus longtemps ils étaient ensemble à partir du moment où ses marques apparaîtraient, plus il lui serait difficile de survivre loin d'elle ?

Il pourrait garder ses distances pendant un moment, lui laisser le temps de s'adapter. Mais une fois que ses marques apparaîtraient, il serait incroyablement difficile de lui laisser de l'espace, du moins le supposait-il d'après tous les récits d'accouplement qu'il avait entendus. Aucun individu ne vivait heureux en l'absence de son partenaire. Pas un seul. Il n'y avait aucun moyen de savoir comment le lien d'accouplement l'affecterait, étant donné que Lily était humaine. Le lien serait-il plus faible ? Si l'on en croyait les sentiments qu'il éprouvait pour elle, non. Aurait-il la force de rester loin d'elle si elle refusait d'accepter leur lien ?

Une vague d'anxiété, différente de l'inquiétude constante qui l'avait assailli toute la nuit, le frappa alors. *Que fera ma mère si mes marques se manifestent, mais que Lily refuse de s'engager avec moi ?* Verakko déglutit. Forcerait-elle Lily à rester avec lui ? Et si elle le faisait, Lily finirait-elle par lui en vouloir ?

Peut-être que je ne devrais pas l'amener à Mithrandir. Il fit grincer ses molaires et serra Lily un peu plus fort.

Lily émit un petit bruit d'inconfort, et il relâcha sa prise. Elle se réveilla, bâilla et s'étira contre lui d'une manière tellement naturelle. Elle le regarda, les yeux encore embués par le sommeil, et sourit.

Sérieusement ? Verakko jura intérieurement en la regardant. Ne pouvaient-ils pas rester là ? Prétendre que le monde extérieur n'existait pas ?

Ses yeux devinrent instantanément inquiets.

— Tout va bien ?

Verakko se força à sourire et hocha la tête.

— Oui. Je n'ai pas hâte de poursuivre le voyage, c'est tout.

Son regard devint confus.

— Attends.

Elle regarda où ils étaient, sur le sol près du bassin, et un sourire s'afficha sur son visage.

— Je me suis endormie ?

Verakko sourit malgré lui.

— Il faut croire.

— Oh non.

Elle gloussa, lâcha un soupir et posa son menton sur son torse.

— Eh bien, je suppose qu'on a dormi tous les deux pour une fois, c'est une bonne chose.

Verakko émit un grognement. Il n'avait pas fermé l'œil.

Elle essaya de se soulever de son torse, mais il la ramena au sol.

Elle rit à nouveau.

— Tu ne veux pas bouger ?

— Je ne veux pas retourner à la réalité du monde, dit-il doucement.

Ses doigts, qui avaient effleuré son ventre, s'arrêtèrent et elle le fixa à nouveau avec un sourire triste.

— Je suppose qu'on devrait parler.

Son estomac se retourna. *Plus que tu ne le penses, mivassi.* Lily émit un soupir résigné et déposa un doux baiser sur son torse.

— On ne devrait pas trop tarder ou je ne pourrais jamais me résoudre à partir.

Elle fit courir ses lèvres le long de sa gorge, provoquant un faible ronronnement de sa part.

— Pourquoi ? demanda-t-il quand elle s'arrêta finalement.

Elle bâilla à nouveau.

— Des tunnels noirs et angoissants, ou une pièce chaude et bien éclairée avec une source chaude et un bel homme nu ? Je dois me forcer à partir avant de me réveiller complètement et de reprendre mes esprits.

Lily passa un bras sur ses seins et regarda autour d'elle.

Verakko fit un signe de tête vers l'autre côté de la pièce.

— Pendant que tu dormais, j'ai lavé et étalé nos vêtements, mais ils sont probablement encore humides à cause de cet air.

Alors qu'elle se levait pour inspecter les vêtements, il étudia sa taille et les délicieuses courbes de ses fesses. Combien de temps s'écoulerait-il avant qu'il ne les revoie ?

Une boule se forma dans sa gorge alors qu'il la regardait sautiller maladroitement d'un pied sur l'autre, essayant de faire glisser le tissu humide de son pantalon le long de son corps. *Et si elle ne veut pas de moi comme partenaire ?*

Lily écarta ses cheveux de son épaule et pencha la tête pour tenter de voir les marques de sa morsure. Une partie de lui parut se fissurer, et il soupira.

— D'où ça sort, cette envie de morsure ?

Lily lui sourit pendant qu'il s'habillait.

— Je ne dis pas que je n'ai pas apprécié…

Elle s'approcha de lui et se pendit à son cou, passant ses doigts dans ses cheveux.

— Je t'expliquerai en chemin, dit-il avec raideur.

Avant de se retirer, il porta une de ses douces paumes à sa bouche et l'embrassa. Lily le regarda avec étonnement.

— Tu es sûr que tu vas bien ? Tes yeux sont encore noirs.

Il couvrit d'une toux le son étranglé qui s'échappa de sa gorge. Au lieu de répondre, il la saisit par la nuque et l'attira pour l'embrasser passionnément. Pourrait-il jamais s'en passer ?

Il fallut un moment à Lily pour ouvrir les yeux une fois qu'il se fut éloigné. Il finit de s'habiller, l'aida à ranger la petite pièce et attendit près de la porte. Elle fit une grimace de dégoût en enfilant ses chaussures.

Devant son regard interrogateur, elle expliqua :

— Encore humide.

Un sourire se dessina sur ses lèvres, et il ouvrit la porte. Lily fronça les sourcils, frissonna lorsqu'un souffle d'air froid passa par l'ouverture, puis se précipita hors de la pièce, les poings serrés.

— Très bien, finissons-en avec ça.

Ils marchèrent en silence pendant quelques minutes. Le doux parfum de la peur de Lily éraflait les sens de Verakko comme du papier de verre. À mesure que le lien d'accouplement se renforçait, il partageait son trouble. Et que se passerait-il quand ses marques apparaîtraient ? Il comprenait maintenant pourquoi sa tante Yerew était toujours de si mauvaise humeur lorsqu'elle se disputait avec sa partenaire, et aussi pourquoi leurs disputes ne semblaient jamais durer très longtemps. Ça le mettait physiquement mal à l'aise de savoir qu'elle n'était pas heureuse.

Il observa Lily. Elle regardait de part et d'autre du tunnel sombre, sans le voir. Elle enroula ses bras autour de son corps et courba les épaules, s'appuyant sur lui, tandis qu'il la guidait dans le passage.

Il comprit alors.

— Est-ce que c'est la taille du tunnel ?

— Quoi la taille du tunnel ?

— Je sens ta peur.

Elle laissa échapper un petit bruit approbateur.

— Enfin, oui et non. Je ne vois pas vraiment la taille du tunnel, mais j'imagine qu'il est petit, et ça suffit apparemment à me rendre claustrophobe.

— Comment je peux t'aider ? demanda-t-il, tendu.

— Tu m'aides. Continue à me parler.

Elle inspecta à nouveau l'espace devant elle.

— Parle-moi de la morsure.

Verakko ne put réprimer le flot de bonheur qu'il ressentit à l'évocation de sa morsure.

— C'est une pratique destinée à administrer notre antivenin à la femelle.

— Un antivenin ? répéta Lily, surprise.

Comme il se contentait de la fixer, ne sachant que dire, elle continua :

— Tu m'as… injecté un antivenin ? Pourquoi ? Tu as l'intention de m'injecter du venin à un moment donné ?

Verakko rit et la fit avancer à nouveau.

— C'est pour la procréation. Le venin de chaque Swadaeth est différent. Tous sont mortels, mais ils ne sont pas tous identiques. On peut être affectés par le venin de l'autre si on nous mord, bien que la réaction la plus probable soit un méchant rhume plutôt que la mort, comme ce serait le cas chez un non Swadaeth. Comme l'enfant aura la moitié des gènes du mâle et la moitié de ceux de la femelle, on injecte un antivenin pour nous assurer que la femelle ne tombe pas malade à cause du venin de l'enfant qui se développe en elle.

Il savait qu'ils se rapprochaient de la sortie, car il commençait à faire chaud, la chaleur sèche du désert de Dakuun imprégnant le tunnel. Lily était agrippée à son avant-bras, traînant les pieds dans l'obscurité et essuyant la sueur de son front. Quelle part de son état actuel était due à la chaleur et quelle part était une réaction à la signification de sa morsure ?

— Donc, tu pourrais me mettre enceinte ? demanda-t-elle avec un étrange regard confus mélangé à quelque chose d'indéchiffrable.

Verakko haussa les épaules, ressentant une brève joie à cette idée avant qu'une peur ne s'installe. N'était-elle pas au courant ?

— Je pensais que tu savais que c'était une possibilité.

Un haussement d'épaules maladroit fut la seule réponse que Lily lui donna dans un premier temps. Puis elle se mordilla la lèvre inférieure et ajouta :

— Je suppose qu'à un certain niveau, je sais qu'on est de la même espèce, mais je n'ai jamais fait le rapprochement entre les deux. Tu es si différent de moi. Ce serait déconcertant que je puisse avoir un bébé… bleu… ou je ne sais même pas de quelle couleur.

Lily secoua la tête d'un air incrédule et s'essuya à nouveau le front avec sa chemise.

— C'est une bonne chose que j'ai un stérilet.

Verakko inspecta son corps, ne se souvenant pas d'avoir vu un quelconque dispositif.

— Où est-il ?

Elle gloussa et ses yeux devinrent encore plus grands que la normale.

— En moi. C'est un moyen de contraception.

Verakko se souvenait que Jade aussi utilisait un moyen de contraception terrienne, qu'elle pensait sûr. Devrait-il dire à Lily que son stérilet n'était peut-être pas aussi efficace qu'elle le pensait ?

— Une des humaines, Jade, est tombée enceinte alors qu'elle utilisait une forme de contraception terrienne. Je n'ai pas fait de recherches là-dessus, mais il se peut que ton stérilet soit… inefficace.

Lily s'arrêta. Elle fixa l'obscurité pendant un moment, puis poussa un profond soupir et haussa les épaules.

— Tant pis.

Elle rit et fit un geste désinvolte de la main, indiquant que cette nouvelle information n'était qu'un grain de sable sur une dune toujours plus grande.

— Je suppose qu'on verra bien ce qui se passe. Mais le stérilet fonctionne, normalement. Ce n'est pas comme la pilule.

Elle le pointa du doigt, ou tenta de le faire, de manière accusatrice et sourit.

— Mais tu te couvriras la prochaine fois.

Me couvrir ? Verakko réfléchit à l'expression étrange avant que les mots « *la prochaine fois* » n'atteignent son cerveau. Son sexe tressaillit. La fin du tunnel apparut devant eux. Elle avait plutôt bien pris la nouvelle qu'elle pouvait être enceinte. Peut-être réagirait-elle de la même façon en apprenant qu'elle était sa partenaire ?

Dès qu'ils sortiraient et qu'elle pourrait le regarder dans les yeux. Il le lui dirait à ce moment-là. Son cœur bondissait dans sa poitrine à chaque pas qu'ils faisaient vers la sortie. Ils n'avaient pas mangé la nuit précédente, et il en était reconnaissant, car son estomac semblait prêt à se retourner à tout moment.

Lorsqu'ils atteignirent enfin la sortie, Verakko poussa un profond soupir. Il fit passer la porte à Lily et la regarda découvrir sa patrie.

Elle avait les yeux écarquillés et la bouche légèrement ouverte. Il regarda le paysage et essaya de le voir à travers ses yeux. Ils se tenaient à quelques centaines de mètres de la base des montagnes noires. Le tunnel les avait menés loin du relief escarpé pour s'assurer que les parois, qui s'effondraient souvent après de fortes tempêtes de sable, ne bloquent pas le tunnel.

Le soleil brûlant était haut au-dessus de leurs têtes, éclairant une mer de sable noir scintillant. Des dunes imposantes se formaient loin des montagnes, masquant tout juste la vue sur sa ville, à une journée de marche seulement.

— C'est magnifique, chuchota Lily.

Elle déglutit et lui offrit un sourire forcé.

— Et un peu terrifiant, pour être honnête.

Elle lui tendit la main et la serra dans la sienne, l'entraînant avec elle, tandis qu'elle avançait vers la dune la plus proche. Ce simple geste était si naturel et affectueux qu'il en eut le souffle coupé.

— Ça peut être assez dangereux si tu ne sais pas ce que tu fais.

Il regardait les collines de sable, se rappelant les jours et les nuits qu'il y avait passés lorsqu'il servait dans l'infanterie de sa ville.

— On ne le dirait peut-être pas, mais le désert est vivant. La chose la plus importante à garder à l'esprit est de faire attention où tu mets les pieds. Si le sable n'est pas lisse, dis-le-moi immédiatement.

Lily haussa les sourcils et scruta le sol avec anxiété.

— Avec ça, si je ne fais pas des cauchemars.

Alors qu'ils arrivaient au sommet de la dune, une lueur au loin attira son attention et il la désigna. Elle se retourna, se protégeant les yeux.

Elle était là. Mithrandir. La nouvelle ville, avec ses bâtiments imposants, était visible de très loin.

— Waouh, souffla-t-elle. On dirait presque une forêt. Les bâtiments sont bizarres. Pourquoi sont-ils si larges et plats sur le dessus ?

Avec un soupir résigné, Verakko se glissa derrière elle, enroulant ses bras autour de sa taille et respirant ses cheveux.

— Ils ont seulement l'air plats. Ils sont en fait inclinés vers l'intérieur et recouverts de panneaux solaires. La brume et la pluie s'accumulent sur le toit et descendent vers le cœur du bâtiment. Ils sont ensuite collectés dans de grands systèmes de filtrage souterrains. Puis l'eau est pompée jusqu'au sommet, où elle retombe à nouveau.

Elle fronça les sourcils.

— Pourquoi ? Ce n'est pas du gaspillage ?

Verakko rit.

— Non. L'eau est utilisée en fonction des besoins, et en cas de pénurie, elle est mieux gérée. C'est un luxe inutile. L'architecte a conçu le bâtiment pour qu'il soit autonome, mais il a également tenu compte du penchant de mon peuple pour l'extravagance.

Il fit de grands gestes vers les bâtiments, adoptant un ton faussement grandiloquent.

— Lorsque les visiteurs viennent dans notre ville désertique, ils sont impressionnés par nos jardins luxuriants et nos chutes d'eau perpétuelles au centre de chaque bâtiment.

Lily gloussa. Il secoua la tête, ayant toujours trouvé cette fonctionnalité inutile et ridiculement opulente. Bien que l'eau soit entièrement recyclée, il estimait qu'elle aurait pu être utilisée plus efficacement. Un éclair d'excitation le traversa à nouveau. S'il n'épousait pas Ziritha, cela signifiait qu'il n'aurait pas besoin de retourner à Mithrandir non plus. Il pourrait rester à Tremanta avec Lily, où la technologie était plus prisée que les étalages tape-à-l'œil.

Elle reposa sa tête contre son torse.

— J'ai hâte de voir la ville.

Au prix de gros efforts, Verakko retira ses mains de Lily et la fit tourner pour qu'elle soit face à lui.

— On doit parler avant d'arriver en ville.

Il passa sa main sur sa nuque.

Lily acquiesça lentement et lui lança un regard inquiet.

— Je suis d'accord.

— Je ne suis pas sûr que tu devrais aller à Mithrandir. Je pense que Tremanta serait préférable pour toi actuellement.

Cette pensée lui était venue à plusieurs reprises la nuit précédente, mais il l'avait ignorée, sachant que cela signifiait qu'il devrait être séparé de Lily pendant un court moment. Mais plus il y pensait, plus cette décision lui semblait honorable.

— Je ne sais pas comment ma ville va réagir face à une humaine. Ils ne sont peut-être même pas encore au courant de ton existence, et la reine de Tremanta accorde aux humaines certaines libertés que ma mère ne peut pas leur accorder.

Comme le droit de choisir de ne pas être avec moi, pensa-t-il en grimaçant comme si on lui enfonçait un couteau dans les entrailles.

Les yeux de Lily allaient et venaient, digérant l'information, avant de se poser à nouveau sur lui. Un sourire timide illumina son visage.

— Mais et toi ? Tu viendrais à Tremanta avec moi ?

Verakko sentait son pouls battre dans tout son corps.

— Oui. Au bout d'un moment. Je dois d'abord régler quelques détails avec ma mère.

Ses yeux s'illuminèrent.

— Tu viendrais avec moi ? Ça veut dire qu'on pourrait sortir ensemble ?

Le regard de Lily devint interrogatif.

— Mais je croyais que ta mère devait te choisir une épouse dans ta ville.

Ses épaules s'affaissèrent, mais son regard déterminé revint.

— Tu penses qu'il serait possible pour moi de négocier un contrat avec ta mère ? Je prétendrais essayer de tomber enceinte, évidemment, et on pourrait prolonger le contrat si c'est autorisé, mais ça pourrait être une façon de se voir.

Lily le regarda, la gêne se lisant clairement sur ses traits.

— Je sais qu'on en a déjà parlé… Je pensais juste… qu'après la nuit dernière, tu avais peut-être pensé à une autre solution ?

Elle leva les sourcils vers lui avec espoir.

— Et si je te disais qu'on pourrait être ensemble pour toujours, en tant que partenaires ? dit-il en hésitant, scrutant la moindre expression sur le visage de Lily.

Elle haussa les sourcils un moment, puis ils se rapprochèrent. Son expression se fit distante alors qu'elle réfléchissait, murmurant « partenaires ».

Verakko sentait son cœur battre dans ses oreilles alors qu'il attendait sa réponse avec impatience.

— Hum...

Elle se mordit la lèvre inférieure.

— Il y a une semaine, j'aurais dit que tu étais fou, mais...

Elle hocha la tête de manière incertaine, la faisant basculer d'un côté à l'autre.

— Peut-être si on pouvait sortir ensemble un moment d'abord.

Merde.

— Il y a quelque chose que je dois te dire, Lily.

Elle plissa les yeux.

— Quoi ?

— J'ai menti avant, sur ce que signifie le changement de mes yeux.

Elle resta silencieuse, alors il continua à contrecœur :

— Quand les yeux d'un Clecanien changent, ça signifie qu'il a reconnu un partenaire potentiel.

Elle secoua la tête, confuse.

— Ça n'a rien à voir avec ta santé ? Alors, pourquoi tu m'as dit que c'était le cas ?

— Je ne voulais pas te faire peur. Tu étais déjà suffisamment méfiante à mon égard.

— Me faire peur ?

Lily l'observa et croisa les bras sur sa poitrine, son expression confuse devenant plus suspecte à chaque seconde.

— Verakko, dis-moi ce que tu essaies de dire. Je n'arrive pas à suivre. Tu crois que je suis ta partenaire ? Qu'est-ce que ça veut dire ? Je pensais que ça voulait dire être mariés pour la vie. Mais on n'est pas mariés, alors comment est-ce qu'on pourrait être accouplés ?

— Lorsqu'un Clecanien reconnaît un partenaire potentiel, *potentiellement* la seule personne dans l'univers qui lui est destinée, ses yeux changent, expliqua-t-il, essayant de la forcer mentalement à comprendre ce qu'ils représentaient l'un pour l'autre. Puis plus tard, lorsqu'ils se sont pleinement reconnus, des marques apparaissent sur leurs mains.

— La seule personne dans l'univers… ?

Lily cligna des yeux sur lui, puis ses lèvres s'entrouvrirent.

— *Des âmes sœurs*.

Elle prononça ces mots calmement, mais ses yeux étaient illuminés par une émotion inconnue.

— Tu penses que je pourrais être ton *âme sœur* parce que tes yeux sont devenus noirs ?

Il laissa échapper un soupir exaspéré.

— J'ai senti que tu étais ma partenaire dès le premier jour, mais j'étais confus parce que mes yeux n'avaient pas changé.

— Mais tu m'as fait croire que tu ne pouvais pas être avec moi pour une raison quelconque. Si tu pensais que je pouvais être ta partenaire, pourquoi tu ne me l'as pas dit ?

Ses muscles se tendirent devant l'accusation de son ton, et il commença à faire les cent pas.

— Au début, je ne te l'ai pas dit parce que je ne pensais pas que c'était important. Tu ne m'aimais pas beaucoup et je ne t'avais pas reconnue, alors j'ai décidé que je devais imaginer l'attirance que je ressentais pour toi. Mais ensuite, les choses entre nous ont changé.

Le regard de Verakko se promenait dans tous les sens. Il voulait qu'elle comprenne le chaos dans son esprit. Les raisons pour lesquelles il lui avait caché tout ça lui avaient paru sensées à l'époque, mais à présent, en les énonçant à voix haute, il savait ce qu'elles étaient. De lâches excuses. Il ne lui avait pas dit parce qu'il ne voulait pas qu'elle sache pour ses fiançailles et le traite différemment. C'était la vérité.

— Je pensais que peut-être, si mes marques se manifestaient et que je savais que tu étais ma partenaire, tout se résoudrait tout seul, et que mon contrat n'aurait jamais eu d'importance. Mais elles ne sont pas apparues, et mes sentiments pour toi n'ont fait que croître, et…

Elle leva une main.

— Attends, quoi ?

Elle se lécha les lèvres et sa poitrine commença à se soulever et à s'abaisser plus rapidement. Elle ferma les paupières et secoua la tête.

— Tu… tu veux dire que tu es marié ?

Elle ouvrit grand les yeux au dernier mot et Verakko eut un mouvement de recul devant la colère qui se dégageait de leurs profondeurs.

Il eut des sueurs froides, ce qui lui arrivait rarement.

— Non. Pas marié. Fiancé. Mais, ajouta-t-il rapidement, alors que sa respiration devenait plus laborieuse, ce contrat sera annulé dès que j'annoncerai que je t'ai reconnue.

Malgré la chaleur torride du désert, de la glace glissait dans son dos alors qu'il attendait sa réaction.

Lily faisait les cent pas, les yeux écarquillés par une incrédulité furieuse.

— Tout ce temps ? Tu m'as menti pendant tout ce temps ?

— Je n'ai jamais menti techniquement…

Les mots de Verakko moururent dans sa bouche devant le regard qu'elle lui lança soudain.

— Techniquement ? cracha Lily. *Techniquement !* Tu m'as laissé continuer à croire que je n'étais pas assez bien pour être avec toi.

— Je n'ai jamais dit ça. Tu…

Verakko essaya de lui tendre la main. Elle s'enfuit d'un bond. Était-ce ce qu'elle avait retenu ? Qu'ils ne pouvaient pas être ensemble à cause d'une faille de sa part à elle ? Verakko rougit de honte.

— Tu ne l'as peut-être pas dit, mais c'est la conclusion à laquelle je suis arrivée en me basant sur ce que tu m'as dit et ce que tu *n'as pas* dit ! Tu as dit que ta mère, *la reine*, négocierait ton mariage. Tu as dit que je n'étais pas une option pour toi et que tu ne pouvais pas sortir avec quelqu'un. Qu'est-ce que j'étais censée penser d'autre ? Et pendant tout ce temps, tu trompais ta petite amie ?

Lily cria et recommença à faire les cent pas. Elle agitait furieusement les bras tout en parlant. Elle haussa les sourcils, surprise, comme si quelque chose venait de lui traverser l'esprit. Elle se tourna vers lui, furieuse.

— Tu m'as impliquée là-dedans. Hier soir... Je n'aurais jamais... Pourquoi tu ne m'as rien dit ?

Verakko cherchait une explication, ne sachant pas comment lui faire comprendre que rien d'autre que le fait qu'ils soient accouplés n'avait plus d'importance, mais il ne trouva pas quoi dire. Il observa son visage et grimaça. Elle était furieuse, folle de rage, mais au fond de son regard, il voyait sa douleur. Elle ne l'avait pas écoutée au début, sa colère initiale l'emportant sur le reste, mais la douleur de sa trahison faisait désormais surface, côte à côte avec sa colère.

— Je n'ai rencontré Ziritha que quelques fois. Ce contrat n'a plus d'importance, insista-t-il désespérément. Comment lui faire comprendre ?

Elle s'interrompit et s'éloigna de lui de quelques pas, une larme égarée coulant sur sa joue et lui nouant les entrailles.

— Très bien, alors dis-moi. Et si tes yeux n'avaient pas changé ? Qu'est-ce qui se serait passé ?

— Je...

Verakko ferma la bouche, serrant la mâchoire. N'était-ce pas le problème auquel il réfléchissait depuis trois jours ? Jusqu'à ce qu'il apprenne que ses yeux avaient changé, il n'avait pas su quelle stratégie adopter.

Lily hocha la tête, son menton tremblant.

— C'est ce que je pensais. Tu l'aurais épousée, n'est-ce pas ? Quand est-ce que tu m'aurais dit la vérité, hein ? Une fois en ville ? Juste avant ton mariage ? Est-ce que tu m'aurais fait patienter jusqu'à la dernière seconde en espérant me reconnaître ?

Elle secoua la tête et s'éloigna de lui en descendant le long de la dune.

— Je sais une chose. Si c'est ce que font les âmes sœurs sur cette planète, ça ne m'intéresse pas.

Elle s'éloignait de lui, physiquement et mentalement. Il pouvait voir l'émotion inscrite sur son visage disparaître. Verakko craqua. Il était en train de la perdre.

— Je ne savais pas quoi faire d'autre, mivassi ! cria-t-il en se prenant la tête entre les mains.

— Ce nom !

La fureur s'afficha à nouveau sur son visage. Ses pas se firent maladroits et elle s'éloigna de lui plus rapidement, se dirigeant vers le côté opposé de la dune. Il la suivit.

— Parce que tu es fiancé ! Je suis l'alternative.

Lily trébucha, et les yeux de Verakko se posèrent sur ses pieds. Une terreur froide le traversa à la vue du sol ondulé. Il leva les mains.

— Lily, reste calme, tu…

— Non ! Tu…

Un gros bulbe violet se dressa derrière elle, sa tige épaisse sortant du sable et ses pétales s'ouvrant en tourbillonnant. Une autre larme coula et elle se concentra sur ses yeux.

— Tes yeux. Ils ont encore changé.

Il courut vers elle aussi vite qu'il le put, mais il l'avait laissé s'aventurer trop loin. Ses yeux s'écarquillèrent et elle se retourna juste au moment où les pétales se séparaient pour révéler une longue épine mortelle. Il y eut un mouvement fugace, puis Lily s'effondra à genoux.

— Non ! rugit Verakko, la rattrapant avant qu'elle ne touche le sol. Lily ! Lily ! hurla-t-il en l'arrachant à la vonilace, une plante sortie du sable pour l'y entraîner et siphonner toute l'humidité de son corps.

— Qu'est-ce que c'était que ça ? souffla-t-elle, ses yeux de plus en plus vitreux.

— Reste éveillée, Lily, l'*influença*-t-il de tout son être.

La douleur le transperça comme si on lui avait arraché le cœur.

Les yeux de Lily s'écarquillèrent brièvement, puis redevinrent vitreux.

— Merde !

Verakko la prit dans ses bras et se mit à courir. Il devait l'amener en ville. Chez le médecin. Les paupières de Lily se fermèrent et son corps devint inerte.

— Reste en vie. Reste en vie. Reste en vie, tenta-t-il de l'*influencer* encore et encore, mettant toute la force qu'il pouvait rassembler dans cet ordre.

Comme si l'univers sentait l'importance de faire vite, son rythme s'accéléra soudain. Ses pieds le portèrent à travers le désert plus vite que jamais auparavant. Sans s'arrêter, il regarda ses mains et vit ses marques. D'un bleu vif et entêtant.

16

—Ce n'est plus très loin. Des bouts de mots et de phrases s'entrechoquaient dans sa tête, essayant de se mettre en place. Lily essayait de penser à autre chose qu'au feu qui lui brûlait les veines. Verakko ? Était-ce sa voix ?

— Reste en vie, mivassi.

Est-ce que je suis en train de mourir ? Elle voulait hurler et chasser la sensation de brûlure de ses veines, mais il n'y avait plus rien. Chaque partie d'elle était ratatinée et endommagée. Un goût amer persistait sur sa langue, et l'acide lui brûlait la gorge.

— J'ai besoin de toi ici avec moi, Lily. Je ne veux pas vivre sans toi.

Je suis là.

Elle eut une nausée fulgurante. Puis tout devint noir.

***

— Aide-la !

Un mugissement lui vrilla les tympans, entaillant les parties molles de son cerveau. Des conversations étouffées s'élevaient autour d'elle, mais elle ne pouvait pas en distinguer grand-chose. La chaleur insoutenable s'était estompée et elle se sentait extrêmement fragile. À chaque respiration, c'était comme si une autre côte se cassait en deux jusqu'à ce qu'elle ne veuille plus respirer.

— Reste en vie.

L'ordre résonna dans son esprit à nouveau, et elle s'y accrocha.

Quelque chose s'enfonça dans son cou, et elle hurla, à l'agonie. Sur le point de retomber inconsciente, elle essaya d'ouvrir la bouche pour implorer que ça s'arrête, mais ne trouva que le goût du sang.

***

Froid. Il faisait si froid. Tout son corps frémissait, de violents tremblements agitaient ses os douloureux. Elle ouvrit les yeux, mais c'était comme regarder à travers de l'ambre. Tout était déformé et teinté d'un horrible orange.

Elle tendit les mains, passant outre la douleur et la nausée incessante, et sentit une surface froide et solide à quelques centimètres à sa droite. Elle tendit la main vers la gauche et rencontra une autre surface.

— Verakko, essaya-t-elle d'appeler, mais seul un râle sortit.

Elle tendit la main au-dessus d'elle et découvrit qu'elle était encerclée de tous les côtés. Son cœur se mit à battre plus vite et à chaque battement, des éclats de verre lui déchiquetaient les entrailles. La panique prit le dessus, et elle se débattit malgré la douleur. *Je suis piégée. Est-ce que c'est un cercueil ? Pourquoi je ne vois rien ?*

Des sanglots brûlants lui déchirèrent la gorge. Les larmes qui coulaient de ses yeux étaient comme de l'acide. Elle respirait par à-coups. *Pas assez d'air !*

— Verakko ! cria-t-elle aussi fort qu'elle le put et elle frappa contre les parois du cercueil.

Des bruits sourds retentirent autour d'elle, ainsi que le gémissement du métal et le tintement du verre brisé. Il venait la chercher, elle le savait.

Une brume fraîche se matérialisa soudain autour d'elle, et ses membres se détendirent.

17

— Je ne peux pas partir ! cria Verakko en se passant les doigts dans les cheveux.

Il regarda Lily, couchée paisiblement dans le lit de l'infirmerie.

— Tu dois aller parler à la reine. Tu as tes marques ! Il faut la prévenir, rétorqua Desy. Son état est stable. Je la garde juste en observation pour vérifier que son sang a été complètement purifié.

Il fit un pas vers la porte, mais un nœud se tordit dans ses tripes, l'arrêtant.

— Je ne peux pas les révéler à ma mère, Desy. Elle forcerait Lily à rester avec moi.

Desy, le médecin affecté à son immeuble, inspecta la pièce, les yeux écarquillés, comme s'il cherchait quelqu'un de sensé à qui parler.

— Et c'est normal ! Cette humaine est ta partenaire. La ville entière devrait être alertée. Tu ne comprends pas à quel point c'est important ?

Verakko aboya un rire et sentit un muscle se contracter dans son œil.

— Bien sûr que si ! J'aimerais la porter dans les rues et clamer à qui veut l'entendre qu'elle est ma partenaire, mais ce n'est pas si simple.

Verakko passa une main sur son cou à nouveau et fixa Lily.

— Tu n'as pas vu la façon dont elle m'a regardé. Elle n'est pas prête à être accouplée. Les humaines ne ressentent pas le lien comme nous. Je ne suis pas sûr qu'elles le ressentent du tout. Pour elle, je suis juste un mâle. Qui lui a caché des choses.

Il étudia les marques bleues qui s'entrecroisaient sur ses poignets et ses mains.

— Elle n'en comprend pas la signification, et si ma mère l'oblige à rester avec moi avant que j'aie le temps de la familiariser avec cette idée, elle m'en voudra.

Desy croisa les bras sur son torse.

— Et si elle ne veut jamais être ta partenaire ? Que feras-tu ?

Verakko déglutit pour chasser la boule douloureuse dans sa gorge. *Qu'est-ce que je ferai ?* Il n'en savait rien.

— Je ne la forcerai pas à être avec moi. Ce ne serait pas juste.

Il prononça ces mots sans conviction, un sifflement dans son esprit lui disant qu'il n'était pas assez désintéressé ou assez fort pour la laisser partir.

— Oh vraiment ? Et alors quoi ? Tu vivras sans ta partenaire ? Tu seras de plus en plus mal. Tu ne pourras plus jamais être avec quelqu'un d'autre. Pas d'enfants. Pas de mariages.

Il fit un pas vers Verakko et lui saisit les épaules.

— Ton esprit va pourrir, Verakko. C'est contre nature. Je ne connais aucun cas dans l'histoire où un couple de partenaires est resté volontairement séparé pendant plus de quelques années. Pas de leur vivant à tous les deux. C'est impossible. Il y aura un moment où tu ne pourras plus rester loin d'elle.

— Peut-être pas, rétorqua Verakko, même s'il savait que les mots de Desy étaient vrais.

Il sentait l'intensité de l'attirance même à cet instant.

— Le fait est que nous ne sommes pas accouplés. Je suis accouplé, elle ne l'est pas. Peut-être que les effets secondaires ne seront pas si néfastes sur moi du coup.

Desy plongea ses yeux dans le regard déterminé de Verakko pendant un long moment avant de baisser les bras avec un soupir de frustration.

— D'accord. Mais tu dois quand même aller la voir. Tu dois dire à ta mère… quelque chose. Tu sais à quel point le peuple aime Ziritha. Si les gens vous voient Lily et toi faire des choses inconvenantes, ils le prendront comme une offense à leur future reine. Tu seras dénoncé pour rupture de contrat, et tu seras obligé de révéler tes marques pour éviter la punition.

— Non, rétorqua Verakko. J'accepterais la punition.

Lorsque Desy se contenta de secouer la tête en signe d'incrédulité, Verakko tendit les mains.

— Tu aurais de la peinture ?

En grommelant, Desy se dirigea vers un compartiment en haut du mur. Il s'arrêta devant Verakko, lui tendant un flacon de peinture d'aspect ancien.

— Je vais garder le secret sur tes marques pour l'instant. Même si ça va à l'encontre de tout ce que je crois. Mais je ne peux pas garder son existence secrète. Je suis tenu de signaler son existence à la reine.

— Je vais aller lui parler et demander à être assigné comme tuteur de Lily.

Verakko inspira profondément.

— Au moins, ça lui permettra de rester avec moi jusqu'à ce que je puisse la convaincre d'accepter notre lien.

Desy peignit les mains de Verakko, la substance épaisse se mêlant à sa peau et changeant de couleur jusqu'à être indiscernable de son teint.

— Je suis à la fois jaloux et heureux de ne pas être dans ta situation.

Verakko esquissa un demi-sourire forcé. Une fois la peinture sèche, il se dirigea vers la porte, jetant des regards furtifs à Lily par-dessus son épaule. Avant de partir, il dit :

— Ne la réveille pas avant mon retour, sauf si tu y es obligé. Je ne veux pas qu'elle pense que je l'ai laissée avec un étranger.

Desy s'enfonça dans le fauteuil près de son bureau et lui fit signe d'y aller.

À quelques pas de l'infirmerie, Verakko se figea, ses pieds refusant de le porter plus loin. Il serra les dents et se força à aller de l'avant.

Une fois à l'extérieur de la tour, il monta dans un véhicule, configurant la direction du palais, et répéta ce qu'il allait dire. Il avait parlé à la reine de Tremanta pendant que Lily était soignée par Desy, et il savait désormais que sa mère était au courant de l'existence des humaines, mais avait décidé d'attendre pour annoncer leur existence à son peuple. Il ignorait pourquoi. La reine tremantienne avait également indiqué que sa mère ne pensait pas que les humaines devaient avoir le droit de repousser leur partenaire si elles étaient reconnues. Cela signifiait que si elle apprenait l'existence de ses marques, ou même que ses yeux avaient changé, elle forcerait Lily à rester avec lui.

Verakko grogna et s'agita sur son siège. Demander à être désigné comme son tuteur, le citoyen qui l'initierait lentement à la culture et aux coutumes de ce monde, serait un peu compliqué. Un mâle sur le point de se marier n'aurait pas le temps d'être le tuteur de qui que ce soit. Comment pourrait-il convaincre sa mère de l'autoriser ? Si Ziritha avait vent de sa requête, elle pourrait même s'offenser qu'il fasse passer les besoins d'une autre femelle avant les siens. Si elle y voyait un motif de rupture de contrat, même sa mère ne pourrait pas l'empêcher d'être écarté de sa planète.

Il se prit la tête entre les mains et laissa échapper un mugissement portant toute sa frustration.

La porte du véhicule s'ouvrit, révélant le colossal escalier menant à l'entrée du palais. Enfant, il avait toujours détesté monter cet escalier, et il était toujours épuisé lorsqu'il arrivait en haut. Tous les escaliers de Tremanta bougeaient, transportant leurs passagers à destination. Même les escaliers en spirale dans le bunker vétuste où Lily était retenue étaient mécaniques. Mais pas dans le palais mithrandirien.

L'humeur de Verakko se dégrada à mesure qu'il montait les marches, cuisant au soleil. Non, sa ville natale avait voulu une entrée grandiose qui fatiguait ses visiteurs de sorte que lorsqu'ils arrivaient enfin au sommet, ils devaient faire une pause pour respirer. Leurs forces s'amenuisaient symboliquement en pénétrant dans le domaine de la reine pour leur rappeler qui détenait le véritable pouvoir.

Deux gardes, armés de lances tranchantes comme des rasoirs et de chaînes magnétiques, le guidèrent vers un balcon et lui demandèrent d'attendre.

Verakko se tenait sous un auvent et fixait au loin les montagnes de cristal à l'ouest. Les rochers qui leur avaient valu ce nom scintillaient sous le soleil couchant. Il inclina la tête, en signe de respect pour ces éléments et pour son père, désormais enterré au pied de la montagne aux côtés de ses ancêtres. Il ne pensait plus que rarement à son père, mais quand il le faisait, ça le faisait toujours sourire.

Sa mère avait été élue reine quand il était très jeune, mais il avait encore des souvenirs de lui et de son père lui rendant visite. Verakko s'émerveillait toujours de voir à quel point elle paraissait puissante et stoïque, le surplombant dans ses robes scintillantes. Mais son père riait en disant qu'elle avait l'air nerveuse.

Verakko n'avait jamais compris comment c'était possible, mais son père avait toujours su lire en elle comme personne. Et en grandissant, Verakko avait compris qu'elle l'avait laissé faire. Ils avaient toujours partagé un lien. Il essaya de penser à la façon dont son père se comportait avec elle. Le genre de mots qu'il utilisait pour qu'elle accepte de laisser Verakko se concentrer sur la technologie plutôt que sur la politique. Quels cadeaux il lui avait apportés pour la convaincre qu'il était inutile de surveiller Verakko après sa chute du nouveau bâtiment vacant de la ville. Il ne se souvenait de rien de précis.

Alors, comment l'avait-il persuadée si souvent ? Verakko pensa à Lily et comprit. Ils avaient pris soin l'un de l'autre à leur manière. Peut-être que sa mère n'était pas aussi cruelle qu'il le pensait, après tout.

— Verakko, lança une voix légère derrière lui.

Il se retourna et son sang se glaça. Ziritha glissa vers lui, un sourire poli courbant ses lèvres.

— Ziritha, manqua-t-il de s'étrangler.

— Ziri suffira. Nous sommes sur le point de nous marier, après tout.

Verakko se lécha un croc et se demanda s'il devait lui expliquer pourquoi il était là avant de parler avec sa mère. Elle portait une robe éblouissante d'un rose pâle qui allait à merveille avec son teint bleu marine. Un mokti vaporeux couleur pêche était drapé sur sa gorge et descendait sur ses épaules, se fondant dans les manches de sa robe.

— Ta mère devrait bientôt arriver. Elle m'a demandé de t'accueillir le temps qu'elle termine sa réunion.

Ziritha le détailla en haussant un sourcil.

— J'allais dire combien je suis heureuse que tu sois rentré en bonne santé, mais tu as l'air plutôt mal en point. Est-ce que tout va bien ?

Ziritha savait-elle aussi pour les humaines ? Verakko l'observa en silence. Sa mère lui faisait confiance. Lui aurait-elle dit ?

— J'ai eu quelques jours difficiles, éluda-t-il.

Ils se retournèrent tous les deux en entendant le délicat cliquetis de chaussures.

— Fils, dit sa mère depuis le seuil de la porte, apparaissant aussi royale et réservée que d'habitude.

Sa peau bleu turquoise, si semblable à la sienne, était entièrement recouverte d'une cape violette qui lui descendait jusqu'aux pieds. L'effroi de Verakko s'accentua. Son père avait toujours prétendu qu'il pouvait évaluer son humeur en se basant sur ses vêtements. Les capes informes, quelle que soit la finesse de la broderie et de l'ornementation, signifiaient que quelque chose la perturbait.

— Mère.

Il inclina la tête.

— Je suis contente que tu ailles bien. J'étais inquiète quand la reine de Tremanta m'a informée de ton enlèvement.

Malgré ses paroles, son expression ne révélait aucune émotion de ce genre.

Inutile de faire traîner ça plus longtemps que nécessaire.

— J'ai besoin de vous parler en privé, mère, dit Verakko en jetant un regard d'excuse à Ziritha, qui ne parut pas s'en offenser.

— Tout ce que tu as à me dire, tu peux le faire devant Ziritha, dit la reine en levant le menton.

Lui tenir tête n'était pas une bonne idée, mais s'il voulait réussir dans son entreprise, il devait faire en sorte que sa mère soit seule.

— C'est un sujet sensible, et je me sentirais plus à l'aise de vous parler en privé de certaines informations que l'on m'a demandé de garder confidentielles.

— Fais-tu référence à l'humaine dont tu t'occupes ? intervint Ziritha

Verakko se figea, et tout le sang parut quitter son visage. Il se tourna vers Ziritha, les yeux écarquillés. *Était-ce Desy qui avait vendu la mèche ?*

— Pas besoin d'avoir l'air si contrarié, fils. J'ai été alertée dès que son médecin a commencé à lui administrer des soins. J'ai programmé une alerte en suivant la suggestion de la reine tremantienne. Les humaines ont déjà traversé tellement de choses. Mais je peux comprendre pourquoi tu as ressenti le besoin de garder son existence secrète avant de pouvoir m'en parler. Je la ferai transporter ici dès qu'elle se réveillera.

Ziritha hochait la tête pendant que sa mère parlait.

— Elle peut rester ici jusqu'à ce qu'elle s'installe et trouve un mari. Tu n'as pas besoin d'être responsable d'elle plus longtemps.

— Un mari ou un partenaire ! Tout ça est si excitant.

Ziritha rayonnait.

— Une nouvelle race de Clecaniens qui peuvent s'accoupler et concevoir des enfants. Cela pourrait révolutionner notre monde. Ta mère et moi avons discuté des répercussions depuis que nous avons appris leur existence, et maintenant l'une d'elles est ici ; une vraie citoyenne swadaeth. C'est remarquable.

Ziritha inclina la tête et ajouta avec un regard sévère :

— La façon dont elles sont arrivées est contestable, c'est certain, mais je suis certaine que nous pourrons lui offrir une belle vie et la convaincre de rester après sa période de transition d'un an. À moins, bien sûr, qu'elle ne rencontre son partenaire.

Elle sourit.

Verakko déglutit et s'efforça de rester impassible. Sa mère n'avait pas parlé à Desy personnellement. Elle ne savait toujours pas pour ses marques, sans quoi la conversation aurait été bien différente. Verakko croisa les mains derrière son dos, agité. La peinture tenait toujours, mais l'instinct de cacher ses marques était plus fort.

Il observa Ziritha avec une curiosité renouvelée. Il ne l'avait vue qu'une poignée de fois auparavant, et cette conversation était la plus longue qu'il ait jamais eue avec elle. Elle avait une légèreté qui le surprenait. Quand sa mère avait choisi Ziritha comme protégée, il avait supposé qu'elle serait aussi distante qu'elle. Leurs personnalités n'auraient pu être plus opposées.

— C'est très gentil de votre part, commença Verakko en choisissant soigneusement ses mots, mais j'aimerais continuer à être son tuteur.

— Son tuteur ? Tu n'auras guère le temps pour cela. Tu dois passer les prochaines semaines à préparer ton mariage, l'aurais-tu oublié ?

Verakko la regarda fixement et essaya d'expliquer mentalement à sa mère qu'il valait mieux avoir cette conversation loin de sa fiancée.

Les yeux de la reine le transpercèrent, et il se demanda si elle n'était pas capable de lire dans ses pensées. Elle haussa un sourcil, comme si elle comprenait quelque chose de désagréable. Sa mère fixait Ziritha de son regard impassible, et elles parurent avoir une conversation silencieuse.

À sa grande surprise, la première à parler fut Ziritha.

— Tu l'as reconnue alors ?

Verakko se tourna vers elle, prêt à réprimer une grimace devant l'émotion qu'il allait sûrement voir. Outrage ou offense ou éventuellement dégoût. Mais il ne vit que de la curiosité. Il déglutit.

— Non.

Regardant tour à tour les deux puissantes femelles qui tenaient son avenir entre leurs mains, il ajouta rapidement :

— Mais je crois que je le ferais si je pouvais passer plus de temps en sa compagnie sans avoir à lutter pour survivre.

Il devait regagner la confiance de Lily et la convaincre qu'ils étaient faits pour être ensemble. Et pour ça, il avait besoin de temps.

— Tu es sous contrat, Verakko, dit sa mère avec une sévérité glaciale. Tu demandes à le rompre ?

— Non, mentit-il. Je demande à le décaler. Je ne sais pas si vous en êtes conscientes, mais les humaines ne reconnaissent pas leurs partenaires, et leur évolution particulière pourrait différer le moment de la reconnaissance. Il a fallu des mois à Théo pour que ses marques apparaissent.

— Oui, mais d'après les rapports que j'ai eus, il l'a reconnue comme partenaire potentielle bien avant. Il admet lui-même que cela a pu se produire pendant les tests, mais il n'y a aucun moyen d'en être sûr, expliqua sa mère.

Verakko grinça des dents. Il avait espéré qu'elle ne l'avait pas encore appris.

— Si tu ne l'as pas encore reconnue comme partenaire potentielle, pourquoi te conférerais-je cet avantage ? Tu n'as même pas assez de preuves pour la revendiquer comme ta mivassi. Pourquoi devrais-je prendre le risque de soustraire une partenaire potentielle à mes autres citoyens qui pourraient très bien la reconnaître immédiatement ?

— Je sens qu'elle est à moi, dit Verakko, son instinct lui criant de la réclamer et d'en finir une fois pour toutes.

Ziritha et la reine se regardèrent en fronçant les sourcils.

Le cœur de Verakko martelait sa poitrine. Sa mère ne permettrait jamais une telle chose. Qu'est-ce qui lui était passé par la tête ? Il devait revenir immédiatement, enlever Lily et espérer que sa mère se soucie encore assez de lui pour ne pas envoyer ses gardes à leurs trousses.

Il repensa à son père et s'interrogea. Il avait toujours dit à Verakko que sa mère n'était pas aussi dure qu'elle le prétendait, mais était-ce vrai ?

— Mère, dit Verakko, laissant transparaître son désespoir et sa douleur sur son visage.

La reine soutint son regard, et il crut voir de l'inquiétude dans ses yeux devant son ton.

— Je le sens au plus profond de mon âme.

Elle l'observa pendant ce qui lui sembla être une éternité, l'expression indéchiffrable.

— Notre monde est sur le point de changer. Des guerres risquent d'éclater. Notre peuple va exiger que les humaines soient rassemblées. Nos lois et nos traditions sont sacrées, Verakko. Et elles doivent le rester. Je ne peux les briser pour personne.

Il sentit la nausée le gagner et dut réprimer le grognement qui montait dans sa gorge. Il regarda le sol. *On doit partir.*

Sa mère continua, élevant la voix pour calmer sa colère qui devait être évidente.

— Dans trois jours, j'annoncerai l'existence des humaines et leurs caractéristiques uniques à notre peuple. Si tes yeux changent ou tes marques apparaissent avant ça, tu auras un motif valable pour rompre ton contrat.

Verakko leva les yeux. Il n'en croyait pas ses oreilles. Son regard passa entre les deux femelles devant lui, et il vit un doux sourire incurver les lèvres de Ziritha.

— Écoute-moi, mon fils.

Verakko cligna des yeux en sentant l'*influence* de sa mère. Il la regarda, le souffle court.

— Je ne peux pas faire de toi son tuteur, donc en public, tu la traiteras comme un mâle fiancé traiterait une femelle qui n'est pas sa future épouse. Si l'on me signale que tu violes la clause d'exclusivité de votre contrat, je n'aurai pas d'autre choix que de t'écarter de la planète. C'est compris ? Je ne laisserai pas le respect du public pour Ziritha ou moi-même en pâtir, pas alors que nous avons besoin de leur soutien et de leur loyauté plus que jamais.

Verakko sourit en hochant la tête.

— Je comprends. Merci. À toutes les deux.

— Et si tu ne la reconnais pas...

— J'honorerai les termes de notre contrat, termina Verakko.

Sa mère le regarda un moment de plus. Avant de tourner les talons, elle ajouta :

— À dans trois jours.

Quand elle disparut, Verakko jeta un regard nerveux à Ziritha.

— J'espère que tu sais ce que tu fais.

Elle lui agrippa l'épaule.

— Je ne voudrais pas te voir gâcher ton avenir pour une femelle qui ne te mérite peut-être pas.

— Je pense qu'il est plus probable que je ne la mérite pas.

Verakko fronça les sourcils.

— Je suis désolé, Ziritha. Je vois bien que je ne te mérite pas non plus. Tu devrais être en colère contre moi. Je t'ai déshonorée, et pourtant tu sembles prête à violer nos lois pour m'aider.

— C'est Ziri.

Ziritha sourit et haussa délicatement les épaules.

— Qu'est-ce que je peux dire ? Si tu as la moindre chance de trouver ta vraie partenaire, je ne vais pas te l'enlever.

Elle se pencha vers lui et lui murmura d'un ton grave :

— Ne gâche pas tout.

Puis Ziritha disparut par la même porte que sa mère.

Le sourire de Verakko diminua jusqu'à ce que ce ne soit plus un sourire du tout. Trois jours ?

Je vais tout gâcher.

18

Lily flottait. Non, ça n'avait aucun sens. Sa tête flottait ? Elle rit. Oui, c'était ça. Sa tête était plus légère que l'air.

— Elle se réveille, dit une voix mélodieuse près de son coude.

Lily s'étira, se délectant de l'agréable sensation de plaisir qui la parcourut alors. Soudain, des mains lui prirent les côtés du visage.

— Lily, ça va ? Parle-moi.

Il était difficile de se raccrocher à une pensée concrète, mais elle remarqua l'*influence* qui s'insinuait aux confins de son esprit et la repoussa.

— Arrêtez ça, bredouilla-t-elle en s'attaquant maladroitement aux mains qui tenaient ses joues. Verakkoooo est le seul pouvoir le faire.

Elle gloussa alors que sa propre voix s'élevait dans ses oreilles.

— Le. Seul. À. Pouvoir. Le. Faire, se reprit-elle, s'arrêtant sur chaque mot pour s'assurer de ne pas en oublier cette fois.

— Louée soit la Déesse.

Les mains quittèrent ses joues et remontèrent doucement sur son front.

— C'est moi, mon amour. C'est Verakko. Je suis là. Regarde-moi.

— Verakko ! dit-elle avec enthousiasme en se forçant à ouvrir les yeux.

Le visage de Verakko, d'une teinte plus pâle que jamais, se profilait au-dessus d'elle.

— Salut ! s'exclama-t-elle en souriant comme une idiote.

Les drogues qu'ils lui avaient administrées faisaient clairement toujours effet. Lily inclina la tête, examinant le beau visage inquiet de son extraterrestre, et fit la moue.

— Je ne veux plus jamais aller dehors.

Un sourire en coin transforma ses traits.

— C'est d'accord.

Les souvenirs lui revinrent lentement, et la brume commença à se dissiper.

— Attends une minute, dit Lily en fronçant les sourcils. Je suis censée être en colère contre toi.

Son esprit était encore un peu chamboulé, mais la dispute qu'ils avaient eue avant qu'elle ne soit attaquée par cette fleur lui revenait.

Le sourire de Verakko s'effaça et il se lécha les lèvres.

Lily secoua la tête, essayant de dissiper le brouillard un peu plus rapidement. Elle écarta ses mains et lutta pour se redresser.

— Que s'est-il passé ?

Elle balaya la pièce du regard et trouva un autre homme installé dans un coin, regardant fixement dans la direction de Verakko.

— Tu as été piquée par une vonilace, s'étouffa Verakko.

Lily observa la petite pièce blanche. Un objet métallique qui aurait pu être un canapé ou un lit de camp gisait dans un coin, mutilé. Un grand tube de verre le long d'un mur attira son attention, et elle le pointa du doigt sans rien dire. Un cercueil, elle se rappelait avoir été dans un cercueil.

Elle se retourna vers Verakko. Sa légèreté avait disparu. Son esprit était trop plein. La peur et la colère, la blessure et la trahison remontaient à la surface jusqu'à ce que la boule dans sa gorge menace de l'étouffer. Il lui avait menti. Il allait se marier.

Verakko tendit la main vers elle, mais elle l'évita. Ses yeux se posèrent à nouveau sur l'homme dans le coin, et elle ferma résolument la bouche. Ils devaient finir cette dispute en privé.

Il soupira douloureusement, comme si quelqu'un lui avait donné un coup de poing dans l'estomac.

— Y a-t-il un endroit où on peut aller ? chuchota-t-elle.

— Oui. Je voulais être là à ton réveil, mais je dois aller te chercher des vêtements avant qu'on puisse partir. J'en ai pour quelques minutes. Ensuite, je t'emmènerai ailleurs. Tu seras en sécurité à l'infirmerie avec Desy jusqu'à mon retour, je te le promets.

Une infirmerie. C'était donc là qu'elle se trouvait ? Elle mourait d'envie de tendre la main et de le supplier de ne pas la laisser seule, mais la colère et la trahison qu'elle ressentait encore la poussèrent à se taire.

— Bien, grommela-t-elle sans croiser son regard. Attends ! s'exclama-t-elle, soudain alerte. Alex. On doit lui trouver de l'aide.

Lily écarta la couverture et voulut se lever, mais Verakko la força à rester en place.

— J'ai déjà envoyé une équipe, lui assura-t-il. C'est la première chose que j'ai faite après t'avoir emmenée ici.

Il jeta un coup d'œil à l'homme dans le coin, qui lui rendit son regard en haussant un sourcil.

— Je t'en dirai plus après, d'accord ?

Lily hocha la tête, momentanément soulagée. Elle regarda la main réconfortante toujours posée sur son épaule et l'agita pour s'en dégager. Verakko grimaça en s'y attardant. Après un long moment de silence pesant, il tourna les talons.

— Ne la laisse pas partir, cracha-t-il à l'homme à l'air agacé dans le coin.

L'homme fronça les sourcils et fit rapidement glisser son index et son pouce jusqu'à la pointe de son oreille dans un geste que Lily n'avait jamais vu auparavant, mais qui semblait impoli. L'équivalent d'un doigt d'honneur, peut-être ?

Verakko appuya sa main sur la porte sans bouton, et elle s'ouvrit en un clin d'œil. Il resta immobile un moment, les épaules et les poings serrés, puis finit par disparaître sans lui adresser un regard. Une douleur curieuse lui tirailla la poitrine alors que la porte se refermait derrière lui. Pas la douleur familière du manque, mais un tiraillement réel, physique, comme si quelque chose en elle la poussait à le suivre.

Après son départ, Lily observa son médecin devenu geôlier – du moins elle supposait qu'il était médecin. Ses vêtements étaient monochromes et simples. On aurait dit une sorte d'uniforme. Ses cheveux vert gazon coupés courts et sa peau verte, d'un vert forêt plus foncé que le bleu turquoise de Verakko, lui indiquèrent que c'était également un Swadaeth.

— Bonjour, commença-t-elle timidement. Pouvez-vous me dire ce qui m'est arrivé ?

L'homme l'observa en silence. Lorsque son regard s'arrêta sur son cou, elle dut s'empêcher de tirer sur le col de sa robe jaune pâle et informe.

— Comme il l'a dit, fit-il avec un signe de tête vers la porte fermée, vous avez été piquée par une vonilace.

— Et qu'est-ce qu'une vonilace exactement ? demanda Lily en s'efforçant de ne pas paraître agacée.

L'homme se leva et commença à faire le tour de la pièce, récupérant les bouteilles renversées et rangeant les placards.

— La vonilace est une sorte de plante grimpante qui se cache sous le sable dans le désert de Dakuun. Elle s'étend sous la surface et produit un bulbe à la fois. Si une créature s'approche trop près, le bulbe sort et injecte son poison à l'animal, ou dans votre cas, l'*humaine*.

Il prononça ce mot lentement, comme s'il était étrange pour lui.

— La toxine paralyse, puis empoisonne la victime, tandis que les lianes enterrées entraînent sa proie immobilisée sous le sable.

Lily sentit son estomac se nouer à nouveau.

Sans se rendre compte de l'effet qu'il produisait sur elle, le médecin poursuivit :

— Ensuite, de petites ventouses le long de la liane s'accrochent à l'animal et drainent toute l'humidité de son corps. C'est une plante assez fascinante.

Elle parvint tout juste à exprimer un petit grognement d'assentiment. Une plante tueuse avait failli la vider de son sang.

Le médecin souleva d'un doigt un coin du lit métallique plié, émettant un bruit agacé.

— Votre...

Il laissa tomber le lit avec un bruit sec et la regarda.

— Je veux dire, Verakko vous a amenée ici juste à temps. La plupart des gens seraient morts en quelques minutes.

L'indifférence dans son regard céda soudain la place à la curiosité.

— Ça doit avoir un rapport avec votre race. Dites-moi, êtes-vous immunisée contre de nombreuses toxines ?

Lily haussa les sourcils, ne sachant pas trop quoi répondre.

— Je n'en ai pas testé beaucoup.

Le médecin lui jeta un regard déçu, puis finit de ranger et regagna son fauteuil de bureau.

— Eh bien, vous avez beaucoup de chance. Verakko m'a dit que vous avez vomi et convulsé tout le temps qu'il a couru.

L'estomac de Lily se souleva, mais elle l'ignora.

— Il a couru tout le long du chemin ?

Il lui avait sauvé la vie ? L'avait-elle seulement remercié ?

— En effet.

L'air renfrogné du médecin revint.

— Il a couru jusqu'à ma porte et a exigé que je vous guérisse, puis il a mis sens dessus dessous mon bureau pendant que je m'exécutais.

— Merci de m'avoir aidée et je suis désolée pour votre bureau.

Lily ne savait pas quoi dire d'autre. Une partie d'elle s'accrochait à l'image de Verakko, son héros, courant dans le désert brûlant et pliant des structures métalliques tant il était inquiet pour elle. Mais l'autre partie continuait à lui rappeler qu'elle était complètement dépassée. Il avait menti à plusieurs reprises, et elle ne pouvait s'empêcher de penser qu'il lui avait caché d'autres choses importantes.

Que savait-elle vraiment de ces gens et de cette ville ? Dans quelle mesure pouvait-elle croire ce qu'il lui avait dit ?

Le médecin poussa un soupir.

— Je survivrai. Je suppose que je ne devrais pas être surpris.

Il haussa les épaules et un coin de sa bouche se retroussa.

— Si vous êtes vraiment… quelqu'un à qui il tient, je peux comprendre pourquoi il était contrarié.

Lily serra la mâchoire et essaya de se lever du lit. De vagues souvenirs de lui lui murmurant des mots alors que la douleur lui transperçait le corps lui revinrent. Des mots qu'elle pensait avoir imaginés se répétaient en boucle dans son esprit, et elle les repoussa.

— Quel est votre nom déjà ? Desy ? demanda-t-elle en vacillant sur ses pieds, mais sans ressentir de douleur notable.

— Oui.

— C'est un plaisir de vous rencontrer, Desy. Je suis Lily. Je peux vous poser quelques questions ?

***

— Ça ne fonctionne pas. Enlevez-le, s'il vous plaît.

Lily soupira et ôta le casque volumineux de sa tête.

« J'en ai pour quelques minutes », *tu parles*. Au cours de la dernière heure, Desy lui avait fait subir de nombreux examens visant à établir ce qu'il appelait une autorisation de

sortie dans leur monde. Elle avait appris qu'elle était allergique à une substance appelée Ripsli et qu'à part sa maigreur compréhensible, elle était en parfaite santé.

Après de nombreuses paroles qui se voulaient réconfortantes, des discussions agacées et une tentative d'*influence* ratée pour laquelle elle l'avait réprimé, Desy l'avait convaincue de retourner dans le tube de verre. Une fois à l'intérieur, il lui avait administré l'élixir. Le cœur de Lily s'était serré, se rappelant l'histoire de Verakko sur son père et comment il avait refusé le traitement.

Quoi qu'il en soit, l'élixir avait certainement contribué à la revitaliser. Pendant un moment, elle avait eu l'impression d'être au mieux de sa forme. Une peau tonique et tendue, un esprit clair et pas la moindre douleur. Elle avait eu une envie farouche de parler à Verakko de son regain de vitalité, puis son humeur s'était assombrie à nouveau.

Un scan destiné à identifier ses préférences gustatives et olfactives avait suivi, mais à chaque fois qu'une image ou un parfum était projeté dans le grand casque, Desy grognait et lui rappelait de garder les idées claires.

L'image d'un fruit rose. *Verakko.* L'odeur de la viande qui grillait. *Du hougap avec Verakko.* Un parfum vif et mentholé. *Allongée près d'un feu de camp, enveloppée dans les bras de Verakko.* L'image peu familière d'un groupe d'orbes qui auraient pu être faits d'une sorte de gelée ne l'avait même pas distraite. Bien qu'elle n'ait jamais vu ou goûté ces aliments auparavant, son esprit s'était immédiatement demandé si Verakko les appréciait.

— Je suis désolée, dit-elle en remettant le casque à Desy et en regardant le sol d'un air lugubre.

— Nous pourrons réessayer une autre fois, la rassura-t-il en lui adressant un regard compatissant. Pour l'instant, vous devrez simplement goûter à tout et découvrir ce que vous aimez. Ce sera un processus plus naturel et donc plus long.

— C'est noté, doc. Maintenant, dites-m'en plus sur Ziritha.

Desy grogna et replaça le casque dans un compartiment caché au bas du mur du fond.

— Je vous l'ai dit, ce n'est pas à moi de le faire.

Lily serra la mâchoire. Elle avait enfin quelqu'un d'autre à qui demander des informations, mais il refusait de répondre à ses questions. Il détournait le regard à chaque fois qu'elle posait une question, ce qui l'amenait à penser qu'il choisissait sciemment de ne pas lui divulguer certaines informations pour une raison quelconque.

— Alors, dites-moi comment quelqu'un se libère d'un contrat.

— C'est impossible, dit-il d'un ton morne.

Ses sourcils se rapprochèrent.

— À moins que…

Lily retint son souffle.

— C'est impossible, répéta-t-il plus fermement.

— À moins que quoi ? voulait-elle crier, mais elle garda le même ton.

— Vous êtes sûre que vous ne voulez pas que je vous enlève ce dispositif obsolète ? demanda Desy en faisant semblant de ranger un chariot impeccablement organisé.

— Pour la dernière fois, non, répondit Lily.

Depuis qu'il avait remarqué son stérilet lors d'une échographie, il l'avait pressée de le laisser l'enlever. Mais lorsqu'elle lui avait demandé quelle méthode de substitution fonctionnerait avec l'anatomie humaine et quels seraient les effets secondaires de leur contraception, il n'avait pas pu lui donner de réponse. Ce n'était pas parce que tout le monde sur cette planète voulait tomber enceinte qu'elle le souhaitait aussi.

Il grogna et marmonna qu'il était injuste que les Tremantiens gardent jalousement les humaines et qu'il n'était pas en mesure de faire son travail correctement sans données adéquates.

La porte s'ouvrit soudain et Lily dut réprimer la chaleur qui se répandit dans sa poitrine à la vue de Verakko. Elle se concentra sur leur dispute, et le pic de douleur qu'elle ressentit au creux de l'estomac l'aida à maîtriser ses émotions.

Inspire. Expire.

Ses yeux verts étaient rivés sur les siens.

— Je suis désolé que ça ait pris si longtemps, dit-il, ignorant complètement Desy.

Il tendit une longue housse qu'il drapa sur le dossier d'une chaise.

Lily se mordit les lèvres, son corps et son esprit étant dans une sorte de stase émotionnelle, comme une bouteille de soda secouée et prête à exploser. Tout ce qu'elle avait ressenti avant d'être piquée était encore là. Ses épaules semblaient en permanence tendues. Elle ne parvenait pas à respirer normalement sans se concentrer, et l'envie de gifler Verakko ou de l'embrasser la démangeait toujours.

— Dehors, Desy, siffla Verakko sans regarder le médecin.

Agacée, Lily posa ses mains sur ses hanches et regarda Verakko en plissant les yeux.

— Je veux que vous sortiez tous les deux.

Elle jeta un regard d'excuse à Desy.

— S'il vous plaît. Je suis capable de me changer toute seule.

Elle baissa la voix et s'adressa à Verakko sur un ton d'avertissement.

— Tu es toujours aussi impoli envers les gens qui t'aident ?

— Oui, grommela Desy en quittant la pièce.

Un muscle se contracta dans la mâchoire de Verakko.

— Pas ici, dit Lily à voix basse quand il parut vouloir discuter.

Elle ne voulait pas se disputer là. Elle voulait aller dans un endroit calme et privé et ensuite… elle ne savait pas.

Douleur et frustration passèrent sur son visage, mais il hocha la tête et passa la porte.

Lily ouvrit la housse à vêtements étrangement chaude et laissa échapper un soupir agacé devant la magnifique robe que Verakko avait choisie pour elle. *Évidemment, il a du goût. Ça ne me surprend pas.*

Un tissu marron et orange vif rappelant un coucher de soleil glissa entre ses mains. Lily observa la robe, enchantée et perplexe. Ce magnifique vêtement était si étrange qu'elle n'arrivait pas à comprendre comment elle était censée le porter.

Après quelques minutes d'étude et de manipulation des fermoirs dorés placés aléatoirement, Lily tenta de se glisser dans ce qu'elle considérait désormais comme une combinaison. La tenue commençait en haut de ses bras, laissant ses épaules dénudées. Le tissu orange scintillait et s'enroulait derrière son dos, formant une sorte de cape, tandis que les parties marron descendaient entre ses seins et se resserraient à la taille. De magnifiques entrelacs, de la même couleur que sa cape étrange, s'enroulaient le long du corsage.

Des fentes partaient de l'ourlet du pantalon jusqu'à la ceinture, révélant une bonne partie de ses jambes et de ses hanches, et lui donnant l'impression d'être nue. Sans les fines chaînes en or de part et d'autre des fentes juste au-dessus de ses genoux, elle aurait craint que le tissu ne se déchire et n'offre un sacré spectacle.

Bien que ce ne soit pas la tenue la plus confortable ou la plus discrète qu'elle ait jamais portée, Lily sentait qu'elle lui allait bien. Elle fit quelques pas dans la pièce, à la recherche d'un miroir, et s'arrêta avec un juron. Il était incroyablement difficile de marcher avec la cape cintrée limitant ses mouvements. Elle avait l'impression qu'elle allait se déchirer à tout moment.

Lily regarda fixement la porte. Devrait-elle enlever la robe et réessayer ou se résigner à demander de l'aide à Verakko ? Après quelques instants à peser le pour et le contre, elle s'approcha prudemment de la porte et frappa deux fois.

Comme s'il avait attendu juste derrière, la porte s'ouvrit en un éclair. Verakko détailla son corps avec avidité. *Merde,* pensa Lily alors que ses joues et sa poitrine s'embrasaient.

Il en avait profité pour se changer, lui aussi. Sa chemise noire irisée à manches courtes moulait son large torse. Elle était maintenue sur le devant par d'épais lacets de cuir. Il portait un pantalon noir ample au bas des hanches, enfoncé dans ses bottes éliminées. Il était magnifique et Lily détestait ça.

Le regard brûlant de Verakko s'arrêta sur sa taille et fut remplacé par un regard confus, confirmant qu'elle avait commis une erreur.

— Je n'ai jamais porté une tenue comme ça, dit-elle sur la défensive en pinçant les lèvres.

Verakko lui fit un sourire en coin et elle réprima un juron. Mon Dieu, comme elle aimait ce sourire.

Il s'avança vers elle, et Lily se força à rester immobile et impassible. Mais ça devenait de plus en plus difficile, car Verakko continuait à se rapprocher. Il s'arrêta juste en face d'elle, à quelques centimètres seulement. Le cœur battant furieusement dans sa poitrine, elle se concentra sur le sol.

Bien qu'elle ne puisse se résoudre à croiser son regard, elle sentait qu'il la fixait. Puis, sans un mot, il glissa ses mains autour de sa taille. Son souffle s'arrêta en sentant ses paumes dans son dos. Elle aurait tellement voulu qu'il la serre contre elle. Il tripota quelque chose alors qu'elle tendait les bras.

C'est juste un type quelconque. Tu l'as rencontré il y a à peine une semaine. C'est un menteur. L'odeur de cèdre inonda ses sens, et elle peina à contenir un soupir.

Il y eut un léger cliquetis et soudain, la combinaison parut moins étroite. Lily baissa les yeux et vit les mains de Verakko émerger de derrière elle, tenant les deux côtés d'un fermoir en or attaché à chaque côté de sa cape. Il ramena le fermoir sous ses coudes et le verrouilla autour de sa taille. Au lieu de descendre le long de son dos comme auparavant, le tissu orange couvrait désormais le côté de son corps et, à son grand soulagement, protégeait partiellement la peau nue de ses cuisses.

Verakko resta immobile, une main toujours sur sa taille. Elle refusait de lever les yeux vers lui.

— Merci, dit-elle en s'éloignant.

Il ne la retint pas.

— Je t'ai aussi apporté un mokti, dit Verakko en récupérant une petite boîte sur la chaise.

— Un quoi ?

— C'est un accessoire que beaucoup de femelles portent. Il couvre le cou.

— Pourquoi ?

Lily regarda le petit objet doré dans sa main et attendit, le souffle coupé, qu'il se place derrière elle.

— C'est à la mode, je suppose. Soulève tes cheveux.

Lily remonta ses cheveux sur sa tête et attendit. Elle sentit la chaleur du corps de Verakko dans son dos, et eut la chair de poule quand son souffle effleura sa nuque.

— Il y a longtemps, les moktis servaient à couvrir complètement le cou par pudeur, mais aujourd'hui, c'est plus un objet de mode qui met en valeur le cou au lieu de le cacher.

— C'est pour ça que Desy n'arrêtait pas de regarder mon cou ? demanda Lily, embarrassée. Est-ce que j'ai l'air nue sans mokti ?

Verakko laissa échapper un faible grognement, qu'il réprima rapidement.

— La plupart des femelles choisissent d'en porter, mais pas toutes. Dans tous les cas, il n'aurait pas dû regarder.

Il enroula quelque chose de grand autour de son cou. Le mokti devait être en métal, car lorsqu'il toucha sa peau, elle fit un bond en arrière, surprise par la sensation de froid.

Lily heurta le torse de Verakko et en un éclair, ses bras descendirent et s'enroulèrent autour de sa taille, l'attirant vers lui. Un ronronnement s'éleva immédiatement dans sa poitrine et vibra contre son dos. Il pencha sa tête vers son cou et respira profondément, lui serrant la taille.

Sa gorge se noua. Elle aurait voulu se laisser aller au contact de Verakko, mais elle n'y arrivait pas. Elle se sentait si loin de lui et pourtant si proche à la fois. Sans dire un mot, elle tenta de faire un pas en avant, lui signifiant qu'elle voulait partir.

Son ronronnement s'arrêta, et il la relâcha lentement. Il posa à nouveau le métal froid sur son cou, et elle sentit un tiraillement dans ses cheveux à la base de son crâne, comme s'il y avait fixé quelque chose. Le mokti était comme un grand collier ou une sorte de col roulé.

Verakko lissa le métal et laissa un morceau plus long tomber au niveau de son décolleté. Elle l'examina et découvrit que le métal formait des fleurs dorées délicates qui devenaient progressivement plus petites à mesure qu'elles descendaient entre ses seins. Le reste du métal s'évasait et suivait la courbe de ses épaules.

Elle s'éloigna et lui fit face.

— Tu es magnifique, dit Verakko sur un ton feutré.

L'épuisement mental l'envahit soudain. Elle était encore si confuse. Il avait dit que son mariage était terminé parce que ses yeux avaient changé et qu'elle était sa partenaire. Mais il avait aussi dit que les partenaires restaient ensemble pour la vie. Comment avait-il pu supposer qu'elle serait d'accord ? Était-il certain qu'elle voulait être avec lui au point d'oublier qu'il avait menti sur ses fiançailles pendant tout ce temps ?

— Allons-y, dit-il en désignant la porte.

— Où ça ? demanda-t-elle faiblement en le suivant hors de l'infirmerie et dans un couloir étroit.

— Chez moi. Tu as besoin de manger et de dormir.

Lily éprouva une joie immédiate, son cœur palpitant à l'idée qu'il voulait qu'elle loge chez lui, mais elle se força à ignorer son euphorie. S'ils voulaient avoir une chance, elle devait commencer à penser avec sa tête plutôt qu'avec son cœur.

— Non, se força-t-elle à dire. J'ai besoin que tu m'emmènes au logement gouvernemental dont tu as parlé. J'ai besoin d'être seule pendant un moment. Je veux que tu t'expliques en chemin, et ensuite je veux passer un peu de temps seule pour réfléchir.

Il lécha un croc et la regarda.

— Non, répondit-il simplement.

Il jeta un coup d'œil au couloir, puis changea brusquement de direction.

Lorsqu'elle se précipita finalement à sa suite, elle s'arrêta devant une porte métallique à deux battants.

— Non ? Tu n'as pas le droit de me dire non, Verakko. Je vais vivre où je veux.

Verakko lui lança un regard nerveux et sortit de sa poche un petit appareil noir.

— Il y a des choses que je dois t'expliquer d'abord. Je nous emmène sur un chemin de traverse pour qu'on puisse parler sans que personne n'écoute.

Lily serra les poings.

— Tu ne veux pas courir le risque que ta *fiancée* apprenne pour nous ?

— Ce n'est plus ma fiancée.

Verakko grimaça et écarta les deux bords du petit carré qu'il tenait jusqu'à ce qu'un écran holographique s'anime au centre. Puis il plaça l'écran sur la porte, saisissant dessus des symboles qu'elle n'avait jamais vus auparavant.

Elle haussa les sourcils en signe d'interrogation.

— Est-ce qu'elle le sait ? Ou bien vous êtes *techniquement* toujours fiancés ?

Son silence fut une réponse suffisante pour Lily.

— C'est ce que je pensais. Je ne sais même pas par où commencer. Il y a d'autres choses que tu m'as cachées, n'est-ce pas ?

Lily grinça des dents et donna un coup dans l'épaule de Verakko quand il ne répondit pas.

Elle regarda son dos d'un air amer. *Comment ai-je pu ignorer mon instinct ? Je savais qu'il me cachait quelque chose.* Lily repensa à ses premiers jours avec lui dans les bois et se rappela avoir pensé qu'il évitait un sujet précis. Comment avait-elle pu fermer les yeux ?

Un bruit aigu retentit et elle se crispa. Le son ressemblait terriblement à une alarme, mais Verakko ne parut pas perturbé.

— On n'est pas censés être là ?

— Non, répondit-il simplement. L'alarme est une nouveauté. Donne-moi juste une seconde.

Lily jeta un coup d'œil dans le couloir bleu pâle et se rapprocha d'un pas instinctif de Verakko. Elle réalisa alors que, même si elle était très en colère contre lui, elle lui faisait encore confiance pour la protéger. Lily ne se rappelait pas avoir fait autant confiance à quelqu'un avant. C'était peut-être pour ça que sa trahison lui faisait si mal.

Le bruit s'arrêta et les portes s'ouvrirent au moment où Verakko retirait l'écran et refermait l'appareil.

— Allons-y, dit-il en lui faisant signe d'entrer dans une petite pièce aussi large et profonde que les portes elles-mêmes.

— Aller où ?

Lily jeta un coup d'œil dans la pièce sombre sans voir la moindre sortie.

— C'est un ascenseur de service. On va passer par les étages de stockage.

Lily entra lentement à l'intérieur, et Verakko vint se placer à côté d'elle, trop près à son goût.

— Prête ? demanda-t-il.

Avant qu'elle ne puisse l'interroger, le sol sous leurs pieds bougea, les propulsant vers le haut. Lily couina et saisit la main de Verakko sans réfléchir. Le bruit d'un ronronnement et une pression de ses doigts la ramenèrent à la réalité.

Elle leva la tête et vit son regard fixé sur elle. L'espoir et la chaleur dans ses yeux alors qu'il la regardait et passait doucement son pouce sur sa main lui déchirèrent la poitrine. Elle retira rapidement sa main de la sienne et détourna le regard.

— Tu aurais pu me prévenir, grommela Lily, croisant ses bras sur sa poitrine pour s'empêcher d'aller vers lui.

La plate-forme s'arrêta et de nouvelles portes s'ouvrirent, dévoilant l'entrepôt le plus étrange qu'elle ait jamais vu. D'une part, les objets stockés dans la zone expansive étaient situés au plafond et non au sol. Des lits, des étagères et toutes sortes de meubles étaient positionnés sur des supports flottants, proches du plafond.

Lily vit une petite table voler à travers la pièce, puis disparaître par une ouverture sombre dans le plafond.

— Comment… ?

Elle resta sans voix. Tout ce qu'elle avait vu de cette planète était l'intérieur d'une cellule dans un bunker et la forêt. Elle réalisait à présent qu'elle se trouvait sur une planète avancée, remplie de merveilles qu'elle ne pouvait même pas imaginer. Une vague soudaine d'excitation l'inonda. À quoi ressemblait réellement la ville ? Où allaient tous ces meubles ? Y avait-il des étages comme celui-ci entre chaque niveau du bâtiment ? Quand pourrait-elle explorer les environs librement ?

— Lily, dit doucement Verakko, la tirant de ses pensées. Ses doigts s'agitaient pendant qu'il parlait.

— Je suis allé voir ma mère pendant que tu étais inconsciente, et elle a refusé ma demande d'être ton tuteur.

Mon tuteur ? Lily se pinça l'arête du nez, ne suivant pas le moins du monde.

— Tu as dit que j'étais ta partenaire.

— Oui. Tu l'es. Mais je ne lui ai pas dit. Elle pense toujours que je vais épouser Ziritha dans quelques semaines.

Un sanglot de frustration monta dans sa gorge, et elle voulut taper du pied.

— As-tu changé d'avis sur le fait que je sois ta partenaire ?

— Non ! Jamais. Je… Si ma mère apprenait la vérité, elle nous forcerait à être ensemble.

Verakko appuya une main sur le bas de son dos, la poussant à avancer.

— Quoi ?

Lily s'arrêta net et le regarda avec horreur.

— Et si je dis non ?

— Alors, dit-il lentement, les coins de ses yeux se plissant comme s'il réprimait une grimace, je devrais épouser Ziritha, et tu serais obligée d'épouser quelqu'un d'autre.

Lily regarda la pièce sans la voir.

— Quoi ? cria-t-elle.

— Je devrais commencer du début. Il existe une loi sur cette planète, expliqua Verakko.

Elle essayait de l'écouter, mais ses oreilles bourdonnaient.

— Je ne l'ai pas mentionnée quand on s'est rencontrés parce que je ne voulais pas t'inquiéter, ajouta-t-il rapidement, la conduisant à travers la pièce aux courbes douces jusqu'à une porte isolée identique à celle par laquelle ils étaient sortis. La ville qui tombe sur un être de classe 4 a l'obligation de s'en occuper et de l'intégrer à la société. De nombreuses villes ont décidé de forcer leurs nouvelles citoyennes humaines à se marier, de la même manière qu'elles le font avec les Clecaniennes.

Lily essaya de former des mots, en vain, jusqu'à ce qu'elle se raccroche à quelque chose qu'il avait dit dans le désert.

— Tu m'as dit que Tremanta donnait plus de droits aux humaines que les autres villes. C'est ce à quoi tu faisais référence ?

Il hocha la tête.

— Mais tu me conduisais ici bien avant ça. Tu savais que ça arriverait ? Que je serais obligée de me marier ?

Verakko la poussa à avancer, jetant des regards nerveux par-dessus son épaule.

— Je ne savais pas avec certitude que ce serait la décision de ma mère, mais je m'en doutais.

Lily retira sa main.

— Donc tu as décidé qu'au lieu de m'expliquer les choses, tu allais prendre le risque que ton peuple me force à me marier ?

— Eh bien…

Le regard coupable de Verakko lui indiqua tout ce qu'elle devait savoir.

— C'est ma vie. Comment oses-tu décider d'une telle chose pour moi ?

La main de Verakko lui agrippa le poignet.

— Mais ça n'a plus d'importance, puisque tu es ma partenaire.

— Laisse-moi partir, râla Lily.

Comme il se contentait de la fixer, elle leva la main vers son visage, lui tordant le poignet, puis le saisit de sa main libre et l'écarta violemment. Verakko recula et massa son poignet endolori, respirant profondément. Lily se dirigea vers la porte fermée et attendit, les bras croisés.

Verakko la suivit, sortant à nouveau le petit carré de sa poche et le posant sur les portes métalliques.

— Tu viens juste d'apprendre que je suis ta partenaire ! Tu m'emmenais déjà dans cette ville avant que tes yeux ne changent. Tu allais m'amener ici, sachant que je serais probablement forcée de me marier. Même après t'avoir dit spécifiquement que je ne voulais pas me marier sur cette planète.

Ses narines se dilatèrent devant l'odeur entêtante de cèdre qui émanait de lui.

— Et en plus, tu étais fiancé ! Donc tu m'as amenée ici, sachant que je serais forcée de me marier et sachant que ce serait avec un autre homme ! Comment as-tu pu me cacher ça ?

— Si je te l'avais dit, tu ne serais jamais venue avec moi. J'ai essayé de te faire retourner à Tremanta le premier jour, et tu as refusé.

— Tu as *essayé*, se moqua-t-elle. Est-ce que tu as *essayé* de me dire que si j'allais dans une autre ville que Tremanta, ma liberté me serait retirée et que je serais obligée d'épouser un étranger ? Ou as-tu *essayé* en exigeant simplement que nous allions à Tremanta ? Une ville située à une distance inconnue dans la direction opposée d'Alex ?

Elle mit ses poings sur ses hanches et observa ses épaules voûtées.

— Tu aurais pris le chemin inverse et abandonné Alex si je t'avais tout expliqué ? rétorqua-t-il.

Lily serra la mâchoire, sachant qu'il avait raison. Elle aurait continué à descendre cette rivière de toute façon.

Verakko se pencha jusqu'à être à hauteur de ses yeux.

— C'est exactement ce que je veux dire.

Il retourna à son écran et recommença à taper dessus.

— Qu'est-ce que j'étais censé faire ? Te laisser vivre dans la forêt jusqu'à ce que tu finisses par y rester ? Combien de temps tu crois que tu aurais pu survivre là-bas ?

Lily eut un mouvement de recul.

— Ce n'est pas la question. Tu m'as enlevé mes choix. Si tu m'avais expliqué ça dès le début, j'aurais peut-être décidé de retourner à Tremanta avec toi. Ou peut-être que je serais restée dans la forêt. Ça n'a pas d'importance. Même si toutes les options qui m'étaient présentées étaient merdiques, j'avais le droit de prendre mes propres décisions merdiques !

La porte s'ouvrit. Une autre plate-forme les attendait. Lily marcha dessus, trop concentrée sur l'expression crispée de Verakko pour s'inquiéter de la soudaine secousse du mouvement ascendant.

— Tu as raison. J'aurais dû tout te dire. À ce moment-là, mon raisonnement semblait logique. J'essayais juste de te protéger.

L'argument de Lily mourut dans sa gorge alors qu'une boule d'émotion enflait. Elle avait fait confiance à Verakko plus qu'à n'importe qui. Elle avait compris pourquoi il avait menti sur les lois de sa ville. Même si elle n'était pas d'accord, elle comprenait qu'il avait essayé de la protéger. Des larmes de frustration lui brouillèrent la vue, mais elle cligna des yeux pour les chasser. Elle ne se sentait pas en sécurité. Elle se sentait exposée, vulnérable et impuissante. Et la personne sur laquelle elle pensait pouvoir compter pour se repérer dans ce nouveau monde terrifiant lui avait caché tellement de choses. Est-ce que sa vie lui appartenait encore ? Ou ces extraterrestres décideraient-ils de tout à sa place ?

La plate-forme s'arrêta à nouveau, mais les portes ne s'ouvrirent pas immédiatement comme avant. Verakko jeta un coup d'œil à son écran, qui affichait un couloir richement décoré, occupé par un homme mince et bleu vif et un enfant. Ils marchaient lentement, discutant de quelque chose qu'elle ne pouvait pas entendre.

Lorsqu'ils disparurent, Verakko se couvrit les lèvres, lui intimant de rester silencieuse. Il ouvrit les portes et la guida de l'autre côté. Le couloir, comme le niveau étrange de l'entrepôt, était incurvé et offrait une vue incroyable. Une colonne d'eau se déversait au centre du bâtiment, tout comme Verakko l'avait décrit, visible à travers une paroi de verre.

Ils atteignirent l'une des rares portes sur leur gauche, et Verakko la relâcha, posant sa main sur la surface. La porte s'ouvrit dans un bourdonnement.

Alors qu'ils pénétraient dans l'espace sombre, de petites boules de lumière flottantes commencèrent à s'illuminer près du plafond, telles des bulles d'argent. La pièce était vaste et dominée par une collection d'oreillers de couleur crème et de canapés coussinés aussi larges et profonds que des lits *king size*. Un claquement provenant de sa droite retentit soudain, la faisant sursauter, et elle vit émerveillée un escalier composé de verre et de métal scintillant descendre du plafond. Ses yeux suivirent les marches jusqu'à un étage.

L'appartement était beau et bien aménagé. L'ameublement impeccable. Des finitions argentées scintillaient de partout et des sculptures étranges étaient disséminées çà et là.

Lily fronça les sourcils. Cette maison était magnifique, mais elle ne ressemblait pas à Verakko. C'était trop... parfait. Mis en scène, comme une maison-témoin du salon idéal du futur.

— Je croyais que tu vivais à Tremanta. Tu as aussi une maison ici ?

Verakko fixa le sol pendant un moment, se léchant un croc, puis il la regarda d'un air malheureux.

— Oh, s'étrangla-t-elle en réalisant ce dont il était question. C'est pour elle, n'est-ce pas ?

Il haussa les épaules.

— J'ai acheté la maison il y a quelques semaines après avoir signé le contrat. Je devais m'assurer qu'il soit prêt à temps pour...

— Ton mariage, finit-elle, alors que sa voix s'éteignait. Elle secoua la tête.

— Je ne pense vraiment pas que je devrais habiter ici. Je veux aller dans l'autre logement.

Il souffla par le nez et la fixa.

— Je comprends que tu sois en colère contre moi, mais tu n'es pas encore prête à te débrouiller seule, je dois t'aider à t'acclimater à notre ville.

— Oh, tu veux dire m'acclimater en choisissant les informations que tu juges importantes et en mentant sur le reste ? lui reprocha Lily, les mains sur les hanches et les sourcils levés.

— La ville ne connaît pas encore les humains. Tu ne pourrais même pas parler avec qui que ce soit si tu avais besoin d'aide, puisque personne n'a ta langue sur son traducteur.

Il l'entraîna dans le couloir et dans ce qui devait être une sorte de cuisine, puis il parcourut la pièce, sortant divers aliments et outils étranges de différents compartiments.

— Et ta fiancée ? lui lança-t-elle. Comment tu penses qu'elle se sentira quand elle trouvera une autre femme dans *sa* maison ? Je sais que vous n'êtes peut-être pas liés romantiquement, mais elle a manifestement investi beaucoup de travail dans la décoration de cet endroit, pour que je vienne l'utiliser à sa place.

Saisissant une bouteille d'un violet profond, il s'arrêta et dit :

— Je te l'ai dit. Dans mon esprit, elle n'est plus ma fiancée.

Il prit une longue gorgée du breuvage, puis glissa la bouteille entre ses mains.

Lily inclina la tête vers lui. Son ton posé lui tapait sur les nerfs.

— Ton contrat est toujours valable, non ? Ça signifie que tu es toujours fiancé. Peu importe ce qu'il y a dans *ton* esprit. Ce qui compte, c'est ce qu'il y a dans l'esprit de tout le monde.

Verakko lui prit la bouteille des mains et but une autre gorgée avant de la remettre en place. Son regard dur la transperça.

— Que je l'épouse ou non ne dépend que de toi.

— De moi ? répéta-t-elle, confuse.

Elle rit, levant sa bouteille en l'air de façon sarcastique.

— Eh bien, pourquoi ne pas l'avoir dit plus tôt ?

— Je dois me marier dans quelques semaines. Il n'y a que deux façons de rompre mon contrat.

Ouvrant une grande poche au niveau de sa cuisse, Verakko sortit deux bouteilles, toutes deux visiblement vieilles et poussiéreuses.

— Option numéro un, j'annonce que mes yeux ont changé, ce qui signifie que j'ai reconnu quelqu'un qui pourrait potentiellement être ma partenaire.

Il versa le liquide de la plus petite des deux bouteilles sur ses mains, sans se soucier des gouttes qui tombèrent sur le sol, et se frotta les mains.

— Option numéro deux, j'annonce que mes marques d'accouplement sont apparues, prouvant que tu es ma partenaire sans l'ombre d'un doute.

Verakko leva les mains. Elle fixa les motifs bleu vif qui s'enroulaient sur ses poignets et ses mains et qui n'étaient pas là un instant plus tôt. Son souffle se bloqua dans sa gorge. Comment des marques comme ça avaient-elles pu apparaître de nulle part ? Y avait-il une sorte de magie sur cette planète ? Quand il parlait de partenaires, était-il sérieux ? Ce ne serait pas seulement une expression fantaisiste pour désigner une épouse, mais une véritable âme sœur ? Et elle était la sienne ?

— J'ai signé un contrat avant de t'avoir rencontrée, dit-il à voix basse, le ton mélodique de sa voix ayant disparu. Il y a des conséquences à l'enfreindre. Si je le faisais, je ne pourrais jamais me marier avec quelqu'un d'autre dans aucune ville, et je serais renvoyé temporairement de la planète. La reconnaissance d'un partenaire ne s'était plus produite depuis des siècles. Pas avant que Jade n'arrive au début de l'année. Tu ne comprends pas à quel point c'est spécial. Comme c'est rare, dit-il en levant à nouveau les mains.

Lily déglutit et essaya d'ignorer la sensation de désir qui la traversait.

— J'ai senti que tu pourrais être à moi quand j'ai posé les yeux sur toi la première fois. Mais je ne t'ai pas reconnue tout de suite. J'ai repoussé le moment de te parler de Ziritha parce que je voulais tellement te reconnaître, et j'avais peur que tu me traites différemment si tu savais. C'était égoïste, mais… je ne savais pas quoi faire d'autre. Je pensais que si j'expliquais ma situation, on pourrait peut-être être ensemble à la fin de nos mariages respectifs. Mais maintenant que je t'ai reconnue, tu ne seras pas obligée d'être avec quelqu'un d'autre.

— Je serai seulement obligée d'être avec toi.

Lily se souvint de ce qu'il avait dit à propos des partenaires et du fait que c'était pour la vie. Une peur panique lui retourna l'estomac. Elle commença à faire les cent pas, dans une faible tentative de contrôler ses émotions chaotiques.

— Tu dis que c'est mon choix, mais de quel genre de choix on parle ? Être avec un étranger et te regarder te marier avec quelqu'un d'autre, ou être avec toi pour toujours ? Comment suis-je censée prendre ce genre de décision en deux semaines ?

Elle se figea et lui fit face, la fureur, le désir et la peur luttant pour prendre le dessus.

— Tu veux que je m'engage pour la vie alors que tu n'as fait que me mentir ? Comment veux-tu que je fasse ça, Verakko ? Comment je peux savoir que tu ne me caches pas autre chose ?

Verakko leva les mains et ouvrit la bouche, mais tout ce qui en sortit fut un soupir frustré.

— Je sais ce que je pense du mariage. Je t'ai dit que je voulais connaître vraiment mon compagnon avant de m'engager à passer ma vie entière avec lui. Et tu sais ce que je pense des mariages avec les Clecaniens, pourtant tu m'as conduite ici. Tu as peut-être changé d'avis à la dernière minute, mais tu avais prévu de m'emmener ici depuis le début. Est-ce que tout ça n'était qu'un jeu pour toi ?

Les larmes lui brûlaient les yeux et brouillaient sa vision. Elle contracta ses muscles pour empêcher un sanglot de s'échapper.

— Les humaines sont une denrée précieuse sur ta planète, alors tu me forces à dépendre de toi. Me soucier de toi. M'ouvrir à toi. Pour que, si tu me reconnais, je sois obligée d'accepter ou de te regarder épouser quelqu'un d'autre ? Ça ne fait que quelques jours ! cria Lily en levant les mains pour se protéger devant elle. Je refuse d'être piégée.

— Je n'ai jamais voulu que tu te sentes piégée, Lily.

Jetant des regards paniqués en tous sens, il se prit la tête entre les mains.

— Je ne m'explique pas bien.

— Au contraire. Je suis en colère, mais je comprends pourquoi tu as fait ce que tu as fait. Si tu m'avais parlé de ta fiancée, je t'aurais traité différemment. Si tu m'avais dit ce qui pourrait m'arriver ici, je n'aurais jamais accepté de venir. Et maintenant, je vois bien que tu me veux, que tu veux qu'on soit ensemble, mais…

Elle prit une profonde inspiration, puis continua.

— Je comprends, mais ça ne change pas ce que je ressens. Je me sens blessée, trahie et stupide. Et j'ai l'impression de ne plus te connaître.

Lily essuya une larme sur sa joue.

— Et j'ai l'impression d'être encore plus bête en disant ça, parce que je t'ai rencontré il y a *une semaine*. Je ne te connais *pas*.

La poitrine de Verakko se souleva et s'affaissa, et son regard douloureux la transperça comme des éclats de verre.

— Si tu me demandes de m'engager pour la vie avec toi maintenant… je ne peux pas.

Lily se souvenait que Verakko lui avait dit exactement la même chose, et un sanglot lui déchira la gorge.

Verakko se dirigea vers elle avant qu'elle n'ait le temps de cligner des yeux. Elle recula d'un pas, et un parfum de cèdre fumé lui chatouilla les narines, mais au lieu de l'effet calmant qu'il avait normalement, elle se sentit plus en colère encore.

— Est-ce que tu te soucies de moi ?

Il lui caressa la joue. Elle était à deux doigts de fondre.

— Sois honnête, ajouta-t-il.

Sa voix résonna dans son esprit, et le feu semblait se propager dans ses veines.

— Ne pense même pas m'*influencer* !

Lily le repoussa de toutes ses forces.

Verakko la regarda fixement, l'intensité de ses yeux verts lui donnant des frissons.

— Si je montre ces marques à quelqu'un, ma mère le saura, et elle te forcera à être avec moi. Si je ne fais pas cette annonce, je devrai épouser Ziritha pour éviter la punition et tu devras négocier un contrat avec un autre homme. Si ça ne tenait qu'à moi, je t'aurais déjà revendiquée comme ma partenaire. Mais je reconnais que je t'ai déjà caché trop de choses et je réalise aussi que tu ne ressens pas le lien d'accouplement comme moi. Donc, j'ai menti à ma mère, *la reine,* pour te donner le temps de décider ce que tu veux faire. C'est à toi de voir.

— J'ai besoin d'une minute seule. Où est-ce que je peux aller ? demanda Lily à voix basse, se mordant l'intérieur de la joue pour retenir les larmes qui menaçaient de couler.

Verakko lui indiqua l'escalier, et elle le suivit en silence. Elle jeta à peine un coup d'œil au coin salon ouvrant sur une vue dégagée ou aux écrans encadrés diffusant des courts métrages sur les murs ; ce qu'elle supposait être leur version de l'art. Lily ne voulait pas reconnaître les goûts irréprochables de la femme mystérieuse. Elle voulait juste être seule.

Verakko la conduisit dans une vaste chambre lumineuse dominée par un grand lit, et ses yeux se fixèrent sur la douce montagne de couvertures et d'oreillers. Elle sentit Verakko s'attarder derrière elle et inspira profondément.

Elle ne voulait plus le regarder, elle refusait de voir son beau visage accablé de chagrin. Ce n'était pas juste. Il lui avait menti depuis le début, et pourtant, chaque fois qu'elle le regardait, elle voulait oublier qu'elle avait appris sa trahison. Elle voulait courir dans ses bras et prétendre que tout irait bien.

La tentation de pardonner et d'oublier la mettait en colère et la terrifiait. Lui pardonnerait-elle toujours aussi vite ? Balaierait-elle toute indiscrétion sous le tapis parce qu'elle ne pouvait pas supporter l'idée d'une vie sans lui ?

Elle croisa les bras et jeta un coup d'œil au plafond couvert d'orbes argentés et lumineux avant de se tourner vers lui. L'inclinaison de ses sourcils sombres témoignait de son inquiétude et de sa douleur. Il parcourait son corps du regard avec un désir à peine contenu. Il la fixait comme si elle était de l'autre côté d'une vitre épaisse. Comme s'il voulait la toucher de toutes les fibres de son être, mais ne pouvait que regarder.

— Je vais nous préparer à manger. Descends quand tu es prête.

Lily déglutit et acquiesça, ne faisant pas confiance à sa propre voix tremblante. Quand il partit sans un bruit, elle s'effondra sur le sol, ramenant ses genoux contre sa poitrine. Elle ne savait pas quoi faire. Une partie d'elle voulait retourner dans la chambre et accepter d'être avec lui, mais l'autre avait peur. Comment pouvait-elle promettre d'être avec un homme qui avait déjà trahi sa confiance à ce point ?

Comment pouvait-elle être avec quelqu'un qui la faisait se sentir si dépendante et impuissante ? Elle n'avait jamais voulu avoir besoin de quelqu'un, et pourtant elle était là, à dormir dans sa maison, à porter les vêtements qu'il lui avait achetés et à compter sur lui pour quasiment tous les aspects de son avenir. Elle avait mis tous ses œufs dans le même panier – celui de Verakko – et se souvenait maintenant pourquoi elle ne l'avait jamais fait avant. Accorder toute sa confiance à quelqu'un était terrifiant.

Elle laissa échapper quelques sanglots, puis tenta de reprendre ses esprits. *Inspire. Expire. Inspire. Expire.*

20

Après le départ de Verakko, Lily s'était mise au lit et s'était repassé tout ce qu'elle avait appris. Verakko avait menti, mais la partie rationnelle de son cerveau comprenait pourquoi il l'avait fait. S'il pensait qu'elle était vraiment sa partenaire et qu'il n'avait aucun attachement émotionnel avec sa future femme, mais qu'il ne pouvait pas rompre ses fiançailles, elle comprenait la situation difficile dans laquelle il devait se trouver. Avait-il eu raison de lui mentir et de lui cacher tant de choses ? Non. Comprenait-elle pourquoi il l'avait fait ? Malheureusement, oui.

Plus que tout, Lily était en colère contre elle-même. Elle ne l'avait pas écouté quand il l'avait repoussée. Elle avait plutôt pris l'initiative de la plupart de leurs échanges amoureux. C'était elle qui avait balayé ses objections avec un faux optimisme, croyant comprendre suffisamment bien sa culture. *Tu ne comprendras jamais une culture dans laquelle tu n'as pas été complètement immergée.*

Cependant, elle ne savait pas si elle pouvait passer outre un point en particulier. Il avait pris des décisions à sa place. Il lui avait ôté le choix. Parfois même certains choix importants qui allaient affecter sa vie de manière incommensurable. Pourrait-elle le lui pardonner ?

Elle roula sur le ventre et essaya de faire le vide dans son esprit. Le lit était le plus doux dans lequel elle s'était jamais couchée, et la pièce était plus parfumée que la normale. C'était presque comme si quelqu'un faisait brûler une bougie au lilas en permanence.

Ce n'était pas désagréable, mais les arômes floraux n'étaient pas ses préférés, et elle ne cessait de penser que Verakko sentait meilleur. Après avoir fixé sans sourciller l'intérieur de la couverture dont elle s'était entourée, elle se leva finalement.

Silencieusement, elle fit le tour de la belle chambre, se sentant comme une intruse. Une petite salle de bains attenante suscita une foule de nouvelles questions. Que devait-elle utiliser pour se brosser les dents ? Où était le robinet ? Quel genre de miroir la rendait si belle, et où pouvait-elle s'en procurer un ?

En s'examinant, Lily réalisa que quelque chose était arrivé à son corps. Une chose qui n'était pas totalement malvenue, mais qu'elle ressentit néanmoins comme une violation.

Desy lui avait expliqué que l'élixir la rajeunissait jusqu'au niveau cellulaire et réparait tous les dommages présents, mais elle avait juste supposé que c'était l'équivalent extraterrestre d'une injection de B12. Que ça la ferait se sentir bien, mais qu'au final, ça ne ferait pas de miracle.

En regardant dans le miroir sa peau parfaitement nette, ses ongles forts et brillants et ses cils épais, elle réalisa que ce n'était pas une exagération. S'ils pouvaient faire tout ça dans un cabinet médical, alors pourquoi diable avaient-ils besoin d'un spa ?

Elle tira sur ses cheveux bruns et brillants devant le miroir.

— J'ai passé des années à perfectionner mes mèches, et maintenant elles ont disparu !

Elle marmonna un juron, jetant ses cheveux derrière son dos.

Alors qu'à l'extérieur, elle était radieuse, à l'intérieur, la confusion régnait. Dès que Verakko était parti, elle avait eu envie qu'il revienne. C'était si étrange, ce sentiment de vouloir le voir, mais sans lui dire un seul foutu mot. Comment pouvait-on ressentir des émotions aussi contradictoires pour la même personne ?

Elle soupira et se regarda dans le miroir.

— Qu'est-ce qu'on va faire ?

Pourrait-elle supporter l'idée d'épouser quelqu'un d'autre ?

Dis-le à haute voix et vois comment tu te sens.

Lily se mordilla la lèvre, effrayée à cette idée. Finalement, elle se pencha plus près du miroir et dit :

— C'est mon âme sœur.

Elle fronça les sourcils devant le frisson qui la parcourut.

— Si c'est vrai, univers ridicule, envoie-moi un signe.

— Lily !

Elle sursauta lorsque la voix de Verakko retentit au premier étage. Elle se figea et jeta un regard noir au miroir.

— Ce n'était pas un signe, il m'a probablement entendue, siffla-t-elle avant de quitter la salle de bains.

Quand elle rejoignit son étage, elle ne le vit pas tout de suite, puis l'odeur familière du cèdre atteignit ses narines. Elle fit de son mieux pour rester imperturbable alors qu'il s'avançait vers elle.

Ses yeux balayèrent son visage comme s'il ne l'avait pas vue depuis des semaines. Sentant sa peau s'embraser, elle se secoua intérieurement. Il lui tendit une autre bouteille violet foncé – la première était restée intacte dans sa chambre. Elle la regarda sans vraiment la voir, encore trop absorbée par ses pensées.

— C'est de la mott, dit-il, attirant son attention.

Il désigna la bouteille qu'elle tenait négligemment à la main.

— C'est de l'alcool. Ce n'est pas la boisson préférée de la plupart des femelles, mais je n'ai pas eu le temps de faire le plein pendant qu'on te soignait. Le dîner est prêt, je dois juste le sortir.

Elle essaya de se concentrer sur ce qu'elle devait dire.

— Verakko, j'apprécie l'effort, mais j'ai besoin de temps loin de toi pour comprendre ce que je ressens.

Verakko bascula sur ses talons, l'observant attentivement.

— Je ne suis pas d'accord.

Elle cligna des yeux, se demandant si elle avait rêvé.

— Je te demande pardon ?

— Je pense que si tu pars seule alors que tu es encore en colère, tu commenceras à douter de ce qu'il y a entre nous et tu te convaincras que tout doit être un mensonge, même si on sait tous les deux que ce n'est pas vrai.

Il prononça ces mots calmement, mais Lily vit la détermination dans ses yeux.

— Tu n'es pas obligée de te décider tout de suite. Tu auras besoin d'apprendre de quelqu'un en attendant de toute façon. Tu ne sais pas comment utiliser notre technologie. Tu ne sais même pas comment éviter les produits à base de Ripsli, auxquels je sais que tu es allergique. Et je peux t'aider à reprendre la carrière que tu veux.

Il s'avança vers elle et lui saisit les épaules.

— Tu m'as aidé à survivre dans une forêt qui m'était inconnue. Laisse-moi t'aider à survivre ici.

Lily cligna des yeux, furieuse qu'il ait raison. Il lui serra brièvement les épaules, puis resta les bras ballants. Ne sachant que dire d'autre, elle baissa les yeux sur sa bouteille et en but une gorgée. Le liquide lui piqua la gorge.

— Juste quelques jours, consentit-elle, serrant faiblement la bouteille contre sa poitrine.

— Oui, miv – Lily, se corrigea-t-il et il disparut par la porte de l'étrange cuisine.

Des étincelles d'électricité statique crépitèrent sur son cuir chevelu devant ce petit nom doux qu'il avait failli prononcer. La mine renfrognée, elle se demanda si elle devait le questionner à nouveau sur ce surnom. Prenant une nouvelle gorgée, elle décida que non. Elle était déjà bien trop sensible au discours mielleux de Verakko. Elle s'installa sur l'étrange canapé-lit.

Comment j'en suis arrivée là ? Lily secoua la tête, exaspérée, et regarda les orbes argentés et lumineux tourner autour du plafond. Ce n'était pas comme si elle avait eu son mot à dire ; c'était une planète extraterrestre, après tout. Verakko avait raison, elle ne savait rien faire par elle-même, mais avec une pointe d'irritation, elle se rendit compte qu'elle acceptait ça comme une fatalité.

Lily se leva à nouveau, avec l'intention de poser les bonnes questions cette fois-ci. Des questions sur chaque appareil de la maison et son fonctionnement. Des questions sur la nourriture. Comment on la préparait. Où elle pouvait en acheter. Comment elle devait être stockée. Mais elle fit seulement quelques pas déterminés avant de rentrer dans Verakko qui sortait de la cuisine.

— Tu peux me montrer comment fonctionnent les appareils électroménagers ?

Il sourit et passa devant elle pour atteindre un petit panneau brillant sur le mur.

— Oui, mais pas maintenant. Le repas est prêt.

Faisant glisser ses doigts sur l'écran sans la regarder, il programma quelque chose.

Lily fit un pas en arrière instinctif lorsque les grands canapés commencèrent à bouger, s'enfonçant dans le sol. Une petite table et des chaises, dans un matériau transparent qui ressemblait à du verre, s'élevèrent au centre de la pièce.

— Demain, alors, dit Lily, distraite par la teinte sombre des énormes fenêtres qui s'effaçait pour céder la place à une vue magnifique sur le désert noir.

Verakko s'éloigna du panneau de commande et se tourna vers elle.

Lily se força à se concentrer sur lui.

— Alors, ce soir, je veux que tu répondes à toutes mes questions, et je dis bien toutes. Sincèrement. Sans laisser de côté des informations dérangeantes. J'ai le droit de savoir dans quoi je m'embarque.

Il fit un pas vers elle. Elle sentait la chaleur qui se dégageait de son corps, et d'aussi près, elle voyait que sous son apparence de calme et de force se cachait un soupçon d'angoisse.

— Je te dirai tout.

Il tourna les talons et regagna la cuisine.

— Pendant le dîner. Tu as besoin de manger.

Lily roula des yeux et se dirigea vers les fenêtres, sa bouteille de mott à la main.

— Quel homme impossible, marmonna-t-elle.

Seul un croissant de lune était visible pour l'heure, mais le ciel était clair et étincelant – la partie du ciel qu'elle pouvait voir, du moins. Les grands toits plats des bâtiments environnants en masquaient une bonne partie. Elle baissa la tête et estima que l'appartement devait se trouver au moins au cinquantième étage. Elle pressa sa main contre la paroi en verre, inclinant la tête pour regarder le sol.

— Tu as besoin d'un autre verre ? demanda Verakko derrière elle, la faisant sursauter.

Elle se retourna et le vit debout près de la table, désormais garnie de mets et de couverts. Elle jeta un coup d'œil à sa bouteille presque pleine et secoua la tête. Lily l'observa et remarqua que son langage corporel était étrange. Ses épaules étaient tendues, ses poings serrés et il la fixait, comme s'il essayait de ne pas regarder ailleurs.

Il se racla la gorge, et pendant un bref instant, ses yeux glissèrent vers sa paume, toujours plaquée contre la fenêtre, puis vers elle. Lorsqu'elle comprit, une soudaine envie de courir vers lui et de l'apaiser lui fit faire un pas involontaire dans sa direction.

— C'est les fenêtres, c'est ça ? Pourquoi diable acheter un appartement si haut si tu as le vertige ?

— Ce n'est pas un problème en temps normal, mais je préférerais que tu ne te tiennes pas si près d'elles.

Sa poitrine se souleva et il s'assit, évitant le contact visuel.

— C'est l'étage que Ziritha a suggéré.

Lily le rejoignit à table, les sourcils froncés.

— Elle t'a fait acheter cet appartement alors que tu lui as dit que tu avais le vertige ?

— Pourquoi je lui aurais dit ?

La mine renfrognée, il s'adossa à sa chaise.

— Ça semble être une conversation importante à avoir avant d'acheter un appartement dans un gratte-ciel.

Lily haussa les épaules avant d'ajouter :

— Tu me l'as bien dit, à moi.

Son regard devint sérieux.

— C'est différent.

Verakko regarda sa nourriture et ajouta en marmonnant :

— Tu es la seule à qui j'ai raconté l'histoire de ma chute.

Le cœur de Lily se serra dans sa poitrine. *La seule ?*

Elle s'ébroua mentalement et observa sa nourriture. D'étranges cubes gris étaient recouverts d'une sauce couleur charbon qui sentait délicieusement bon et lui rappelait une odeur familière.

— J'ai fait simple. Je ne savais pas si tu avais faim, et je ne savais pas si tu préférais rester végétarienne maintenant que tu as à nouveau le choix.

Bien sûr, il avait été assez réfléchi pour penser à ça. Il n'aurait pas pu rendre les choses faciles. Se comporter comme un con jusqu'au bout. Non, il fallait qu'il lui sorte juste assez d'explications raisonnables et de gestes attentionnés pour qu'elle remette tout en question.

Lily prit une petite quantité de nourriture avec l'étrange cuillère plate qu'il lui avait fournie. Elle n'avait pas particulièrement faim, même si elle ne se souvenait pas de la dernière fois qu'elle avait mangé, mais elle était curieuse de goûter à cette nourriture grise peu appétissante qui sentait tellement bon.

La sauce était citronnée, tandis que les cubes gris en dessous étaient savoureux, avec un léger croquant. Elle mâcha pensivement et décida qu'elle aimait ça.

L'extraterrestre immobile en face croisa son regard. Il n'avait pas touché à son assiette, mais la regardait intensément, un muscle se contractant dans sa mâchoire.

Lily soupira et posa son ustensile étrange, puis but une longue gorgée à la bouteille, grimaçant alors que le liquide coulait dans sa gorge.

Il était temps d'éclaircir les choses.

***

Verakko fléchit ses mains, débarrassées de la peinture. Il s'était senti mal de cacher ses marques, mais devant les regards nerveux de Lily dans cette direction, il se demandait s'il ne devrait pas les couvrir pour qu'elle soit plus à l'aise.

Il but une gorgée de sa bouteille. Il en avait déjà descendu une avant, en prévision, mais chaque partie de lui, de ses orteils au bout de ses oreilles, était tremblante et nerveuse. Comment convaincre son *âme sœur* de l'accepter ?

— Bon, pour commencer, dit-elle en regardant à nouveau ses mains, quand sont-elles apparues ?

— Quand tu as été piquée, répondit-il en s'agitant sur son siège.

La mâchoire de Lily se contracta, et elle croisa les bras sur sa poitrine.

— Pourquoi je ne les ai pas vues avant, quand je me suis réveillée ?

— Parce que j'ai demandé à Desy de les recouvrir.

Elle haussa un sourcil.

— Tu avais l'intention de me les cacher ?

— Non. Je ne voulais pas que quelqu'un d'autre les voie et le rapporte à ma mère.

— Et elle nous forcerait à être ensemble parce que… ?

— Tu es ma partenaire, répondit-il laconiquement.

Elle hocha la tête avec de grands yeux et examina les marques à nouveau. Sans mot dire, elle se leva et commença à faire les cent pas devant les fenêtres. Il dut réprimer l'envie de l'emmener dans un endroit moins anxiogène.

Qu'est-ce que tu ressens ? Il déglutit et ferma la bouche pour s'empêcher d'utiliser l'*influence* qu'il sentait monter dans sa gorge.

Elle se pinça l'arête du nez et ferma les yeux.

— Tu es en train de me dire que des marques que tu n'as jamais eues auparavant sont apparues comme par magie sur tes poignets parce qu'on a une sorte de connexion que tu ne peux avoir avec personne d'autre ?

Elle lui jeta un regard incrédule.

Un coin de sa bouche s'affaissa devant la simplicité de son explication. Était-il possible de décrire l'ampleur de ce que les marques représentaient à quelqu'un qui venait d'un monde qui en était dépourvu ?

— Oui, je suppose.

— Eh bien, pourquoi je n'en ai pas alors ? Je suis ta partenaire, mais tu n'es pas le mien ?

Verakko se leva d'un bond, incapable de contenir un grognement. Lily lui lança un regard furieux qui le força à se calmer.

Il inspira profondément avant de répondre.

— Non. Je suis ton partenaire et tu es la mienne, mais apparemment les humaines n'ont pas ces marques. Peut-être que vous avez évolué différemment ou peut-être que c'est un dysfonctionnement propre aux humaines. Je n'ai pas la réponse, mais ce que je sais des autres humaines accouplées que j'ai rencontrées, c'est qu'il y a un certain sentiment de reconnaissance en elles quand même.

— Parce que je suis à moitié Clecanienne ou descendante des Clecaniens ou...

Elle leva les bras au ciel, avec un regard fou.

— Ou ce que peuvent bien être les humains.

Son regard se fit désespéré.

— Je ne comprends pas. Comment elles ont pu sortir de nulle part ? Pourquoi elles ne sont pas apparues plus tôt ?

— Quelque chose m'est arrivé quand je t'ai vu t'effondrer. Je ne sais pas comment l'expliquer autrement, mais tous les obstacles qui me pesaient depuis que je t'ai rencontrée ont disparu. Tout ce à quoi je pouvais penser était que je pourrais te perdre.

Il mourait d'envie de la prendre dans ses bras, mais luttait contre.

— Je n'avais jamais eu aussi peur de ma vie. Je n'ai jamais douté que je pouvais assurer ta sécurité. Je savais que je pouvais combattre un Strigi ou un sefa pour te protéger, mais…

Il déglutit, une horreur glacée s'insinuant dans sa colonne vertébrale.

— Je ne peux pas lutter contre le poison.

Lily haussa les épaules et se mordilla la lèvre, mais demeura silencieuse.

Il se dirigea vers elle, ignorant la peur que lui inspirait la vue.

— Mais je ne te forcerai pas. Si tu me dis que tu ne veux pas être avec moi, je ferai de mon mieux pour rester à l'écart.

— Tu ne peux pas convaincre ta mère de…

— Je peux convaincre ma mère de très peu de choses. Elle m'a déjà accordé la faveur de me permettre de résider avec toi pendant trois jours avant qu'elle n'annonce ton existence. Elle n'en fera pas davantage.

— Que se passera-t-il alors ? Après son annonce ?

Verakko réprima un nouveau grognement qui montait dans sa gorge. Il savait ce qui allait se passer, et il se demandait s'il aurait la force de le supporter.

— Les mâles et les matriarches de leur famille vont te rendre visite. Pour voir s'ils te reconnaissent ou pour ouvrir des négociations avec toi.

— Et si je dis non ?

— Si tu ne te décides pas, j'ai bien peur que la personne désignée comme ton tuteur à ce moment-là ne choisisse pour toi.

Devant le regard de dégoût de Lily, Verakko expliqua :

— La seule chose que l'on exige de toi pendant un mariage est la cohabitation. Tu n'auras même pas à parler au mâle si tu ne le veux pas, tant que ça fait partie du contrat.

Lily fixa la fenêtre en silence pendant un moment, puis son regard revint sur celui de Verakko.

— Attends... qu'est-ce qu'il y a dans ton contrat ? Qu'est-ce que tu dois faire ?

Son estomac se retourna.

— J'ai dû acheter cette maison et l'aménager selon ses goûts. Je dois préparer son dîner à moins qu'elle me demande de ne pas le faire et je suis tenu de dîner avec elle une fois par semaine.

Il serra les poings.

— Et le contrat stipule qu'elle doit essayer de tomber enceinte.

Lily se couvrit la bouche avec un mouvement de recul.

— Je ne le ferai pas ! Je ne peux pas.

Comme elle n'était toujours pas convaincue, il ajouta :

— Tu es ma partenaire. Je ne pourrai pas être avec quelqu'un d'autre.

— Tu veux dire physiquement ?

Elle fit quelques pas vers lui.

— Est-ce qu'il y a des effets secondaires physiques ?

— Oui. Je suis plus rapide, plus fort et mon *influence* devrait être plus puissante aussi.

Ne pose pas la question. Ne pose pas la question.

— Et si je dis non ? Est-ce que quelque chose t'arriverait physiquement ?

Elle a posé la question. Verakko gémit intérieurement. Lily était forte et ne se laissait pas faire facilement, mais l'une de ses faiblesses était sa compassion. S'il lui avouait ce qui lui arriverait si elle choisissait de renier leur lien, elle se sentirait obligée de rester avec lui, qu'elle le veuille ou non. Mais il avait accepté de tout lui dire. Le bon et le mauvais.

— Je préfère ne pas répondre.

Elle inclina la tête vers lui et croisa les bras, attendant qu'il poursuive.

— Je ne sais pas à quel point les effets secondaires seraient importants, mais tous les récits de Clecaniens séparés de leurs partenaires semblent indiquer des niveaux variables de maladie au fil du temps.

Les épaules de Lily s'affaissèrent et ses sourcils se rapprochèrent. Elle le regarda fixement, l'inquiétude perceptible dans les yeux. Si la situation était différente, ce regard aurait fait fondre tous les os de son corps.

L'inquiétude pour son partenaire brillait dans ses yeux. Il n'aurait jamais imaginé voir ça, même dans ses rêves les plus fous.

— Tu tomberais malade ? murmura-t-elle en fouillant son regard. Au bout de combien de temps ? Tu te sens malade ?

Elle détailla à nouveau son corps, plus lentement cette fois.

— Non, je vais bien. Je suis avec toi pour l'instant. C'est une séparation pendant de longues périodes qui m'affecterait. Ce n'est pas pareil pour tous les Clecaniens, mais je deviendrais de plus en plus faible. Je serais plus enclin à tomber malade. D'après ce que j'ai entendu, mon état mental en souffrirait plus qu'autre chose. Dépression. Crises de colère. Mais, encore une fois, ça ne s'est jamais produit auparavant. Le lien d'accouplement a toujours été réciproque. Il n'a jamais été question de savoir si deux personnes seraient ensemble. Ce que je sais, c'est que plus on reste ensemble, plus ce sera difficile si on est séparés. Il se pourrait que si tu décidais de ne pas vouloir être avec moi, je ne ressente pas autant d'effets. Nous ne sommes pas ensemble depuis longtemps. Je n'ai mes marques que depuis un jour, après tout.

Verakko fit taire la voix dans sa tête qui lui criait que ce qu'il disait était un mensonge. Ce n'était pas le cas. Il ne savait pas ce qui se passerait si elle le quittait. Il savait seulement que chaque fibre de son corps se révoltait contre cette idée, mais il ne savait pas ce que cela ferait d'être loin d'elle.

Les yeux de Lily se mirent à briller et elle se cacha le visage. Tout ce qu'il voulait, c'était la toucher, mais il avait peur qu'elle le prenne mal, alors il resta là, les muscles contractés, attendant qu'elle dise quelque chose, quoi que ce soit.

Quand elle retira enfin ses mains, il vit qu'elle avait pleuré.

— Et si dans un an, je choisis de quitter cette planète ? Et si les lois changent et que je peux retourner sur Terre ? Tu veux être avec moi, pour toujours ? De façon monogame ?

Pour chaque seconde du reste de mes jours. Il fit un pas vers elle, réfléchissant à ce qu'il devait dire. Elle était déjà si méfiante à son égard et frileuse à l'égard des relations en général. Voudrait-elle entendre la vérité ?

— Je te suivrais n'importe où, mivassi. Si ton visage est le seul que je vois pour le restant de mes jours, je mourrai en mâle heureux.

Son menton trembla et elle renifla.

— Que se passera-t-il si tu romps ton contrat sans révéler tes marques ?

— Au final, une fois que je les aurai révélées, on aura le droit d'être ensemble en tant que partenaires, mais sinon je n'aurai jamais le droit de me remarier. Et je serai exilé de la planète. Pendant des années. À moins que les lois ne changent, tu seras obligée de te marier une fois par an pendant mon absence.

Sa gorge se contracta. Ne pas la voir pendant des années ? Savoir qu'elle serait forcée d'épouser au moins deux autres mâles et ne rien pouvoir y faire ? Et s'il revenait et la trouvait éprise de quelqu'un d'autre ? Ou pire… si elle n'était plus là. Elle lui avait fait remarquer quelque chose qu'il n'avait pas encore envisagé. Lily n'était pas obligée de rester sur Clecania à la fin de l'année. Est-ce qu'elle partirait ?

— Si c'est ce dont tu as besoin, je le ferai.

Les traits de Lily s'adoucirent. Elle croisa les bras.

— Tu ferais ça pour moi ? Même si tu pouvais me forcer à être avec toi en révélant tes marques ?

Verakko laissa échapper un gros rire.

— Ce n'est pas comme si je n'y avais pas pensé. Je me bats avec moi-même à chaque instant à ce sujet. C'est contre nature pour moi de me retenir. Ce n'est pas ce qui est censé se passer. Les partenaires ressentent toujours la même attirance. Il n'y a *aucun* doute.

Il combla la distance entre eux, soulagé qu'elle ne s'éloigne pas, et posa ses mains sur le haut de ses bras.

— Chaque partie de moi sait que tu es à moi. Mais je te veux tout entière, et je sais que si je te force à le faire, une partie de toi m'en voudra toujours.

— Et si j'accepte d'être avec toi, il n'y a pas de retour en arrière possible ? Même si on finit par être malheureux ?

— Jamais, dit-il sincèrement. J'ai déjà du mal à me retenir. Si tu me dis que tu seras à moi, ce sera définitif pour moi. Je ne pourrai jamais te laisser partir. Mais je ferai tout ce qui est en mon pouvoir pour que tu ne sois jamais malheureuse.

— Et je n'ai que deux semaines pour me décider, murmura-t-elle.

— Je dois me *marier* dans deux semaines, mais il serait préférable qu'on ne vive pas ensemble une fois que ma mère aura annoncé ton existence à la ville. Si je voyais d'autres mâles essayer de te faire la cour, je…

Verakko la lâcha, craignant de la serrer accidentellement trop fort à cette idée.

— Ce serait mieux pour tout le monde si je n'étais pas là pour voir ça.

Lily fixa le sol et hocha silencieusement la tête. Ses sourcils étaient froncés, et elle se mordillait la lèvre, comme elle le faisait toujours lorsqu'elle réfléchissait à quelque chose, mais le conflit était également visible sur son visage.

Il souleva son menton jusqu'à ce qu'elle croise son regard, et sa poitrine se serra. On lui avait administré l'élixir à l'infirmerie, mais elle semblait plus épuisée que jamais.

— Pourquoi je ne t'emmènerais pas dans ta chambre pour que tu dormes un peu ?

Lily laissa échapper un soupir.

— Je doute que je puisse dormir de sitôt.

Verakko décida de pousser sa chance et écarta ses longs cheveux de son visage, puis lui caressa la joue. Un ronronnement s'éveilla dans sa poitrine lorsque les yeux de Lily se fermèrent lentement à ce contact. *J'ai encore une chance.*

— Laisse-moi t'aider. Je peux t'*influencer* pour que tu t'endormes.

— Verakko, je… commença-t-elle à argumenter, son regard devenant sévère, mais son visage se décomposa et elle gémit. En fait, peut-être que ce ne serait pas une si mauvaise idée.

Il la conduisit vers sa chambre. Il aurait dû l'emmener dans la chambre qu'il avait préparée pour Ziri, mais la mettre dans *son* lit lui semblait naturel. Verakko fronça les sourcils lorsqu'ils atteignirent la porte. Cela signifiait-il qu'il allait devoir dormir dans l'autre pièce ?

Dans la forêt, Lily et lui avaient dormi près l'un de l'autre. Il l'avait tenue dans ses bras les deux nuits précédentes, chose qu'il n'avait jamais imaginé pouvoir faire avec une femelle. Lily n'avait pas paru trouver ça étrange. Les couples humains partageaient-ils leur lit comme d'autres cultures extraterrestres le faisaient ?

Quand ils atteignirent la pièce sombre, elle se tourna vers lui et ses joues rosirent.

— Tu as des vêtements pour moi ?

Ses épaules s'affaissèrent. Pourquoi le choisirait-elle s'il ne pouvait pas lui montrer qu'il subviendrait à ses besoins ?

Les maudits tailleurs de cette ville insistaient pour vendre des vêtements à l'ancienne, dans des magasins physiques plutôt que virtuels, et il n'avait eu le temps de choisir qu'une seule tenue avant d'aller la retrouver.

— Ma chemise ? proposa-t-il en l'enlevant juste au cas où. Je ne t'ai pas encore acheté de vêtements. J'y remédierai demain. Tu pourras choisir ce que tu veux.

Lily regarda sa chemise et la prit.

— Merci.

Elle tripota le fermoir à sa taille. Il devrait partir, lui laisser un peu d'intimité, mais il ne pouvait pas s'y résoudre.

Le fermoir semblait récalcitrant et elle laissa échapper un soupir, jetant sa chemise sur le lit pour pouvoir manipuler plus à son aise le petit morceau de métal doré. Elle leva les yeux vers lui, les joues rouges.

— Cette satanée chose ne veut pas… *Aoutch* !

Il fondit vers elle. Elle porta son doigt à sa bouche et le suça en jetant un regard noir au fermoir.

Il se mordit la lèvre pour ne pas sourire.

— Je peux ? dit-il en faisant un geste vers sa taille.

Elle plissa les sourcils et l'étudia tout en continuant à sucer son doigt blessé. Lentement, elle hocha la tête.

Le métal du fermoir s'était coincé d'une manière étrange, et Verakko dut le casser en deux. Il fit glisser le tissu dans son dos et la regarda. Elle était si proche. Il aurait pu passer un bras autour de sa taille et l'embrasser si facilement.

Elle le regarda dans les yeux quand il ne bougea pas, et il vit sa respiration changer. Avec des mouvements lents, il fit courir ses mains jusqu'au fermoir de son bras gauche, puis le défit.

Il soutint son regard et se déplaça pour décrocher le fermoir de son autre bras, puis celui de son dos. Il laissa ses mains s'attarder sur le bas de son dos et la serra contre lui. Elle posa ses mains sur ses épaules. Verakko essaya de se reprendre. Il ne pouvait pas imaginer à quel point Lily pouvait se sentir accablée et émotive en ce moment, et il en profitait. Il fit rouler le tissu sur sa taille et le laissa tomber à ses pieds.

Il garda les yeux rivés sur les siens et étouffa un gémissement lorsque son regard se porta sur sa bouche.

Mais bon sang, il ressentait la même chose qu'elle, sauf qu'il avait aussi la frustration supplémentaire de ressentir la douleur de ne pas réclamer sa partenaire.

Elle gémit. Il laissa échapper un grognement de défaite et l'attira contre lui. La sensation de ses seins doux sur sa poitrine nue fit durcir son sexe en un instant. Il la saisit par la nuque et plaqua sa bouche contre la sienne. Un gémissement lui échappa devant l'extase de sa petite langue qui se frottait à la sienne. Elle glissa ses bras autour de son cou, se hissant sur la pointe des pieds et le rendant fou avec des coups de langue lents et lascifs. Le léger parfum de son excitation était masqué sous l'épaisse culotte qu'il lui avait donnée. Ça le démangeait de la lui arracher.

Il laissa son ronronnement se répercuter dans leurs corps liés et sourit en la voyant haleter. Il la fit reculer tout en approfondissant le baiser jusqu'à ce que ses fesses touchent le bord du lit. Son grand lit avait été conçu spécialement pour son corps et arrivait à la taille de Lily. Saisissant ses hanches, il la souleva sur le matelas, puis passa un bras autour de son dos et attira ses hanches contre les siennes.

Lorsqu'il plaqua sa queue fièrement dressée contre le point sensible au sommet de ses cuisses, elle émit un gémissement si délicieux qu'il faillit jouir sur-le-champ. Mais ensuite, elle s'écarta.

Respirant difficilement, elle le fixa droit dans les yeux. Il avait coincé ses hanches contre les siennes et penché le haut de son corps sur elle, alors elle plaça ses bras derrière elle et se pencha en arrière. Il grogna en voyant quelque chose dans son regard. De la lucidité.

— Avant, tu disais que ce n'était pas autorisé. Je suppose que ça avait quelque chose à voir avec tes fiançailles.

Verakko se força à répondre honnêtement, même si ses obligations contractuelles envers une autre femelle étaient la dernière chose dont il voulait parler à ce moment précis.

— Avant que je sache que tu étais ma *partenaire*...

Il souligna le mot et força son regard à rester braqué sur son visage et à ne pas glisser vers le bas pour voir son corps exposé.

— Ziritha sait que je suis ici avec toi. C'est techniquement une violation, mais...

Lily secoua la tête et l'interrompit.

— Je ne veux pas blesser une femme en faisant ça avec toi maintenant, dans sa maison.

Verakko se renfrogna.

— Ça ne lui fera pas de mal. Ziri ne me voit pas comme ça ni cet endroit.

Comment lui faire comprendre ? Lily pensait que Ziritha devait se sentir trahie, mais c'était si loin de la vérité.

Lily regarda sa bouche pendant un moment, et il crut qu'elle pourrait reconsidérer sa décision, mais ses sourcils se rapprochèrent et elle récupéra sa chemise là où elle l'avait jetée.

— Je comprends ce que tu me dis, mais toute mon expérience terrestre me fait me sentir mal à cette idée. Tant que je n'aurai pas constaté par moi-même que les gens mariés n'ont pas de liens comme ceux auxquels je suis habituée, je ne pense pas qu'on devrait faire ça.

Il grogna et lui arracha la chemise des mains.

— Verakko, dit-elle sur un ton d'avertissement.

Elle voulut attraper le vêtement, mais le manqua, et ses seins s'agitèrent de manière ravageuse.

Fronçant les sourcils et brûlant d'un désir inassouvi, il tint la chemise au-dessus de sa tête. Il lui adressa un regard frustré et vit un petit sourire se dessiner sur ses lèvres avant qu'elle ne lève les bras et lui permette de lui passer le haut. Il avait commis un certain nombre de crimes au cours de la semaine, mais couvrir son corps magnifique lui semblait être le pire.

Il prit son temps pour faire descendre le tissu jusqu'à ses hanches en prenant soin d'effleurer ses tétons du bout des doigts. Elle frissonna. Une fois qu'elle eut enfilé la chemise, il posa ses poings en boule de chaque côté de ses hanches et se concentra sur son visage, lui laissant voir sa frustration. Il le méritait probablement.

Ils restèrent silencieux pendant un moment, se contentant de se dévisager. La tension était palpable.

— Je peux dormir ici avec toi, Lily ?

Elle se mordit l'intérieur de la joue et parut y réfléchir.

Elle ne lui donna pas de réponse claire, et se contenta de préciser :

— Je suis toujours en colère contre toi.

Cette petite phrase lui fit plus mal qu'elle n'aurait dû. Ses mots étaient dépourvus de venin, mais il percevait leur vérité. La colère n'était pas réellement présente. Elle cachait seulement de la douleur. Le type de blessure qui serait le plus grand obstacle pour lui. Ce qu'il lui avait fait au cours de la semaine ne l'avait peut-être pas blessée assez profondément pour qu'elle rompe les liens avec lui, mais ça avait semé le doute. Le genre de doute qui prendrait plus longtemps qu'il n'en avait à se dissiper.

Si sa mivassi, avec son expertise considérable et sa confiance inébranlable, doutait de ses propres sentiments à son égard, cela nuirait à sa cause plus que tout.

— Je passerai le reste de ma vie à me faire pardonner, si tu m'y autorises.

Lily déglutit, mais ne dit rien.

— Je vais commencer par t'aider à t'endormir.

Il la regarda s'enterrer sous un monticule de couvertures. Enlevant son pantalon, il se glissa dans le lit à côté d'elle et tamisa la lumière.

Espérant au-delà de tout espoir qu'elle le laisse faire, il l'attira contre son torse et écarta les cheveux de son cou. Elle ne dit rien malgré son sexe, à nouveau dressé, calé contre ses fesses. Il fit courir son nez le long de son cou et sentit la chair de poule se répandre sur ses bras.

— Prête ?

Elle hésita un instant, chaque milliseconde de doute lui faisant l'effet d'un coup de poing. Un jour, ils arriveraient à un point où elle lui ferait à nouveau implicitement confiance. D'ici là, il devrait être patient. Finalement, elle hocha la tête.

— Dors profondément, mivassi, et fais de beaux rêves. Tu te réveilleras au matin en pleine forme et prête à affronter une longue journée.

Il continua de l'influencer jusqu'à ce que son corps se détende et que sa respiration devienne régulière.

Verakko resta là, caressant ses cheveux et passant ses doigts sur sa joue, tout en réfléchissant à la manière dont il pourrait accélérer sa prise de décision.

Une pensée le frappa et il l'ignora, mais elle continua à affleurer au premier plan de ses pensées, exigeant d'être prise en compte. Il était possible que ça ne se passe pas bien au début, mais ça pourrait être ce dont elle avait besoin pour comprendre. Elle ne le croyait peut-être pas à propos de sa situation, mais il y avait une personne qu'elle croirait.

Verakko retira son bras de dessous la tête de Lily et récupéra son communicateur dans la cuisine.

Après quelques instants, on décrocha.

— J'ai besoin d'un service.

Lily attira un oreiller moelleux contre sa poitrine et le serra. La fraîcheur du tissu était agréable contre sa poitrine chaude, et elle se blottit sous la couverture. *Une couverture ?*

Elle ouvrit les yeux et se redressa. Lorsque sa vision se clarifia et qu'elle aperçut le grand lit, le sol en pierre brillante et les murs bleu-gris, elle se souvint de l'endroit où elle se trouvait. Elle se laissa retomber sur le matelas et inspira profondément pour apaiser son cœur qui s'emballait.

Un parfum floral flottait dans la pièce. Lily balaya la chambre du regard, mais ne trouva pas d'indice clair de sa provenance. Était-il diffusé par la ventilation ou quelque chose comme ça ?

Une fois certaine que Verakko était bien parti, elle remonta sa chemise, qu'elle portait encore, sur son nez et inspira profondément. Elle était plus faible que d'habitude, mais l'odeur boisée qu'elle aimait tant était toujours présente, toujours aussi apaisante.

Elle resta allongée à regarder le plafond et fit l'inventaire mental de son état physique. Pas de douleur dans le dos, pas de courbatures persistantes ou de douleurs dues à la forêt. Dans l'ensemble, elle se sentait délicieusement bien et détendue. L'*influence* de Verakko était plus efficace que sa machine à bruit blanc. Ou ses somnifères, d'ailleurs.

Si je reste avec lui, je parie que je pourrais lui faire faire ça tous les soirs.

Lily repensa à tout ce qui s'était passé la veille. Toutes leurs disputes, ses révélations et le moment inattendu d'intimité qu'ils avaient partagé la nuit précédente. Bien qu'ils se soient disputés pendant la majeure partie de la journée, les conversations animées entre Verakko et elle semblaient presque naturelles. Comme s'ils travaillaient à construire quelque chose en se disputant plutôt que de s'entre-déchirer avec leurs mots. Le mécontentement s'immisça dans ses pensées. Pourquoi semblait-il si naturel de lui pardonner et de passer à autre chose ? *Est-ce que je ressens le lien comme il l'a dit ?*

Verakko et elle avaient quelque chose de spécial, elle ne pouvait l'ignorer. Cela pourrait-il être suffisant pour vivre heureux pour toujours ? Si ça avait été une relation terrienne typique, elle aurait probablement décidé de le laisser souffrir quelques jours de plus avant de finalement lui pardonner, mais les enjeux n'étaient pas les mêmes. Si elle s'ouvrait à nouveau à lui, il n'y aurait pas de retour en arrière. Pas de rupture. Pas de divorce. Pas si elle se souciait de son bien-être.

Suis-je prête pour ça ?

Lily ne remarqua pas immédiatement que la pièce devenait de plus en plus lumineuse. Lorsque la lumière fut finalement assez forte pour qu'elle cligne des yeux, elle eut une merveilleuse surprise. Ce qu'elle avait pris pour un mur solide s'était transformé en une grande fenêtre transparente.

Lily se glissa hors du lit et admira la vue. C'était totalement surnaturel. Elle avait déjà vu des plages de sable noir, mais elle n'avait jamais rien vu de tel que le désert de sable noir, épuré et vallonné, qui se dressait devant elle. Le ciel était sans nuage et d'un bleu éclatant, mais la journée ne s'annonçait pas ensoleillée pour autant. Quelque chose dans la morosité du sable scintillant, s'étendant à perte de vue, rendait le jour menaçant.

Une autre bouffée d'un mélange d'odeurs florales lui monta au nez, et elle grimaça. *Ça doit bien venir de quelque part.*

Lily descendit au premier et trouva Verakko penché sur une pile de ce qu'elle devinait être des composants électroniques. Il jeta un coup d'œil par-dessus son épaule quand il l'entendit entrer, et elle ne put s'empêcher de sourire.

Il portait des lunettes très étranges qui faisaient office de petits écrans. À chaque fois qu'il changeait sa mise au point, l'objectif zoomait vers son visage puis s'éloignait, essayant d'agrandir ce qu'il regardait. De petits symboles défilaient sur l'un des verres, tandis que l'autre restait vide. La combinaison des lunettes excentriques et de son torse nu et musclé était un spectacle magnifique.

Verakko enleva ses lunettes et sauta par-dessus le dossier du canapé. Il voulut la prendre dans ses bras, mais interrompit son geste et resta figé devant elle, les bras ballants. Il lui sourit sans dire un mot jusqu'à ce qu'elle sente ses joues s'échauffer et doive détourner le regard.

— Qu'est-ce que tu fais ? demanda-t-elle en désignant les petits fragments, dont l'un fumait légèrement.

— Je... euh...

Verakko jeta un coup d'œil à sa table de travail, puis poussa un petit cri et se précipita pour étouffer le feu avec un petit chiffon à proximité.

— C'est une surprise. Pour toi.

— Oh, tu n'as pas à faire ça.

Dès que les mots sortirent, un chœur de petites voix dans sa tête la réprimanda. Elle adorait les cadeaux, peu importe leur taille ou leur coût. Ses parents lui avaient rarement offert des cadeaux. Surtout pas sans utilité.

Verakko eut un petit rire et recula vers la table où ils avaient dîné la veille. Elle partageait désormais l'espace avec un grand canapé.

— Eh bien, ce n'est pas gagné. Ces pièces sont très vieilles. J'ai fouillé dans mon vieux cube de rangement, et c'est tout ce que j'avais, alors...

Il haussa les épaules et désigna une assiette sur la table.

L'estomac de Lily grogna. Elle s'assit, essayant de garder ses émotions sous contrôle, même si tout ce qu'elle voulait, c'était être heureuse, céder.

C'est comme ça que toutes les relations commencent. Je ne peux rien décider pendant la phase de lune de miel. Qu'est-ce qui se passera quand ça se dissipera, que j'aurais la bougeotte ou qu'il fera quelque chose d'impardonnable ?

Lily vit que son assiette était vide.

Verakko lui tendit un verre de liquide rose grand et fin, et lui fit un sourire en coin.

— C'est du wanget.

Lorsqu'elle haussa un sourcil interrogateur, il expliqua :

— Le fruit rose de la forêt.

Malgré elle, Lily fronça les sourcils et son estomac émit un gargouillis réprobateur.

— Je suis désolée, s'excusa-t-elle, ne voulant pas paraître ingrate. Je ne sais pas si je peux encore en avaler.

Au lieu d'être déçu ou offensé, Verakko éclata de rire et vint se placer derrière sa chaise. Il se pencha, et elle eut l'impression qu'il humait ses cheveux avant de lui glisser à l'oreille :

— Je sais. Fais-moi confiance. C'est une boisson faite à partir du fruit. Non alcoolisée.

Lily inspira profondément pour calmer son estomac, puis prit une petite gorgée. Les fruits qu'elle avait mangés pendant des semaines avaient toujours été un peu trop amers à son goût. Le jus pétillant qu'elle buvait à présent était ce que ce fruit avait toujours été censé être. Doux et léger avec un soupçon d'acidité.

Verakko rit et se leva, faisant courir ses mains le long de ses bras, tandis qu'elle buvait avidement.

— Tu pourras essayer la version alcoolisée quand tu sortiras aujourd'hui.

Lily leva la tête pour le regarder.

— Quand je sortirai ?

Sans prévenir, il passa ses mains sous son menton, maintenant fermement sa tête, et l'embrassa. Il ne lui fallut qu'une demi-seconde de réflexion avant de lui rendre son baiser à l'envers.

Lily fut soulagée quand il s'éloigna. Sa volonté diminuait à chaque fois qu'il faisait quelque chose comme ça.

— Je vais demander à quelqu'un de te faire visiter et je te retrouverai plus tard, dit-il en disparaissant dans la cuisine fermée, puis en réapparaissant avec une sorte de bol à pied.

Il le posa devant elle, et elle remarqua le givre qui se formait sur l'extérieur du verre. On était loin de la tasse de thé bien chaud.

Lily inclina la tête dans tous les sens, essayant de comprendre quel type de nourriture elle était sur le point de manger. Une épaisse couche de… quelque chose de bleu pâle s'élevait à mi-hauteur du bol et des fruits et des noix la recouvraient.

Remarquant sa réticence, Verakko s'assit en face d'elle et prit un peu de la préparation dans sa cuillère plate. À la grande surprise de Lily, la couche bleue se fissura.

— C'est un bol mishun. Un petit-déjeuner courant chez les Mithrandiriens. La fraîcheur du mishun est censée t'aider à te réveiller.

Il porta la cuillère à ses lèvres et la garda en bouche un moment avant d'avaler.

— Les noix qui composent le mishun offrent aussi un *boost* d'énergie.

Lily en prit une petite bouchée et sourit.

— C'est comme de la glace, mais… en plus dur, peut-être ?

Elle en prit une plus grande cuillère et savoura l'explosion de saveur et de texture créée par le mélange de garnitures sucrées et salées accompagnant le mishun mentholé.

— Tu aimes ?

— Comment ne pas aimer ? Vous mangez de la glace au petit-déjeuner.

Lily l'observa pendant qu'il la regardait manger.

— Tu ne mentais pas en disant que tu étais un bon cuisinier.

Sa bouche s'affaissa brièvement.

— Je vais prendre ça comme un compliment.

Les orbes de verre qui flottaient près du plafond clignotèrent juste avant qu'un petit carillon ne retentisse.

Lily jeta un regard interrogateur à Verakko, la bouche trop pleine du délicieux petit-déjeuner pour parler.

— Ta guide pour la journée, expliqua-t-il en se levant.

Lily réalisa qu'il se dirigeait vers la porte, et elle s'empressa de faire tirer sa chemise sur ses cuisses. Manquant de s'étrangler, elle s'écria :

— Attends !

Verakko marqua une pause et se retourna vers elle en haussant les sourcils.

— Qui est-ce ? Je pensais que personne n'était censé savoir pour moi. Je ne devrais pas me changer d'abord ou autre ?

— Elle t'apporte des vêtements, étant donné que j'ai brisé une partie de ta tenue hier.

Lily rougit en pensant à ses mains puissantes qui la déshabillaient. Puis, soudain, ses paroles lui montèrent au cerveau.

— Elle ?

Verakko était déjà en train d'ouvrir la porte lorsqu'elle se leva.

— Merci d'être venue, Ziri, dit-il, empêchant Lily de voir la femme.

Ziri ? Lily fouilla dans son esprit. Elle savait qu'elle avait déjà entendu ce nom. Le mishun froid se figea dans son estomac et une décharge la parcourut.

Lily jeta mentalement des poignards dans le dos de Verakko. Comment avait-il pu faire ça sans la prévenir ? La honte et la culpabilité l'envahirent. C'était elle la briseuse de couple, et à présent elle allait devoir faire face à la femme dont elle avait gâché la vie.

Dans un moment de lâcheté, Lily se précipita vers l'escalier. Quand son pied atteignit la dernière marche, elle s'arrêta. *Tu dois lui faire face. Tu as couché avec son fiancé. Elle mérite un peu plus de respect que ça.*

Elle entendit Verakko l'appeler depuis l'entrée.

— Lily ?

Elle garda les yeux rivés sur le feu et inspira profondément. *Inspire. Expire. Inspi… Et merde !* Elle venait de réaliser qu'elle ne portait toujours que sa culotte et la chemise de Verakko.

Elle lissa le vêtement froissé et se força à regarder la personne que Verakko épouserait si elle ne l'acceptait pas.

Son cœur manqua un battement. La femme devant elle était éblouissante. La moitié de sa masse de boucles argentées était attachée, tandis que le reste tombait librement sur ses épaules. Sa peau bleu clair et sa robe blanche vaporeuse la faisaient ressembler à une déesse qui passerait son temps à sculpter les nuages.

Ziritha la regardait avec des yeux bleus étincelants, et Lily eut envie de ramper dans un trou et de mourir. Elle les regarda successivement, leurs yeux la regardant avec méfiance. Comment Verakko pouvait-il vraiment *la* vouloir au lieu de la créature qui se tenait à côté de lui ? Ils étaient si parfaits ensemble.

— Bonjour.

Ziri lui tendit une robe blanche identique à la sienne et lui sourit doucement.

— Je t'ai apporté des vêtements de rechange. C'est une robe de spa et un mokti.

Le corps de Lily vibrait d'appréhension et d'agacement envers Verakko. Bien que le mot *spa* ait atteint sa conscience, elle était encore trop décontenancée pour le commenter. Elle se dirigea vers eux et prit la robe et le petit sac que Ziri lui tendait, tout en réprimandant Verakko pour son manque de contact visuel.

— Merci. Tu n'aurais pas dû… Je veux dire, j'aurais dû…

— Oui, je sais, c'est assez étrange.

Ziri regarda Verakko d'un air désapprobateur.

— Il aurait vraiment dû aller les chercher lui-même, mais comme les circonstances sont assez inhabituelles, j'ai proposé de le faire pour qu'il soit là à ton réveil.

Elle devait s'éloigner pour se préparer mentalement à ce qui serait une journée incontestablement embarrassante. Agitant la robe devant elle, elle bafouilla :

— Je vais aller enfiler ça. Je reviens dans deux sec'.

Elle faillit lever les yeux au ciel, mortifiée. Deux sec' ? Elle n'avait jamais utilisé cette expression une seule fois dans sa vie.

Les deux extraterrestres la regardaient d'un air inquiet. Lily se retourna et s'enfuit dans l'escalier, cherchant désespérément à leur cacher ses joues rouge vif.

***

Verakko vit Lily s'enfuir pratiquement en courant. Peut-être qu'il avait fait une erreur en demandant à Ziritha de venir.

— Elle est un peu nerveuse, non ? demanda Ziri à côté de lui.

— Pas pour beaucoup de choses, mais quand il s'agit de moi, je suppose que oui.

Il fronça les sourcils en la regardant.

— Tu es arrivée trop tôt. Je n'ai pas eu l'occasion de lui dire que tu venais.

Ziri se moqua.

— C'est un miracle que ta mère ait pu négocier un contrat avec une femelle si c'est ainsi que tu leur parles.

Verakko se mordit la langue. Il avait oublié à quel point il devait être correct avec les femelles clecaniennes. Il était plus détendu avec Lily. Il lui parlait honnêtement et sans toutes les manières qu'il avait apprises à l'école.

— Mes excuses. Les humaines sont différentes. Ma façon de parler a changé pendant que nous étions dans la forêt de Sauven.

Elle hocha la tête, dissimulant un sourire en coin.

— Je vais aller m'assurer qu'elle va bien, dit-il tout en continuant à reculer. On se retrouve ici à vingt-huit heures avant humista.

Ziri le congédia d'un signe de la main, son regard balayant déjà la pièce, évaluant ses choix.

Quand Verakko atteignit la chambre de Lily, il entendit des chuchotements furieux. Il fit glisser la porte et elle fit volte-face. Avant qu'il ait eu l'occasion de lui dire combien elle était belle dans sa robe de spa, elle lui cracha :

— Comment tu as pu me cacher qu'elle venait ?

— Je…

— Qu'est-ce qu'elle fait là ?

— Eh bien…

— Oh, mon Dieu, elle m'a vu dans ta chemise, je me sens tellement mal…

— Lily !

— Quoi ? s'écria-t-elle en avançant vers lui.

— Je comptais te le dire ce matin, mais elle est arrivée plus tôt que prévu.

Lily soupira, croisant les bras et se détournant de lui.

Il se rapprocha d'elle, mais elle refusa de croiser son regard.

— Je savais que je n'arriverais jamais à te convaincre qu'elle ne ressent rien pour moi. J'ai aussi pensé que tu pourrais douter de mes propos parce que je suis partial. La seule personne à qui tu pourrais faire confiance, c'est elle.

Les lèvres de Lily se retroussèrent, signe qu'elle se calmait. Il lui prit le menton pour qu'elle le regarde.

— Ziri est la seule personne dans cette ville, à part ma mère, qui sait pour toi et qui sait que nous sommes plus proches que ce qui est permis.

— Je croyais que je n'étais pas censée me balader. Ce n'est pas pour ça qu'on s'est faufilés ici ?

Verakko ne voulait pas s'expliquer, sachant que ça lui rappellerait une fois de plus qu'il n'était pas techniquement célibataire aux yeux de la loi, mais il le fit quand même.

— *On* ne doit pas être vus ensemble. Toi et moi, seuls, entrant chez moi. Mais si tu es avec Ziri, personne ne se posera de questions. On reçoit souvent des visiteurs de différentes villes. Et personne ne sait pour les humaines. Ils penseront que tu es une étrangère à qui notre future reine fait visiter les environs.

Lily se détacha de lui et fit un pas en arrière. Un brasier ardent brûlait toujours dans ses yeux.

— Quelles questions je peux lui poser ? Elle est au courant de quoi ?

— Je suppose qu'elle soupçonne que nous avons été intimes, mais elle n'en est pas sûre. Et elle ne sait pas pour mes marques. Demande-lui tout ce que tu veux, mais fais attention à ne pas révéler que nous sommes accouplés. Je ne la connais pas assez pour savoir comment elle réagirait à cette nouvelle.

— Bien, grommela Lily. Je ne sais pas comment mettre le…

Elle désigna son cou d'un geste de la main.

— Le mokti ?

Verakko s'empressa d'attacher à nouveau le mokti à ses cheveux.

— C'est une robe de spa traditionnelle.

Il croisa son regard et vit une lueur d'intérêt s'allumer. Il passa ses mains sur ses épaules tendues.

— J'ai organisé une journée complète dans mon spa préféré.

Son regard se posa à nouveau sur lui et elle se mordit l'intérieur de la joue.

Verakko se souvint de l'étincelle de joie similaire dans son expression lorsqu'il lui avait révélé qu'il avait un cadeau pour elle. Mentalement, il classa l'information. Sa partenaire appréciait les cadeaux.

— Tu te souviens quand on était dans les bois et que je t'ai promis une journée au spa ?

Elle croisa son regard et il sourit en la regardant.

— Peut-être qu'après, je pourrais t'emmener dans un lit comme tu l'avais demandé.

Sa bouche se tordit alors qu'elle essayait d'étouffer son sourire. Verakko s'approcha d'elle et déposa un baiser sur ses lèvres figées.

— Mais et si quelqu'un appelle au sujet d'Alex ? Peut-être que je devrais rester.

— Ziri a un communicateur. Si j'apprends quoi que ce soit, je te contacterai immédiatement.

Quand il baissa les yeux vers elle, elle soupira.

— D'accord. Finissons-en avec ça.

Elle avait déjà commencé à se diriger vers la porte quand Verakko l'arrêta avec une main sur son bras.

— Oh, et, Lily, quand tu seras au spa, assure-toi de ne pas réserver un massage intégral.

Les sourcils de Lily se rapprochèrent.

— Pourquoi ?

Verakko étouffa un grognement.

— Vous avez des massages comme ça sur Terre ?

Elle haussa les épaules.

— Oui.

Il haussa un sourcil et détailla son corps, son regard s'attardant sur certaines zones.

— Vraiment *complets* ?

— Quoi ?! bafouilla-t-elle, les yeux écarquillés.

22

— Tout d'abord, j'aimerais te présenter à quelques coiffeurs au niveau supérieur, puis je pense que nous pourrons descendre aux bassins. Après avoir fait trempette, nous remonterons. Je vais rester à proximité puisque personne n'aura ta langue sur son traducteur.

Lily marchait à côté de Ziri, mais chaque fois qu'elle pensait à quelque chose à dire, Ziri changeait de sujet. Elles avaient quitté l'immeuble de Verakko et attendaient à présent sous une végétation étrangement luxuriante. Lily tendit le cou et devina que l'ombre fournie par les toits plats superposés des bâtiments permettait l'existence d'une sorte d'oasis dans le sable en contrebas.

L'air à l'extérieur du bâtiment à température contrôlée était chaud et sec. Elle commençait à transpirer, mais l'humidité de sa peau s'évapora presque immédiatement.

— Sais-tu quels soins t'intéressent ? demanda Ziri.

Une grande boule argentée arriva en flottant vers elles, attirant l'attention de Lily. Voyant que la boule ne semblait pas dévier de sa trajectoire, elle s'éloigna à la hâte.

— Tout va bien, Lily. C'est notre croiseur.

— Un croiseur ?

Elle pencha la tête, les jambes toujours tendues.

— Tous les spas sont dans la vieille ville. Ziri indiqua au loin un groupe de petits bâtiments.

Lily avait supposé que c'étaient des entrepôts de stockage quelconques. Comment cela pourrait-il être une ville entière ?

La grande sphère argentée s'arrêta devant elles, et un panneau s'ouvrit, révélant des sièges. Une fois qu'elles furent assises à l'intérieur, elle ressentit une légère secousse. Ziri lui sourit de l'autre côté du véhicule.

L'estomac de Lily se révolta devant la gentillesse qui se dégageait du regard de la jolie extraterrestre.

— Ziritha, je dois te dire quelque chose.

Elle arqua un délicat sourcil argenté en réponse.

Lily fut momentanément distraite par la faible lueur qui brillait sur son front. Elle étudia à nouveau la chevelure de Ziri, à présent qu'elles étaient proches l'une de l'autre, et vit qu'elle brillait aussi comme si un vaporisateur de paillettes avait été appliqué aux follicules de ses cheveux.

— Comment…

Lily s'interrompit et s'efforça de se concentrer.

— Verakko m'a dit que tu sais pour lui et moi, et je tiens à te dire combien je suis désolée. Je ne savais pas qu'il était fiancé... Je veux dire, sous contrat.

Ziritha lui sourit comme si elle venait de dire quelque chose d'adorable.

— Tu n'as pas à être désolée. C'est Verakko qui a dépassé les bornes. Mais si ce qu'ils disent des humaines est vrai, je ne peux pas lui en vouloir.

Lily crut voir un bref éclair de jalousie dans les yeux de Ziri.

— Alors, tu n'es vraiment pas contrariée ?

Ziri soupira et s'adossa à son siège, enroulant une mèche de cheveux autour d'un long doigt.

— Une autre femelle se serait peut-être sentie plus offensée et aurait exposé la violation de contrat, mais ce n'est pas ce que je ressens. En toute honnêteté, je suis curieuse.

Curieuse ? La porte du croiseur s'ouvrit soudain, empêchant Lily de l'interroger davantage.

Elle suivit Ziritha hors de la boule flottante et se figea. Jusqu'à cet instant, elle avait oublié que Verakko lui avait décrit la vieille ville comme étant située dans une fosse. Devant elle se trouvait une chute massive et abrupte qui entourait un grand cylindre de terre, comme des douves sans eau entourant une cité médiévale.

Elle imagina que bien longtemps avant, la ville avait dû être taillée directement dans la roche, mais aujourd'hui, l'ajout de vitraux hauts de plusieurs étages, de balcons somptueux en saillie et de vignes tentaculaires faisait de cette colonne le fantasme de tout architecte.

Des miroirs colossaux placés de part et d'autre du fossé faisaient office de capteurs, dirigeant la lumière du soleil vers les niveaux inférieurs ombragés de la ville. Lily plissa les yeux, essayant de voir le fond de la tranchée parfaitement ronde, mais ne put voir que des couches et des couches de tissus drapés s'étendant depuis un balcon vert tentaculaire qui encerclait toute la base de la colonne.

— Tu es prête ? dit Ziri, la tirant de ses pensées.

Lily hocha la tête, les yeux écarquillés.

Un pont unique reliant les deux parties était bordé de part et d'autre par de grandes statues d'hommes et de femmes sévères. Alors qu'elle passait le pont avec Ziritha, elle sentit leurs regards braqués sur elle. Elle se concentra sur les autres personnes qui traversaient le pont, ne se sentant pas à sa place. Une grande majorité était des hommes, principalement des Swadaeth, mais beaucoup appartenaient à d'autres races. Quelques-uns, avec leur tête surdimensionnée et leurs quatre bras, semblaient suffisamment différents pour qu'elle suppose qu'ils n'étaient pas des Clecaniens. L'inquiétude qu'elle avait d'être la seule « extraterrestre » se dissipa.

Les gens sur le pont marchaient en silence pour la plupart ou discutaient sérieusement entre eux. Lily jeta un coup d'œil à Ziri et vit que son expression avait changé. La femme bavarde et pétillante avec laquelle elle avait partagé le trajet était désormais taciturne.

Un homme et une femme qui passaient par là inclinèrent la tête vers Ziritha et tapèrent du pouce leur épaule gauche. Un signe de respect peut-être ? Lorsque Ziri leur rendit leur geste, puis leva le menton d'un air impérieux, Lily le vit. Une reine en devenir. Ziri avait un port altier, royal.

D'après ce qu'avait dit Verakko, Ziri deviendrait reine, qu'elle l'épouse ou non. Depuis combien de temps se préparait-elle à ça ?

Quelques-unes des personnes qui marchaient dans leur direction portaient des vêtements similaires aux siens. Un tissu blanc vaporeux avec relativement peu d'accessoires par rapport à la majorité des personnes parées de luxueuses tenues. Lily examina, émerveillée, les maquillages et les coiffures étranges et complexes arborés non seulement par les femmes, mais aussi par les hommes. Une petite femme portant un costume structuré jaune tournesol et un mokti en dentelle assorti attira son attention. Ses paupières étaient violet vif et de petits objets ressemblant à des perles parsemaient ses yeux du coin interne jusqu'au-dessus des sourcils. Ses cheveux bleus brillaient légèrement.

Alex s'en donnerait à cœur joie. Lily sourit, se forçant à rester positive et rêvant du jour où Alex et elle pourraient se promener côte à côte, bavardant sur toutes les modes folles et les espèces extraterrestres de la ville.

Lily commença à demander à Ziri comment faire briller ses cheveux, mais elle scruta à nouveau la foule silencieuse et se ravisa. Était-il impoli de parler dans des espaces publics comme celui-ci, comme c'était le cas dans certains pays sur Terre ?

Décidant qu'elle devait prendre exemple sur Ziri pour l'heure, elle demeura silencieuse.

Après avoir traversé une arche imposante, elles entrèrent dans une sorte de grande place publique. Des vendeurs s'agitaient sous des panneaux holographiques annonçant leurs produits, qui ne semblaient pas présents. Lily supposa qu'ils devaient être l'équivalent de ces rabatteurs qui orientaient les clients vers des magasins situés ailleurs.

Toujours en silence, Ziri la guida vers une longue rangée de grands tubes de verre. Alors qu'elle s'approchait, une partie de la paroi vitrée s'ouvrit et Ziri entra, invitant Lily à faire de même. Essayant de chasser sa nervosité à l'idée de pénétrer dans cet espace exigu, elle s'exécuta.

— Vingtième étage, énonça Ziri à voix haute.

Une voix masculine apaisante répéta « Vingtième étage » et elles descendirent.

D'un seul coup, l'expression stoïque de Ziri se transforma. Elle fit face à Lily, tout sourire, et lui montra du doigt la vitre.

— Tu vas voir chaque étage défiler. Dis-moi s'il y en a que tu aimerais découvrir après.

Les sourcils de Lily se rapprochèrent, et elle fixa Ziri encore un instant avant de regarder à nouveau à travers la vitre. L'ascenseur montait rapidement, et elle avait à peine le temps d'enregistrer une vue incroyable avant qu'une autre ne la remplace. Un étage entier de fenêtres en verre coloré éclairait un marché bondé d'une lumière éblouissante aux couleurs des bijoux. Un restaurant en pierre noir brillant, avec d'épaisses colonnes noires et des millions de minuscules orbes scintillantes flottant au plafond comme des étoiles, éclairait la pièce d'une douce lumière.

— Qu'est-ce qu'il y a à ces étages ? demanda Lily après avoir vu passer au moins quatre étages masqués.

— Ce sont nos écoles. L'école primaire pour tous les jeunes Swadaeth est en haut, puis viennent les écoles professionnelles et enfin les écoles secondaires.

L'*école des maris,* se rappela Lily.

— Qu'as-tu appris dans ton école ? demanda-t-elle tout en étudiant un étage avec une salle de sport, dont une grande partie était consacrée à des personnes jetant des lances sur des cibles lointaines.

Elles atteignirent leur étage, et Ziri entra dans un grand jardin d'hiver rempli de fleurs exotiques, d'arbres touffus et de jeunes arbres familiers. Lily ressentit un étrange sentiment de joie en reconnaissant enfin quelque chose.

— Professionnalisme émotionnel, éducation sexuelle, éducation reproductive avancée, des choses de cet ordre.

De petits oiseaux volaient dans l'immense espace lumineux, mais l'attention de Lily fut attirée par Ziri. Sa voix avait changé, devenant plus tendue et réservée. Ses traits s'étaient durcis une fois de plus. Était-ce ce qu'elle entendait par « professionnalisme émotionnel » ? Pourquoi ? Quel était l'intérêt de cacher sa personnalité amène ?

Lily fut momentanément distraite lorsqu'un bel homme vêtu d'une chemise cintrée translucide s'approcha d'elles.

— Bonjour. À quel étage avez-vous rendez-vous aujourd'hui ?

— Nous avons réservé le bassin sept et avons des chambres à chaque étage, mais nous ne les utiliserons peut-être pas toutes. Mon amie ici présente aimerait voir un menu. C'est une étrangère récemment immigrée.

L'homme sourit à Lily et s'inclina.

— C'est un honneur pour moi d'assister une si charmante étrangère. Bienvenue à Mithrandir.

Lily lui sourit en retour.

— Merci.

L'homme haussa ses sourcils verts.

— Sa langue est rare et n'est pas présente par défaut sur les traducteurs.

— Je vois.

L'homme sortit un petit écran blanc de derrière lui et le tendit à Ziri.

Il détailla Lily de haut en bas. Elle était gênée qu'il lui manifeste tant d'intérêt après avoir découvert certains des *services* offerts par le spa.

— Montrez-nous le chemin, exigea Ziri.

L'homme regarda Ziri. Son sourire ne disparut pas, mais Lily vit qu'il était passé d'authentique à forcé. Elle avait déjà utilisé des sourires comme celui-là en s'adressant à des clients mécontents.

Il hocha la tête et les fit passer par le jardin planté avec goût jusqu'au grand balcon vert qu'elle avait vu d'en haut, mais Lily réalisa qu'il n'était pas seulement vert. Il était recouvert de mousse douce et spongieuse. Cette ville voulait clairement prouver que de nombreuses plantes pouvaient pousser dans le désert. Elle se souvint que Verakko avait dit que son peuple avait un penchant pour l'extravagance.

L'homme qui marchait devant elles ouvrit la bouche, mais Ziri parla en premier.

— Deux turys, s'il vous plaît. Et pouvez-vous voir si Hetta est disponible ? Dites-lui que Ziritha la demande.

La façon dont Ziritha traitait l'employé l'agaçait légèrement. Certes, il l'avait mise légèrement mal à l'aise en la reluquant, mais il ne méritait pas ce ton direct. Elle lui adressa un sourire d'excuse, pensant qu'il allait lui rendre la pareille et partir, mais il s'attarda, les yeux rivés sur elle.

Ziri regarda par-dessus son épaule et capta son regard. Elle s'interposa entre elles pendant que Lily essayait de comprendre ce qui se passait exactement.

— Elle est nouvelle dans cette ville, et sa culture d'origine est très différente. Elle n'est pas intéressée par vous.

Lily retint sa respiration, ses joues s'embrasant. Était-ce ce qu'elle lui avait laissé croire ? La déception assombrit son regard brillant, tandis qu'il hochait la tête et tournait les talons.

— Qu'est-ce que j'ai fait de mal ? Je ne comprends pas ?

Ziri désigna des fauteuils et ses traits s'adoucirent en un sourire.

— Tu apprendras. Sourire ainsi à un mâle inconnu et non marié, en tant que femelle non mariée, donne l'impression que tu es intéressée par des négociations.

Lily s'enfonça dans sa chaise, pesant soigneusement ses prochains mots pour ne pas l'offenser.

— La façon dont tu lui as parlé semblait si froide. J'essayais juste d'être sympathique.

Elle observa le regard chaleureux et franc de Ziri.

— C'est pour ça que tu… changes… quand on n'est pas seules ? Ton attitude, je veux dire ?

Ziri fronça les sourcils, réfléchissant un instant.

— C'est ainsi qu'on apprend à la plupart des femelles à se comporter avec les mâles. Je suis plus détendue avec les mâles qui me connaissent, mais quand il s'agit d'inconnus, il vaut mieux être réservée. Ça limite les risques de leur donner de faux espoirs.

Lily étudia l'expression pincée de Ziri et se demanda si elle ne détestait pas ça.

Une fois que l'employé du spa fut revenu avec deux verres de la boisson alcoolisée à base de wanget dont Verakko lui avait parlé, Ziri lui expliqua tous les soins possibles. Lorsque leur programme de la journée fut soigneusement calibré et rempli de soins pour couples, car, fort heureusement, Ziri ne voulait pas trop s'éloigner, Lily commença son interrogatoire. Elle questionna Ziri sur les contrats de mariage, les lois concernant les ruptures de contrats, les humaines à Tremanta et ce que Ziri attendait de son mariage avec Verakko, s'il avait lieu.

Lily s'assura d'avoir l'air curieuse, comme si elle voulait simplement savoir ce qui se passerait *si* Verakko la reconnaissait. Les réponses enthousiastes de Ziri lui firent comprendre que si elle découvrait que Verakko l'avait déjà reconnue, Ziri rapporterait elle-même l'existence de ses marques. Lily avait le sentiment que Ziri considérerait comme une faveur le fait de révéler les marques de Verakko sans leur permission.

Chaque fois que Lily avait laissé entendre que toutes les humaines ne trouveraient pas favorable l'idée d'être liées à une personne qu'elles connaissaient à peine, Ziri avait répété une variante de la phrase « Mais ils seraient accouplés ». L'idée qu'une humaine puisse nier ce lien semblait impensable à la future reine.

Elles parlèrent jusqu'à ce que Lily ait épuisé son stock de questions. Elle réalisa que Verakko lui avait dit la vérité sur tout, y compris sur le fait que Ziri et lui se connaissaient à peine. À la grande frustration de Lily, chaque question qu'elle posa sur Verakko reçut une réponse floue. Ziritha savait parfaitement quelles étaient ses notes et sur quels points il serait prêt à céder pendant leur négociation, mais elle ne savait presque rien de sa personnalité. Ses craintes. Les choses qu'il appréciait. Son sens de l'humour. Son côté un brin grincheux le matin.

Cette femme, qui devait être son épouse, ne connaissait pas du tout Verakko. Une chaleur suffisante irradia la poitrine de Lily lorsqu'elle réalisa que Verakko s'était dévoilé à elle bien plus qu'à sa future femme. Il se pourrait très bien que Lily le connaisse mieux que quiconque.

Après une heure de conversation et de nombreux verres de tury partagés sur le balcon réfléchissant et ensoleillé, Hetta, l'amie de Ziri, passa les voir. Ziri lui expliqua que Lily était coiffeuse sur sa planète natale et qu'elle envisageait de le redevenir.

Durant le reste de l'heure précédant la réservation de leur bassin, Lily apprit tout ce qu'elle put sur l'application de paillettes auprès d'une Hetta enthousiaste, tandis que Ziri traduisait d'un air maussade.

— Est-ce qu'on pourrait parler d'autre chose ? À ce rythme, je ne voudrai plus jamais de paillettes, se plaignit Ziri avec un petit gémissement.

Hetta fit la moue en regardant Ziri.

— D'accord.

Elle se concentra à nouveau sur Lily.

— Pense à la couleur que tu veux pour plus tard, d'accord ?

Lily acquiesça avec un large sourire, mais elle savait déjà ce qu'elle voulait : retrouver ses mèches et avoir des paillettes dans les cheveux.

— Ziritha ? fit une voix masculine profonde derrière Hetta.

Lily remarqua que les deux femmes se raidirent instinctivement, leurs masques d'indifférence se mettant en place. Lily échoua à faire de même.

Hetta s'écarta du chemin et révéla un homme musclé et bronzé, au sourire diabolique et aux yeux sombres et perçants, qui dégoulinait de charme. Il portait un long vêtement blanc déboutonné à la poitrine. Sur n'importe quel autre homme, l'accoutrement aurait pu paraître efféminé, mais avec sa carrure, le vêtement semblait à la mode et tout à fait masculin. L'employé qui le conduisait vers les bassins les regarda successivement. Le bel homme dit quelque chose à l'employé et changea de cap, se dirigeant vers elles à la place.

Ziri se retourna, et Lily fut surprise de voir ses traits s'adoucir.

— Fejo, s'exclama-t-elle chaleureusement. Je pensais que tu étais parti hier.

— Le vaisseau est prêt et attend en orbite, mais je ne pouvais pas rejoindre l'équipage avant d'avoir fait un dernier tour aux célèbres bassins. J'embarque ce soir.

Les yeux de Fejo glissèrent vers Lily, et il pencha la tête, plissant les yeux.

Lily sourit, puis fit maladroitement la moue et se détourna, se souvenant de ce que Ziritha avait dit sur les interactions avec les hommes qu'elle ne connaissait pas.

— Puis-je me joindre à vous ?

La curiosité dans sa voix fit se raidir Lily.

Avant qu'elle n'ait entendu Ziri acquiescer, on posa une chaise devant elles, et Fejo s'assit avec une main sur son genou, la regardant curieusement.

— Fejo, prévint Ziri. Elle n'est pas disponible.

Lily leva les yeux vers lui, s'efforçant de garder un air sévère.

Il lui adressa un sourire malicieux et haussa un sourcil sombre.

— Dommage. Je suis fasciné par les Terriennes.

La tête de Lily se redressa et du coin de l'œil, elle vit celle de Ziri faire de même.

— Tu sais ce que je suis ?

Elle se tourna vers Ziri, attendant qu'elle traduise, mais à son grand étonnement, l'homme lui répondit.

— En effet. Je suis Tremantien, vois-tu. J'ai rencontré une humaine charmante cette année.

Il prit une expression de détresse totale et secoua la tête.

— Hélas, elle n'était pas non plus disponible. Mais dis-moi, ma belle – son sourire coquin revint en un éclair, et il se pencha davantage vers elle –, qui t'a happée ? As-tu suscité une réaction spéciale chez quelqu'un ?

Il haussa les sourcils de manière suggestive.

— Je veux dire hormis les réactions habituelles.

Lily rougit et lança un regard choqué à Ziri.

— Tiens-toi bien, Fejo, dit-elle en cachant un sourire. Que sais-tu des humaines ?

Il se recula dans sa chaise en laissant échapper un soupir résigné théâtral.

— Tu me connais, Ziri.

Il la regarda.

— Je sais tout.

— Je n'en doute pas.

Ziritha pinça les lèvres et prit une petite gorgée de son vin.

— Attends ! dit-elle, les yeux brillants.

Elle jeta un coup d'œil à Lily, les lèvres pincées comme si elle cherchait comment dire ce qu'elle voulait dire.

— Fejo le connaît, dit-elle, sans utiliser le nom de Verakko.

— Intrigant, nota Fejo en posant une cheville sur son genou.

— Votre bassin est prêt, dit une voix derrière eux.

Ziri leva une main, indiquant qu'elle avait entendu l'employé qui regardait à présent Fejo en fronçant les sourcils. Elle se pencha vers Lily.

— Il le connaît bien. Il pourra peut-être répondre à tes questions.

Lily détailla Fejo. Il haussa les sourcils, une curiosité amusée brillant dans ses yeux.

— Le mâle va-t-il se joindre à vous ? demanda l'employé depuis le bord du balcon.

— Possible, répondit Ziri sans le regarder.

— Je ne peux pas rester longtemps, mais je serai ravi de répondre à toutes tes questions sur…

Il se pencha en avant avec un sourire en coin :

— Uzad ? Bostu ? Ooh, ou peut-être Matten ? Je les connais tous bien.

Lily les regarda successivement.

— Comment vous vous connaissez tous les deux ?

Ziri et Fejo échangèrent des regards significatifs, et Ziri eut un sourire triste.

— Il y a un mâle auquel je tiens qui travaille avec Fejo depuis longtemps maintenant.

Un moment de silence tendu s'écoula avant que Fejo ne dise d'une voix dépourvue de bravade ou d'humour :

— Il se porte bien, Ziri. Il voulait te rendre visite, mais… ce n'était pas son tour. Il n'y avait rien que je puisse faire.

Ziritha hocha la tête, prenant une longue gorgée.

— Je suis un marchand, expliqua Fejo. Je voyage entre les planètes de l'alliance et je transporte des marchandises. Je viens de finir mes livraisons à Clecania et je repars ce soir.

Il jeta un regard en coin à Ziri.

— Mais on reviendra.

— Et tu lui fais confiance ? chuchota Lily à Ziri.

— Entièrement, répondit-elle avec gravité.

Lily plissa les yeux et le regarda fixement, essayant de passer outre son arrogance. Elle tolérerait sa présence, mais elle s'assurerait de poser personnellement les questions.

23

— Verakko ! aboya Fejo, son grondement faisant vibrer l'eau autour de son torse.

Lorsque Lily avait accepté que Fejo se joigne à elles, ils s'étaient rendus au niveau le plus bas de la vieille ville, avaient enfilé leurs maillots de bain – de simples slips opaques extensibles – et s'étaient dirigés vers les sources chaudes naturelles qui parsemaient le Puits.

Des pans de tissu coloré étaient drapés sur chaque bassin, créant ainsi des tentes privées. Leur bassin, le numéro sept, était placé loin des autres, assurant un semblant d'intimité.

— Pourquoi tu ris ? demanda Lily en sirotant son tury.

— C'est juste l'idée que ce mâle morose et antipathique ait la chance d'être fiancé avec *toi* et potentiellement accouplé avec *toi*.

Il rit, secouant la tête de façon incrédule et faisant un geste de Ziri à Lily.

— J'ai raté quelque chose ou les femelles ont-elles soudain commencé à préférer les mâles avec de mauvaises notes en communication ?

Pour lui-même, il marmonna :

— Je m'en souviendrai à la prochaine cérémonie.

Lily et Ziritha se regardèrent, puis reportèrent leur attention vers lui, confuses.

— Jade, dit-il en avalant sa boisson vert foncé si différente du liquide rose pétillant dans leurs verres. Jade est accouplée à l'un des mâles les plus capricieux que j'aie jamais rencontrés. Et je crois bien qu'elle aime cette brute.

Il haussa les épaules en signe d'exaspération.

— Je n'arrive pas à me trouver une épouse, mais deux Clecaniens renfrognés ont des humaines qui se pâment devant eux ?

Le charme implacable de Fejo s'estompa, et Lily crut voir une véritable envie gravée sur ses traits.

Ziri dut voir la même chose, car elle dit :

— Tu auras peut-être plus de chance cette année. Tu participes dans quelques mois, non ?

— Mon heureux jour de cérémonie reviendra dans trois petites semaines, mais je n'en attends pas grand-chose, si ce n'est un peu de plaisir pendant la phase de test. J'ai ce voyage interunivers prévu juste après. Aucune femelle ne va choisir de m'épouser en sachant ça.

— Les humaines peuvent choisir de participer à la Cérémonie. On ne sait jamais. Il pourrait y avoir une humaine intéressée par les voyages dans l'espace.

Elle jeta un coup d'œil à Lily.

— Penses-tu que les humaines trouveraient Fejo attirant ?

Lily pouffa devant le ridicule de la question.

— Oui, confirma-t-elle rapidement, voyant l'incertitude qui brillait soudain dans ses yeux.

— Tu vois ? dit Ziri.

Fejo grogna et se concentra sur Lily, changeant de sujet.

— Qu'est-ce que tu veux savoir sur lui ?

— Est-ce qu'il ment beaucoup ? Il a omis de me parler de Ziri dans la forêt, et je n'arrive pas à savoir si c'était une exception ou s'il ment souvent.

Lily avait fait en sorte de ne décrire que le strict minimum du temps qu'elle avait passé avec Verakko, et elle avait également choisi de taire l'existence d'Alex.

Il sourit.

— Oui et non. C'est dans son caractère de ne dire que ce qu'il doit aux gens. Il pense toujours qu'il est le plus intelligent et que les autres sont juste là pour foutre le bordel. J'ai toujours vu qu'il pensait tout savoir mieux que quiconque. Mais c'est un mâle qui a le sens de l'honneur.

— Comment le connais-tu si bien ?

Fejo haussa les épaules.

— Eh bien, je le connais, mais nous ne sommes pas proches. Mon père m'emmenait souvent à Mithrandir. Il était ami avec le père de Verakko. Ils nous forçaient à jouer ensemble.

Fejo roula des yeux.

— Verakko passait son temps à bricoler de petits gadgets électroniques.

Lily sourit en se rappelant que Verakko avait fait exactement la même chose ce matin-là.

— A-t-il reconnu en toi une partenaire potentielle ? demanda Fejo en étendant ses grands bras sur le bord du bassin.

— Non, mentit-elle en essayant de prendre un air impassible.

Elle n'avait jamais été une bonne menteuse.

Fejo inclina la tête et plissa les yeux. Le cœur de Lily battait la chamade, attendant de voir s'il avait perçu sa duplicité. Le regard de Fejo glissa vers Ziri, fut distrait par un petit morceau de mousse flottant dans l'eau, puis revint vers elle. Elle fut soulagée lorsque ses traits se détendirent à nouveau et qu'il prit une nouvelle gorgée de sa boisson.

— Dommage, dit Ziri en chassant la mousse de leur bassin. Il aurait été facile de te revendiquer comme sa mivassi s'il t'avait reconnue.

Une décharge électrique la traversa. Il avait toute son attention.

— Que veux-tu dire par « me revendiquer comme sa mivassi » ?

Elle se pencha en avant dans l'eau, jetant un regard avide à ses deux camarades de bain.

— Il m'appelle comme ça. Mivassi.

Les lèvres de Ziri se retroussèrent en un sourire complice.

— Vraiment ?

Lily grogna d'impatience.

— Qu'est-ce que ça veut dire ? Dans mon oreille, c'est traduit par « *alternative* », mais il m'a dit que ce n'était pas correct.

Fejo et Ziri échangèrent un sourire.

— Techniquement, la traduction est « mon alternative », expliqua Ziri. C'est une clause très courante, mais aussi très obsolète, dans la plupart des contrats de mariage.

Lily se pencha en avant dans l'eau fumante, perchée au bord de son banc.

— Cette clause concerne les cas où une personne déjà sous contrat reconnaîtrait son partenaire. Bien que ça ne soit pas arrivé depuis… je ne sais même pas combien de temps. À l'époque, vous étiez censé aller voir la reine ou le roi de l'époque avec votre futur partenaire et le revendiquer comme votre mivassi, votre alternative à votre épouse ou mari actuel. S'il y avait suffisamment de preuves pour montrer que vous pouviez être accouplés, soit des marques, soit un témoignage que vos yeux avaient changé, votre contrat était annulé sans pénalité.

Lily assimila ce qu'elle entendait et se souvint de la première fois qu'il l'avait appelée par ce nom. Il lui avait dit dès le début qu'il pensait qu'elle pourrait être sa partenaire. Est-ce que l'utilisation de ce petit nom doux le confirmait ? Son cœur tambourinait dans sa poitrine.

— Est-ce un terme d'affection courant ici à Mithrandir ? dit-elle, se demandant si cela pouvait être l'équivalent de « bébé » ou « chéri », bien que leurs expressions surprises laissent entendre le contraire.

— Non, répondit Ziri en riant. C'est un terme juridique. Je ne l'ai jamais entendu utilisé comme ça avant. Pas étonnant que tu aies trouvé ça étrange.

Elle haussa ses sourcils délicats, créant des sillons profonds sur son front habituellement parfait.

— Et après avoir appris pour moi ? Ooh, cette traduction a dû être exaspérante, surtout s'il n'a pas pris le temps de l'expliquer.

Fejo leur jeta un regard étrange.

— Je sais pourquoi il a utilisé ce terme.

— Vraiment ? fit Ziri, perplexe.

— Tu te souviens de Yerew et Vik ? demanda-t-il à Ziri, faisant monter en flèche l'irritation de Lily.

C'est moi qui ai besoin d'en entendre parler. On se concentre !

Ziri haussa les épaules.

— Je me souviens d'histoires à leur sujet. Tu les connaissais ?

— Je les ai rencontrées une ou deux fois quand…

— Je ne veux pas être impolie, l'interrompit Lily de manière impolie, mais de qui on parle exactement ?

Fejo sourit devant son ton brusque.

— C'étaient ses tantes. Enfin ses grandes tantes, plutôt.

Ziri leva les yeux vers le tissu pâle du plafond de leur tente, pensive.

— Les gens racontaient des histoires à leur sujet, mais je ne m'en souviens pas vraiment. Je sais seulement qu'elles étaient accouplées. C'est le dernier couple à avoir présenté des marques à Mithrandir, non ?

Fejo hocha la tête.

— Oui. Yerew était la tante du père de Verakko. Elle était couturière dans le quartier des vêtements. Un jour, elle a rencontré Vik, et elles se sont reconnues. Elles ont su immédiatement qu'elles étaient des partenaires, mais leurs marques n'apparaissaient pas, et Vik était mariée. Elle a épluché son contrat pendant des jours, à la recherche d'une faille, jusqu'à ce qu'elle trouve la vieille clause mivassi.

— Habituellement, les marques ne mettent pas longtemps à apparaître après la reconnaissance initiale, précisa Ziri. La clause mivassi n'était qu'une relique. Conservée pour les cas les plus rares.

— Heureusement, fit Fejo en souriant. Vik a amené Yerew devant la reine de l'époque et l'a revendiquée comme sa mivassi. La reine a accepté et a annulé son contrat, mais leurs marques ont mis une année entière à apparaître après la reconnaissance initiale. Je ne les ai rencontrées que deux fois, vers la fin de leur vie. Elles étaient très vieilles, elles avaient plusieurs centaines d'années. Mais je m'en souviens. Pour plaisanter, Vik appelait toujours Yerew sa petite mivassi.

La gorge de Lily se serra et elle sentit les larmes monter.

— Pourquoi il ne m'a rien dit ? manqua-t-elle de s'étrangler.

— Je ne sais pas.

Lily y réfléchit, et son cœur se serra. Elle savait pourquoi. S'il lui avait expliqué ce petit nom dans les bois, il aurait dû admettre qu'il était fiancé. Sinon, comment aurait-il pu lui expliquer un mot si spécifique ?

Bien que cela lui semble remonter à une éternité, cela faisait moins d'un jour qu'il l'avait ramenée chez lui. Il avait eu tellement de choses à lui expliquer. Quand aurait-il eu le temps de s'attarder sur ce surnom ?

— Ne pourrait-il pas me revendiquer comme sa mivassi maintenant pour rompre le contrat ? demanda Lily en regardant successivement Ziri et Fejo.

— Pas sans preuve. C'est pour ça que j'ai dit que c'était dommage que ses yeux n'aient pas changé.

En lui adressant un sourire compatissant, Ziri haussa les épaules.

— Si ça arrivait, vous seriez considérés comme des partenaires, et tout serait résolu.

Les épaules de Lily s'affaissèrent. Pas d'échappatoire pour elle. Elle devait donner sa réponse à Verakko. Elle sirota sa boisson en silence.

Fejo lui fit un clin d'œil.

— En tout cas, j'espère qu'il te reconnaîtra bientôt. Il est clair que tu l'aimes beaucoup.

Lily se figea, fixant Fejo en ouvrant et en fermant la bouche comme un poisson. *L'aimer ?*

— C'est de la folie. Je ne le connais que depuis quelques jours. Je ne... Je veux dire, je ne peux pas déjà... Je ne l'aime pas.

La voix de Lily s'élevait progressivement au fur et à mesure qu'elle bafouillait.

Ou bien si ?

24

—Vingt-huit avant humista. C'est clairement ce que j'ai dit.

Verakko examina à nouveau l'horloge près de sa porte et fronça les sourcils. *Vingt-sept heures.* Une heure de retard.

Verakko avait passé la journée à construire ce qu'il espérait être un cadeau attentionné pour Lily. S'il s'était agi d'une autre femelle, il aurait trouvé le geste trop personnel, mais il avait compris, d'après son séjour à Tremanta et ce qu'il savait de l'autre Terrienne nommée Alice, que les humaines étaient généralement désireuses de se sentir proches de leurs partenaires. S'il pouvait juste rappeler à Lily le temps qu'ils avaient passé ensemble avant que le doute ne s'installe, peut-être qu'elle déciderait d'accepter ses marques.

Si Lily ne parvenait pas à se décider, aurait-il vraiment la force de garder ses marques secrètes et de la laisser avancer seule ? Il laissa échapper un soupir tremblant. *Je dois être prêt à le faire.*

Ce n'était pas comme si l'un d'entre eux allait se marier le lendemain. Verakko était persuadé que Lily ne serait pas intéressée par la cour d'autres mâles. Même si elle partait vivre seule, il aurait encore du temps avant le début de son mariage pour essayer de la conquérir. Le délai que sa mère lui avait donné n'était qu'une occasion d'éviter la concurrence. Pourtant, l'idée qu'elle soit si loin de lui, même si ce n'était que de quelques étages, le rendait malade. Verakko passa distraitement une main sur son estomac. *Ça doit être un symptôme du lien d'accouplement.*

Il haussa les épaules et continua à faire les cent pas près de la porte d'entrée, s'arrêtant à chaque petit bruit. C'était ridicule, décida-t-il après avoir réprimé l'instinct qui le poussait à fouiller le couloir. Prenant une bouteille de mott, il s'appuya contre le mur frais et essaya de se calmer. Lorsque les portes s'ouvrirent enfin, il se détourna et avala péniblement la trop grande gorgée qu'il avait prise.

— Désolées, on est en retard.

Verakko tourna la tête, essayant de se mordre la langue pour ne pas réprimander Ziritha, mais ses mots moururent sur ses lèvres.

Lily était là, plus belle que jamais. La robe d'or pâle qu'elle portait était simple, mais d'une certaine manière plus percutante que les motifs complexes des vêtements habituels de Mithrandir. Le tissu simple brillait faiblement et tombait sur ses courbes comme de l'eau. Une délicate collection de chaînes était entremêlée à ses cheveux étincelants, à nouveau rehaussés d'or comme ils l'étaient lorsqu'il l'avait rencontrée. Elle avait choisi de ne pas porter de mokti. Au lieu de cela, une peinture dorée profonde et chatoyante recouvrait son cou, brillant près de son menton, puis s'estompant jusqu'à se fondre dans sa peau naturelle près de ses délicates clavicules. Il fit un pas vers elle, chaque partie de son être se sentant indigne de la vision qu'il avait devant lui. La gorge serrée, il se contenta de la fixer.

— Je lui ai déconseillé la robe, la trouvant trop simple, précisa Ziri, lui rappelant sa présence. Mais je suis contente de voir que j'avais tort.

Lily lui sourit avec son rouge à lèvres.

Ziri s'éclaircit la gorge.

— Je dois retourner auprès de la reine.

Elle se tourna vers Lily, qui lui sourit chaleureusement.

— C'était merveilleux de passer la journée avec toi. J'espère qu'on se reverra très bientôt.

Lily enlaça une Ziritha perplexe.

— Merci pour tout.

Ziri fronça les sourcils en regardant Verakko, peu habituée à être enlacée par de quasi-inconnus. Il haussa les épaules pour toute réponse. Elle sourit et tapota maladroitement le dos de Lily.

Après le départ de Ziri, Verakko dut se secouer pour sortir de sa torpeur.

— Tu es… Je ne sais pas s'il y a un mot assez fort pour te rendre justice.

Lily baissa le menton et sourit, ses joues prenant une jolie teinte rose.

— Tu as passé un bon moment ?

Elle lui adressa un sourire incertain.

— C'était… instructif.

Il étudia son visage, essayant de déterminer si « instructif » était une mauvaise ou une bonne chose et décida, au vu de l'absence d'inquiétude dans son regard, que Ziritha avait dû servir sa cause. Il lâcha un faible soupir qu'il n'avait pas réalisé avoir retenu.

— Tu es prête à voir ton cadeau ?

Lily essaya de contenir un large sourire, en vain.

— Oui.

Elle jeta un coup d'œil à la pièce, pensant clairement que le cadeau s'y trouvait.

— En fait, j'ai deux cadeaux pour toi.

Elle haussa les sourcils, surprise.

— Deux ?

La poitrine de Verakko se gonfla.

— Ma mère a appelé. On a retrouvé Alex.

Son sourire s'effaça un instant et elle le regarda, abasourdie.

— Vraiment ? dit-elle dans un souffle.

— Oui. Elle est en sécurité.

Le visage de Lily se fendit d'un sourire radieux, puis elle laissa échapper un doux sanglot, toute son anxiété semblant se dissiper. Les yeux larmoyants, elle ajouta :

— Elle va bien. On peut aller la voir ? Je dois lui parler.

— Elle attend ton appel.

Verakko lui tendit son communicateur. Lily le prit sans dire un mot. Verakko lança l'appel et parla au mâle au bout du fil, puis remit le communicateur à Lily lorsque le mâle partit chercher Alex.

Lily s'accrocha au communicateur et passa silencieusement une main sur le bras de Verakko pour s'excuser avant de se précipiter à l'étage.

Il regarda dans sa direction un long moment, sa peau le picotant à l'endroit où elle l'avait touché et le cœur débordant d'émotion.

**

Lily sauta sur le lit et retint sa respiration, s'efforçant d'écouter. *Sérieusement, Alex.*

— Salut, Lilypad ! dit la voix douce d'Alex.

— Al...

Lily se mit à pleurer de joie. Ses mots étaient étranglés et incompréhensibles.

— Hé, ne pleure pas. Je vais bien.

— Qu'est-ce qui t'est arrivé ? demanda Lily en manquant de s'étouffer.

Alex laissa échapper un sifflement.

— Tellement de choses. Tu dois vraiment venir ou bien il faut que je te rejoigne. Je suis à Sauven, mais je suis censée rejoindre une autre ville très bientôt. Trema... Tremeada... Je ne me souviens plus de son nom. Je ne sais même pas par où commencer. Je me suis réveillée sur la berge de cette rivière avec un gros mal de tête. Je suis presque sûre d'avoir eu une commotion, et j'ai passé je ne sais combien de jours à vomir et à dormir. Mais ce n'est pas la chose la plus folle qui soit arrivée.

— Sans blague, gloussa Lily, pensant à sa situation avec Verakko. Que s'est-il passé d'autre ?

— Lilypad...

Alex marqua une pause dramatique.

— Je vais me marier !

— Quoi ? Quand ça ?

Lily était choquée, autant par la nouvelle que par le coup de poignard d'envie qu'elle ressentait. Mais alors une colère latente prit le dessus.

— Attends, on te force à te marier ?

— Eh bien...

— Dis. Moi. Tout.

***

— Où on va ? demanda Lily pour la troisième fois.

Il lui adressa un sourire en coin. La joie sur son visage était immuable depuis qu'elle était descendue. Et c'était contagieux.

— Tu verras bien.

Ils descendirent le couloir jusqu'à l'ascenseur de service restreint, et Verakko l'appela, évitant cette fois l'alarme. Il avait fallu une planification minutieuse pour s'assurer qu'il serait la seule personne capable d'accéder au centième étage, mais une simple reprogrammation du personnel dans le système des bâtiments suffirait à leur offrir quelques heures de tranquillité sans que personne ne s'en aperçoive.

Ils attendirent. Verakko ressentait un mélange de trépidation et d'espoir devant les regards furtifs que Lily lui lançait. Sa poitrine se gonflait d'espoir à l'idée qu'elle puisse changer d'avis. Une partie plus sombre de son esprit tressaillait même en pensant qu'elle pourrait le laisser la toucher à nouveau.

Ses narines se dilatèrent et elle se tourna vers lui.

— Cette odeur m'a manqué.

— Tu la sens encore ?

Lily se contenta de sourire. Elle se rapprocha et se mit sur la pointe des pieds, puis enfouit son visage dans le creux de son cou et inspira son odeur. Le cœur de Verakko s'emballa, son estomac se serra et ses mains se crispèrent sur ses côtes pour l'empêcher de l'attirer à lui. Il aurait dû la repousser jusqu'à ce qu'ils soient hors de vue et dans l'ascenseur, mais il ne pouvait pas s'y résoudre.

Elle soupira.

— Cette maison sent les fleurs en permanence. Je n'aime pas trop ça.

Il commença à expliquer que c'était l'odeur préférée de Ziritha, quand un léger bruit de pas s'éleva. Lily sursauta alors qu'il l'éloignait précipitamment et l'incitait à avancer dans le couloir, mais il était peut-être déjà trop tard.

Une petite femelle aux longs cheveux tressés et en robe de soirée s'arrêta au milieu du couloir, les regardant fixement.

Lily se raidit, analysa la scène et s'éloigna sagement de lui. La femelle recommença à marcher dans le couloir. Elle voulait peut-être s'assurer qu'elle ne s'immisçait pas dans un moment privé. Alors qu'ils se croisaient, la femelle pencha la tête et le cou pour suivre leur progression. Elle avait peut-être été surprise de les voir attendre devant un ascenseur de service.

Verakko poussa un soupir de soulagement quand elle passa, mais ne dit rien. Ce n'était pas comme s'il la connaissait.

Il guida Lily vers un autre ascenseur de service de l'autre côté du bâtiment et l'appela. Heureusement, celui-ci était plus proche et ne mit que quelques instants à arriver. Ils entrèrent, et quand les portes se refermèrent derrière eux, Lily demanda :

— Tu la connais ?

— Non, souffla Verakko.

Elle posa une douce paume sur son avant-bras, effaçant toute pensée de son esprit.

— Elle ne nous a pas vus faire quelque chose de mal. Seulement marcher ensemble. Ziri et moi, on a passé un moment dans un jacuzzi avec Fejo aujourd'hui. Ça doit être pire que de nous tenir un peu trop près l'un de l'autre.

Verakko tourna la tête comme s'il avait reçu une gifle. Il repassa ses mots dans sa tête, s'assurant qu'il l'avait bien entendue.

— Fejo ? grogna-t-il.

Lily haussa un sourcil, lui faisant comprendre qu'il devait faire attention.

— Oui. On l'a vu au spa, et il savait ce que j'étais. Ziri m'a expliqué que vous étiez de vieux amis, et j'ai décidé de lui poser plus de questions en privé, alors il s'est joint à nous. Il y a un problème ?

Verakko fit craquer son cou avant de faire rouler ses épaules et d'inspirer profondément.

— Non, dit-il d'une voix rauque.

Lily pinça les lèvres.

Il lui jeta un regard en coin alors qu'ils approchaient de leur étage.

— Qu'est-ce qu'il t'a dit ?

Son expression agacée changea et fut remplacée par un sourire narquois.

— Il m'a dit d'où venait le nom mivassi.

Verakko grogna et vérifia le flux pour s'assurer que l'étage était désert, puis il ouvrit les portes. Fejo savait forcément pour ses tantes, mais il n'aimait pas l'idée que le mâle charmeur ait parlé avec sa partenaire. Pas alors qu'ils étaient encore dans une position aussi précaire et qu'il ignorait encore si elle allait décider de rester avec lui ou non.

Lily sursauta lorsque les portes s'ouvrirent et la poitrine de Verakko se gonfla. *Fejo n'aurait jamais pu l'amener ici.*

Bien que cet étage l'ait toujours mis mal à l'aise, puisqu'il s'agissait de l'étage accessible le plus élevé du bâtiment, il devait bien admettre qu'il était magnifique. L'eau qui était constamment recyclée depuis les jardins de l'étage inférieur arrivait là par un système de pompe et descendait en cascade au centre du bâtiment. Lily regardait la chute d'eau torrentielle avec admiration.

Mais cette vue impressionnante n'était pas la raison pour laquelle il l'avait amenée là. Il roula à nouveau les épaules, se débarrassant de la flambée de jalousie et de colère à l'idée qu'elle passe du temps avec Fejo, et posa une main sur le bas de son dos.

— Tu te souviens de l'histoire que je t'ai racontée sur Daera ?

Lily acquiesça, se laissant guider jusqu'à l'autre bout de la pièce, tandis que ses yeux restaient rivés sur l'entonnoir d'eau qui tombait.

Sa peau se mit à le picoter en signe de protestation alors qu'ils se rapprochaient d'une grande fenêtre. Il lui agrippa les hanches, ne voulant pas la lâcher à cette hauteur, et hocha la tête par la fenêtre vers le lointain.

— Ce sont les montagnes dont je t'ai parlé.

Lily lui sourit, les sourcils froncés, au lieu de regarder par la fenêtre. Elle inspecta son visage comme si elle essayait de déterminer quelque chose. Puis, lentement, elle prit sa main et regarda par la fenêtre.

Un ronronnement s'éleva dans la poitrine de Verakko à ce contact. Au loin, les imposants cristaux bleus qui parsemaient les montagnes sombres brillaient au clair de lune.

— Elles sont magnifiques.

Elle passa son pouce sur sa main. La peinture qui recouvrait ses marques n'atténuait pas la sensation, mais quelque chose en lui avait envie de la retirer, pour sentir ses doigts doux caresser ses marques sans aucune barrière.

Il l'éloigna de la fenêtre et sortit sa télécommande d'une poche.

— Tu te souviens de ce qu'on faisait quand je t'en ai parlé ?

Lily sourit.

— Oui, je me souviens que je te bottais le cul aux dames.

Botter le cul ? Verakko rit intérieurement en entendant cette expression étrange.

— Oui, eh bien…

Il tapa quelques commandes, et vingt-quatre objets volants sortirent de leur cachette.

Lily regarda, bouche bée, les pièces se mettre aux emplacements prévus.

— Qu'est-ce que c'est ?

Un objet plus grand que les autres flottait au-dessus d'eux, projetant un énorme damier sur le sol. Les pions dorés et turquoise, chacun aussi large qu'une assiette, restaient suspendus au-dessus de leurs places désignées.

— Est-ce que je me suis habillée comme ça pour jouer aux dames, Verakko ? demanda-t-elle en inclinant la tête vers lui.

Le doute s'insinua dans son esprit, exacerbant l'effroi creux dans son ventre. La mâchoire serrée, il répondit d'un air incertain :

— Oui ?

Les muscles prêts à grimacer, il attendit sa réponse.

Le coin de sa bouche se releva et elle déposa un doux baiser sur sa joue.

— J'adore.

Verakko poussa un soupir de soulagement.

— Je prends les bleus, dit-elle en se dirigeant vers l'autre côté du damier.

Il réprima un froncement de sourcils alors qu'elle s'éloignait. Bien sûr, elle ne pouvait pas se tenir à côté de lui et jouer, mais la distance le rendait quand même anxieux.

— Est-ce que je dois te dire quelle pièce je veux déplacer ? Lily fixait les pièces qui flottaient à quelques centimètres du plateau projeté.

Il hocha la tête.

**

Verakko

Lily ne se souvenait pas d'avoir déjà reçu un cadeau aussi attentionné que celui-ci. Elle fixait ses pions, essayant de réfléchir au mouvement à faire en premier, mais son esprit n'arrivait pas à se concentrer. Avait-il construit tout ça dans la journée ? Pendant qu'elle était au spa ? Forcément. Les dames n'existaient pas sur cette planète, ce qui voulait dire qu'il ne pouvait pas posséder de telles pièces avant. Quel homme impressionnant.

Elle le regardait à travers la pièce et se mordilla la lèvre pour cacher le sourire niais qui menaçait de s'étendre. Si quelqu'un qui passait par là pouvait lire dans son esprit à ce moment-là, tout ce qu'il verrait serait des cœurs avec les initiales *V* et *L*. Il devenait de plus en plus difficile d'écouter la voix de la raison. *Depuis combien de temps je le connais ? Moins d'un mois. Bon sang, une semaine. Ça ne fait qu'une semaine. Est-ce que je connais son nom de famille ? Non. Est-ce que je connais son style de musique préférée ? Non.*

Lily et Verakko firent quelques tours de chauffe, tandis qu'elle essayait de convaincre ses yeux de rester concentrés sur le damier et non sur la façon dont ses cheveux striés de bleu bouclaient au niveau de ses sourcils. Une image intime d'eux ensemble sur un patio ensoleillé, lui assis sur une chaise et elle debout devant lui en train de lui couper les cheveux, surgit dans son esprit et remplit sa poitrine de chaleur. Lorsque l'image passa à une scène beaucoup plus coquine, dans laquelle les ciseaux étaient oubliés et la chaise renversée, la chaleur descendit de sa poitrine vers son entrejambe.

— Comment va Alex ? demanda-t-il depuis l'autre côté de la pièce.

Ses joues s'échauffèrent, comme si elle avait été surprise en train de fantasmer.

— Eh bien... elle n'est pas au mieux de sa forme, mais pas trop mal non plus, je suppose. Je lui ai dit qu'on irait la voir dès que possible. Est-ce que tu serais d'accord ?

Elle haussa un sourcil.

Verakko s'arrêta un moment avant de répondre :

— Je m'assurerai que tu puisses la voir. C'est d'accord.

La poitrine de Lily se vida de tout son oxygène. Il l'avait formulé ainsi parce que l'identité de la personne qui l'emmènerait à Sauven dépendrait de sa décision à son sujet, réalisa-t-elle. Si elle choisissait de ne pas rester avec lui, son tuteur, quel qu'il soit, devrait l'y conduire. Elle chassa ces inquiétudes de son esprit et se concentra à nouveau sur lui.

Verakko joua son coup, et Lily remarqua que le pion qu'il faisait flotter sur le damier était d'une couleur dorée différente des autres. Il avait l'air plus vieux, plus rudimentaire, si l'on pouvait dire une telle chose d'un objet volant qui n'avait apparemment ni ailes ni hélices.

Elle repéra une ouverture et sauta une de ses pièces, puis frappa dans ses mains.

Verakko grimaça, les yeux parcourant le damier avec frustration.

— C'était bien, le spa ?

— Très bien. Merci encore d'avoir organisé ça.

Elle gloussa.

— Mais je n'ai pas demandé de massages. J'étais trop inquiète à ce sujet.

Le sourire de Verakko fit briller ses crocs.

— Je ne peux pas dire que ça m'attriste. Si tu as besoin d'être massée *quelque part*, je serai ravi de le faire.

Lily frissonna, sentant ses tétons durcir sous le tissu soyeux de sa robe. Elle se surprit à répondre d'un air taquin :

— Je suppose que j'ai quelques tensions que tu pourrais dénouer.

Le regard de Verakko s'assombrit et il lécha un de ses crocs.

La dame qu'il venait de perdre flotta vers elle, et elle s'écarta, pensant qu'elle se dirigeait derrière elle pour atterrir quelque part. Au lieu de ça, la pièce planait devant ses mains comme si elle attendait quelque chose.

— J'ai oublié de préciser. Ces pièces sont spéciales. À chacune que tu prends… Verakko sourit et tapa du doigt sur sa télécommande, tu as le droit à un prix.

Lily poussa un cri de joie lorsqu'un compartiment sur le dessus de l'objet rond apparut, révélant ce qui était indubitablement un bonbon.

— Un bonbon ? demanda-t-elle, voulant s'en assurer, même s'il était déjà à mi-chemin de ses lèvres.

Verakko bomba le torse et hocha la tête.

Au cours des minutes suivantes, ils plaisantèrent, flirtèrent et jouèrent aux dames, chacun se délectant de délicieux bonbons. Lily effectua son dernier mouvement avec un froncement de sourcils exagéré à l'intention d'un Verakko à l'air ravi.

Il sauta ses dernières dames, puis brandit le poing, se délectant de sa victoire.

Lily gloussa et mâcha le bonbon au goût fruité inconnu, à la fois moelleux et juteux. Pendant que Verakko faisait de même, elle jeta un coup d'œil à la pile de dames et observa celle qui avait une apparence étrange.

Au sommet de l'objet rond se trouvaient des symboles verticaux peu soignés.

— Le Super Bandit version 2, annonça Verakko de l'autre côté de la pièce. Je l'ai trouvé dans le cube de stockage où mon père avait rangé mes affaires.

Elle sentit sa poitrine se serrer.

Il empocha son contrôleur et se dirigea vers elle. Son sourire s'effaça et ses yeux devinrent sérieux. Haussant les sourcils pour qu'il la croie, il dit :

— Je voulais te montrer que les choses qu'on a partagées... ce que j'ai partagé avec toi... c'était réel.

Lily déglutit et leva les yeux vers lui, sachant au fond de son cœur qu'il disait vrai.

Un bruit mi-rire, mi-sanglot lui échappa, et elle hocha la tête, la gorge trop serrée pour parler. Elle enroula ses bras autour de son cou et l'embrassa. Des bras forts s'enroulèrent autour de sa taille. Il la souleva contre son torse et plaqua sa bouche contre la sienne, approfondissant le baiser. Le ronronnement soudain qui jaillit de sa poitrine vibra en lui, chatouillant la langue et les lèvres de Lily alors qu'elle s'accrochait à lui.

Une semaine, persifflait son esprit. *Est-ce que je sais de quel côté du lit il dort ? Non. Est-ce que je connais le nom de son premier animal de compagnie ? Non.*

Sa prise autour de son cou se resserra. Avec un gémissement en guise de réponse, sa main se leva pour saisir ses cheveux.

Je sais comment il est quand il est de mauvaise humeur. Je sais qu'il se sacrifiera pour me protéger. Je sais qu'il aime bricoler et qu'il déteste les hauteurs. Je sais qu'il peut être borné, sentencieux et grossier.

Est-ce que je sais qu'il est à moi ? Oui. Lily soupira, se fondant contre sa poitrine chaude et grondante.

Est-ce que je sais que je l'aime ? Oui. Au fond d'elle-même, elle le sentait. D'une manière ou d'une autre, leur lien était réel, et malgré tout ce qu'elle avait traversé, elle sentait qu'il les rapprochait inextricablement.

Cet homme était le sien. Cela avait été un choc un peu plus tôt d'entendre quelqu'un d'autre souligner les sentiments qu'elle avait si cruellement niés, mais il n'y avait plus de doute. Elle était tombée amoureuse de sa personnalité exaspérante et de son cœur fondant dès leur première rencontre.

— Rentrons à la maison, haleta-t-elle après avoir rompu le baiser.

Il lui offrit un magnifique sourire carnassier et laissa échapper un gémissement d'approbation. La reposant, il programma son damier flottant pour qu'il disparaisse et la conduisit à la porte. Elle devait trouver le moyen de le lui dire. Il avait fait tant de choses romantiques pour elle, et maintenant c'était à son tour de faire de même. Elle avait prévu quelque chose pour le lendemain. Elle grimaça intérieurement, pensant à plusieurs choses qu'elle aimerait faire avec lui au lit, mais décida que lui dire qu'elle l'aimait et accepter d'être sa partenaire à part entière nécessitait un peu plus de romance et un peu moins de désir.

Ils entrèrent dans l'ascenseur et elle continua à réfléchir. Peut-être qu'elle pourrait faire un feu dans l'appartement ? Idée stupide. Réserver un bassin naturel privé au spa comme dans le tunnel ? Peut-être.

Elle fut tirée de ses pensées lorsqu'il la plaqua contre la paroi de l'ascenseur. Sa bouche prit la sienne et il glissa sa langue contre la sienne avec des coups lents et langoureux. Lily gémit contre sa bouche et son intimité se contracta.

Verakko lui agrippa les fesses et laissa échapper un sifflement approbateur. Ils restèrent fondus l'un dans l'autre, respirant difficilement pendant de longs moments après que l'ascenseur avait cessé de bouger.

Lorsqu'il se détacha enfin d'elle, il la regarda, ses yeux brillant d'une belle couleur émeraude dans la pénombre.

— Et si tu m'emmenais dans ce lit maintenant ?

Le plus magnifique, le plus torride des sourires carnassiers s'afficha sur son visage. D'une voix éraillée par le désir, il répondit :

— Oui, mivassi.

25

Ils s'éloignèrent l'un de l'autre et firent de leur mieux pour arranger leurs vêtements froissés et calmer leur respiration avant de quitter l'ascenseur de service, mais Verakko ne pouvait pas dissimuler son excitation.

Cette nuit s'était déroulée mieux qu'il n'aurait pu l'espérer. Lily l'avait embrassé. Elle l'avait regardé avec de la tendresse dans les yeux au lieu de la blessure froide qu'elle arborait ces derniers jours.

Tout ce qu'ils avaient à faire à présent, c'était quelques pas jusqu'à son logement temporaire, qu'il vendrait et échangerait suivant les goûts de Lily lorsqu'elle consentirait à être sienne. Après avoir vérifié que le couloir était libre, il la fit sortir et ils le remontèrent.

Le léger parfum de son excitation à travers sa culotte ne lui laissait aucun répit, et il dut combattre l'envie de la jeter par-dessus son épaule et de courir jusqu'à son appartement.

Un trille aigu résonna dans sa poche, le tirant de ses pensées, mais il l'ignora. Qui que ce soit, il pourrait rappeler.

Pressant sa paume contre le scanner de sa porte, il attendit qu'elle s'ouvre, puis fit passer Lily dans l'embrasure. Dès que la porte se referma, il avança. Elle lui sourit d'un air coquin en reculant. Il sentit l'antivenin glacé parcourir son palais et remplir ses crocs en prévision.

La sonnerie continua et Lily fronça les sourcils.

— Tu ne devrais pas répondre ?

— Oh que non.

Il bondit, atterrissant à quelques centimètres d'elle. Elle rit et posa ses poings contre son torse.

— Ça n'arrête pas de sonner. Tu devrais au moins regarder qui c'est.

Elle se mordit la lèvre.

— Une fois que tu seras là-haut, dit-elle en faisant un signe de tête vers le plafond, tu ne partiras pas avant un moment. Mieux vaut vérifier maintenant.

Lily fit glisser sa main le long de son dos, le faisant frissonner, puis fouilla dans sa poche, sortant son communicateur.

Il baissa les yeux vers l'écran, pour lui assurer que ce n'était pas important, mais se figea. Il grogna de frustration et prit l'appareil.

— C'est une convocation officielle de ma mère. Elle exige que j'aille la voir tout de suite.

— Pourquoi ?

Son expression devint inquiète.

Il haussa les épaules, ne voulant pas que son anxiété soudaine affecte son humeur.

— C'est généralement comme ça qu'elle me convoque. Ça peut être n'importe quoi.

Il déposa un doux baiser sur sa bouche et rassembla toutes ses forces pour s'éloigner.

— Je reviens vite.

Il y avait encore une note d'inquiétude dans ses yeux, mais elle lui adressa un petit sourire et hocha la tête.

— J'attendrai.

Verakko s'éloigna d'elle, lâchant un gémissement misérable devant son ton séducteur. Avant de décider d'ignorer la demande de la reine, il tourna les talons et passa précipitamment la porte.

Pendant tout le trajet jusqu'au palais, Verakko essaya de prévoir ce que sa mère pourrait bien lui vouloir. La femelle qu'ils avaient croisée lui revenait sans cesse à l'esprit. L'avait-elle dénoncé ? Il secoua la tête à cette idée. Si elle avait des preuves contre lui, les gardes l'auraient escorté au palais. Il n'aurait pas été convoqué.

Il était plus probable que sa mère veuille un rapport sur ses progrès avec Lily. Peut-être pour planifier son discours. L'arrière de son cou se hérissa lorsqu'il réalisa que Lily ne lui avait pas donné de réponse définitive dans un sens ou dans l'autre.

Il atteignit le palais et gravit les marches à la vitesse de l'éclair, s'arrêtant dans l'entrée. Alors qu'il attendait d'être annoncé et conduit à l'intérieur, la peur lui nouait l'estomac. Un des gardes lui lança un regard amer, et il lui rendit la pareille.

— Suivez-moi.

Verakko suivit l'un des gardes armés à travers le vaste hall et se figea.

— J'ai dit suivez-moi, répéta le garde près d'une arche.

C'était le chemin de la salle d'audience.

Ses jambes se contractèrent pour s'enfuir, tandis que son esprit cherchait désespérément à trouver une autre issue. Il n'arriverait nulle part s'il s'enfuyait. Il ne parviendrait certainement pas jusqu'à Lily.

Il se força à avancer, suivant le garde, et poussa un profond soupir de soulagement quand le garde traversa la grande salle d'audience et se dirigea vers un bureau privé situé près de l'arrière. La vaste pièce dépourvue de fenêtres et pauvre en meubles semblait plus petite qu'elle ne l'était en réalité.

Sa mère se tenait à l'autre bout du bureau, les mains jointes derrière le dos, fixant un grand écran au mur. Des lois, des contrats et des communications étaient affichés à l'écran, prêts à être examinés.

— Verakko.

Ziritha entra dans la pièce, fermant la porte derrière elle. Une fois qu'ils furent seuls, le regard de pitié sur le visage de la femelle liquéfia ses entrailles. Quelque chose clochait.

— Qu'est-ce qui s'est passé ? aboya-t-il un peu plus durement qu'il n'aurait dû, la peur et l'anxiété prenant le dessus.

— Baeo et son fils t'ont dénoncé, entonna sa mère, le regardant avec une expression crispée.

Il lui sembla que tout l'air quittait son corps. Le sang martelant ses tempes, il pensa à Lily qui l'attendait.

— Son fils a apparemment rencontré Lily au spa aujourd'hui et s'est suffisamment intéressé à elle pour demander à sa mère de se renseigner sur la négociation d'un contrat, mais quand elle est venue parler à Lily, elle vous a vu vous toucher de manière inappropriée dans le couloir de ton immeuble et elle a senti ton odeur sur la femelle en passant.

Verakko leva les bras au ciel, le choc se transformant en fureur.

— Ce n'est pas une rupture de contrat ! Comment a-t-elle pu savoir où logeait Lily ?

Ziri les regarda successivement, les sourcils froncés, l'air compatissant.

— Il a dit qu'il n'avait trouvé aucune trace de son tuteur, alors il a cherché le nom de la personne qui payait pour ses services et a compris que c'était toi.

— Ce n'est pas une preuve suffisante, cracha-t-il en serrant les poings pour ne rien frapper.

— Peut-être pas, mais c'est suffisant pour qu'un procès se tienne, et tu ne pourras pas mentir. Peux-tu honnêtement prétendre que tu n'as pas rompu ton contrat avec cette femelle ?

Sa mère lui jeta un regard dur, connaissant déjà la réponse à sa question.

Réfléchis ! Comment te sortir de là ? S'il était traduit en justice et clamait son innocence, il serait soumis à l'*influence* d'un examinateur, forcé de le laisser envahir son esprit et de répondre honnêtement à toutes les questions. Il pourrait tout révéler, jusqu'à ses marques. S'il plaidait coupable et admettait une violation de son contrat, il serait interrogé et condamné, mais pas *influencé*.

Il n'aurait pas dû quitter Lily. Il aurait dû le voir venir. Pourquoi ne l'avait-il pas enlevée et ne s'était-il pas enfui ? Puis il réalisa quelque chose et regarda les femelles devant lui en plissant les yeux.

— Pourquoi m'avoir demandé de venir ici ? Ce sont normalement les gardes qui récupèrent les citoyens pour les interroger. Il fallait me mettre à l'aise pour que je ne me défende pas ?

Ses mots devenaient de plus en plus forts et hostiles à mesure qu'il réalisait qu'il ne reverrait peut-être pas Lily avant des années.

— Contrôle-toi ! lui ordonna sa mère, une brève lueur de colère passant sur ses traits avant qu'elle ne se reprenne. Je t'ai fait venir pour que nous ayons l'occasion de parler avant l'arrivée du conseil.

Un autre éclair de colère illumina ses yeux.

— Je t'ai dit que vous deviez rester cachés. Que tu devais la traiter comme n'importe quelle femelle autre que ta fiancée. Tu ne l'as pas fait.

Sa voix devint plus faible.

— Et maintenant, il n'y a rien que je puisse faire pour t'aider.

Il devait révéler ses marques, c'était le seul moyen. Leur montrer que Lily était sa partenaire, et tout serait fini. Le contrat serait nul. Elle serait à lui.

« Je refuse d'être piégée. » Les mots de Lily lui traversèrent l'esprit. La douleur sur son visage et les larmes dans ses yeux quand elle avait prononcé ces mots lui retournèrent les tripes. Il ne pouvait pas lui faire subir ça à nouveau. Pas comme ça. Ce n'était pas comme si c'était pour toujours. Il honorerait son contrat et retournerait auprès d'elle. Elle était sa partenaire, après tout. Il n'avait pas besoin d'être éligible au mariage pour être avec elle. Lorsqu'il révélerait enfin ses marques, quel que soit le jour, ce serait parce qu'elle serait prête et parce qu'elle saurait sans l'ombre d'un doute qu'ils étaient faits pour être ensemble.

On sonna à la porte.

— Je vais demander à mes gardes d'aller chercher Lily pendant que tu plaides ta cause. Elle pourra témoigner en ta faveur.

— Non ! lâcha-t-il. Elle sera effrayée. Ils ne parlent même pas sa langue. Et…

Il devait trouver un moyen de la prévenir de ne pas feindre l'innocence. Il fallait lui expliquer qu'elle serait *influencée* et forcée de dire la vérité, et qu'elle ne pourrait pas légalement repousser cette intrusion.

— Je vais aller la chercher, dit Ziri, s'avançant et parlant enfin.

Sa voix était rauque, presque comme nouée par une émotion contenue. Elle regarda la reine.

— Elle me connaît.

La reine observa Ziri pendant un moment avant de hocher la tête.

Quand Ziri eut quitté la pièce, Verakko et sa mère se regardèrent fixement. Elle ouvrit la bouche pour parler, mais la referma.

Un autre coup résonna dans la pièce.

Elle fit un pas vers lui, ses sourcils se plissant dans une expression qui ressemblait à de l'inquiétude.

— Peux-tu me donner une bonne raison…

Elle déglutit et laissa échapper une longue expiration.

— N'importe laquelle, qui m'empêcherait de t'écarter de la planète ?

Verakko observa sa mère. Ses traits étaient tirés, sa bouche pincée. Mais ses yeux brillaient de tristesse. Voyait-il enfin ce que son père avait toujours dit qu'il y avait sous la surface ? Lui dévoilait-elle sa vulnérabilité ? Sa poitrine se contracta.

— J'apprécie ce que vous avez fait pour moi, mère. Je ne révélerai pas que vous m'avez offert du temps avec elle. Mais il n'y a rien que je puisse dire.

Verakko vit sa mâchoire se contracter à ses mots, et il ne put s'empêcher de sourire.

— Ce n'est pas grave. Ça ira.

Elle le dévisagea un instant de plus avant de se redresser et de revêtir son masque d'indifférence. La tête haute, elle franchit la porte et entra dans la salle d'audience, où son conseil l'attendait déjà.

Dans un fauteuil placé sur le côté de la longue pièce était assise la femelle souriante du couloir, ainsi qu'un mâle à l'air mal à l'aise.

26

Lily sourit et laissa échapper un profond soupir une fois que la porte se fut refermée derrière Verakko. Elle tourna sur elle-même, inspectant la pièce.

— Espérons qu'il sera bientôt de retour, dit-elle à personne en particulier.

Passant ses mains sur ses hanches, elle se délecta de l'incroyable douceur de ce tissu étrange. Elle se dirigea vers la cuisine et examina les pointes de ses cheveux. La couche de paillettes était si fine qu'on aurait dit un halo de loin.

Une fois dans la cuisine, elle se plaça au centre de la pièce et regarda autour d'elle, ne sachant pas trop quoi faire en attendant le retour de Verakko. Décidant qu'elle avait une occasion inédite d'observer un appartement extraterrestre, elle entreprit d'examiner tous les coins et recoins de l'appartement à étage.

Les deux chambres semblaient assez typiques. Lily fronça les sourcils en voyant la chambre crème et argent, manifestement destinée à Ziritha, puis un sourire se dessina sur ses lèvres. Cela signifie que Verakko avait voulu la cacher dans sa chambre à lui.

Elle s'arrêta devant une pièce séparée avec un petit bassin d'eau chaude. Avait-elle le temps de piquer une tête avant le retour de Verakko ? Jetant un dernier regard nostalgique à la baignoire fumante, elle s'éloigna.

Lily fouilla toutes les armoires non verrouillées, regarda sous tous les meubles et fouilla tous les tiroirs qu'elle put trouver. La plupart des objets étaient reconnaissables. Ou du moins elle pensait pouvoir déduire à quoi ils servaient. D'autres la déconcertèrent.

Elle se tenait devant le panneau de commande rutilant du mobilier, se demandant si elle était assez courageuse pour appuyer sur quelques symboles extraterrestres et voir ce qui se passerait.

La porte d'entrée s'ouvrit et Lily se retourna, son cœur battant la chamade au retour de Verakko. Comment aurait-elle pu douter qu'elle l'aimait ?

Quand elle trouva Ziritha haletant dans l'embrasure de la porte, son sourire s'effaça. Ses cheveux n'étaient plus immaculés, mais parsemés de frisottis, et elle était essoufflée. Tout le contraire de la gracieuse et posée future reine avec qui elle avait passé la journée.

— Tu vas bien ? demanda-t-elle, se demandant comment servir un verre d'eau à Ziri.

Entre deux halètements, Ziri souffla :

— Il a été dénoncé…

Une profonde inspiration.

— Ils sont au palais… Le conseil va voter…

Lily se précipita vers elle, son cœur martelant désormais sa poitrine pour une tout autre raison.

— Quoi ? Qui ça ?

Ziri secoua la tête et tira sur le bras de Lily.

— Ils ne peuvent pas prendre de décision tant que tous les membres du conseil ne sont pas là. Ils vont m'attendre. Je voulais te prévenir au plus vite. Allons-y.

— Mais… commença Lily, sentant ses entrailles se nouer.

La femme la tira brutalement par la porte et la fixa d'un air grave.

— On doit y aller, l'influença-t-elle.

Lily grogna et esquiva.

— Ça ne marche pas sur moi.

Ziri laissa échapper un soupir de frustration et la regarda un moment de plus avant de se diriger vers le couloir, Lily à sa suite.

— Il va être expulsé. Tu dois plaider en sa faveur, et avec un peu de chance, la peine sera réduite. Dis-leur que c'est toi qui es à l'origine de votre relation et assure-toi de jouer sur les différences de culture, et si tu tiens un tant soit peu à lui, ne leur dis pas qu'il a menti sur son contrat.

Tout allait trop vite. Un instant, elle attendait, charmée, le retour de son partenaire, et l'instant d'après, elle recevait des conseils sur la façon de lui obtenir une réduction de peine. Des indications illicites, à en croire le ton feutré de Ziri et les regards nerveux qu'elle jetait autour d'elle.

— Que va-t-il lui arriver ?

Lily essaya de se rappeler ce qu'il lui avait dit.

— Il a dit qu'il serait expulsé ? Où ça ? À Tremanta ?

— Tremanta ?

Ziri s'arrêta et se tourna vers elle. Ses yeux étaient ardents et pleins d'émotion, mais Lily sentit que ce n'était pas de la colère dirigée spécifiquement contre elle.

— Dans l'espace, Lily. Il sera envoyé servir sur une barge dans l'espace, loin, très loin d'ici. Tu passeras des années sans le voir, et tu devras épouser d'autres mâles entre-temps.

Elle jeta un regard furieux derrière elle.

— Quand il reviendra enfin, il ne sera plus éligible au mariage, mais tu le seras toujours. Tu comprends ce que ça signifie ?

— Il sera envoyé où ?

Lily avait du mal à respirer, une bande de fer se resserrant autour de sa poitrine. *Écarté pendant des années ? Parce que j'avais trop peur de réaliser ce qu'il représente pour moi ?*

Elles montèrent dans un ascenseur, et Ziri tâcha d'arranger ses cheveux et ses vêtements.

Lily pressa une main sur son ventre qui se mit à gronder en signe de protestation, son esprit s'emballant sans parvenir à suivre une pensée précise. Elle ferma les yeux. *Inspire. Expire. Inspire. Expire.*

En un clin d'œil, elles sortirent de l'ascenseur et se dirigèrent vers un véhicule.

Elles demeurèrent assises en silence, chacune plongée dans ses pensées. D'un geste de la main de Ziri, un miroir apparut sur la paroi, et elle examina son reflet, se repoudrant ici et là.

— Pourquoi m'aider ?

Lily repensa à ce que Verakko lui avait dit sur sa mère, la reine. Ce qu'il avait mentionné à propos des femmes de cette planète en général. Le peuple perdrait de l'estime pour la future souveraine Ziritha si elle ne sévissait pas en présence d'une rupture de contrat. Il serait dans son intérêt de faire pression sur elle pour qu'on prononce une sentence sévère. Ainsi, tout le monde comprendrait qu'elle n'était pas du genre à se laisser marcher sur les pieds.

— Je sais ce que c'est de ne pas pouvoir être avec le mâle qu'on veut.

Lily se souvint de leur brève conversation au spa.

— L'ami de Fejo.

Ziri sourit tristement.

— S'il y a la moindre chance que les marques de Verakko puissent apparaître pour toi, je veux le voir. C'est égoïste, vraiment.

Elle déglutit.

— Si on découvre que les humaines font régulièrement apparaître les marques des Clecaniens, alors peut-être que la pression du mariage et de la procréation ne pèsera plus autant sur les femelles de ce monde.

Ziri haussa les épaules, et l'espoir dans ses yeux faillit briser le cœur de Lily.

— Peut-être que personne ne se soucierait plus qu'on soit ensemble.

Lily avala de travers. Ses marques étaient déjà apparues, mais elle lui avait demandé de les cacher. Il était clair que ce monde souffrait, que les gens plaçaient les besoins de leur espèce au-dessus des leurs, et pourtant elle ne s'était préoccupée que de l'injustice de cette société envers elle.

— La reine a ordonné au conseil de mettre à jour ses traducteurs afin qu'ils soient tous en mesure de te comprendre, dit Ziri, reprenant son air grave.

La porte s'ouvrit à nouveau, et Lily vit qu'ils étaient arrêtés au sommet d'une entrée massive. Elle sortit et tourna sur place. On pouvait voir les bâtiments de la vieille ville à droite, les gratte-ciel de la nouvelle ville derrière eux.

Prenant une profonde inspiration, elle suivit Ziri dans l'entrée fraîche. Les gardes de chaque côté inclinèrent la tête vers Ziri et tapèrent leur épaule du pouce pendant qu'elle marchait tout en étudiant Lily avec curiosité. Le hall qu'elles traversèrent était magnifique, bordé de pierres brillantes et de colonnes épaisses, mais elle n'arrivait guère à y prêter attention. Elle répétait en boucle dans sa tête ce qu'elle devrait dire.

Elle essayait de décider quelle approche fonctionnerait le mieux avec des extraterrestres. Une déclaration enflammée pour l'homme qu'elle aimait ? Lily jeta un regard en coin à l'expression sévère de Ziri et estima que non. Le seul moyen infaillible d'assurer la liberté de Verakko était clair.

C'était le moment de prendre une décision. Une partie d'elle craignait toujours que le monde entier n'apprenne l'existence des marques de Verakko, mais c'était une peur irrationnelle, cimentée par des décennies d'expériences médiocres. Elle aimait Verakko, alors pourquoi était-elle terrifiée d'être liée à lui pour toujours ?

Ziritha tourna à un angle, et les pas de Lily ralentirent lorsqu'elle suivit la femme dans une pièce austère au plafond voûté. Le sol était carrelé de pierres noires rappelant le désert. Peut-être que c'était le même sable, avec un traitement spécial. Le bleu foncé des murs ne parvenait pas à soulager la peur grandissante de Lily. La lumière tamisée générée par de très grandes sphères lumineuses près du plafond conférait à l'espace un aspect plus inquiétant que romantique. À un bout de la salle se tenait un groupe d'individus silencieux et moroses.

Sur une estrade surélevée se tenait la reine. Lily serra la mâchoire. Sa réaction immédiate à la vue de la femme intimidante fut la crainte. Elle portait une robe d'un bleu profond, presque de la même couleur que sa peau marine. Elle la couvrait jusqu'aux pieds, mais ses bras, passés à travers les fentes du tissu, étaient serrés devant elle.

Les yeux critiques de la reine se plongèrent dans les siens avant de parcourir son corps. Lily se força à ne pas courber l'échine.

Ziri arrêta Lily d'une main et murmura :

— Attends qu'on te demande de parler.

Puis elle continua à avancer seule pour prendre place au pied de l'estrade de la reine, avec quatre autres individus.

Une femme à la robe bleu pâle. Une autre avec une tenue moulante deux-pièces violette, qui fronçait ouvertement les sourcils, moins impassible que les deux hommes restants.

Un mouvement dans le coin attira l'attention de Lily, et elle vit la femme qui les avait croisés dans le couloir, Verakko et elle, avant leur rendez-vous. À côté se tenait l'employé du spa, celui qui avait flirté avec elle, la tête basse, comme s'il était gêné d'être là. Il refusait de croiser le regard de Lily. Les avaient-ils dénoncés ? Sur la base de quoi ?

Elle essaya d'apaiser sa première réaction, la fureur, se rappelant que dans leur esprit, ils avaient vu le mari de leur future reine s'ébattre avec une femme inconnue. Elle ne pouvait pas les blâmer d'avoir signalé l'infraction, surtout si c'était un camouflet comme Verakko l'avait laissé entendre.

Un bruit de pas lourds derrière elle la fit se retourner. Elle eut le souffle coupé à la vue de Verakko et d'un garde. Bien qu'il ne soit pas menotté, il marchait à côté de lui d'un air docile. Ses yeux restèrent rivés sur Lily alors qu'elle se dirigeait vers l'estrade devant elle. Il lui adressa ce qui se voulait être un sourire et un hochement de tête réconfortant. Mais le sourire n'atteignit pas ses yeux. Et il était si tendu que son hochement de tête ressemblait plutôt à un spasme. Son regard se porta sur ses mains, mais les marques étaient dissimulées.

Quand il arriva devant l'estrade, la reine prit la parole, sa voix rebondissant avec force sur les murs de pierre froide de l'espace caverneux.

— Verakko Ye'vet a été reconnu coupable de violation de son contrat de mariage. Baeo l'a surpris avec Lily de la Terre. Elle les a vus se défaire d'une étreinte dans le couloir à l'extérieur de sa maison.

Lily s'avança, prête à expliquer que Baeo n'avait pas vu ce qu'elle pensait, tout en sachant que c'était un mensonge, mais Ziritha secoua la tête en signe d'avertissement et elle se tut. Elle croisa le regard de Verakko et vit un muscle se contracter dans sa mâchoire.

Il n'avait pas l'air particulièrement perturbé par la procédure. Il la fixait intensément, comme s'il essayait de graver son image dans son esprit. Lily sentait les larmes monter.

La reine poursuivit :

— L'accusé a été interrogé, comme il est d'usage après le signalement d'une infraction. Verakko a reconnu sa culpabilité. Par conséquent, je déciderai de sa punition et le conseil décidera de sa sévérité.

L'estomac de Lily se retourna. Il leur avait dit qu'il était coupable ? Pourquoi ne pas leur dire la vérité sur les marques ? La revendiquer comme sa mivassi ? Faire quelque chose ?

La reine s'adressa directement à Lily.

— Puisque vous n'êtes pas coutumière de nos lois, je dois vous expliquer que les punitions typiques des ruptures de contrats sont la perte de toute éligibilité future au mariage ainsi qu'une affectation hors planète. Ce qui laisse une place en ville pour un mâle susceptible d'apprécier davantage la bénédiction d'avoir une épouse. Mon conseil décidera de la durée de la mission dans l'espace après avoir entendu les déclarations de l'accusé et de l'instigatrice.

Lily essaya de calmer son cœur qui s'emballait. Ils auraient tous deux la parole. Il ne serait pas renvoyé si elle avait son mot à dire.

La reine regarda son fils en pinçant les lèvres.

— Avez-vous des revendications à faire concernant cette femelle ? Et dans le cas contraire, voulez-vous dire quelque chose au conseil pour atténuer la sévérité de la sentence ?

Lily planta ses yeux paniqués dans les siens. *Dis-leur ! Montre-leur tes marques !*

Verakko resta silencieux un moment, les sourcils froncés. Il regarda le sol et se lécha un croc. Puis il leva les yeux vers elle et sourit faiblement.

Verakko leva la tête vers sa mère et redressa les épaules.

— Non.

Lily le regarda fixement, une vague d'amour la réchauffant de l'intérieur. Il essayait de tenir sa promesse de ne pas la forcer à faire quoi que ce soit. Il allait être renvoyé pour une durée encore indéterminée, alors qu'elle serait forcée d'épouser d'autres hommes. Tout ça parce qu'il pensait qu'elle avait besoin de plus de temps. Le ballon d'émotion qui gonflait dans sa poitrine éclata finalement, et elle lâcha un sanglot guttural.

Elle essaya rapidement de reprendre contenance, mais le public l'avait remarqué. Verakko fit un pas vers elle, les mains fléchies, mais s'arrêta lorsque le garde derrière lui se racla la gorge, lui rappelant qu'il n'était pas vraiment libre.

— Ne souhaitez-vous pas la revendiquer comme votre mivassi ? demanda soudain Ziritha.

Tous les regards se tournèrent vers elle. Lily vit un bref éclair de surprise passer sur le visage de la reine alors qu'elle regardait sa protégée. Elle se tourna ensuite vers un Verakko renfrogné, les sourcils levés.

Verakko leva le menton, plus déterminé que jamais à faire ce qu'il fallait pour Lily.

— Je ne souhaite rien revendiquer de tel.

Le masque apathique de la reine disparut, et elle regarda successivement Lily, Verakko et Ziritha, les yeux plissés. Son regard se posa enfin sur Lily.

— Avez-vous quelque chose à dire au conseil au nom de Verakko ?

Un nouveau sanglot étranglé lui échappa, et elle hocha la tête.

— Lily, tout va bien se passer. Ça ne sera pas long, fit Verakko d'une voix rauque depuis sa place près du conseil.

Une autre larme roula, et elle sourit. Elle leva la tête vers la reine et d'une voix forte et sûre, déclara :

— Verakko est mon partenaire. Il va rester ici avec moi.

Un murmure frénétique se répandit dans la pièce, résonnant contre les murs. Des regards excités et incrédules passèrent de Lily à Verakko. Quelques gardes froncèrent les sourcils en regardant ses poignets aux marques dissimulées et secouèrent la tête en signe de désapprobation.

Lily vit la stupéfaction s'afficher sur le visage de Verakko. Il soutint son regard, la mine défaite. Il devait penser qu'elle avait révélé leur lien par culpabilité ou par pitié.

— Il a dissimulé ses marques, poursuivit-elle, parce que je le lui ai demandé. Je n'étais pas à l'aise avec l'idée d'être accouplée. Si vous ôtez la peinture, vous les verrez.

— Hute, le dissolvant, maintenant ! s'écria Ziri avec enthousiasme à un garde, qui se précipita hors de la pièce.

Lily percevait la joie contenue dans l'expression de la femme.

— Quand les marques sont-elles apparues ? demanda la reine.

Lily regarda Verakko, la tête basse. Sa peau la picotait, elle avait besoin d'aller le voir et de lui expliquer que c'était ce qu'elle voulait. Qu'elle avait été idiote de douter et qu'elle était désolée de l'avoir mis dans cette position.

— Juste avant notre arrivée en ville.

Lily marqua une pause, ne sachant pas comment appeler cette femme.

— Majesté, essaya-t-elle.

— Et vous lui avez fait cacher le lien depuis ? Pourquoi le révéler maintenant ?

Elle vit une lueur de colère passer dans les yeux de la reine et aurait pu jurer qu'elle était outrée pour Verakko.

Verakko leva également la tête, ses yeux inquiets la suppliant de lui donner une explication.

— Je n'ai pas bien compris ce que cela signifiait ou ce qui était en jeu. Nous n'avons pas d'accouplement sur Terre, et j'avais peur. J'ai commencé à avoir des sentiments pour lui au bout de quelques jours, et lorsqu'il m'a dit qu'il était sous contrat avec une autre femme, je ne savais pas comment le gérer. Mais tout cela n'a plus d'importance.

Lily dut s'arrêter, la gorge nouée par l'émotion. Une autre larme lui échappa. Elle soutint le regard de Verakko en espérant qu'il prenne ses paroles à cœur.

— Je l'aime. J'aime à quel point il est impatient, sarcastique et intelligent. Et comment il s'adoucit quand il est près de moi. Je voyage dans le monde entier depuis que je suis jeune, et je n'ai jamais eu l'impression d'être à ma place nulle part.

Les sourcils de Verakko se détendirent et sa poitrine se gonfla. Lily renifla.

— Mais je suis bien avec lui. Et je ne veux être nulle part sans lui.

Verakko poussa un soupir et lui adressa un sourire. Son ronronnement sonore se répercuta dans la pièce, tandis que le garde qui était parti chercher du dissolvant se précipitait sur les mains de Verakko avec un chiffon. Lily et Verakko se regardaient en souriant, comme si personne d'autre n'existait.

Des hoquets de stupeur retentirent à nouveau dans la pièce lorsque les marques de Verakko furent enfin révélées. Tous les yeux se posèrent alors sur la reine. Lily retint son souffle.

Avec un petit sourire presque indétectable, elle annonça :
— Le contrat est nul.

L'estomac de Lily tressaillit alors que Verakko fonçait vers elle à une vitesse surnaturelle. Se jetant dans ses bras, elle passa ses mains dans ses cheveux et l'embrassa. En s'arrachant à ses lèvres, elle murmura :
— Je suis désolée que ça m'ait pris si longtemps pour le voir.

— Que tu m'aimes ? dit Verakko en souriant.

— Oui, gloussa Lily à voix basse.

Verakko inspira par le nez et secoua la tête, ébahi.

— Mivassi, je t'aurais attendue toute ma vie.

Lily l'embrassa à nouveau, le raz-de-marée de bonheur qui l'envahissait plus intense qu'elle ne l'aurait jamais imaginé.

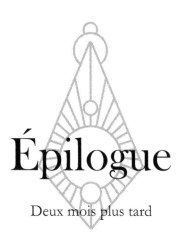

Épilogue

Deux mois plus tard

— Vous partez demain, c'est ça ? demanda Alice tout en chatouillant le pied de Laura, la petite fille potelée de Jade.

Lily sourit alors que Laura couinait de plaisir.

— Oui, ça fait un moment que je n'ai pas vu Alex. Il est temps de rattraper le temps perdu.

Alice s'adossa à son siège, faisant retomber ses cheveux brun brillant sur une épaule et croisant ses longues jambes.

— Merci d'avoir accepté de nous voir. On a toujours besoin de volontaires pour remplir la base de données humaine.

Elle soupira.

— Mes connaissances sont limitées, forcément. J'ai déjà détaillé tout ce dont je me souviens sur les animaux et tout ce que je me rappelle avoir appris à l'école, mais plus on sera, plus on pourra réunir d'informations. Si les Clecaniens ont accès à ces informations sur nous, ça devrait faciliter les choses la prochaine fois qu'ils trouveront une humaine.

— Ça aurait pu nous aider, Verakko et moi, s'il en avait su plus sur la Terre.

— Quelqu'un a dit mon nom ?

Verakko franchit la porte d'entrée, Jade, Théo et Luka sur les talons.

Lily se leva et traversa le salon pour l'accueillir avec un baiser rapide. Il voulut l'approfondir, mais se retira à contrecœur lorsqu'elle lui tapota le torse. Le mois qui venait de s'écouler avait été le plus beau de la vie de Lily. Verakko et elle avaient choisi de quitter Mithrandir et d'acheter une maison à Tremanta. Elle avait décidé que se rapprocher de la grande majorité des humaines serait bénéfique, et Verakko était impatient de retrouver son travail bien aimé.

Ils avaient acheté une maison à la périphérie de la ville, suffisamment proche pour que Lily puisse profiter des nombreuses commodités de la vie urbaine, mais suffisamment éloignée pour que leur jolie maison à la mode donne sur les bois. Tous les matins, Verakko l'accompagnait à l'école d'esthétique avant de prendre un croiseur pour se rendre sur un nouveau site qui avait besoin d'un technologue. Il essayait souvent de lui expliquer ce qu'il avait fait ce jour-là en rentrant, mais Lily n'y comprenait pas grand-chose.

— Comment s'est passée la visite ? demanda Lily, jetant un coup d'œil aux trois autres qui fermaient la porte derrière eux.

Verakko les avait emmenés dans son atelier, où il fabriquait toutes sortes de gadgets.

— Je ne comprenais déjà rien à la technologie sur Terre, alors je ne vois pas pourquoi j'aurais l'illumination ici, déclara Jade en se penchant pour saluer Laura, qui gloussa et produisit une impressionnante bulle de morve. La petite fille avait de légères marques nacrées sur toute la peau ainsi que des cheveux roux, tout comme Jade.

Théo, l'imposant mari de Jade dont le froncement de sourcils était remarquablement plus fréquent que celui de Verakko, acquiesça sans conviction.

— C'était... impressionnant.

— Pourquoi tu leur poses la question ? râla Verakko. Personne ici n'apprécie la beauté de mon travail.

— Mais si, soutint Luka, le frère de Théo. J'aimerais beaucoup discuter avec toi d'une collaboration sur la technologie de la réserve.

Il embrassa une Alice écarlate sur les lèvres et continua.

— Depuis que j'ai commencé à moins travailler, j'ai peur de manquer des observations critiques. J'ai besoin d'une technologie qui permette de suivre des animaux spécifiques et d'enregistrer leur activité, mais sans qu'ils en soient conscients. Je n'ai pas encore réussi à en trouver une qui fonctionne. Les animaux détalent tous dès que quelque chose s'approche d'eux.

Verakko et Luka se lancèrent alors dans une discussion animée sur les types de matériaux qui dégageraient le moins d'odeur, tandis que les autres restaient assis à les regarder, essayant de suivre la conversation, mais sans succès.

La première à craquer et à implorer la fin de tout ce jargon technologique fut Laura. De grosses larmes coulèrent de ses yeux. En l'espace de quelques secondes, ses cris devinrent assourdissants.

— Désolée. Elle est juste fatiguée. Elle n'a pas fait la sieste aujourd'hui, expliqua Jade.

Elle vit Théo hausser un sourcil et avoua :

— D'accord, d'accord, elle a raté la sieste à cause de moi.

Jade sourit aux autres femmes.

— Pour une raison quelconque, la chose la plus drôle au monde, pour elle, c'est Cebo. Et il en joue, parce qu'il vient la chatouiller avec ses moustaches. C'est tellement mignon. Je ne pouvais pas les interrompre !

— Je n'arrive toujours pas à croire à quelle vitesse elle grandit, dit Alice.

Jade souleva Laura dans ses bras et rebondit sur la pointe des pieds.

— Je sais ! Tellement plus vite qu'un bébé humain. C'est trop rapide pour moi.

Ils grimacèrent tous quand Laura poussa un nouveau cri.

— Peut-être que Verakko pourrait l'*influencer* pour qu'elle s'endorme ? suggéra Lily en jetant un coup d'œil à Verakko, qui se tenait au-dessus de sa chaise.

Il secoua la tête.

— Je n'ai pas la moindre idée de ce qu'elle pense.

— Ce n'est pas grave, dit Jade en souriant d'un air espiègle. Vous voulez voir un tour de magie ?

Théo, qui buvait tranquillement sa bouteille de mott dans un fauteuil éloigné, réprima un sourire et posa sa boisson. Il regarda Jade et Laura s'approcher avec une quantité stupéfiante d'amour dans le regard.

Le reste de la pièce observa Jade remettre Laura à Théo. Il blottit sa petite fille contre son torse et embrassa le sommet de sa tête.

Lily ne remarqua rien d'extraordinaire. Laura continuait à pleurer. Mais soudain, un autre son gronda dans la pièce.

Alors que les cris de Laura s'estompaient et que ses paupières s'alourdissaient, Lily réalisa que Théo avait commencé à ronronner, le grondement relaxant dans sa poitrine endormant Laura presque instantanément.

— N'est-ce pas la meilleure chose que vous ayez jamais vue ? chuchota Jade.

Alice et elle hochèrent toutes deux la tête avec enthousiasme. Verakko passa un bras autour de sa taille par-derrière, et elle s'appuya sur son torse chaud.

— On ferait mieux de partir avant qu'elle se réveille, chuchota Jade en prenant soin de récupérer leurs affaires sans faire de bruit.

Théo garda Laura dans ses bras et suivit sa partenaire, leur faisant un signe de tête avec un sourire involontaire.

— On va aussi vous laisser tranquille. Vous devez sûrement faire vos bagages, dit Alice en se déplaçant pour enlacer Lily. Vous serez de retour à temps pour la réunion ?

Lily hocha sombrement la tête.

— Du nouveau concernant l'organisation PINE ?

Alice secoua la tête, l'air inquiet.

— On n'a plus entendu parler d'eux, mais l'idée qu'ils se cachent sous notre nez est terrifiante. Toutes les villes ont rendu publique la présence des humaines, et celles qu'on a retrouvées sont en sécurité pour l'instant, mais que se passera-t-il quand une femme secourue tombera sur l'un de ses geôliers se faisant passer pour un gentil ?

Lily secoua la tête, l'inquiétude lui asséchant la gorge. Combien de femmes étaient encore dans la nature ? Combien, comme elle, avaient choisi de se cacher ? Combien n'avaient pas survécu ?

Comme s'il avait senti son trouble, Verakko lui serra la taille plus fort et passa une main sur son épaule.

Alice sourit devant ce geste et agita la main en l'air.

— Oubliez ça pour l'instant. On aura des heures pour en parler à votre retour. Profitez de votre voyage.

Lily soupira, pas certaine qu'il soit possible d'effacer complètement le sujet de son esprit, mais sourit quand même et fit ses adieux aux derniers invités.

Lorsque la porte se referma enfin, elle laissa échapper une longue expiration et se laissa tomber sur son canapé vert, terminant son tury.

— Ne t'inquiète pas, mivassi. Ça peut paraître insensible, mais maintenant que le monde sait à quel point les humaines sont importantes, elles seront protégées. Je suis sûr que si des Insurgés tentent de leur faire du mal, ils se feront prendre.

Lily hocha la tête, mais elle n'était toujours pas convaincue.

Verakko contourna le canapé et s'assit à côté d'elle.

— Garde aussi à l'esprit que les femelles humaines sont des créatures impulsives, dit-il en regardant par la fenêtre avec une sincérité simulée.

Un rire s'échappa du ventre de Lily. Il savait toujours quoi dire pour qu'elle aille mieux. Elle se coucha sur le canapé, la tête contre l'accoudoir, puis leva le pied et lui donna un petit coup dans la cuisse.

— Tais-toi.

Elle gloussa.

— Je veux dire, leurs actions sont si incohérentes et illogiques…

Verakko secoua la tête, puis leva les yeux au ciel. Il lui saisit les deux pieds et se mit à genoux.

— Les derniers membres de la PINE n'arriveront pas à suivre leur logique impénétrable de toute façon. Aucun risque qu'ils les attrapent.

Elle rit de ces affirmations scandaleuses et essaya de libérer ses pieds.

D'un geste rapide, Verakko tira sur ses jambes pour l'allonger complètement sur le canapé, puis rampa sur elle.

Lily essaya d'étouffer un sourire alors qu'il se mettait sur ses coudes et se dressait au-dessus d'elle.

— Tu sais que rien de tout ça n'est vrai.

D'une main, il saisit le col de son t-shirt et le fit passer par-dessus sa tête.

Le pouls de Lily s'accéléra à la vue de son torse nu. Il la regarda, et ses yeux se fixèrent sur son cou, faisant naître une chaleur liquide dans son entrejambe.

Plaçant ses hanches contre les siennes, il se frotta à elle, la queue déjà dure. Verakko posa les lèvres sur le point sensible de la courbe de son épaule.

— Tss... Gouvernée par les émotions. Voilà ce que tu es.

— Ah oui ? ronronna Lily en passant une main sur son ventre ferme.

Verakko gémit dans son cou en signe d'approbation.

Profitant de sa distraction, elle accrocha sa cheville autour de sa jambe, saisit l'arrière de son pantalon et le poussa aussi fort qu'elle le put. Ils basculèrent, et Verakko atterrit sur le sol dans un bruit sourd, Lily à califourchon sur lui.

Il grogna, puis sourit et leva les bras derrière la tête, l'air ravi de ce changement de position.

Lily gloussa et fit onduler ses hanches, provoquant un autre grognement.

— Je suppose qu'on peut être imprévisibles, plaisanta-t-elle.

En un éclair, Verakko s'assit et fit remonter sa jupe le long de ses hanches. D'un coup sec, il lui arracha sa culotte. Elle se cambra, tandis qu'il prodiguait à son cou des coups de crocs acérés, suivis de baisers apaisants et de coups de langue. Son esprit s'embrouillait. Rien d'autre au monde ne semblait avoir d'importance. Elle frotta son sexe désormais nu contre lui et fronça les sourcils en voyant la barrière qui les séparait encore.

Elle recula, mais le bras de Verakko s'enroula immédiatement autour de sa taille pour la maintenir en place. Lorsqu'elle lui fit connaître ses intentions en passant la main entre leurs corps et en tripotant les fermetures de son pantalon, il émit un bruit approbateur et relâcha sa prise.

Elle attendit qu'il la libère complètement. Son regard était affamé, tandis qu'il l'observait descendre le long de son corps et s'agenouiller entre ses jambes. Après la déclaration d'amour émouvante de Lily à Mithrandir, Verakko et elle s'étaient barricadés dans la chambre pendant des jours, explorant leurs corps. La première fois qu'elle avait passé sa langue le long de sa queue, chose apparemment inouïe pour une femme de Clecania, il avait étouffé un juron, et chacun de ses muscles s'était tendu de la manière la plus érotique qui soit.

Il s'allongea sur ses coudes, ses yeux d'une couleur émeraude plus foncée que jamais, observant chacun de ses mouvements.

***

Verakko observait, émerveillé, sa partenaire faire glisser son pantalon le long de ses hanches, libérant sa queue. Elle lui adressa un de ses sourires dévastateurs et descendit jusqu'à ce que ses lèvres ne soient plus qu'à un souffle de son extrémité. Quand elle enroula une main ferme autour de son sexe, il aspira l'air entre ses dents.

— Parle-moi encore des humaines, dit-elle avec une confusion feinte. Tu as dit qu'elles étaient imprévisibles ?

Elle relâcha son sexe et haussa un sourcil.

Il aboya un rire.

— J'ai dit ça ?

Avec un sourire, elle lécha une perle luisante au bout de sa queue. Ses yeux faillirent se révulser.

— Je me suis mal exprimé, souffla-t-il en essayant de ne pas faire de va-et-vient dans sa douce paume.

— C'est bien ce que je pensais, dit-elle avec sérieux en léchant le côté de sa queue tout en montant et descendant sa main.

Verakko avait l'impression d'être en feu. C'était toujours comme ça avec elle. Leur étincelle, qui ne s'éteindrait jamais, se transformait en un véritable brasier lorsqu'ils faisaient l'amour.

Verakko serra les poings et étouffa un juron quand ses lèvres chaudes se refermèrent autour de son sexe. Elle se mit alors à le sucer en suivant le mouvement de sa main. L'odeur de son excitation était croissante. Il ne pouvait en supporter davantage. Il ne la laisserait pas souffrir, pas s'il pouvait faire quelque chose pour la soulager.

Il tira sur ses cheveux, et elle libéra sa queue dans un bruit humide.

— Putain, ce que tu es bonne.

Les joues roses, elle sourit. Verakko s'agenouilla et lui saisit les hanches. Sans trop d'efforts, il la jeta sur le canapé, les pieds toujours par terre. Toujours à genoux sur le sol, il passa ses bras sous ses genoux et les écarta.

Lily haleta et l'odeur de son excitation augmenta. Il se baissa et passa directement sa langue pointue sur son sexe, léchant le goût sucré de son excitation. Elle sursauta devant ce contact soudain, mais il la tint fermement, serrant le haut de ses cuisses avec ses larges paumes.

Il passa sa langue sur son point sensible, comme elle l'aimait, et attendit que ses gémissements s'accélèrent. Quand elle commença à respirer par à-coups, il glissa un doigt en elle et lui donna simultanément de petits coups de langue. Les hanches de Lily se tordirent contre sa bouche, et il grogna.

Elle enfonça ses mains dans ses cheveux et les serra, envoyant le plus délicieux des picotements de douleur le long de son cuir chevelu. Ses gémissements cessèrent, et elle n'aspira plus que de petites bouffées d'air. Sa partenaire était sur le point de jouir.

Il glissa deux doigts dans son intimité bien lubrifiée et lui donna simultanément de petits coups de langue. Son corps se tendit, mais il continua à s'occuper d'elle. Alors que ses cuisses commençaient à trembler au niveau de ses oreilles, sa queue le lança furieusement.

Elle laissa échapper un cri aigu au moment où il sentait son corps trembler. Il ralentit ses mouvements, la laissant redescendre. Chacun des petits gémissements qu'elle émettait lorsqu'il mordait l'intérieur de ses cuisses augmentait de plus en plus son excitation. Quand sa respiration se calma, il la prit par la taille et l'attira sur le bord du canapé jusqu'à ce qu'elle soit à nouveau à califourchon sur lui.

— Salut.

Elle lui adressa un sourire éblouissant. Elle enroula ses bras autour de son cou, mais il lui attrapa les poignets et les ramena au-dessus d'elle. Il lui enleva son haut, révélant ses petits seins et ses mamelons durs. Elle laissa échapper un petit soupir quand il fit osciller ses hanches contre les siennes, léchant successivement ses mamelons. Il effleura le dessous de son sein avec ses crocs avant de faire tournoyer sa langue autour de son téton. Il savait que ça la rendait folle.

Lentement, elle commença à balancer ses hanches avec plus de ferveur, l'odeur de sa chaleur humide s'intensifiant une fois de plus. Elle lui agrippa les cheveux et il releva la tête. L'amour brillait dans ses yeux et elle se pencha pour l'embrasser.

— Salut.

Il sourit, à un souffle de sa bouche. Elle fit de même et glissa sa langue sur un croc, déjà rempli d'antivenin.

Verakko enroula ses bras dans son dos, la pressant contre son torse, et approfondit leur baiser en inclinant la tête. Son intimité lisse glissant contre son sexe et ses gémissements doux dans sa bouche lui indiquèrent qu'elle était prête. Il lui palpa les fesses et la souleva, alignant leurs corps, puis la fit descendre lentement sur sa queue.

Lily gémit, rompant le baiser pour le fixer dans les yeux, tandis qu'il s'enfonçait plus profondément en elle jusqu'à ce qu'elle soit complètement assise. Elle posa son front contre le sien pendant un moment et se mordilla la lèvre inférieure, puis se pencha en avant. Ils émirent un faible gémissement quand elle se souleva et redescendit.

Verakko lui agrippa les fesses, levant et abaissant son corps, créant un rythme régulier. La chaleur veloutée de son intimité serrée accueillait avec délectation sa queue alors qu'il la pénétrait.

— Regarde-moi, mivassi, lui dit-il, alors que ses gémissements devenaient de plus en plus essoufflés.

Elle lui jeta ce regard ravageur qui avait raison de lui à chaque fois.

— Tu es prête ?

Un bref sourire se répandit sur son visage, rapidement remplacé par un faible gémissement lorsqu'il appuya avec force ses hanches contre son intimité. Quand elle le regarda à nouveau, elle dit :

— Je suis prête.

Verakko déposa un doux baiser sur sa mâchoire.

— Je t'aime, Lily.

— Je...

Ses ongles s'enfoncèrent dans ses épaules, et elle sursauta lorsqu'il la fit basculer sur le dos et s'installa entre ses jambes.

Il poursuivait les va-et-vient lentement, la faisant trembler et s'agripper à son torse.

— Tu as dit quelque chose ? lui roucoula-t-il à l'oreille.

Elle laissa échapper un rire entre deux gémissements et ouvrit la bouche pour parler à nouveau, mais ses mots moururent dans sa gorge alors qu'il la pénétrait plus rapidement, inclinant les hanches pour frotter son clitoris à chaque coup de reins.

— Ouvre-toi à moi, dit-il d'une voix rauque.

Elle acquiesça, essoufflée, fronçant les sourcils pour se concentrer. Il adorait ça.

— Quand tu sentiras mes crocs s'enfoncer dans ton cou, ça sera si bon que tu vas jouir très fort.

Sa partenaire gémit et inclina la tête sur le côté, exposant son cou pour lui. Il se lécha un croc et ses hanches accélérèrent le mouvement.

Avec un grognement, il enfouit ses crocs dans la chair tendre de son cou tout en se jetant sur elle.

Lily gémit et verrouilla ses chevilles autour de ses hanches, l'exhortant à aller plus vite. Il sentit son corps se tendre, au bord de l'orgasme. Dès que ses parois commencèrent à se contracter autour de lui, il jouit. Il beugla contre son épaule, l'orgasme prolongé de Lily le vidant entièrement au gré de ses contractions. Se frottant toujours langoureusement contre elle, la faisant frissonner et gémir, il s'effondra sur ses coudes.

Lorsque son pouls ralentit et que l'extase s'estompa, il prit son visage entre ses mains. Les yeux toujours fermés, elle sourit.

Verakko déposa un doux baiser sur une de ses paupières, puis l'autre, puis sur son nez, et enfin sur ses lèvres.

— J'allais te dire que je t'aime, haleta-t-elle, le visage encore rougi par l'effort.

— Je sais.

Il se blottit à nouveau contre son cou, grimaçant comme un idiot devant la marque bien visible sur sa chair bronzée.

Ses entrailles rugissaient toujours leur désaccord quand il soignait les marques sombres.

Elle plaça ses mains sur les siennes et sourit.

— Ah oui, tu le sais ?

Il se retira d'elle et s'effondra sur le dos, l'attirant pour qu'elle s'allonge sur lui.

Il roula des yeux.

— Oui, tu me le dis tout le temps. Vraiment. « Je t'aime » par-ci, « je ne peux pas vivre sans toi » par-là…

Lily gloussa et déposa de doux baisers le long de sa mâchoire.

— Je suppose… soupira-t-il, que si tu le voulais vraiment, tu pourrais me le redire.

Elle rit et prit son visage dans ses mains de la même manière que lui.

— Verakko, regarde-moi, dit-elle en imitant sa voix grave.

Les coins de sa bouche tressaillirent.

— Maintenant, ouvre-toi à moi, poursuivit-elle sur ce ton grave.

— Ça ne ressemble pas du tout à ça.

Elle haussa les sourcils jusqu'à ce qu'il acquiesce, faisant semblant d'ouvrir son esprit à son *influence* inexistante.

Elle remonta le long de son corps jusqu'à ce que son visage soit juste au-dessus du sien, ses cheveux scintillants tombant en vagues sur son épaule. Ses yeux se firent sérieux.

— Verakko, je t'aime un peu plus chaque jour.

Malgré le ton léger de leur échange, le cœur de Verakko gonfla et il eut l'impression que sa poitrine était trop petite pour le contenir. Il hocha la tête, la gorge trop serrée pour prononcer les bons mots. Elle eut un sourire malicieux, sachant à quel point ses mots le touchaient.

Elle secoua la tête en signe de désapprobation, tout en passant tendrement ses pouces le long de sa mâchoire.

— Gouverné par les émotions. Voilà ce que tu es.

Son rire tonitruant fut remplacé par un ronronnement alors que sa vie, sa partenaire, sa mivassi, se penchait et l'embrassait à nouveau.

À propos de l'autrice

Victoria Aveline a toujours aimé les romances. Les mâles alpha sont son point faible, mais si les héros dominateurs et possessifs l'ont toujours émoustillée, elle a eu envie de plus.

Elle a donc décidé de créer un monde dans lequel des hommes au charme ravageur pourraient être agressifs et dominateurs tout en s'inclinant devant le matriarcat.

Victoria vit avec son mari, son chien et environ soixante mille abeilles qui travaillent dur pour produire du miel.

Lorsqu'elle n'écrit pas ou ne fantasme pas sur de futurs personnages, elle aime voyager, lire et siroter des cocktails hipster hors de prix.

www.victoriaaveline.com

Printed in France by Amazon
Brétigny-sur-Orge, FR